TOUT BRÛLE

DU MÊME AUTEUR

Reine rouge, Fleuve Éditions, 2022 ; Pocket, 2023.
Louve noire, Fleuve Éditions, 2023 ; Pocket, 2024.
Roi blanc, Fleuve Éditions, 2024 ; Pocket, 2025.

JUAN GÓMEZ-JURADO

TOUT BRÛLE

Traduit de l'espagnol
par Judith Vernant

fleuvenoir

Titre original :
Todo arde
Éditeur original :
Penguin Random House Grupo Editorial, S. A. U.

ISBN : 978-2-265-15715-6

Dépôt légal : septembre 2025

Pour Babs

PREMIÈRE PARTIE

AURA

Il y a des décennies où rien ne se passe,
et il y a des semaines où des décennies se produisent.

Lénine

Ça suffit comme ça.

Los Chichos

1
Un commencement

Tout ce qui va se produire – les morts, l'avalanche de gros titres dans les journaux, le changement qui va secouer le pays – commence de la façon la plus prosaïque qui soit.

Ça n'a rien d'étrange. Les meilleures histoires débutent modestement. Une pomme défendue, une pomme qui tombe sur la tête d'un physicien, une pomme gravée sur un boîtier d'ordinateur. Avant d'avoir eu le temps de dire ouf, vous avez été chassé du paradis, découvert la gravitation universelle ou fondé une multinationale.

Cette histoire ne commence pas avec une pomme.

Cette histoire commence avec une bouteille de shampoing Mercadona. Et rien ne sera plus jamais comme avant.

La personne qui tient la bouteille de shampoing – deux bouteilles, en fait – s'appelle Aura Reyes.

Quarante-cinq ans, veuve, mère de deux petites filles (« mer-veil-leuses », prononcé comme ça, en détachant les syllabes et en avançant bien les lèvres). Sur le point d'avoir une révélation transcendante.

Violente, même.

Du style qu'un individu sur un million expérimente une fois dans sa vie.

Cette révélation frappe Aura sous la douche, alors que l'eau coule sur ses cheveux mouillés. L'eau, si chaude que son dos rougit déjà. Aura regarde les deux flacons et comprend qu'elle ne verra jamais plus la vie de la même façon.

Ce qui, trois heures plus tard seulement, provoque une catastrophe aux dimensions cosmiques.

2
Un capot

Quand le visage d'Aura cogne contre le capot de la voiture de patrouille, la rage se transforme en peur.

Ce n'est pas la violence de l'impact. C'est l'ensemble.

Le poids du policier dans son dos, qui la plaque contre la carrosserie.

Son odeur, mélange d'eau de Cologne bon marché, de café instantané et d'autre chose (dans quelques jours, Aura découvrira qu'il s'agit de lubrifiant pour armes à feu, mais n'anticipons pas).

Le froid des menottes à ses poignets. Le bruit que fait le mécanisme en se refermant, un double claquement. La pression de l'acier contre l'os, douloureuse et inévitable.

La chaleur du moteur de la voiture, encore en marche, qui inonde ses joues. La résistance du capot, qui a cédé de quelques centimètres, mais attend impatiemment de reprendre sa position.

Les lumières du véhicule qui se reflètent dans la vitrine. Les flashs des téléphones portables des badauds désœuvrés de la rue de Serrano, qui scintillent dans le crépuscule, éclairant les yeux effrayés d'Aura.

La voix rauque du second policier, qu'Aura parvient à entendre, non sans effort, au milieu du chaos.

— Papiers, madame, répète-t-il.

Le souffle court, la peur au ventre et la bouche sèche comme du bois, Aura peine à former des mots. À la fin, elle s'entend dire, très bas et avec la voix d'une autre :

— Dans mon sac.

Celui-ci est toujours à son épaule, et le policier doit lui retirer un instant les menottes pour le prendre. Aura serre les poings par pur réflexe de fuite. L'agent qui la maintient augmente la pression sur son dos. Un petit rappel de sa vulnérabilité.

Le cuir du sac à main – un cabas Prada authentique, collection automne-hiver 2019 – produit un son spongieux en atterrissant sur le capot couvert de pluie. Le policier tient à respecter la procédure et a bien pris soin de s'assurer que l'interpellée le voie fouiller dans ses affaires.

Démocratie un, dignité zéro, pense Aura.

Un tube de gloss roule hors du sac, passe devant son nez – avec le logo Dior tournant à toute vitesse – et tombe par terre.

Aura va protester – c'est le dernier qui lui reste –, mais la voix du policier l'en empêche.

— Madame, nous avons contrôlé vos papiers et il apparaît que vous êtes en attente d'une mise en détention.

Le policier qui la bloque relâche la pression et l'aide à se relever. Comme si découvrir qu'elle est une criminelle reconnue et condamnée avait réduit sa dangerosité physique immédiate. C'est comme entrer dans une boutique Nespresso et voir l'expression de la vendeuse changer quand vous lui tendez votre carte de fidélité. *Il ne veut pas un café à l'œil, c'est un client régulier.*

Avec le policier, c'est la même chose. Il prend même la peine de lui rajuster un peu sa veste, toute chiffonnée dans la bagarre. Et il a la délicatesse de ramasser son rouge à lèvres.

Aura se tourne vers eux, essayant de se calmer, de dialoguer. Après tout, convaincre les gens, c'est son métier.

— Le procès est dans trois semaines, dit-elle en s'appuyant à la voiture.

Elle redresse la tête et tente – vainement – de se composer une image de citoyenne modèle.

Le premier policier, celui qui l'immobilisait, est un grand jeune homme au visage poupin. Il tourne les talons et entre dans la boutique en prenant garde à ne pas marcher sur les morceaux de verre. L'autre, plus petit et corpulent, observe Aura en se tapotant la main avec le bord de sa carte d'identité.

— Vous pourriez m'expliquer ce qui s'est passé là-dedans, madame ?

Aura regarde la vitrine brisée comme si c'était la première fois qu'elle la voyait.

L'un des néons de la vitrine clignote, agonisant, et choisit ce moment pour se détacher du dernier câble qui le retenait et pour s'écraser au sol.

— Un malentendu, monsieur l'agent.

Le policier hoche la tête et secoue des éclats de verre sur sa botte. *Ça peut arriver à tout le monde*, pense-t-il. Il a un air sinon aimable, du moins compréhensif. Il hausse les épaules, l'air de dire : « C'est moche, mais c'est la vie. »

— Je vois. Eh bien, vous allez devoir expliquer tout ça au juge, parce qu'il risque de tiquer.

Le soleil s'est couché, les réverbères se sont allumés : pas une heure pour passer devant un juge. Aura le sait, le policier aussi. C'est bien ce qui suscite les craintes d'Aura. Justifiées par la réalité des menottes, de l'arme à la ceinture du policier. Des lumières stroboscopiques qui ricochent dans ses yeux et fixent sa pensée sur une seule idée.

Quoi qu'il arrive, je ne peux pas passer la nuit en cellule.

— Je n'ai rien fait.

Le policier hoche de nouveau la tête. Il hausse encore les épaules, l'air de chercher quoi dire.

— C'est bien la première fois que j'entends ça, madame.

Il avance une main et la prend par le bras. Ce simple contact la prive de mots et fait exploser sa peur.

Elle ne parle pas.

Elle ne réfléchit pas. Elle ne dialogue pas.

Aura se débat, se démène, hurle.

— Mes filles ! Mes filles !

Les flashs des badauds redoublent, les rires aussi. Enfin de l'action. Enfin ils ont leur photo pour le groupe WhatsApp du boulot, leur story Instagram. Hashtag #serrano ; hashtag #foldingue.

Le clou du spectacle, c'est le moment où les policiers la prennent par la nuque pour la faire entrer dans le véhicule en essayant d'éviter qu'elle ne se cogne la tête au toit.

Sans succès.

Aura s'effondre sur la banquette arrière, la vue brouillée, sans forces. Le claquement de portière qui scelle son destin est la dernière chose qu'elle entend avant de s'évanouir.

3
Un transfert

Elle revient à elle moins de deux minutes plus tard. À travers la lunette arrière, la masse de la porte d'Alcalá se referme sur elle pendant quelques secondes, avant que la voiture ne redémarre et qu'il ne reste plus que la voûte noirâtre du ciel de Madrid. Percé çà et là par quelques réverbères, alors qu'ils descendent vers Recoletos par Alcalá.

— Ça va ?

Le policier s'est tourné vers elle avec un intérêt sincère dans les yeux. Peut-être qu'il se sent mal de lui avoir cogné la tête contre la voiture, même si c'était la faute d'Aura, qui se débattait comme une possédée.

— Où est-ce que vous m'emmenez ?

— Vous le savez.

— Non, je ne le sais pas.

C'est la vérité. Bien que les policiers aient supposé avoir affaire à une membre émérite de la grande famille du crime, c'est la première arrestation d'Aura. Elle n'a aucune expérience de ce qu'il faut faire ou ne pas faire, ne sait comment se comporter ni, ce qui est plus urgent, comment garder son calme.

Ne commets pas deux fois la même erreur, pense-t-elle. *Ils ne doivent pas savoir, pour les filles.*

Respirer profondément. Trouver l'équilibre intérieur. Les mots viennent à elle, tout droit sortis d'une vidéo de pleine conscience vue sur YouTube.

Le problème survient quand la pleine conscience se superpose à la voix du grand policier qui répond à la radio.

— Reçu, central. On se dirige vers la place de Castilla. Pas de souci pour faire un arrêt en plus.

— Merci, Z-50. Terminé, coupe une voix féminine.

Sur la banquette arrière, Aura finit d'assimiler l'information dans son cerveau, comme on reçoit un visiteur indésirable, une cousine qui débarque un soir de pluie, trempée jusqu'aux os, et qu'on ne peut décemment pas laisser à la porte.

— Je ne peux pas aller au tribunal, chuchote-t-elle.

Les policiers ne semblent pas l'entendre. Alors Aura répète, plus fort. Avant de s'en rendre compte, elle a le visage collé à la vitre de protection qui la sépare des sièges avant.

Le grand flic se retourne et cogne sur le plexiglas, attirant l'attention d'Aura sur un autocollant en lettres rouges et noires.

CETTE VOITURE DISPOSE DE SIÈGES SPÉCIAUX
À L'ÉPREUVE DES VOMISSURES, DU SANG,
DE L'URINE ET AUTRES FLUIDES. MERCI.

— Déconnez pas, hein, madame ? Après, c'est nous qui devons nettoyer.

Aura ne peut s'empêcher de penser au mode d'emploi du four à micro-ondes. Quand elle l'a acheté, ses yeux sont tombés par hasard sur une ligne qui recommandait de ne pas mettre de chats vivants à l'intérieur de l'appareil.

Lorsqu'elle a lu cela, elle a dû faire le même exercice qu'elle s'impose aujourd'hui. Elle relit. Elle relit les vingt mots et prend quelques secondes pour se demander dans quel genre de monde un avertissement comme celui-là peut bien être nécessaire. Quel genre de personnes voyagent d'ordinaire sur la banquette arrière. À qui les occupants des sièges avant ont l'habitude d'avoir affaire.

La conclusion est désespérante.

Rien de ce qu'elle pourra dire aux policiers ne les fera changer d'avis. Rien ne les fera arrêter la voiture et la laisser descendre. Rien ne les empêchera de l'emmener au commissariat prendre sa déposition (l'équivalent, dans un État de droit, de ne rien faire du tout).

Non, rien ne les empêchera de l'emmener au palais de justice, où Dieu sait combien d'heures ils la garderont enfermée.

— Madame ? Vous vous sentez bien ?

Encore une fois, l'inquiétude sincère dans les yeux de son geôlier. Aura sent la colère monter. Il serait plus facile que le policier soit un type désagréable et vicieux, qui la traite avec mépris et cruauté. Ça l'aiderait à diviser le monde en cases bien pratiques et ça la laisserait du bon côté d'une ligne proprement peinte sur le sol.

— Demande-lui si elle doit prévenir quelqu'un, dit son collègue, le plus petit et plus âgé, qui l'observe dans le rétroviseur.

— Elle a dit un truc à propos de ses filles. Vos filles vont bien, madame Reyes ?

Dans le rétroviseur, les yeux du vieux policier s'étrécissent un peu. Aura est douloureusement consciente du silence qui s'est installé dans l'habitacle du véhicule, souligné par le bruit du moteur qui tourne au ralenti. Ils sont bloqués au milieu de la circulation du samedi soir sur l'avenue de la Castellana, et les conducteurs curieux scrutent l'intérieur de la voiture de police. Aura sent une centaine d'yeux posés sur elle, guettant sa réponse.

— Oui, bien sûr. Elles sont avec ma mère.

Le mensonge sort de sa bouche naturellement, spontané. Un reflet fugace de celle qu'elle était, avant *ce qui s'est passé*.

Une voix posée, pleine de conviction, capable de vous faire signer sur les pointillés pour céder tout ce que vous possédez plus le sang de votre premier-né.

Elle est loin d'être aussi bonne que l'Ancienne Aura. Mais c'est suffisant, semble-t-il.

— Vous ne voulez pas l'appeler ? demande le plus jeune. Je peux vous prêter mon téléphone.

— Rodríguez..., le prévient son collègue.

— Allez, enfin. C'est juste un coup de fil.

— Elle n'aura qu'à le passer en arrivant. La procédure, c'est pas fait pour les chiens.

— J'ai un forfait illimité.

Le plus vieux lui fait comprendre par un grognement ce qu'il pense des forfaits illimités – en général – et de la proposition de Rodríguez – en particulier.

Aura profite qu'ils sont occupés pour s'adosser au siège et exhaler l'air qu'elle retenait. Très, très lentement. À mesure que ses poumons se vident, Aura hurle en elle-même ce qu'elle doit à tout prix garder secret.

À savoir :

Que ses filles sont seules à la maison. Que sa mère, même si elle les gardait, représenterait un danger plus qu'une aide matérielle. Qu'elles n'ont que neuf ans, qu'elles l'attendent depuis un bon moment pour qu'elle leur donne le bain et les fasse dîner. Qu'elle leur a dit qu'elle sortait quelques minutes prendre l'air. Qu'à cette heure-là, elles doivent être mortes de peur. Qu'elle a été irresponsable, qu'elle a laissé son angoisse et sa fierté l'entraîner dans cette situation. Qu'elle doit s'enfuir de cette voiture de police, retourner auprès d'elles, tout faire pour les mettre en sécurité. Qu'elle n'a personne à prévenir, personne à qui elle peut faire confiance. Que tout son corps la pousse en direction de ses filles, la supplie d'arrêter de hurler intérieurement et de se mettre à crier pour de bon, n'importe quoi, afin de les convaincre, afin de s'échapper.

Elle n'a guère d'autre choix que se scinder en deux, en silence.

Parce qu'à l'instant où elle dira la vérité, à l'instant où l'un de ces deux – hélas – aimables gardiens de la paix soupçonnera que deux fillettes de neuf ans sont seules à la maison, terrifiées, ils n'hésiteront pas une seconde à enfoncer sa porte.

Et dès que les services de la protection de l'enfance seront au courant de sa situation, de ce qui va se passer dans quelques jours…

Adieu, maman.

Aura n'a pas le temps de se laisser entraîner par l'obscurité et la peur, parce que la voiture tourne sur l'avenue Alberto Alcocer et s'arrête à seulement un pâté de maisons de la Castellana. Le jeune policier se tourne vers elle avec un sourire d'excuse crispé.

— J'espère que ça ne vous embête pas d'avoir de la compagnie, madame.

Quand Aura regarde par la vitre, elle a du mal à croire à ce qui lui tombe dessus.

4

Une basse pulsée

Devant le parc de San Fernando, une petite pagaille s'est formée. Deux voitures de police garées en travers de la rue ont coupé la circulation vers l'ouest. Celle qui transporte Aura effectue un virage interdit dans la rue du Dr Fleming et s'arrête entre les deux autres. C'est alors qu'Aura tourne la tête et voit par la vitre un corps se plaquer contre la carrosserie.

— Taxi !

Même à travers le carreau, on peut deviner la biture dans la voix de la femme. La confirmation arrive quand un autre flic ouvre la portière et enfourne, non sans effort, la nouvelle venue à l'arrière du véhicule. Des effluves de piquette et de sueur emplissent le peu d'air respirable que laisse le physique impressionnant de la pochetronne, qui s'affale au milieu de la banquette, poussant Aura côté conducteur.

Aura manque de tomber quand une autre policière ouvre la portière et se penche à l'intérieur du véhicule, sort des menottes et attache les poignets d'Aura à ceux de la femme qui s'est effondrée sur elle.

— Ce n'est pas nécessaire, dit le vieux flic en observant l'opération.

— Attends, Bustos. Tu sais pas le fil à retordre qu'elle nous donne, celle-là ?

— Je ne dis pas le contraire. Je dis que ce n'est pas nécessaire.

— Et si elle se barre en courant ?

— Elle n'ira pas très loin.

— Bon, au cas où. On se rentre au commissariat, OK ? C'est l'heure.

Le dénommé Bustos hoche la tête et redémarre la voiture, avant que sa collègue ait fini de claquer la portière.

Aura, écrasée sur le siège, tente de se tourner pour voir ce qu'on lui a attaché au poignet.

Il s'avère qu'il s'agit d'une masse de quatre-vingts kilos – mais vu la manière dont elle pèse sur elle, Aura dirait plutôt huit cents.

Elle porte une large veste en coton sergé marron, un T-shirt qui a dû être blanc, un pantalon noir des godillots usés, aux lacets dépareillés – rouges et arrondis à gauche, verts et plats à droite. Aura peut parfaitement bien les distinguer car la femme a levé les pieds pour les appuyer dans l'angle entre le carreau et la vitre de protection.

Elle ne voit pas grand-chose du visage de l'inconnue parce que sa tête repose contre la poitrine d'Aura, comme si celle-ci n'était pas un être humain, mais un oreiller destiné à rendre le trajet le plus confortable possible.

— Chauffeur, interpelle la femme avec un accent galicien à couper au couteau.

— Vous avez un itinéraire préféré ? répond le policier, jouant le jeu.

— Prenez par Padre Damien, c'est plus court, indique-t-elle en étouffant un hoquet.

Aura plisse le nez de dégoût. Le sommet du crâne de la femme est à la hauteur de son menton, et ses cheveux sentent la graisse et la crasse. Elle tente de se contorsionner pour s'en débarrasser. Autant essayer de soulever une benne remplie de gravats.

— Pardon. Pardon !

— Mari Paz, fais-moi le plaisir de te tenir tranquille, dit le jeune policier sans se retourner.

L'intéressée fait la sourde oreille et s'avachit encore davantage sur Aura. Quelques instants plus tard, elle ronfle comme un dragon.

Aura tente de se faire entendre par-dessus le vacarme. Les policiers n'y prêtent pas attention ou ne l'écoutent pas. Heureusement, la dernière partie du trajet est courte. Après quelques minutes, la voiture pénètre dans le parking d'un gigantesque bâtiment gris décati.

Ce qui suit, Aura le vit comme un mauvais rêve ou un cauchemar lucide, éclairé par des néons bon marché.

Elle peut se voir elle-même extirpée de la voiture, séparée de la poivrote, emmenée d'une main prévenante, mais ferme, jusqu'à une pièce minuscule qui ressemble à un studio photographique. Pas très différent de celui où elle s'est rendue avec son mari – qu'il repose en paix – pour leurs photos de mariage. Il y a presque deux décennies. Modeste, humide, garni de meubles qui étaient déjà vieux dans les années 1990. Avec un photographe à moustache qui ne décroche pas un sourire.

Les différences ne sont qu'au nombre de deux. Le photographe porte une blouse blanche, et au fond, il n'y a pas deux ficus en plastique et un rideau rouge, mais un mur où sont peintes des lignes horizontales graduées. Un surveillant, également en blouse, relève le menton d'Aura, pour s'assurer qu'elle regarde l'appareil bien en face. Il fouille aussi dans ses cheveux, lui demande si elle a des tatouages au-dessus de la nuque, l'emmène vers une table voisine où il prend ses empreintes au scanner. Lequel décide de ne pas fonctionner, alors il lui barbouille les doigts d'encre bleu marine.

— On n'a plus de noir, désolé, s'excuse-t-il avec un haussement d'épaules.

Aura s'apprête à répondre qu'elle s'en occupe, qu'il ne s'inquiète pas, que ce sera pour une autre fois, mais on l'entraîne déjà hors de la salle, au moment où entrent les deux policiers (Bustos et Rodríguez, nous ne le répéterons pas) soutenant la pochetronne qui s'est réveillée juste assez pour avancer cahin-caha, en traînant les pieds, suspendue aux épaules de ses gardiens. Elle dépasse le plus petit d'une bonne tête, ce qui ne facilite pas l'opération.

— Nom d'un chien, elle pèse une tonne !

Aura se demande comment ils vont la photographier – peut-être allongée, comme dans le tableau *Jeune Décadente* de Ramón Casas. Avant de pouvoir résoudre l'énigme, elle la perd de vue. Soudain, elle est dans un film, sur un plateau de travelling lancé à toute allure, la caméra cadrant son visage.

Autour d'elle, tout va très vite, avec la basse pulsée de *Jump into the Fire* en fond sonore, car quelqu'un a coupé des images au montage pour que l'expérience soit encore plus hallucinatoire, plus démentielle.

La salle où on l'entasse pendant deux heures avec vingt autres personnes ; la surveillante qui leur ordonne de s'aligner par sexe dans le couloir ; le passage, à tour de rôle, dans une petite cabine où une autre surveillante aux mains gantées la force à se déshabiller entièrement, palpe entre ses cuisses, s'interrompt une seconde pour la regarder avant de renoncer à ce qui, Aura n'en doute pas, serait un examen bien plus poussé sur quelqu'un d'autre ; le retour, sans soutien-gorge, sans ceinture, sans sac à main, sans manteau, avec l'humiliation peinte sur son visage en feu, dans un couloir désormais presque vide ; le parcours descendant par un dédale d'escaliers et de barreaux vers un demi-sous-sol recouvert de linoléum, aux murs peints en vert vomi et gris vase ; et le dernier arrêt devant une table en plastique avec le logo de Coca-Cola, où une surveillante débutante consulte ses papiers avant de lui assigner la cellule 11B.

Et enfin, la musique qui s'arrête, la porte métallique qui se referme derrière elle.

Avec écho et tout le tintouin.

5
Une cellule

Des jours plus tard, face au canon d'un pistolet, le visage éclaboussé de sang, Aura Reyes se rappellera ce moment, dans cette cellule 11B du palais de justice de la place de Castilla, à Madrid, comme celui où elle a commis la pire erreur de sa vie.

Pour l'instant, évidemment, elle ignore qu'elle est sur le point de la commettre. En réalité, elle est même incapable de penser à quoi que ce soit.

Le froid, la faim et la peur ont vaincu toute pensée rationnelle.

Elle grelotte sous son chemisier trop léger. La surveillante a confisqué son manteau, ainsi que tout ce qui pourrait lui permettre de se suicider.

— La semaine dernière, on en a un qui s'est pendu avec son T-shirt. Il l'avait d'abord mouillé, pour qu'il ne se déchire pas.

Elle crève de faim, parce qu'elle n'a rien avalé depuis plus de douze heures. La surveillante lui a glissé un paquet de biscuits María dans sa poche, avec l'air de dire : « C'est notre petit secret. »

— Les sandwichs n'arrivent pas avant 20 heures. Le dimanche, c'est toujours *chistorra*[1].

1. Charcuterie espagnole à base de viande hachée. *(Toutes les notes sont de la traductrice.)*

Elle est morte de peur. C'est sa première nuit derrière les barreaux.

La première d'une longue série, se dit-elle en secouant la tête.

La cellule fait moins de douze mètres carrés. Les murs sont peints de deux couleurs, comme le couloir. Mais ici, on peut voir l'expression de la créativité et du désœuvrement des prisonniers, et la décoration est complétée par des graffitis des plus raffinés : des pénis, des croix gammées de différentes tailles et de couleurs variées, des crânes. Les as de la déco. Certains sont gravés avec les ongles dans le plâtre, d'autres brûlés avec un briquet ou bien tracés au stylo bille avec une patience injustifiée.

L'air est dense, avec un relent de sueur et d'autre chose qu'Aura ne peut nommer. Le mobilier est assorti à la clientèle. Un banc filant en béton collé aux murs de la cellule. Dans un coin, des toilettes en inox. Sans luxe superflu tel que des portes ou du papier hygiénique.

En les voyant, Aura se rend compte qu'elle a besoin de les utiliser. Avec une certaine urgence. Or la situation n'est guère favorable. Trois femmes forment un cercle devant une quatrième qui utilise nonchalamment les installations, sa culotte aux chevilles. Le quatuor rit et échange des plaisanteries.

Aura renonce, pour l'instant. Elle cherche un endroit où s'asseoir pour manger tranquillement ses biscuits.

Ce n'est pas évident.

Les quatre Sud-Américaines occupent le mur de gauche. Le fond de la cellule n'est pas une option non plus. Debout sur le banc, deux autres femmes crient vers un rectangle en métal perforé vissé près du plafond. Aura ne reconnaît pas la langue. De l'autre côté du rectangle, on entend des voix et le bruit étouffé de la circulation : Aura en déduit qu'il s'agit d'un soupirail donnant sur la rue.

— Hé, toi ! Viens là avec nous, ma jolie, l'appelle la fille assise sur les toilettes.

— Yoni est constipée. Elle a besoin de compagnie, explique une autre dans un éclat de rire.

Aura n'a jamais vu un toxicomane de sa vie, mais ces trois-là lui donnent un bon aperçu. Les yeux rouges, le visage ravagé, la sueur. Les mouvements brusques. La langue bien pendue, les fous rires.

Elle leur fait un signe qu'elle voudrait respectueux et se dirige vers l'autre bout de la cellule.

— Hé, miss monde, tu vas où ?

— Elle veut pas t'aider, Yoni.

Le mur de droite est plus dégagé. Il n'y a qu'une masse de bonnes dimensions allongée sur le banc en béton. Le néon qui devait éclairer ce coin-là a grillé, et celui du côté opposé vit ses derniers instants. Aura n'a pas besoin de lumière pour reconnaître sa co-passagère.

Même avec la tête sous la veste en sergé – on ne la lui a pas confisquée, Aura se demande pourquoi –, ses ronflements sont reconnaissables entre tous.

Aura s'assied à côté d'elle, dans le petit espace restant entre les pieds de la femme et le mur de la cellule. Le plus près possible de la sortie, pour tarder le moins possible quand on l'appellera.

Elle ouvre le paquet de biscuits, qu'elle tient collé contre sa poitrine, et commence à manger lentement, la tête baissée, en pensant à ses filles. Aura a toujours eu une imagination débordante, fruit de sa passion immodérée pour la lecture, ce qui, jusqu'à présent, lui était apparu comme un atout.

Jusqu'à présent.

Parce que soudain, elle ne parvient à penser qu'à toutes les choses qui pourraient arriver à ses filles. Qui sont curieuses, turbulentes et têtes en l'air. Elle tente de se rappeler ce qui reste à manger à la maison. Des choses faciles à préparer, qui ne demanderaient aucun effort, et surtout, qui ne nécessiteraient pas d'allumer les plaques. Ou pire, le four. Elle vérifie mentalement le contenu du frigo (presque vide) et du placard (plein de toiles d'araignées). La seule chose dont elle puisse se souvenir, c'est ce qu'il y avait pour le dîner. Cette pizza aux épinards dont elles raffolent. Celle du Dr Je-ne-sais-quoi.

Et, bien sûr, elle les visualise.

Allumant le four, comme elles ont vu maman le faire mille fois.

Et celui-là n'est pas comme celui de chez nous (qui n'est plus chez nous), celui-là n'a pas de joli panneau tactile coloré, avec des instructions claires, des recettes et une fonction d'extinction automatique, non. Celui de chez sa mère (désormais chez nous) est un Balay blanc du siècle dernier, avec des boutons effacés par l'usure. Il est très facile d'allumer le gril au lieu de la chaleur tournante. Et le minuteur, oubliez. Il a cessé de fonctionner avant la chute des Tours jumelles. Vous tournez le bouton, vous entendez le désagréable tic-tac, et vous n'avez plus qu'à vous asseoir et à attendre.

Elle imagine la pizza qui fume, le four qui prend feu, les filles qui essaient d'éteindre l'incendie à mains nues. Elle imagine des brûlures au troisième degré et aucun moyen d'appeler les pompiers. Parce qu'elles sont trop petites pour avoir un portable, et qu'il a fallu renoncer à la ligne fixe des mois plus tôt, en même temps qu'aux friandises, à HBO et à un million d'autres choses qui rendaient la vie plus supportable et qu'elle tenait pour acquises.

— Hé, miss monde. Hé !

Aura s'extrait de son cauchemar et lève la tête. Devant elle, la fille des toilettes.

— Qu'est-ce que tu manges, miss monde ?

Aura baisse la main qui tient le paquet de biscuits – maintenant à moitié vide – et évalue ses possibilités. Dans un film, la réponse serait évidente. Casser la gueule à la fille, lui faire bien comprendre qu'on ne déconne pas avec elle, etc. S'imposer.

Mais ce n'est pas un film.

C'est la vraie vie.

Elle jette un coup d'œil à Yoni. Pantalon en cuir étriqué, T-shirt moulant, poitrine énorme. Même si Aura la dépasse d'une tête, l'autre pèse quinze kilos de plus qu'elle. Et elle a trois autres filles derrière elle qui ne perdent pas une miette de la scène.

Donc elle choisit la seule chose qu'elle peut faire. Elle lui tend le paquet de gâteaux. Sans rien dire.

Yoni lui adresse un sourire carnassier et se jette sur les biscuits. Elle se les fourre par trois dans la bouche, et en laisse tomber la moitié.

Aura a l'impression d'avoir à nouveau sept ans et de se trouver devant un épisode de *1, rue Sésame*. À part que Macaron le Glouton a les cheveux noirs et crêpés au lieu de bleus.

Aura sait que Yoni n'a pas faim. Qu'elle a mangé les biscuits simplement parce qu'elle pouvait se le permettre.

La fille balance l'emballage plastique par terre, rote avec satisfaction et retourne avec ses copines, qui l'accueillent avec de grands éclats de rire.

Aura ferme les yeux pour chasser l'humiliation et essayer de dormir, mais c'est impossible. Son cerveau tourne trop vite. Même quand l'unique lampe s'éteint, une demi-heure plus tard, elle ne parvient qu'à entrer dans un état fébrile de demi-sommeil, dont le silence la tire.

Les femmes qui braillaient dans le soupirail se sont tues, enfin. Les autres aussi.

La pénombre accroît la tristesse de sa situation, la met en évidence. La seule lumière qui pénètre dans la cellule s'infiltre par un grillage sous la porte. Sans rien à voir, Aura se concentre sur ses autres sens. Le froid de la cellule. L'odeur, mélange d'urine, d'humidité et de pieds nus. La respiration des détenues, le bruit des corps qui s'agitent dans le noir, cherchant une position moins inconfortable.

Si le désespoir représentait une chose tangible, il serait sûrement fait du lourd sentiment qui enveloppe le cœur d'Aura à cet instant.

Non, Aura ne dort pas. C'est pourquoi, lorsqu'il y a du mouvement dans l'ombre, à l'autre bout de la cellule, elle s'en rend compte avant tout le monde. Elle le perçoit dans ses tripes.

Elle a déjà eu une sensation semblable, des années plus tôt. Une intuition, qui s'était terminée par le meurtre de son mari, et elle-même se vidant de son sang devant la chambre de ses filles. Cette fois-là, elle avait réagi tardivement et mal. Comme une bourgeoise des beaux quartiers, qui croyait que les monstres vivaient au-delà d'un épais rideau infranchissable, tissé d'argent et de démocratie.

Le rideau s'est révélé plein de trous.

Cette fois, Aura réagit autrement. Elle se redresse, tend l'oreille, regarde le sol. Dans le rectangle de lumière ténue devant la porte, les ombres avancent vers elle.

6
Une erreur

Aura se lève, essayant de ne pas faire de bruit. Alors elle entend le premier murmure.

— Elle est où ?

— Devant toi, chérie.

— OK. On y va.

Un bruit et une lutte. Elle entend le son de quelque chose qu'on traîne par terre. L'air bouge près d'elle.

— Qu'est-ce que vous faites ? demande-t-elle.

Sa voix lui paraît étrange. Tremblante et enfantine. Ce sont les premiers mots qu'elle prononce depuis qu'elle est entrée dans la cellule et, en matière d'intimidation, ils ne valent pas grand-chose.

Pourtant, les ombres se figent.

Le silence qui suit est dense et chaud comme une soupe laissée trop longtemps sur le feu.

— C'est pas ton problème, miss monde, dit une voix dans l'obscurité.

Aura sent la présence des femmes autour d'elle. Un nouveau bruit de lutte, tout proche, lui fait comprendre ce qui se passe. Les ombres sont bien une menace, mais pas pour elle.

C'est après la soûlarde qu'elles en ont, pense-t-elle.

— Je vais appeler la surveillante.

Les ombres s'immobilisent à nouveau.

— Passe-moi le briquet, aboie une autre voix.

Un claquement résonne dans la cellule. Une flamme surgit à moins d'un mètre de la tête d'Aura, qui marque un mouvement de recul. Dans l'ovale de lumière apparaît le visage de Yoni, qui la regarde fixement. L'éclat indécis du feu transforme les yeux – parfaitement maquillés, observe Aura – en deux fentes brillantes.

— C'est pas tes oignons, miss monde. On a des comptes à régler avec cette salope, compris ?

Aura, se sentant impuissante, acquiesce.

— Tu piges que c'est pas tes oignons ?

— Compris.

— Sauf si tu as envie que ce soit tes oignons. Tu en as envie, miss monde ?

— Non, répond Aura d'une voix étranglée.

La flamme du briquet s'évanouit dans le noir, laissant un fantôme rouge sur la rétine d'Aura, qui cligne des yeux et se recroqueville sur elle-même. Elle se rassied, effrayée et honteuse.

Que pourrait-elle faire d'autre ?

Elles sont quatre, je suis toute seule. Ce sont des dures – « criminelles » est le mot qui lui vient à l'esprit, mais le politiquement correct le couvre d'un voile pudique – *et je ne suis qu'une cadre de banque.*

Maintenant, ce n'est même plus le cas.

Maintenant, je ne suis qu'une femme au foyer ruinée, une mère qui a laissé ses filles seules et qui veut juste les retrouver aussi vite que possible.

Aura a le visage brûlant de honte et une boule de peur glaciale au ventre. Soudain, le souvenir de ses filles s'accompagne d'une autre sensation. Celle-là même éprouvée il y a des heures – qui semblent des jours à présent – sous la douche, ses deux bouteilles de shampoing à la main. Celle qui lui est revenue dans la boutique de la rue de Serrano et qui l'a mise dans ce pétrin.

Cette sensation ne s'explique pas. Peut-être que si, et qu'il faudrait un million de mots. Ou simplement trois lettres. Un monosyllabe. Curieusement, le dernier mot qu'elle vient de prononcer.

— Non, répète-t-elle.

Sauf que maintenant, il sonne très différemment. Ferme. Catégorique.

La bagarre s'interrompt.

— Laissez-la tranquille, ajoute Aura, sans croire à ce qu'elle est en train de faire.

Elle se redresse, les mains en avant.

— Je vais te défoncer, sale pute, crache Yoni.

Aura devine une silhouette qui s'approche d'elle, et s'écarte d'un bond vers la porte. Hasard, chance ou les deux à la fois, son assaillante trébuche sur la jambe droite d'Aura, restée au milieu du chemin, et s'effondre la tête la première. Le poing qui allait frapper le visage d'Aura s'écrase sur le banc en béton.

Le hurlement de douleur déchire les ténèbres et renverse la situation. Une autre fille de la bande crie à son tour, appelant sa cheffe.

— À la porte ! Défonce cette pute, articule Yoni entre deux sanglots.

Aura se rend compte que rester devant l'unique source de lumière de la cellule – aussi ténue soit-elle, qui pénètre par-dessous la porte – n'est pas une position stratégique.

Elle s'éloigne dans la direction opposée à la bagarre, rasant les murs pour ne pas trébucher. Elle a les poings serrés, l'estomac noué et le sang qui bourdonne à ses oreilles. L'obscurité a laissé place au chaos. Des sons entrecoupés, des gémissements, des coups.

Quelqu'un pousse un cri, vite étouffé. Une autre voix lance un juron qu'Aura ne comprend pas.

Encore un coup, et le bruit de quelque chose qui rampe au sol. D'interminables secondes de tension.

Encore un coup.

Soudain, tout se calme.

Aura entend des pas qui chancellent dans sa direction. Elle se plaque autant que possible au mur et lève les bras pour se protéger de l'inévitable coup.

Elle perçoit un frôlement sur ses vêtements, des doigts qui cherchent à tâtons.

Une main lui saisit le poignet. Sans brusquerie. Sans lui laisser le choix non plus.

La main la tire, l'entraîne de l'autre côté de la cellule, la ramène à sa place.

Aura s'assied, terrorisée.

La main lui tapote le dos. Et une voix avec un accent galicien à couper au couteau – et franchement avinée – prononce :

— Dors, blondie.

7
Un procès

Il est presque 11 heures du matin, ce dimanche-là, quand Aura pose le pied hors du palais de justice.

Le ciel de Madrid est couvert : couleur gris eau de vaisselle. Un petit vent s'est levé, qui balaie feuilles mortes, poussières et prospectus froissés de chez Lidl. Les voitures grouillent, pare-chocs contre pare-chocs, sur le rond-point de la place de Castilla. L'environnement, à l'ombre des tours KIO, est on ne peut plus laid et inhumain.

Aura respire profondément l'air pollué, et se dit qu'elle n'a rien vu de plus beau de toute sa vie.

La folie des deux heures précédentes y est pour beaucoup.

Lorsqu'elle s'éveille dans la cellule, Aura ne sait pas où elle est. Étourdie et déboussolée, elle lève la tête d'entre ses genoux. Elle cligne des yeux, tente de les accommoder à la lumière, de revenir à la dure réalité. Les néons se sont rallumés et la pièce est à moitié vide. Les femmes qui ne parlaient pas espagnol sont toujours au fond, sous le soupirail, roulées en boule, profondément endormies.

Aucune trace de la Galicienne bourrée. Des Sud-Américaines non plus, hormis une traînée sanglante au mur, contribution – Aura en est certaine – de Yoni à l'art mural pénitentiaire.

Ç'aurait pu être mon sang, pense Aura avec un frisson. *Voilà. C'est ce qui m'attend maintenant.*

Un bruit à la porte interrompt son apitoiement sur elle-même. La cellule s'ouvre et une surveillante crie son nom : « Reyes Martínez ! »

Docile, Aura se dirige vers la voix en traînant les pieds. La surveillante la guide à travers le dédale de couloirs, jusqu'à l'infirmerie.

— Tu veux des analyses ? lui demande la surveillante.

— Pardon ?

— D'urine.

En voyant l'expression de perplexité d'Aura, la surveillante s'explique.

— Si tu es consommatrice, c'est une circonstance atténuante. Presque tout le monde fait les analyses.

Aura passe mentalement en revue les substances les plus fortes qu'elle a consommées au cours du dernier mois – dont de l'ibuprofène, du Fanta light et quelques gouttes de Tabasco périmé versées sur ses œufs au plat un matin, sur une impulsion – et fait non de la tête.

— Sûre ? Ne sois pas gênée. Si tu as besoin d'un moment...

La femme le lui propose si aimablement qu'Aura est tentée d'accepter, ne serait-ce que pour ne pas se faire remarquer, jusqu'à ce qu'elle jette un coup d'œil par la porte de l'infirmerie et croise le regard de Yoni, assise sur une table d'examen, un bras bandé et le visage plein d'ecchymoses.

— Merci, ce n'est pas la peine.

— Comme tu veux, dit la femme en repartant.

À l'intérieur, Yoni fait le geste de se lever, mais une infirmière la retient. Un cri menaçant suit Aura, qui presse le pas sur les talons de la surveillante.

— Je vais te défoncer !

Quel caractère de cochon, pense Aura en se réjouissant de laisser l'infirmerie derrière elle.

Bientôt, elles arrivent devant une autre salle, où patiente un petit type chauve entre deux âges, tout fripé, l'air d'avoir dormi dans son costume.

— Je suis votre avocat commis d'office, vous allez comparaître devant le juge. Votre nom ? demande-t-il quand Aura arrive à sa hauteur.

Aura répond. L'homme sort un classeur du sac à dos posé entre ses jambes et cherche le rapport de police sur sa cliente. Il le lit en diagonale, lâche quelques « hum, hum », la prend par l'épaule et l'emmène dans la salle.

— Allez, ça commence.

— Écoutez, vous n'allez pas me dire ce que... ?

— Taisez-vous, ne mettez pas les pieds dans le plat et niez tout.

— Mais j'aimerais bien expli...

— Niez tout, bon sang.

Aura retient l'avocat.

— Est-ce qu'ils peuvent me garder en détention ?

L'homme fait claquer sa langue et inspire bruyamment par la bouche.

— C'est dimanche, le juge est pressé et votre dossier est compliqué. Si ça lui chante, vous serez encore là lundi.

— Il faut que je parte d'ici, chuchote Aura en s'approchant de lui. Dites-moi ce que je dois faire.

— Je vous l'ai déjà dit, répond l'avocat en la poussant sans ménagement à l'intérieur.

La pièce est encore plus petite que la cellule, et pleine à craquer. Deux tables, quelques chaises, un juge, un procureur, plusieurs gardiens, l'avocat commis d'office et l'accusée. Les murs, couleur jaune d'œuf, n'ont pas de fenêtre ni d'autre décoration qu'un portrait de Sa Majesté le Roi Felipe VI, dont le sourire pincé rappelle que la justice est la même pour tous.

Le procureur se lève et lit l'acte d'accusation contre Aura, qui attend, debout, au milieu de la pièce. Le juge garde les yeux fixés sur la table jusqu'à la fin, absorbé par un dossier fermé posé devant lui. Aura répond à toutes les questions du procureur – dont la plupart commencent par « Est-il vrai que... » – par un « Non » catégorique. Sept fois, sept mensonges.

Quand l'interrogatoire se termine, le juge toussote plusieurs fois avec ennui. C'est un homme d'un certain âge – pas encore septuagénaire – avec une barbe pointue, grisonnante, et davantage l'allure d'un opticien à la retraite que d'un juge de première instance.

— Il s'agit d'un délit mineur. Le ministère public pourrait-il m'expliquer pourquoi l'accusée a été amenée ici ?

— Mme Reyes doit être placée en détention provisoire dans l'attente de son procès qui doit se dérouler dans trois semaines, monsieur le juge. C'est pourquoi les policiers l'ont arrêtée, à titre préventif.

— Pour quel motif ?

Nous y voilà, pense Aura en fermant les yeux.

— Escroquerie à grande échelle, détournement de fonds, faux et usage de faux, blanchiment d'argent. Avec circonstances aggravantes, monsieur le juge.

Le juge lève les yeux du dossier et regarde Aura pour la première fois, avec curiosité. Le chemisier coûteux, les belles chaussures assorties. Abstraction faite des cernes sous les yeux, des cheveux couleur sable ébouriffés et des épaules affaissées, résultat d'une nuit en cellule.

— De quelle somme parlons-nous ?

Le procureur annonce les neuf chiffres, jusqu'au dernier euro. Sans les décimales, ça va de soi.

Le juge hausse un sourcil appréciateur.

— Et la caution ?

— Un demi-million d'euros, monsieur le juge.

Un demi-million, contre plus de cent millions, ça ne semble pas grand-chose. Un chiffre symbolique, afin de chasser que l'accusée n'échappera pas à la justice, etc. Pour ce qui concerne Aura, ils auraient tout aussi bien pu lui demander la lune enveloppée dans un ruban fuchsia.

— Je comprends, dit le juge avec l'air de penser le contraire. Madame Reyes, vous me mettez dans une situation délicate. Une accusation comportant un élément de violence, comme celle qui vous amène devant ce tribunal, constitue un problème. Même si les circonstances du délit sont mineures.

— Délit présumé, monsieur le juge, intervient l'avocat. Ma cliente a nié en bloc les faits qui lui sont imputés.

— C'est une véritable surprise pour cette cour qu'un de vos clients nie jusqu'à l'air qu'il respire, maître, ironise le juge.

Il contemple à nouveau le dossier devant lui, et tambourine lentement sur la table, pesant bien ses mots.

— Votre situation est classique, dit-il au bout d'un moment. Une personne dans l'attente de son incarcération, à mesure que la date approche, peut avoir le sentiment de n'avoir plus rien à perdre. Son sens moral s'en trouve diminué, et elle a tendance à commettre des erreurs qu'elle ne ferait pas dans un autre contexte. Comprenez-vous ce que je vous dis, madame Reyes ?

— Je comprends.

— Face à une telle situation, le plus sage est d'avancer la date de la détention, pour le bien de la société et celui de l'accusée. Il me semble que c'est votre cas, madame Reyes.

La peur qui s'est insinuée dans le corps d'Aura quand son visage a heurté – moins de quinze heures plus tôt – le capot de la voiture de police est toujours présente. Avec des pics occasionnels d'intensité forte à modérée, et une angoisse difficilement contrôlable.

À ce moment, pourtant, la peur s'atténue jusqu'à presque disparaître, parce que Aura a entendu dans la dernière phrase du juge la question cachée, au lieu de la menace évidente.

Encore une fois, un reflet de son ancien moi.

— Ce serait le cas si j'étais coupable de ce dont on m'accuse, mais tout est faux, monsieur le juge, ment Aura avec aplomb. Et pour être honnête, je dois ajouter que je n'ai aucune intention d'être placée en détention provisoire, et que je compte réunir l'argent de la caution et me présenter libre devant la cour, comme c'est mon droit.

Le juge considère Aura avec attention.

— Je vois. Et je présume que l'expérience de cette nuit n'est pas étrangère à votre décision.

Aura hausse les épaules avec diplomatie.

— Madame Reyes, si je vous laissais en liberté aujourd'hui, je prendrais un risque. Puis-je vous faire confiance ?

— Oui, monsieur le juge. Absolument, monsieur le juge. Je peux vous dire en toute sincérité que je suis une nouvelle femme, non un danger pour la société. C'est la pure vérité, déclare Aura, dans sa meilleure imitation de Morgan Freeman.

L'espace d'un instant, elle croit être allée trop loin, mais le juge semble satisfait, et même amusé par l'explication de l'accusée.

— Ne me faites pas regretter ma décision, madame Reyes, conclut-il en désignant la porte.

Aura monte au premier étage, récupère ses possessions dans un sac en plastique (cabas Prada, porte-monnaie, manteau et soutien-gorge) et moins de quinze minutes plus tard, elle est dans la rue. Observant le ciel couvert, les tours KIO et les prospectus du Lidl balayés par le vent, disions-nous. Prenant une grande bouffée de liberté et de dioxyde de carbone, et songeant qu'elle n'a rien contemplé de plus beau de sa vie…

Jusqu'à ce qu'elle voie quelque chose qui la fait radicalement changer d'avis.

8
Une barre

Une silhouette, assise sur un banc à quelques mètres de là, lui adresse de grands signes. Aura avale sa salive, parce qu'elle a reconnu la personne et qu'elle a très peu envie de répondre à ses signes. Elle respire profondément, baisse la tête et marche dans la direction opposée.

Elle parvient à parcourir une vingtaine de mètres avant d'entendre la voix.

— Hé, blondie.

Et cinq autres avant qu'elle ne la rattrape. La femme se plante devant elle, lui barrant la route.

— T'es partie sans prendre ton petit-déj'. C'est bien le seul truc valable dans cet endroit...

Elle lui tend un sachet en plastique translucide, à travers lequel elle distingue un sandwich de bonne taille enveloppé dans du papier Albal. Et deux clémentines.

— Y avait aussi un yaourt, mais je l'ai mangé. J'avais une dalle de malade, meuf. Tu m'en veux pas, hein ?

L'estomac d'Aura rugit à la perspective du sandwich, mais l'angoisse et l'urgence sont revenues. Sans parler du fait qu'elle ne veut rien savoir de la personne qu'elle a devant elle.

— Désolée, je n'ai pas le temps de manger. Je dois rentrer chez moi au plus vite.

Elle marque une pause pour évaluer la situation, décide qu'il n'y a pas de danger et ajoute enfin :

— Mes filles sont toutes seules.

— Merde, pourquoi tu l'as pas dit plus tôt ? Allez, viens avec moi, je t'emmène. Je laisse toujours la bagnole dans le coin quand je me bourre la gueule, parce que je sais comment ça se termine.

Aura fronce le nez, sans pouvoir s'en empêcher. L'allure de la femme ne s'est pas arrangée dans les dernières heures. Sa veste en sergé pend de son épaule droite. Son T-shirt est un festival d'éclaboussures. Elle a les cheveux très courts et rasés autour des oreilles, alors pas de risque qu'elle soit décoiffée. Mais elle pue toujours la sueur et le vin, même à l'air libre et à un mètre et demi de distance.

— Ne le prends pas mal…

Aura s'interrompt, en s'apercevant qu'elle ne sait pas comment s'appelle la femme. Elle croit se souvenir que l'un des policiers a prononcé son nom quand ils l'ont fait monter en voiture, et ça ressemblait à…

— Mari Paz Celeiro Buján, dit-elle en tendant la main. Et toi, c'est Aura.

— Comment tu le sais ?

— Ah, la gardienne t'a appelée la première. Je lui ai dit de te laisser dormir. Tu avais l'air tellement claquée…

Aura respire et lève les yeux au ciel. Donc elle aurait pu sortir d'ici bien plus tôt. Elle tente de se calmer et répète :

— Ne le prends pas mal, Mari Paz, mais je préfère prendre le métro.

À cet instant, elle entend du bruit derrière elle et se retourne juste à temps pour voir deux des copines de Yoni sortir du palais de justice et la regarder avec insistance.

L'une chuchote à l'oreille de l'autre, en désignant Aura. Aucune des deux n'a l'air très amicale.

— Blondie... dit Mari Paz en suivant son regard, j'ai comme l'impression que ce n'est pas une bonne idée de prendre le métro, enfin je dis ça...

— Je ne sais pas ce qu'il y a entre elles et toi...

— ... et maintenant toi aussi. Retourne-toi tranquillement et viens avec moi.

Mari Paz pose gentiment le bras sur l'épaule d'Aura et l'entraîne vers la rue Bravo Murillo.

— Elles nous suivent, hein ?

— J'en ai bien peur, cocotte. Continue d'avancer, ne t'arrête pas.

— Quand je pense que je n'ai rien fait pour...

— T'en fais pas.

— Je veux dire que je regrette.

— J'avais compris. Avance, ma voiture est là-bas.

Aura presse le pas, sans y réfléchir à deux fois. Mari Paz la suit de près, en retrait. Elle boite un peu, constate Aura quand le rythme s'accélère.

— Hier soir, tu leur as mis une raclée, dit-elle en se retournant.

Les deux Sud-Américaines se sont rapprochées. L'une d'elles a la main dans son sac.

— Hier soir, c'était hier soir.

— Et tu ne pourrais pas...

— Tu as vu celle de droite ? Elle est chargée.

Aura regarde Mari Paz sans comprendre.

— Armée. Une lame, un couteau, j'en sais rien. Si elles nous rattrapent, je serais forcée de la tabasser.

— Ne te gêne pas pour moi.

— T'as déjà envie d'y retourner ou quoi ? Si on se castagne, ils nous ramènent là-dedans illico.

Ce n'est pas la meilleure perspective, en effet, pense Aura.

— C'est celle-là, annonce Mari Paz en désignant une Škoda blanche plus vieille que les grilles du Retiro, puis elle lui met une clé dans la main. Monte et verrouille.

Aura fait le tour de la voiture, sentant son cœur et sa respiration s'accélérer. Elle approche la clé de la serrure et bataille quelques instants avant de réussir à l'introduire.

Derrière elle, Mari Paz s'est retournée et lâche la veste qu'elle avait jetée sur son épaule, qui tombe par terre. Le sac du petit-déjeuner suit le même chemin.

— Voyons, voyons. Vous en voulez encore ou quoi ?

Les deux femmes s'arrêtent net en la voyant faire volte-face. L'une d'elles, la plus grande, sort la main de son sac. Elle tient un grand tournevis, avec le manche recouvert de sparadrap, qui a l'air de tout sauf d'un outil de bricolage. L'autre fixe Aura et commence à contourner la voiture.

Mari Paz tend les bras et se déplace vers la droite, lui bloquant le passage.

— Tire-toi de là, connasse. Bouge, dit la fille au tournevis.

— J'ai pas envie. C'est moi, votre problème. Elle vous a fait quoi, la blonde ?

— Yoni veut lui passer le bonjour.

— Eh ben, elle a qu'à lui envoyer une petite carte. Toi, je te vois, prévient-elle en pointant du doigt la seconde, qui est en train de contourner la voiture. Je vais t'en coller une dont tu vas te souvenir.

Aura, pendant ce temps, a réussi à ouvrir la portière côté conducteur. La première chose qu'elle remarque est l'odeur : linge sale et nourriture avariée. La banquette arrière est encombrée de paquets variés. Des sacs de sport, un sac de couchage de couleur verte, un emballage en carton qui a contenu du vin – et des taches rougeâtres qui en attestent.

Rien qui puisse lui servir à grand-chose.

Parce qu'elle n'a aucune intention de suivre les instructions de Mari Paz.

J'ai assez couru comme ça, pense-t-elle.

Elle palpe sous le siège du conducteur et ses doigts se referment sur un objet métallique et dur. Elle tire dessus, pour l'extraire, mais quelque chose bloque. Elle prend appui sur le marchepied, et parvient à exercer plus de force.

Avec un dernier effort, la barre antivol – de marque Ranz, peinte en rouge, écaillée sur les bords, identique à celle qu'avait son père dans sa Renault Fuego quand elle était petite – se libère avec un claquement. Aura bascule en arrière et doit se retenir à la portière pour ne pas tomber sur les fesses. Dans le mouvement, la tête métallique de la barre vient heurter le sol avec un bruit menaçant.

— Bon, dit Aura en se retournant.

La femme qui était après elle a réussi à esquiver Mari Paz et n'est qu'à quelques pas de distance. Elle a ôté sa ceinture – constituée de maillons chromés – et la laisse pendre de sa main droite. Mais lorsqu'elle voit Aura se tourner en brandissant cinquante-huit centimètres d'alliage d'acier, elle s'arrête net.

— Bon, répète Aura en regardant la barre avec un sourire. Excuse-moi, je peux t'aider ?

La femme considère aussi la barre, puis Aura, et prend la décision la plus judicieuse.

— On te chopera, connasse, crie-t-elle en partant en courant.

Son amie ne tarde pas à l'imiter.

Aura continue de brandir la barre pendant un bon moment. Le temps qu'il faut à Mari Paz pour ramasser sa veste, le sac du petit-déjeuner – l'une des clémentines est un peu aplatie –, et prendre l'antivol de ses mains tremblantes.

— Dis-moi la vérité. Tu sais quoi faire avec ça ?

— Je n'en ai pas la moindre idée.

— C'est bien ce que je pensais. Allez, monte.

9

Un trajet

Mari Paz conduit délicieusement bien.

Aura ne dirait pas cela de n'importe qui. Une « purge ». C'est le terme qu'employait souvent son mari à propos de sa manière de conduire. « Maniaque », « obsessionnelle » et « fatigante » étaient des adjectifs qui revenaient souvent dans la conversation.

Aura a son style de conduite, c'est tout. Elle met son clignotant très en avance, vérifie deux fois dans le rétroviseur avant de changer de voie, et céder la priorité au bus est une attitude normale chez elle.

C'est pourquoi elle est agréablement surprise que Mari Paz, et de surcroît sur la M30, soit le même genre de conductrice qu'elle : posée, consciencieuse et courtoise.

Et tout ça d'une seule main, bien sûr.

L'autre est occupée par le sandwich d'Aura, qui a l'estomac retourné et y a renoncé.

— Ce pain est tout rassis, bordel, commente Mari Paz. C'est pour ça qu'ils mettent de l'omelette dedans, pour le ramollir un peu. Ça reste quand même un étouffe-chrétien. En plus, le dimanche, c'est censé être *chistorra*. Bah ! Le respect se perd, je te le dis.

Aura baisse la vitre pour faire entrer un peu d'air. L'odeur du sandwich – de la voiture en général –, ajoutée à son état nerveux, lui donne la nausée.

— C'était qui, ces cinglées ?

Mari Paz termine le sandwich, froisse le papier alu et le balance à l'arrière.

— La Mara 22.

Aura acquiesce, avec la conviction de l'ignorance.

— Tu ne vois pas de quoi je te parle, hein, blondie ?

— Je regarde le JT.

— Ben, c'est ce que je disais, tu n'en as aucune idée. La Mara 22, c'est un gang. Des gens très méchants.

Elle marque une pause, puis ajoute :

— Merci.

— Pourquoi tu me remercies ?

— Hier soir, tu m'as sauvé la vie.

Aura regarde Mari Paz avec des yeux ronds.

— Tu plaisantes. Elles allaient juste te taper dessus.

— Elles allaient m'étrangler avec la manche de ma veste. Tchic, tchac et bonne nuit.

Le ton de sa voix est sévère, inflexible, malgré la dernière phrase. Aura comprend qu'elle est on ne peut plus sérieuse, mais ne le croit pas, jusqu'à ce qu'elle remarque la marque rouge et uniforme, autour de la gorge de Mari Paz.

Aura avale sa salive et tente d'assimiler l'information. Elle, qui a vécu dans un monde où le plus grand danger provenait des mensualités impayées, et la plus grande peur, de la mammographie annuelle.

Bien sûr, il y a *ce qui s'est passé* voilà deux ans. La nuit où Jaume est mort et où elle a tout perdu, ou bien où elle avait commencé à tout perdre. Or, même *ce qui s'est passé* constituait, dans sa tête, un cygne noir. Une subite rencontre avec la fatalité, aussi improbable qu'inattendue.

Ce qu'elle a vécu ces dernières heures n'est pas un cygne noir. C'est la preuve que la violence et la peur ne sont pas l'exception, mais une norme qu'on esquive chaque fois qu'on a la chance de se réveiller en sécurité dans son lit.

La preuve que la couverture est pleine de trous.

La preuve aussi qu'on n'a pas d'autre choix que d'agir en conséquence.

Le monde s'arrête un instant. Les véhicules s'immobilisent au milieu de la route, les oiseaux interrompent leur vol. Un moustique, qui s'écrasait contre le pare-brise, reste figé en pleine action, ni mort, ni vivant.

Aura vient d'obtenir la seconde partie de sa révélation.

Bien moins transcendante que celle qu'elle a eue hier avec le shampoing Mercadona. Cette pomme-là lui est déjà tombée sur la tête une fois, elle ne va pas recommencer.

Cette seconde partie, c'est voir la pomme par terre et décider qu'en faire.

Quelque chose d'important. Quelque chose qui change le cours du jeu. Une porte de sortie.

C'est une folie, se répond-elle.

C'est vrai, se réplique-t-elle. *Mais*…

Le germe d'une idée s'est logé dans sa tête. Une idée aussi invraisemblable qu'impossible.

Une idée qu'elle n'aurait pu mettre en pratique seule. Maintenant, en revanche…

Le monde se remet en marche.

— Ça fait mal ? demande-t-elle en désignant le cou de Mari Paz.

— Moins que les sandwichs à l'omelette. Hé, fais pas cette tête, blondie. On dirait que tu as vu un fantôme.

Aura n'a pas vu un fantôme, mais elle a effectivement vu quelque chose. Quelque chose qui a déclenché le besoin d'en savoir plus sur sa compagne de cellule.

— Pourquoi elles voulaient te... ?

Elle laisse sa question en suspens.

— La rue, c'est comme ça, blondie. Tu rencontres des gens. Bien, normaux et passables. Et puis aussi ces crevures-là.

Aura jette un œil à la banquette arrière – *ou plutôt le bordel arrière, haha,* elle rit toute seule, pour elle-même – recouverte de tout un bric-à-brac, puis aux vêtements froissés et crasseux de Mari Paz.

— Tu vis dans ta voiture, non ?

Elle l'a dit sans réfléchir, et elle se rend aussitôt compte qu'elle aurait mieux fait de s'abstenir. Mari Paz rentre la tête dans les épaules, humiliée, et plisse le nez. Aura tente de se rattraper.

— Écoute...

— Je suis dans une mauvaise passe, répond finalement la conductrice.

— Depuis combien de temps ?

Mari Paz incline la tête, comme si elle n'en était pas certaine. Elle compte avec les doigts de la main droite, sans lâcher le volant, le nombre d'années que ça dure. Depuis cette funeste journée devant le tribunal militaire, où on l'a foutue dehors avec vingt pour cent de sa solde. *Et encore, je m'en suis bien sortie, après ce que j'ai fait.*

— Cinq ans, dit-elle, presque incrédule.

— C'est une longue mauvaise passe.

— Je ne te le fais pas dire. *Mimadriña*, comme le temps file, soupire Mari Paz.

La voiture tourne à la hauteur de Puente de Vallecas et s'engage sur l'avenue Ciudad de Barcelona. *On y est presque*, pense Aura.

Elle sait qu'elles vont bien, elle est convaincue qu'elles vont bien, et malgré tout, elle passe les derniers mètres la tête à l'extérieur de la vitre, s'attendant à entendre les sirènes des pompiers et de l'ambulance.

En tournant dans la rue Abtao, leur destination, Aura descend de la voiture pratiquement en marche et s'élance vers l'entrée au pas de course. Sa révélation passe au second plan jusqu'à ce qu'elle puisse voir ses filles.

— Bon, blondie, salut, hein ? lance la conductrice d'un air contrarié.

Aura revient en courant vers la voiture et fait un vague geste en direction de la rue.

— Gare-toi et monte. Deuxième à droite !

Mari Paz cligne des yeux, surprise. Elle n'a pas l'habitude d'être invitée chez les gens.

— Non, mais tu dois avoir des trucs à faire...

— J'ai une proposition à te faire. Je t'attends en haut !

Si je m'attendais à ça ! Une bière, à la limite. Une invitation, alors là.

Cependant, elle ne voit pas comment refuser. Tout ce qu'elle arrive à dire, c'est :

— Tu sais le bordel que c'est pour se garer ici ?

10

Un saut

Parfois, la bravoure se révèle devant un interphone.
Mari Paz n'est pas lâche, elle ne l'a jamais été.
Mais elle n'appuie pas sur le bouton, non.
La peur la paralyse.

Peur

O que ten cu, ten medo[1], disait sa grand-mère, pour qui l'espagnol était purement accessoire. À Vilariño, région d'Ourense, on n'avait pas vu un Madrilène depuis ces trente dernières années. Et à Luar de Carballo, minuscule hameau des environs de Vilariño, on n'avait pas vu un Madrilène en trente siècles. Le foyer ancestral des Celeiro consistait en une maison en pierre près d'un chêne. Au sommet de la colline voisine, se dressait un fort de l'âge du bronze, et c'était la dernière fois que quelqu'un avait mis les pieds dans ces montagnes.

Ata onde sei[2], ajoutait sa grand-mère, qui n'était pas du genre à se laisser coincer.

L'histoire du cul et de la peur représentait une constante universelle, que sa grand-mère lui avait inculquée à coups de tatane à l'endroit concerné. Ce fut aussi elle qui l'enjoignit, le jour de ses dix-huit ans, à faire son baluchon et à partir pour Pontevedra. Les larmes aux yeux, certes, mais en gardant le cap sans dévier.

1. Dicton galicien qu'on peut traduire littéralement par « qui a un cul a peur », autrement dit, qu'il peut arriver à tout le monde d'avoir peur.
2. « Pour autant que je sache. »

Sa grand-mère prit un Bic rouge, se mit à écrire au verso d'un ticket de caisse de Gadis et lui fit une liste de choses qu'il n'y avait pas dans le foyer ancestral des Celeiro :

- travail (entouré deux fois) ;
- argent pour les études (les parents de Mari Paz étaient morts quand elle était toute petite – un poids lourd sur la route nationale N VI, en allant à un mariage) ;
- garçons à marier (ce qui n'importait guère à Mari Paz, dont les préférences étaient ailleurs) ;
- avenir.

Dans un tel contexte, les deux seules issues étaient :

- la pêche (quel ennui) ;
- l'armée (quelle horreur).

Et c'est là que le dicton entra en jeu.

Le jour du départ, Mari Paz prit les mains de sa grand-mère entre les siennes. Des mains dures, des mains calleuses d'avoir planté des brocolis-raves et des navets et récolté des tempêtes. Des mains pour touiller la pâte et retourner les crêpes – avec les doigts, sans se brûler. Des mains pas avares de taloches et généreuses en caresses. Des mains de celle qui avait dû être mère et père, en plus de grand-mère.

— *Quéroche moito, avoa.*

« Je t'aime, mémé. »

Sa grand-mère ne répondit pas. Elle avait la gorge bloquée par soixante-dix années d'adieux. À voir la campagne se vider et les jeunes s'éloigner – avec plus de rêves que de perspectives – vers l'arrêt de bus, sur la place du village.

Sa grand-mère ne répondit pas, parce qu'elle avait ses propres craintes. La pire ? De mourir seule, bientôt, sans personne pour lui tenir la main.

C'est pourquoi elle ne lâcha pas celle de la seule personne qui lui restait au monde, pendant une longue minute. Dans le même silence qui s'installa quand Mari Paz s'en fut.

À Pontevedra, Mari Paz s'engagea dans la BRILAT – la Brigade d'infanterie légère aéromobile –, en 1996. Elle ne fut pas la première femme à s'enrôler. C'était huit ans plus tôt. En revanche, elle fut la première à être envoyée en mission internationale : Albanie, l'année suivante.

— Sans peur ni douleur ! hurla le sergent Carmona, tentant de se faire entendre par-dessus le bruit des rotors.

Les huit membres du peloton crièrent en chœur.

Ça se passait une décennie avant la sortie de ce film sur les Spartiates. Avant que ça devienne la mode d'entonner « Ahou, ahou, ahou » à l'unisson. Avant les barbes bien taillées, le maillot épilé et le selfie de rigueur. Les soldats beuglaient donc ce qui leur chantait, en signe d'approbation virile, et se dirigeaient vers la porte de l'hélicoptère en prêtant attention, non aux likes sur Instagram, mais à ne pas se chier dessus.

Voulez-vous savoir ce qu'est la peur ?

Essayez donc de réaliser un saut à basse altitude depuis un Cougar avant le lever du jour, avec un vent traversier de quarante nœuds. Avec les eaux du Drin à gauche et une falaise à pic à droite. L'hélico est ballotté comme un yoyo, le sol s'éloigne à toute vitesse et le petit-déjeuner – parce que Mari Paz, cette conne, avait mangé avant de partir – se rapproche de la bouche.

Qu'est-ce qui vous passe par la tête dans un moment pareil ?

La peur.

Vous voyez l'eau du fleuve, pas très profonde, environ quatre mètres, ni très rapide. Ça ne change rien, parce que vu que vous sautez avec votre sac de campagne, qui pèse trente kilos, vous ne remontez pas. Et l'espace d'un instant, vous *êtes* dans l'eau glaciale de fin février, sentant la mort vous aspirer vers l'obscurité et le limon du fond.

Vous voyez le précipice, hérissé de rochers tranchants, où s'élèvent des courants de convection qui intensifient les rafales. Et l'espace d'un instant, vous *êtes* dans le vide, gesticulant désespérément, essayant de vous raccrocher à n'importe quoi, ou au moins de retarder le moment de vous écraser au sol.

Vous voyez la minuscule parcelle de terre plane – pour ainsi dire, car il y a plus de cratères et de bruyère que dans toute la région d'Ourense – sur laquelle vous êtes censé atterrir. Et atterrir vite, parce qu'on soupçonne que des contingents armés se trouvent dans la forêt de l'autre côté du fleuve. Vous voyez le petit rectangle, et vous crevez de peur.

Mais Mari Paz n'eut pas peur pour elle.

Mourir l'effrayait, bien sûr. Comment croire le contraire ? À trente mètres d'altitude, l'adrénaline pulsant dans le cerveau comme un lapin, la mort vous colle à la peau.

Elle avait peur pour sa grand-mère. De ne pas être là le jour de son anniversaire ni à Noël. Du trou béant qu'elle laisserait, de l'absence.

Quand le Cougar fut suffisamment bas, Mari Paz sauta la première, sans penser à rien. Elle laissa son corps et l'entraînement prendre les commandes.

Pendant quelques secondes, à cheval entre la vie et la mort, le vent fouettant son visage et les dents serrées, Mari Paz fut heureuse pour la première fois de sa vie.

Puis ses rangers touchèrent le sol caillouteux. Elle chancela un peu, mais ne tomba pas. Elle posa un genou au sol et leva le CETME en position de tir, couvrant la descente de ses camarades.

Aucun d'eux ne s'aperçut que des larmes coulaient sur ses joues.

Ce jour-là, ils sécurisèrent une route pour qu'un convoi humanitaire puisse traverser le fleuve. Ils durent aussi maîtriser des partisans du gang de Çole, qui se défendirent à coups de fusil jusqu'à ce que les légionnaires finissent par encercler leur position dans la forêt. Mari Paz dut tirer trois fois. Des tirs de couverture, sans blesser personne. Il n'y eut pas de pertes, l'ennemi se rendit.

De tout cela, elle ne se rappelle à peu près rien. Seule est restée dans sa mémoire, indélébile, la peur avant le saut. Ce ne serait pas la pire ni la plus terrifiante. Elle en connaîtra d'autres, avec ce qui va lui arriver dans les prochaines semaines.

Et pourtant, la peur est toujours là. Le vertige, la sensation de vide au creux de l'estomac, la mélancolie. L'incertitude, l'anticipation. Quand le corps prévient qu'il va se passer quelque chose, d'une seconde à l'autre, susceptible de changer le cours des événements.

Gaffe à ce que tu fais, la prévient son corps.

Des jours plus tard, face au canon d'un pistolet, le visage éclaboussé de sang, Mari Paz Celeiro se rappellera cet épisode de l'interphone comme la pire erreur de sa vie.

Manquerait plus que ça, répond-elle à son corps. Et elle appuie sur la sonnette.

11
Un appartement

Quelqu'un d'autre – dans une autre histoire, peut-être – se serait dit que le timbre avait sonné comme un point d'interrogation. Mari Paz, plus prosaïque, pense à des coups dans les côtes.

Elle monte par l'escalier – deux étages, ça lui dégourdit un peu les jambes – et trouve la porte ouverte.

— Par ici !

C'est la voix d'Aura, qui l'appelle.

L'appartement est petit et sombre : deux chambres, une salle de bains, un salon au fond et la cuisine en face. Les fenêtres qui donnent sur la rue ne laissent pas passer beaucoup de lumière, car le bâtiment est orienté au nord et la hauteur n'aide pas.

Le salon est un champ de bataille.

Il y a des jouets partout, du linge étendu sur le canapé, une serviette par terre et six paires de chaussures sur la table basse, empilées les unes sur les autres en équilibre précaire. La table de la salle à manger est probablement de couleur sombre, mais il est impossible de le savoir, car elle est recouverte de feuilles de papier sur lesquelles quelqu'un a dessiné une gigantesque licorne à six pattes. Le résultat n'a pas dû être satisfaisant car l'artiste a décidé qu'il fallait remplir le dessin de nouilles. Quel genre de nouilles ? Visiblement, toutes les sortes de nouilles qu'il y avait à la maison : des macaronis, des coquillettes, des fusillis, des farfalles et même des spaghettis pour la crinière. Toutes les parties de l'animal ont été commencées, aucune n'a été achevée. Peut-être parce que le flacon de colle blanche est renversé au bord de la table, gouttant sur le parquet, où s'étend une flaque informe évoquant un toast. Des mini-briques de jus d'ananas jonchent tous les coins, avec leur paille incrustée, et vraisemblablement vides. Il y a des miettes partout et ce qui ressemble à un biscuit Prince piétiné sur le tapis.

— Je suis allée au marché Baryalai à Kandahar après un attentat et c'était mieux rangé que ça, blondie.

Au milieu de ce chaos, Aura Reyes s'accroche à ses filles, une dans chaque bras. On les voit à peine sous les ailes de leur mère. On devine deux formes, une jaune et une noire.

— Tu devrais les voir quand elles se bourrent de sucre, dit Aura sans se retourner.

— C'est qui, maman ? demande une voix, étouffée par le sein maternel.

— Vous allez lui dire bonjour dans une minute. Pour l'instant, j'ai besoin de vous serrer dans mes bras soixante secondes de plus.

Les fillettes protestent et se débattent, tentent de se dégager, mais l'étreinte d'Aura n'est pas négociable.

— Pourquoi tu n'irais pas prendre une douche ? La salle de bains est là, suggère-t-elle en désignant la porte, avant de réagir à l'expression de Mari Paz. On en a besoin toutes les deux. Moi je suis trop occupée, je te cède ma place.

— Je ne peux pas rester, annonce l'intéressée, que la proposition laisse de marbre.

Même si ce ne serait pas du luxe. Je suis plus crasseuse qu'un troupeau de moutons. Mais ce ne sont pas des manières, ma parole.

— Allez, tu ne vas pas me laisser ranger ça toute seule, non ? Je t'invite à déjeuner.

Mari Paz réfléchit à la proposition. Son orgueil est blessé, car rien ne la contrarie plus que de voir ses faiblesses étalées au grand jour. Mais le premier sandwich n'est déjà plus qu'un souvenir, le deuxième en prend aussi le chemin, et son corps réclame du combustible d'urgence.

— Qu'est-ce qu'on mange ?

— Des pâtes, je dirais, répond Aura en désignant l'atelier de loisirs créatifs sur la table de la salle à manger.

Mari Paz oublie ses malheurs et sa fierté quand l'eau chaude tombe sur sa nuque.

Une chose est certaine à propos de la douche. Quand on n'en prend pas pendant deux jours, on se sent sale, dégoûtant. Si on saute cinq jours, le corps s'habitue à l'idée et c'est pour les autres que ça devient un problème. À partir du dixième jour, on trouve normal de se décrasser dans les toilettes des cafés.

Depuis des années, Mari Paz se contente de deux ou trois douches par mois, chez des copains. Sa fierté et son cœur lui interdisent d'en demander plus. La première est immense et le second plutôt tendre. Dès qu'elle se trouve sous le jet brûlant, l'armure se fissure. Elle se sent à nouveau un être humain et revient à la douloureuse réalité de son quotidien. Qui elle est, qui elle pourrait être.

Mari Paz s'assied dans la baignoire, pose la tête sur le rideau de douche et essaie de ne pas pleurer.

Quand elle sort, au bout de quelques minutes, l'image que lui renvoie le miroir a changé. Son visage, anguleux et dur, s'est adouci. Sa peau rêche s'est un peu repulpée, rendant une légère lumière à ses traits. Ses cheveux, gras et aplatis, sont maintenant bruns et brillants. Sa coupe est toujours un désastre, au moins est-ce un désastre propre.

T'as jamais été jolie, non. Mais du charme, un peu mon neveu, pense-t-elle.

Elle se palpe le bras avec tristesse. Il reste puissant, mais le contour bien défini des biceps est plombé par des années de piquette et de malbouffe.

Elle se jure pour la énième fois qu'elle va arrêter de picoler, reprendre sa vie en main et en faire quelque chose. Pendant qu'elle se le répète, son corps lui rappelle qu'il est l'heure de prendre une petite bière. Avoir une routine, c'est important.

Puis elle se retourne et se rend compte que ses vêtements ont disparu. À leur place, il y a une culotte – un peu serrée –, un peignoir et un petit mot.

« Il fallait que je lance une machine », explique le petit mot.

La garce, pense Mari Paz.

12

Des jumelles

Lorsqu'elle sort, les cheveux encore mouillés, enveloppée dans le peignoir, elle se retrouve dans le couloir en compagnie de deux présences menaçantes d'environ cent vingt-cinq centimètres de haut, armées de balais.

— Batman et Bob l'Éponge. Je dois m'inquiéter ?

— Seulement si tu es une méchante, dit Batman.

— Ou si tu es Mr Krabs, dit Bob l'Éponge.

— Ouf, coup de pot. Je suis Mari Paz.

— Et moi Cris, dit Batman.

— Et moi Alex, dit Bob l'Éponge.

— Ce ne sont pas vos prénoms, lance leur mère, exaspérée, de la cuisine.

— On a décidé qu'on allait utiliser des prénoms neutres jusqu'à ce qu'on sache qui on est vraiment, explique Cris en toute simplicité. Tu es qui ?

— Une amie de ta mère.

— Maman n'a plus d'amies. Elle dit ça, des fois.

— Et elle n'invite jamais personne à la maison, intervient Alex. Pourquoi elle t'a invitée, toi ?

Si je le savais.

— Tout ne s'explique pas, dans la vie, jeunes filles.

Cette explication semble suffire aux fillettes, qui troquent leur air méfiant contre un sourire malicieux.

— Tu veux un Sugus ? propose Alex, en lui tendant un paquet où il ne reste que trois bonbons. Un rouge, un bleu et un jaune.

Bien sûr que Mari Paz veut un Sugus. Elle va prendre celui à l'ananas, mais en voyant la tête des jumelles, elle se fait violence, lâche le bleu et prend celui au citron.

Les fillettes se ressemblent comme deux gouttes d'eau. Blondes, comme leur mère, avec les cheveux raides et les yeux verts. Elles portent toutes les deux des surpyjamas en polaire, qui ressemblent plus à des déguisements qu'à des pyjamas, et qui représentent leurs personnages préférés.

— Vous êtes *feitas*, dit Mari Paz en portant le bonbon à sa bouche.

— C'est pas vrai, on est très belles, protestent-elles en chœur.

— Non, pas *feítas*. *Feitas*.

— Elle veut dire que vous êtes très mignonnes, traduit leur mère. En galicien. Qu'est-ce que j'ai dit sur les sucreries avant de manger ? Retournez balayer le couloir, allez.

Aura a regagné le salon et est occupée à mettre un peu d'ordre dans le chaos.

— C'est fou le bazar qu'elles ont pu semer en une nuit.

— On n'a pas dormi, maman ! indique Cris depuis le couloir.

— Ça explique tout.

— On dirait bien qu'elles ont survécu, constate Mari Paz en lui faisant un clin d'œil.

À son tour, elle s'empare d'un sac-poubelle et s'emploie à déblayer la grande table. Elle prend soin de remettre dans le paquet les pâtes qui n'ont pas été collées.

Aura observe l'opération, sans protester. Ce n'est pas le moment de gâcher la nourriture.

— Elles étaient mortes de frousse quand je suis arrivée. Je me suis pris un sacré savon. Le premier de ma vie. En partie parce qu'elles ont eu peur, en partie pour que je ne les engueule pas d'avoir transformé le salon en une scène de *Gremlins*.

— Qu'est-ce que tu voulais me proposer ? demande Mari Paz avec curiosité.

— Pas maintenant. (Aura pose un doigt sur ses lèvres.) Quand elles seront hors circuit. Avec la nuit qu'elles ont passée, elles vont s'écrouler après déjeuner.

— Elles ne nous entendent pas.

— Méfie-toi de l'eau qui dort. Et elles ne doivent rien savoir de ce dont je veux te parler.

— Pourquoi, c'est illégal ?

Mari Paz dit ça en plaisantant, parce qu'elle n'imagine pas cette maman bourgeoise et bien élevée commettre une infraction plus grave que brûler un stop.

Aura, qui grattait le biscuit écrasé sur le tapis, se redresse et soutient son regard.

— Illégal et très dangereux, dit-elle avec le plus grand sérieux.

— Tu veux faire quoi ? Braquer une banque ?

— Plus tard.

À présent, Mari Paz est franchement intriguée, mais elle ne veut pas insister. Alors elle fait un geste vers la porte du couloir.

— Elles sont plus futées qu'un *allo*, pas vrai ?

— Celle-là, tu vas devoir me l'expliquer.

— Elles sont plus malignes qu'une tête d'ail. Je veux dire qu'elles en ont dans le ciboulot.

Aura sourit, jette une énième brique de jus vide dans le sac-poubelle et hausse les épaules.

— Je ne sais pas si elles sont intelligentes. J'en ai ras le pompon des parents qui croient que leurs gosses sont surdoués. D'après le groupe WhatsApp des parents de leur ancienne école, il y avait quinze génies dans leur classe.

Mari Paz fait une grimace d'incrédulité.

— Il y en a sûrement moins.

— Il n'y en a sûrement aucun. Enfin bon, j'étais comme ça, moi aussi. Dans une autre vie. Maintenant, je m'estime chanceuse si elles ne mettent pas le feu à la maison et qu'elles sont heureuses. Dans cet ordre.

— Aujourd'hui, c'est pas passé loin, dit Mari Paz en désignant le salon. Je peux me débrouiller toute seule. Va prendre ta douche, allez.

Le visage d'Aura exprime un immense soulagement.

— Vraiment ?

— Dépêche, avant que je change d'avis.

En l'absence d'Aura, Mari Paz fouine un peu en ramassant ce qui traîne. Dans le salon d'une maison, s'étale toute la vie d'une famille. Chez mémé, à Vilariño, le centre du salon était la cheminée. Au-dessus, à l'endroit névralgique, les photos de la famille. De pépé. Et aussi de papa et maman. De tous ceux qui étaient partis, laissant derrière eux une image imparfaite et un souvenir de chagrin, de brume et de nostalgie.

D'un côté de la cheminée, le petit bois, qu'elle coupait elle-même. De l'autre, un pot de *queimada*[1] poussiéreux. Sa grand-mère y passait le plumeau une fois par an, pour la San Xoan. *Se o limpias perderase o sabor*, disait-elle. « Si on le nettoie, ça perdra tout son goût. »

Si ces détails ne vous disent pas tout ce que vous devez savoir sur sa grand-mère, alors vous êtes moins futé qu'un *allo*.

Dans les appartements, à défaut de cheminée, il y a une télé. Les photos dans des cadres en argent ne traînent jamais bien loin. Dans cette maison, il s'en trouve une quantité extravagante, représentant presque toutes les jumelles à différents âges. On les voit dans le jardin d'une grande villa

1. Boisson traditionnelle galicienne à base d'eau-de-vie additionnée d'épices, préparée dans un récipient en terre cuite et flambée, à laquelle on prête des vertus magiques.

avec piscine, en compagnie d'un couple de personnes âgées, sans doute les grands-parents.

Et, enfin, la photo incontournable : celle d'Aura le jour de son mariage. Radieuse, ce qui ne surprend pas Mari Paz, car la nana est très belle. Elle porte un diadème simple, un chignon impossible et tient un bouquet de jasmin à la main. Elle regarde par-dessus l'épaule du photographe, vers l'avenir heureux qui l'attend.

Ce qui étonne Mari Paz, c'est l'autre moitié de la photo, le contraste avec le fiancé, un homme grand, avec des yeux enfoncés.

Elle, lumineuse et légère comme la brise. Lui, sombre et pesant comme une bourrasque.

Ça pue. Il est pas net, ce type.

Le mari n'est plus dans le tableau, et ça ne la surprend pas. Les années ont laissé à sa femme des rides sur le front, un visage plus rond, des cheveux plus foncés et un fardeau invisible sur ses épaules. Malgré tout, Aura reste lumineuse. Et l'homme sur la photo…

Elle entend s'ouvrir le verrou de la salle de bains. Mari Paz, n'ayant plus le temps de remettre le cadre en place, le balance dans le sac-poubelle.

Aura en est sortie et s'avance, vêtue d'un pantalon court et d'un T-shirt blanc. Elle ramasse le paquet de nouilles que Mari Paz a réussi à sauver (qui contient maintenant quatre sortes de pâtes différentes), et se dirige vers la cuisine en soupirant « raslebold'êtrevotreesclave » comme seule une mère peut le faire.

Juste à temps, pense Mari Paz avec soulagement. Elle récupère le cadre parmi les vestiges du naufrage et y jette un dernier coup d'œil avant de le remettre à sa place, de plus en plus intriguée par cette femme qui avait absolument tout.

Qu'est-ce qui t'est arrivé, bon Dieu, blondie ?

Et dans quel merdier tu veux me fourrer ?

13

Des tatouages

— Je veux du flan.

— Il n'y en a pas.

— Alors un Actimel.

— Eh bien, tu vas devoir t'en passer. Prends une poire.

— Y a plus que celle-là, dit-elle en désignant celle que Mari Paz vient de saisir dans la corbeille de fruits à moitié vide.

La poire en question s'arrête à mi-course vers sa bouche et emprunte le chemin inverse, dépasse la corbeille de fruits et va jusqu'à l'autre bout de la table.

— Tiens, la voilà. Je n'ai plus faim, ment Mari Paz.

— C'est quoi, ces dessins ? demande Cris, qui a soudain perdu tout intérêt pour la poire.

Quand Mari Paz s'est penchée sur la table, la manche du peignoir s'est relevée, laissant son bras droit à découvert.

— Ça s'appelle des tatouages, débile, corrige Alex.

L'insulte provoque une série de baffes et de « c'est celui qui le dit qu'y est » enflammés.

— Ce sont les tatouages des unités dans lesquelles j'ai servi, répond Mari Paz quand les jumelles ont résolu leur différend. Derrière chacun, il y a une histoire.

Et plein de cicatrices, de sueur et de sang dans la boue.

— Unités ?

— De l'armée. C'était mon métier.

— Je ne crois pas que ça intéresse les filles, intervient Aura entre deux bouchées.

Elle mange lentement et a laissé la moitié de ses macaronis.

Cris et Alex ne sont pas de cet avis et se jettent sur le peignoir, le relevant jusqu'à l'épaule.

— Et ça, c'est quoi ? demande Alex en désignant un aigle sur une croix de Bourgogne.

— Ma première unité. La BRILAT. On se déplaçait beaucoup en hélico.

— Et ça ?

Le doigt de la fillette s'arrête sur un couteau au-dessus de feuilles de chêne.

— C'est celui dont je suis le plus fière. Le BOEL. Le Bataillon d'opérations spéciales de la légion. Très peu de gens l'ont.

Les jumelles écarquillent les yeux d'admiration.

— Génial ! Et c'est quoi ?

— La meilleure unité d'élite d'Europe. Certains disent même que c'est la meilleure du monde.

— Qui est-ce qui dit ça ?

— Ben nous, cocotte, rit Mari Paz en ébouriffant les cheveux de Cris.

— Ça a été facile d'y entrer ?

Dans l'esprit de Mari Paz passent, comme des ombres fugaces, les milliers de réveils à quatre heures du matin pour aller courir douze kilomètres avant le petit-déjeuner.

Les milliers de nuits à coucher à la belle étoile, sans nourriture, sans vêtements ni boussole pour s'orienter, à traverser des forêts et des gorges, des marais et des rivières en plein hiver.

Les milliers de recrues qui ont commencé la formation, et dont il n'est resté que sept à la fin.

Les milliers de coups de latte dans les côtes du sergent instructeur « pour t'endurcir ».

Les milliers de morceaux en lesquels ils l'ont brisée, avant de la reconstituer.

Elle va répliquer, mais alors elle remarque le regard d'Aura, qui a posé sa fourchette sur son assiette et attend sa réponse. Son œil droit tremble un peu, un tic nerveux qui n'est pas menaçant, mais pas loin.

— Hum, facile, c'est pas le mot, répond-elle enfin, choisissant ses termes avec le plus grand soin. Mais j'ai été élevée au ragoût de mémé Celeiro. Un bon ragoût galicien, ça te prépare à n'importe quoi.

— Tu avais un pistolet ?

— Bien sûr.

— Les filles, gronde Aura, élevant la voix. Ça suffit !

— Et tu as déjà tué quelqu'un ?

La légionnaire ne répond pas. Elle se contente de baisser la tête.

L'ambiance à table s'est alourdie.

— J'ai dit, ça suffit ! Finissez votre dessert !

Alex obéit et s'assied aussitôt. Cris a du mal à lâcher le bras si grand et si beau.

— T'es super allumée.

Mari Paz fait une grimace d'incompréhension.

— J'ai juste bu une bière.

— Ça veut dire que tu es très cool, traduit Aura. En langage TikTok.

— *TicToc ? Carallo*, c'est quoi ça ?

Les filles éclatent d'un rire cristallin et musical. Si communicatif que Mari Paz se joint aussitôt à elles. Aura finit par céder à son tour, et l'atmosphère devient plus légère.

— Allez faire la sieste, les filles. Mari Paz et moi, il faut qu'on parle.

Ponzano

Le motel est connu sous de nombreux noms. Presque tous obscènes.

Aucun distingué.

L'endroit n'est pas célèbre, ni voyant. Quand on prend l'A2 en direction de Barcelone, on ne le remarque pas. Ce n'est qu'un bâtiment blanc, avec des petites fenêtres aux vitres teintées, à vingt kilomètres de Madrid. Sans enseigne visible.

Il faut aller jusqu'à la porte pour découvrir son nom. Des lettres de la taille d'un doigt sont gravées sur une plaque de plexiglas.

HERA

Le nom de la déesse grecque du mariage et de la fidélité, protectrice des épouses.

Parce que quelqu'un a un sens de l'humour pervers. Sous la plaque, un lecteur de cartes pour les employés.

Rien d'autre. Pas de réception, aucune possibilité d'entrer sans réservation. Pas même une porte sur la rue.

On ne vient pas au Hera par hasard, et tel est le souhait de ses propriétaires.

La discrétion est leur valeur primordiale. Car la plupart de leurs clients fortunés ont beaucoup de choses à cacher. Et ils sont très soucieux de le faire.

Un journaliste d'*El País*, qui avait entendu parler de cet endroit par un employé mécontent, eut la brillante idée de lui consacrer un reportage qu'il intitula : « Cocus magnifiques ». Il décrivait, aussi loin que l'audace et la prudence le permettaient, les services particuliers que le Hera fournissait à ses clients. Des chambres à partir de cinq cents euros les quatre heures. Des suites à partir de trois mille euros les quatre heures. Des jouets sexuels dans les chambres. Une piscine privée dans chaque suite.

Jusque-là, rien de trop compromettant.

Il commença à s'embourber lorsqu'il rapporta que, dans le tiroir de la table de chevet, se trouve une enveloppe noire – portant la mention « Pour pimenter la soirée, seul ou en couple » – contenant une carte dorée.

La carte porte un QR code. En le scannant à l'aide d'un smartphone, on accède à un catalogue de compagnons des deux sexes, tarifés à partir de cinq mille euros.

Pour les clients vraiment spéciaux, le site web comprend une section uniquement accessible par mot de passe. On y découvre un catalogue de compagnons premium. Des visages que l'on voit chaque jour à la télévision. Sans tarif affiché, partant du principe que, si vous devez demander le prix, ce n'est pas dans vos moyens.

La goutte qui fit déborder le vase fut qu'il se risqua à décrire l'activité principale du motel. Qui ne repose pas sur les habitués des prostituées ni sur les couples blasés.

Mais sur les cocus.

Pour devenir client du motel, il faut être membre, et pour cela, vous devez être parrainé par un autre membre. Une fois admis, vous recevez – dans un e-mail anonyme –

une lettre expliquant la philosophie de l'endroit, dont le deuxième paragraphe précise :

> ... dans un monde où quiconque peut vous photographier au moment où vous êtes le plus vulnérable et détruire votre vie...

Le Hera a été créé pour ceux qui ont beaucoup à perdre et aucune envie de s'y risquer. Pour ceux qui sont la partie la plus fragile d'un couple marié sous le régime de la séparation de biens. Pour ceux qui n'ont pas le cran de mettre fin à un mariage sans amour.

Et, surtout, pour les fils de putes.

Le journaliste d'*El País*, empli d'indignation *woke*, de puritanisme *cool* et de gin-tonic au concombre, évoquait ensuite les habitudes de ces derniers. Il expliquait qu'il était impossible de trouver une chambre libre en semaine entre 13 heures et 16 heures. La tranche horaire durant laquelle il était le plus simple pour les époux adultères de s'éclipser en prétextant un déjeuner de travail.

Il ne donnait pas de noms, car il n'en avait obtenu aucun. Et peut-être, s'il n'avait pas ajouté la dernière ligne, aurait-il sauvé sa peau.

> Si vous voulez savoir si elle ou lui appartient à ce club très privé, cherchez dans ses relevés bancaires la mention Hera Holding Intl. Si vous la trouvez, j'ai une mauvaise nouvelle à vous annoncer.

Le reportage fut mis en ligne sur le site du journal un jeudi à 21 h 30. À 21 h 45, il avait disparu. Il était resté visible un peu moins de treize minutes.

À 23 h 30, le même jeudi, le journaliste fut licencié. Devant ses protestations et ses supplications, on lui offrit de le réintégrer s'il balançait sa source.

Après avoir courageusement résisté pendant cinquante minutes entières, le journaliste finit par révéler le nom de son informateur ; une femme de ménage mécontente de nationalité roumaine.

La femme ne réapparut plus au motel. On prétendit qu'elle était retournée dans son pays, même si son mari l'appelait avec insistance sur l'unique numéro dont il disposait pendant des mois et des mois, sans succès.

Le journaliste fut également remercié. Il tint trois ans à coups d'alcool et de pilules colorées. Dans le mot qu'il laissa avant son suicide, il écrivit seulement : « Ne cherchez pas d'embrouilles aux fils de putes. »

Les « fils de putes ». Comme ça, en général.

Et le pire d'entre eux, en particulier, se dirige en ce moment même vers le motel Hera.

Sebastián Ponzano, président-directeur général de la Value Bank, conduit lui-même sa voiture, au-delà de la vitesse recommandée. Ce qui est inhabituel. À près de soixante-dix ans, il a conscience que ses réflexes ne sont plus ce qu'ils étaient. Si bien que, depuis une dizaine d'années, il a coutume de laisser le volant à un chauffeur de confiance.

Le fait qu'il occupe aujourd'hui le siège avant témoigne du caractère secret de l'affaire.

Personne, jamais, ne doit avoir vent de sa visite au motel.

C'est pourquoi il a choisi l'heure de pointe, celle du déjeuner, où sa présence passera le plus inaperçu auprès d'un personnel débordé.

Il a payé la chambre avec une carte opaque, au nom d'une société domiciliée aux îles Vierges.

Et – le plus important – il a informé sa secrétaire qu'il allait pendant l'heure du déjeuner lire dans le parc, comme il le fait de temps en temps. En sortant, il tenait ostensiblement sous le bras *La Grande Étude* de Confucius et le tome IV du *Digeste* de Justinien.

Car… qui irait soupçonner un vieux monsieur qui se consacre à l'étude de la philosophie orientale et du droit romain ?

— Je préviens Aurelio, don Sebastián, attendez, a dit la secrétaire en le voyant partir.

— Inutile, je vais juste faire un petit tour, a-t-il répondu, déjà dans l'ascenseur, sans lui laisser le temps de protester.

Qui pourrait croire que le président-directeur général d'une banque a moins de liberté que n'importe lequel de ses employés ? s'est lamenté Ponzano en montant en voiture.

Le parking du siège de la Value Bank était plein à cette heure-là. À craquer. La surcharge de travail des dernières semaines, avec ce qui s'annonce, et la crainte de rester sur le carreau, retiennent les salariés à leur bureau. Ponzano ne pense pas à cette absence de liberté-là, mais à la sienne.

Il regrette, pas pour la première fois, l'époque où il n'était qu'un employé lambda, dans l'ombre de son père, Mauricio Ponzano, le seul et unique, le grand banquier de la Transition. Des chefs d'État assistèrent à ses funérailles.

Durant ces premières années, il y a quarante ans et quelques, Sebastián Ponzano travaillait seize heures par jour. Mais quand il tombait la cravate et quittait la banque, personne ne lui demandait de comptes.

Aujourd'hui, même pour aller pisser, ils me fliquent. Quelle vie, Seigneur !

Avec le plus grand soin, il a déposé les livres sur le siège de sa Jaguar XF et s'est dirigé vers le motel. Il n'a pas entré l'adresse dans le GPS : il l'avait mémorisée pour laisser le moins de traces possible. Il savait qu'Aurelio remarquerait qu'il avait pris la voiture, et a ébauché une excuse crédible.

Ma propre voiture, et je dois me justifier. Quelle vie !

Il appuie sur l'accélérateur. Elle n'aime pas qu'on la fasse attendre.

Vingt minutes plus tard, il arrive devant le Hera et entre le code donné au moment de la réservation.

Une barrière se lève, et la Jaguar descend une rampe qui s'ouvre sur un espace dégagé protégé par de hauts murs de béton.

Le motel n'a pas de portes pour ses clients. Pour leurs voitures, si.

Le côté du bâtiment est flanqué d'un accès réservé aux véhicules. Chacun d'eux conduit à un petit parking double, pourvu d'un ascenseur qui mène directement à la chambre réservée par le client, et pas une autre. L'ingénieuse architecture, contrôlée par l'intelligence artificielle, crée un parcours unique pour les clients normaux, qui ne peuvent jamais en croiser un autre, même si les amants entrent et sortent séparément – ce qui est habituel –, car chacun dispose de son propre code d'accès.

Ponzano contourne la bâtisse et passe, sans le savoir, sous les fenêtres des chambres où une ministre fait l'amour avec un célèbre journaliste, un footballeur avec un architecte, une juge avec une autre juge, un acteur de seconde zone avec une prostituée. Sept d'entre eux sont mariés, trois dans le placard, et une a envie de rentrer chez elle regarder Netflix.

Il arrive à la porte qui lui a été attribuée, la 25, et c'est là que les milliers d'euros qu'il a payés commencent à faire la différence.

Les clients VIP qui occupent l'une des cinq suites ont droit à la plus grande intimité que l'argent puisse acheter. L'accès aux véhicules s'ouvre sur un gigantesque ascenseur.

La voiture pénètre dans l'énorme espace, et l'ascenseur se met en marche avec un bourdonnement métallique. En arrivant en haut, il se gare dans un espace exclusif. La place contiguë est occupée par une Mercedes Classe S Berline aux vitres teintées.

Elle est déjà là. Merde !

Il consulte sa montre. Deux minutes de retard seulement, mais elle va les lui faire payer. Ponzano descend de la Jaguar en sentant une boule à l'estomac. Il s'arrête un instant pour regarder son image dans le miroir en pied, près de l'entrée de la suite. Tout est bien à sa place. La veste marine boutonnée, le nœud de cravate serré comme il faut. Les cheveux blancs peignés en arrière, formant des ondulations dans la nuque. Des cheveux de riche.

Tout va bien à l'extérieur. À l'intérieur…

Alors qu'il ouvre la porte de la suite, il voit sa main tremblante, faible.

La main d'un vieil homme qui se raccroche aux branches.

Il prend quelques instants pour se calmer.

Décrocher ce rendez-vous a nécessité des efforts considérables. Tout ce qu'il a bâti au long de sa vie l'a mené jusqu'à cette porte.

Il ne peut se permettre d'échouer.

Manquerait plus que j'aie une panne, si près du but, pense-t-il.

Le sarcasme aide bien. Pas beaucoup, juste assez pour que sa main cesse de trembler.

Il inspire profondément et tourne la poignée.

La suite Cleopatra est immense. Plus de cent mètres carrés, dans un espace lumineux.

L'endroit est le fantasme sexuel d'un pervers avec trop d'argent qui aurait trop regardé *Les Aventuriers de l'arche perdue*. Les colonnes en stuc imitent médiocrement l'architecture de l'Égypte antique. Couvertes de hiéroglyphes et flanquées de fausses torches à mi-hauteur. Le lit est gigantesque, et les draps bleus sont décorés d'un imprimé à motifs de sphinx. Le bain à remous, à gauche de la pièce, est tapissé d'une mosaïque représentant l'œil d'Horus. Sur un comptoir, à droite, une bouteille de Moët & Chandon rafraîchit dans un seau, encadré par deux hautes flûtes à liseré doré.

Rien dans cette débauche de mauvais goût ne retient l'attention de Ponzano, car il n'a d'yeux que pour la femme au comptoir.

Même assise, elle ne peut dissimuler sa prestance. Elle est grande, bien plus qu'il n'y paraît sur les photos. Sèche, peau mate, cheveux bruns, regard d'acier. Elle porte un tailleur rouge, comme sur les photos qui sortent presque quotidiennement dans la presse.

Petite concession à la coquetterie, un élégant foulard, noué à son cou, dissimule les rides qui trahissent son âge. L'unique signe de faiblesse dans une allure étudiée au millimètre et répétée jusqu'à l'épuisement.

Laura Trueba, présidente de la plus grande banque d'Europe, personne la plus puissante d'Espagne.

La femme lève les yeux de son portable en entendant la porte s'ouvrir. Elle tourne un peu la tête vers la gauche, pas totalement, pour attirer l'attention de l'homme qui attend derrière elle. Chauve, taillé comme une armoire.

— Ce sera tout, Alejandro. Merci.

Le garde du corps acquiesce et se dirige vers la sortie. Il passe si près de Ponzano que le vieil homme peut sentir son parfum.

Ponzano lui adresse un regard de reproche et ne dit rien avant que l'autre ait quitté les lieux.

— Nous avions dit « sans personne », proteste-t-il.

— En effet, j'imagine que nous avions dit cela. Oui.

Laura Trueba ne bouge pas de son siège. Le haut tabouret met en valeur la forme de ses jambes musclées. Bien qu'elle ait passé la soixantaine, la banquière a le physique d'une femme de quinze ans de moins.

Elle ne lui propose pas de s'asseoir près d'elle, ni de poursuivre la conversation dans les fauteuils d'à côté, où ils seraient plus à leur aise.

Ponzano a passé l'âge de tomber dans ces jeux de pouvoir et enchaîne :

— Tu as réfléchi à ma proposition ?

— J'ai réfléchi.

— Et ?

— C'est une bonne proposition.

Le vieil homme sourit, ouvertement, sans pouvoir s'en empêcher. Pendant les trois secondes qu'elle prend avant d'ajouter :

— Je ne vais pas l'accepter.

Le sourire de Ponzano ondoie, tremblote, mais ne s'efface pas complètement. Il se penche un peu vers l'avant, fronçant le nez et remontant ses lunettes sur son front. Sans elles, ses yeux ont l'air bien plus petits.

— Laura, c'est le moment. Si nous fusionnons nos banques, nous serons invincibles. Tes clients de banque privée…

— Je sais, dit-elle en détournant le regard.

— Votre taille monterait à quinze milliards.

— Ce n'est pas le problème.

Le plan était simple, en réalité. Trueba lancerait une offre publique d'acquisition d'actions, peu avant la présentation des comptes annuels de la Value Bank, en dessous de leur prix. L'OPA laisserait croire aux actionnaires que Trueba sait que les comptes donneront de mauvais résultats, et ils s'empresseront de vendre.

Lors de la présentation des comptes, avec les meilleurs résultats de l'Histoire, les actions grimperont comme une fusée. Pour les actionnaires qui auront vendu à perte, ce sera une catastrophe. Pour Trueba, qui deviendra l'actionnaire principale de la banque, ce sera un triomphe. Le gouvernement sera forcé d'autoriser la fusion des deux entités.

Le plan est simple, infaillible et assez illégal.

Ce qu'ils font aujourd'hui s'appelle organiser une manipulation du marché à grande échelle. Comme on n'en avait pas vu depuis des décennies.

Si on se fait prendre, ce sera un scandale. La ruine et la prison.

Pourtant, ce n'est pas ce qui préoccupe Laura Trueba. La Commission nationale du marché de valeurs enquêtera, naturellement. Un mouvement aussi audacieux sera soumis à l'examen le plus attentif. Mais s'ils ne peuvent pas prouver la manipulation, ni le moindre contact entre eux...

Et ils ne pourront pas. Nous y avons veillé de près.

— Alors, quel est le problème ?

Elle lisse un pli imaginaire sur sa jupe, avec indifférence.

— Je n'ai pas confiance en toi, Sebastián. Je n'ai pas confiance.

— Les chiffres sont solides. Nos actions n'ont pas cessé de grimper depuis un an et demi.

— Après avoir chuté de près de quarante pour cent.

Droit dans la jugulaire, hein ?

Il savait que ce serait l'argument principal qu'elle lui opposerait, même s'il s'attendait à ce qu'elle tarde un peu plus à le lui balancer. Le fait qu'elle soit allée droit au but, sans tourner autour du pot, est une faille dans la cuirasse de la grande Laura Trueba.

Après avoir lâché sa bombe, elle garde le silence. Ponzano la dévisage attentivement.

Tu crèves d'envie d'accepter. Acheter la Value Bank. Ce que ton père n'a pas obtenu, malgré toutes ses tentatives.

Seulement, il y a une mouche dans le potage.

Une mouche qui a été au centre d'un scandale dont on parle encore. Un scandale qui a fait plonger les actions de la Value Bank, et dont elle n'a pas fini de se relever.

Une mouche qui a été désignée comme l'unique responsable.

Une mouche nommée Aura Reyes.

— Tout est sous contrôle.

— Tu es sûr qu'elle ne va pas obtenir sa libération sous caution ?

Ponzano rit avec affectation.

— Nous nous en sommes chargés.

À présent, c'est au tour de Trueba de l'observer, tambourinant du bout des doigts sur sa jupe pendant près d'une minute.

— Je ne te fais toujours pas confiance, Sebastián, déclare-t-elle en se relevant pour se diriger vers la porte. Mais si tu obtiens ton bouc émissaire, si cette femme va en prison, à la vue de tous… tu auras ce que tu veux.

Aussi simple que ça.

Ponzano pince les lèvres en un geste triomphant et lance :

— C'est ironique, n'est-ce pas ?

Trueba tourne la tête, intriguée.

— C'est peut-être la première fois dans l'histoire de cet antre luxueux, poursuit Ponzano en désignant ce qui l'entoure, que deux personnes ne s'y retrouvent pas pour baiser.

— Si tu te plantes, Sebastián, dit-elle avant de s'en aller, ceux qui seront baisés, c'est nous.

14
Une question

Coucher les jumelles est une tâche titanesque. Très brève aussi, fort heureusement.

Il faut les emmener dans leur chambre – désormais, elles doivent partager celle qu'Aura occupait autrefois – et les mettre au lit. Le matelas s'affaisse, la pièce est exiguë et les fillettes survoltées. Mais une nuit blanche, c'est beaucoup, même pour ces deux tornades sur pattes.

— J'ai pas sommeil, déclarent-elles en chœur.

— Fermez les yeux, on va bien voir.

Au bout de deux minutes, elles ronflent comme des tronçonneuses.

Quand Aura regagne le salon, elle trouve Mari Paz en train de vider le fond de bière. Il ne manquerait plus qu'elle presse la canette, au cas où elle pourrait en tirer trois gouttes.

— Tu as un problème avec l'alcool ? demande-t-elle en s'asseyant devant elle.

Mari Paz rentre la tête dans les épaules, comme si elle s'était fait surprendre avec les doigts dans le nez. Elle repose la canette sur la table avec tristesse. De la Mahou, mais c'est mieux que rien.

Aura a besoin d'une réponse à deux questions avant de lui exposer son plan. Un plan qui peut les tirer de la mouise ou les noyer.

À la première question, Mari Paz répond par une autre question.

— T'en aurais pas une autre, blondie ? tente-t-elle en agitant la canette vide.

Donc oui, Mari Paz a un problème avec ça. Seulement, Aura n'a pas le choix.

— C'était la dernière. Tu as bu mon budget alcool du mois.

— Mais y en avait qu'une...

— Ça te donne une idée de la situation.

La Galicienne ne répond pas, elle se contente de croiser les bras et de la regarder, attendant qu'elle fasse le premier pas.

Aura ne veut encore rien lui raconter. Pas avant de lui avoir posé la seconde question, qui la taraude depuis qu'elles ont quitté le palais de justice.

— Quand la gardienne est entrée et qu'elle m'a appelée la première... Tu lui as dit de me laisser dormir.

Mari Paz acquiesce, avec un certain étonnement. Comme si elle s'attendait à une question bien plus vache, mais à laquelle il serait peut-être plus facile de répondre.

— Pourquoi tu as fait ça ?

— Je te l'ai dit. Tu étais complètement dans le gaz.

Aura fait une grimace et lance un long regard à Mari Paz, qui continue de tripoter la canette.

Cette femme est insondable. Insondable et complexe. Or, comme pour tous les mécanismes compliqués, il existe une solution simple.

Et soudain, elle la trouve.

— Ce n'est pas vrai. Tu voulais sortir avant moi. Parce que tu savais que les Sud-Américaines m'attendraient dehors. Tu aurais pu t'en aller, mais tu es restée pour aider une nana que tu ne connais ni d'Ève ni d'Adam.

— J'avais embarqué ton petit-déj'.

— Que tu m'aies attendue… C'est inhabituel. Tout, chez toi, est inhabituel, dit Aura en dessinant des cercles de son index pointé vers elle.

— Blondie, je crois que tu dérailles, là, se défend Mari Paz, affaissée sur sa chaise.

Aura sait que ce n'est pas le cas, et aussi que la légionnaire ne va pas baisser les bras. Ces bras, qui se sont de nouveau retrouvés à découvert quand elle a changé de position. Elle ne peut s'empêcher de les examiner et de penser à la violence que renferme chaque symbole.

L'aigle.

Le crâne avec le béret.

L'arquebuse, l'arbalète, la hallebarde.

La devise *Fiancée de la mort* en italique.

Gênée d'être ainsi scrutée, Mari Paz recouvre son bras.

— Leur père a été tué, explique Aura en écartant une mèche de son visage. Par un soldat d'élite, comme toi. Il y a deux ans[1].

Silence.

— Il l'a tué, et il m'a grièvement blessée.

Nouveau silence, du genre à pousser un comique à se tirer une balle sur scène.

— Ils l'ont chopé ? interroge Mari Paz, quand le silence devient intolérable.

— Il a disparu, dit Aura en secouant la tête.

— Pourquoi… ?

Elle ne la laisse pas terminer sa question.

— Mon mari trempait dans de sales magouilles. Ils étaient venus le chercher, et je me suis interposée. Deux flics m'ont retrouvée en train de me vider de mon sang devant la porte de la chambre des filles. Juste à temps.

1. Voir *Roi blanc* (Fleuve Éditions, 2024).

— Et les petites ? demande Mari Paz d'une voix grave.

Aura remarque que la Galicienne serre les poings. Les muscles de ses avant-bras se tendent comme des câbles d'acier.

— Elles ne se sont rendu compte de rien. Mes parents les ont récupérées, ils leur ont mis une couverture sur la tête et ils les ont emmenées ici.

Mari Paz laisse son regard errer dans le salon, où flotte encore l'absence, et se tourne vers Aura.

— Tes parents ne sont plus là, si ?

— Mon père est mort d'une crise cardiaque peu de temps après. À l'époque, ma mère souffrait déjà d'un début d'Alzheimer. Quand mon père est mort, j'ai dû la placer dans une maison de retraite.

Une maison de retraite hors de prix. Trois mille deux cent cinquante-trois euros et cinquante centimes par mois. Et ça augmente.

Mari Paz cligne des yeux, sonnée.

— *Carallo*, ma grande, soupire-t-elle. *Carallo.*

Aura pose les coudes sur la table, laisse tomber sa tête entre ses mains et inspire profondément par le nez, essayant de se contenir.

— Maintenant je me serais bien pris une bière, tu sais ?

Comme il est évident qu'il n'y en a plus, la légionnaire se lève, va à la cuisine, remplit la carafe d'eau et lui sert un verre.

— C'était une Mahou. Ça revient au même.

Aura, qui était sur le point de se mettre à pleurer, se surprend à éclater de rire. Un rire rauque et brisé, mais un rire quand même. Et il est suivi de sanglots, comme une cerise attachée à une autre.

Mari Paz s'accroupit près d'elle, tandis que ses propres larmes réclament d'entrer dans le jeu.

— *Unha aperta ?*

Aura hésite un instant. Pas bien longtemps.

— Qui refuserait un câlin ? dit-elle entre deux hoquets.

Et elle se laisse enlacer par les énormes bras de la légionnaire. Quand Aura parvient à se calmer, Mari Paz la lâche et s'assied près d'elle, à la place qu'occupait Cris.

— *Mimadriña*. Ta vie est partie en vrille en six mois. Moi qui pensais avoir une vie merdique, blondie. La tienne surpasse tout, hein ?

— Tu crois que ça s'arrête là ?

Aura se frotte les yeux et se mouche dans une serviette usagée avant d'ajouter :

— Eh bien, assieds-toi, parce que le désastre ne fait que commencer.

15

Un récit

Parfois, la bravoure se révèle en s'ouvrant à une parfaite inconnue.

Aura n'est pas encline à se mettre à nu ainsi, elle ne l'a jamais été.

Mais aujourd'hui, elle ne se tait pas, non.

La colère l'aiguillonne.

Colère

« L'espoir est la dernière chose que l'homme peut perdre. »

Sa mère répétait ça tout le temps. Dans son castillan parfait de maîtresse d'école née à Salamanque.

Quelle que fût la gravité de la situation, sa mère lâchait sa petite phrase, et finissait par avoir raison. Le temps passait, le vent emportait les nuages, le petit copain qui avait rompu avec vous à la fac laissait place à un autre, plus beau et plus grand.

« Je l'avais bien dit », déclarait-elle, le moment venu. Comme si elle n'attendait que ça depuis le début.

Cette histoire d'espoir qu'on perd en dernier n'était sûrement pas vraie, car il ne restait même plus cela à Aura.

Six mois après la brutale agression subie à son domicile, elle ne s'était toujours pas remise. Sa vie consistait à s'alimenter, à effectuer des exercices de rééducation pour renforcer ses muscles abdominaux – là où le tueur l'avait poignardée avec un couteau de chasse – et à faire bonne figure devant les filles. Autant d'actions stériles destinées à tenter de renverser l'inexorable équation qui avait privé sa vie de tout sens.

Souvent, le matin, elle allait voir sa mère à la maison de retraite. C'est à peine si celle-ci la reconnaissait.

Chaque visite était identique. Elle la retrouvait dans le couloir de sa chambre, esquivant des vieillards qui déambulaient avec l'air de s'être éclipsés un instant de leur propre enterrement. Elle la saluait d'une accolade à sens unique, avec la sensation d'étreindre un morceau de verre. Elle composait le code de l'ascenseur, en s'assurant que sa mère ne le voie pas, car elle s'était déjà échappée des lieux deux ou trois fois.

Puis elles se promenaient bras dessus, bras dessous, toutes deux clopin-clopant, l'une en raison de son âge, l'autre de ses blessures. Dans un silence gênant.

La seule chose pire que le silence, c'était la question.

— Qui êtes-vous ?

— Je suis ta fille, maman, répétait-elle encore et encore. Je suis Aura.

Sa mère hochait la tête, et continuait de marcher.

Aura songeait combien sa mère devait se sentir seule, constamment entourée de visages inconnus, à la présence diffuse, spectrale, cotonneuse.

Le meilleur moment de la promenade était lorsqu'elles s'asseyaient sous un arbre. Aura avait toujours un livre avec elle et lisait à voix haute. Elle n'avait jamais aimé ça. L'effort de parler la détournait de l'histoire et ses yeux allaient plus vite que sa langue, anticipant la ligne suivante. Mais la lecture avait un effet apaisant sur sa mère, qui se calmait et écoutait avec attention.

Et surtout, sans poser de questions.

Aura ne supportait pas l'interrogation :

« Qui êtes-vous ? »

Elle répondait toujours aimablement, avec un sourire et une caresse sur le dos de sa main, ou sur son épaule, que sa mère acceptait. Au fond d'elle, chaque question tombait comme une pierre dure et tranchante. Et elle restait là, attendant la suivante, qui ne tardait pas à arriver.

Mieux valait encore la lecture à voix haute.

Au début, Aura achetait des livres pour l'occasion. Elle passait dans une petite librairie de quartier, près de la maison de retraite, et en prenait un sur la table des nouveautés. Presque sans regarder. Avant, elle aimait lire. Maintenant, toutes les histoires se ressemblaient.

Tout l'ennuyait. Elle avait hâte de reprendre le travail. Mais son patron ne voulait pas en entendre parler.

« Prends tout le temps qu'il faut pour te rétablir, disait-il. Tu es la meilleure stratège que je connaisse. J'ai besoin que tu sois à cent pour cent. »

Aura était une excellente gestionnaire de fonds d'investissement de la banque. Elle avait créé le placement phare de la Value Bank. Avec une rentabilité constante, année après année. Elle savait que son poste n'était pas menacé. N'importe quelle banque du pays lui ferait un pont d'or sans hésitation.

Alors, elle fit ce qu'il lui recommandait.

Les nouveaux livres ne l'ennuyaient pas seulement elle. Ils fatiguaient aussi sa mère qui gigotait, agitait les pieds, toussait ou se levait.

Lorsqu'elle vint la voir un jour férié, Aura trouva la librairie fermée. Elle regagna sa voiture, frustrée, se demandant comment elle pourrait passer le temps. Alors elle le vit. Sur le siège arrière de la BMW X5, les filles avaient oublié l'un de leurs livres de classe.

Ça fera l'affaire, pensa-t-elle.

Le moment venu, installée sur le banc sous l'arbre, Aura l'ouvrit et se mit à lire.

> Alice commençait à se sentir très lasse de rester assise à côté de sa sœur, sur le talus, et de n'avoir rien à faire : une fois ou deux, elle avait jeté un coup d'œil sur le livre que lisait sa sœur ; mais il ne contenait ni images ni dialogues : « Et, pensait Alice, à quoi peut bien servir un livre où il n'y a ni images ni dialogues ? »

Presque aussitôt, quelque chose se produisit. Tandis qu'Aura parlait, sa mère se redressait, comme si elle reconnaissait ce qu'elle entendait. Pendant le passage où le lapin (blanc, une couleur dangereuse) passe devant Alice en courant, sa mère la regarda dans les yeux, hocha la tête et sourit.

— Bien. C'est bien.

Pour Aura, c'était suffisant.

En rentrant chez elle, elle courut directement dans le garage. Au fond, à côté des skis, une pile de cartons poussiéreux, un fatras qu'elle ne se résolvait pas à jeter. La boîte qu'elle cherchait était – comment aurait-il pu en être autrement – tout en bas. Elle l'ouvrit, et le nuage de particules qui s'en échappa la fit éternuer.

Ils étaient là.

Les livres de son enfance.

Des livres tout cornés, miteux, qui faisaient tache dans la coûteuse bibliothèque sur mesure du salon. Des livres recouverts de plastique parce qu'il fallait les emporter à l'école. Non pas avec ces films adhésifs modernes, mais avec ce plastique épais qui jaunissait avec le temps. Ils portaient tous une étiquette à l'encre passée. Sur la première, on lisait : « Aura Reyes, 5e ».

Lorsqu'elle prit le volume, un frisson la parcourut.

L'illustration de couverture montrait un jeune Jim Hawkins – ses longs cheveux blonds attachés en queue-de-cheval – agenouillé à l'entrée d'une caverne. De la main gauche, il ouvrait un sac en toile de jute. Dans la droite, il tenait une poignée de pièces d'or. Le sol de la grotte en était tapissé, à tel point qu'elles débordaient de la couverture. À l'arrière-plan, sur une mer calme et bleue, *L'Hispaniola* mouillait, promesse de liberté.

Quinze hommes sur le coffre du mort, chanta Aura dans sa tête.

Yo, oh, oh, et une bouteille de rhum, répondit l'Aura de douze ans, qui s'était cachée dans le tonneau de pommes, déjouant la rébellion des pirates et trouvant une figure paternelle en John Long Silver.

Elle mit le carton avec tous les livres dans le coffre de la voiture. Le premier qu'elle en sortit pour le lire à sa mère fut cet exemplaire abîmé d'un roman qu'elle n'avait pas relu depuis trente ans. L'ouvrir lui rappela que pour elle, la lecture n'était pas un simple divertissement, mais un voyage. Les livres, les bons livres, étaient un passeport sans date d'expiration.

Elle lut des heures durant, plus que jamais auparavant.

Si longtemps qu'elles manquèrent le déjeuner.

« Le réfectoire est fermé, dit l'une des aides-soignantes en prenant un air renfrogné. Elle va devoir manger dans sa chambre. »

Aura s'en moquait. Elle prit la bouillie froide et le blanc de poulet racorni – quel que soit le prix d'une maison de retraite, la nourriture sera toujours immonde – et accompagna sa mère dans sa chambre.

Elle dut lui donner elle-même la becquée, coupant tout en petits morceaux, sans quoi sa mère oublierait de manger. Mais Aura s'en moquait. Ce jour-là, elle était heureuse. Sa mère avait montré de légers progrès. Des regards, des mots, des gestes. Elle nageait à contre-courant, bien sûr. Mais...

L'espoir est la dernière chose que l'homme peut perdre, pensa Aura, puis elle alluma la télé pour qu'elle leur tienne compagnie.

Quelques minutes plus tard, après le dessert – une crème renversée gélatineuse –, Aura comprit que le dicton disait vrai.

— Ma fille, ma fille, dit sa mère, désignant la photo diffusée au journal télévisé.

Aura leva les yeux en souriant et vit sa propre image répondre à son sourire sur l'écran de la télé.

La photo, tirée du site internet de la banque, montrait une Aura plus jeune, plus heureuse. Pleine d'assurance, de confiance en elle.

« ... D'après nos informations, Aura Reyes serait la seule responsable du scandale du fonds d'investissement Premium de la Value Bank qui a éclaté ce matin. Des milliers de petits investisseurs pourraient perdre leurs économies. Il y a quelques minutes, le président-directeur général de la banque, Sebastián Ponzano, déclarait : "S'il est vrai que l'une de nos employées a trahi notre confiance, en agissant de son propre chef..." »

Naturellement, la première chose que fit Aura – dans un réflexe très XXIe siècle – fut d'attraper son téléphone portable et d'appeler Ponzano.

Ça sonna.

Personne ne répondit.

Ce fut entre la sixième et la septième tentative infructueuse d'établir la communication qu'Aura comprit que le dicton disait vrai.

L'espoir est la dernière chose que l'homme peut perdre, oui.

Parce qu'elle avait déjà perdu tout le reste.

16
Un regard

— Non, je n'avais pas tout perdu, rectifie Aura, le poing dressé devant son visage. Ce sont eux qui m'ont tout pris. Tout.

Elle lève le pouce.

— Un tueur m'a pris mon mari, je ne sais toujours pas trop pourquoi. Une enquête est en cours, paraît-il.

Elle lève l'index.

— Ponzano m'a pris ma réputation, ma carrière, et m'a traînée devant les tribunaux.

Elle lève le majeur.

— Ils m'ont clouée au pilori. Les barbares… Ils campaient devant chez moi. Ils jetaient des pierres sur ma voiture. Ils crachaient sur mes filles.

Elle lève l'annulaire.

— J'ai perdu ma maison. Tout ce que je possédais.

Reste l'auriculaire, replié dans la paume de sa main.

— Presque tout, dit Mari Paz en désignant la chambre où dorment les jumelles.

— Elles aussi, ils vont me les prendre. Je ne peux pas payer la caution, et le juge a requis mon placement en détention préventive. Parce que je risque de m'enfuir, soi-disant. Si je ne m'enfuis pas…

Elle lève l'auriculaire.

— Et ton avocat, *carallo*, il branle quoi ? lâche Mari Paz.

Aura hausse les épaules.

— J'avais un très bon avocat, mais je ne peux plus le payer. Et maintenant, j'en ai un commis d'office qui est infoutu de trouver son cul avec ses mains.

— Vraiment, tu ne peux pas payer la caution ? Cet appartement…

— C'est celui de ma mère. Je l'ai hypothéqué pour payer sa maison de retraite. De toute façon, ça ne couvrirait pas la caution.

Mari Paz a toujours été directe. Un trait de caractère qui s'oppose souvent à son atavisme galicien. Dans les moments délicats, elle livre une bataille interne entre franc-parler et mutisme.

À la fin, elle trouve toujours une manière douce et subtile d'exprimer ce qu'elle pense.

— Et dis-moi, est-ce qu'il n'y aurait pas par hasard du pognon qui traînerait quelque part sans que personne ne sache où il est ? Et j'accuse personne, hein.

Aura encaisse l'insinuation avec l'élégance de quelqu'un qui reçoit un direct à l'estomac.

— Tu crois que je suis coupable ?

— Je fais juste des suppositions.

Aura lâche un rire amer.

— Si j'avais volé cent et quelques millions d'euros, tu crois que je serais ici ?

— Non, j'imagine que non.

— Tu imagines bien. Si j'avais volé cet argent, j'aurais bien fait les choses. Je serais à Bélize ou aux Bahamas en train de bronzer sur un yacht avec les filles en buvant des mimosas en bikini.

Mari Paz chasse – avec une certaine difficulté – l'image d'Aura en maillot de bain.

— Donc tu es innocente.

— Je suis plein de choses. Maladroite, trop confiante et sûrement très crédule. Mais non, je n'ai pas volé cet argent.

— Et pourquoi tout le monde pense que si ?

— On m'a tendu un piège. Quelqu'un a manipulé le fonds d'investissement pour acheter des actifs différents de ceux que je choisissais personnellement.

— Et comment ils ont fait ça ?

Aura secoue la tête.

— Tu ne comprendrais pas.

— Essaie toujours, on sait jamais, insiste Mari Paz, têtue.

Pendant les minutes qui suivent, Aura la bombarde de termes tels que *swaps*, *late trading*, *market timing*, actifs toxiques, système de Ponzi et autres joyeusetés.

— *Vaiche boa !* Sans déconner, tu me parles chinois, là, l'interrompt Mari Paz, écroulée de rire.

— Je n'ai pas encore commencé, dit Aura, qui ne semble pas ravie d'avoir raison, ce qui amuse Mari Paz. Ne t'inquiète pas si tu ne comprends rien. J'ai fait ça toute ma vie et je n'y comprends rien non plus si je n'ai pas un schéma sous les yeux. Le monde de la finance est devenu tellement complexe que presque tout est entre les mains des ordinateurs.

— Conclusion : je ne peux pas savoir si tu es innocente non plus.

Aura hausse les épaules.

— Je le suis. Et dans trois semaines…

Elle a l'air près de se remettre à pleurer.

— Et tu n'as personne à qui confier les filles ? demande Mari Paz avec circonspection. En cas de malheur, je veux dire.

— Je n'ai pas d'autre famille que ma mère. Mes amies… se sont révélées ne pas l'être.

— Elles avaient investi dans ton fonds, pas vrai ?

— J'avais moi-même investi dans le fonds. Tout est parti en fumée.

— Peut-être que tu pourrais…

— Non.

Aura secoue doucement la tête, très doucement.

— Tout ce qui peut te venir à l'esprit, j'y ai déjà pensé. Il y a quelque chose que tu dois savoir sur moi, Mari Paz. Je suis une planificatrice hors pair. Avec suffisamment de temps, je suis imbattable. Et ça fait un an et demi que je réfléchis à tout ça.

— Et à quelle conclusion tu es arrivée ?

— Par les voies classiques, il n'y a pas d'issue. Je suis désespérée.

Aucun regret, aucune tristesse dans sa voix. Son ton n'est pas lourd ni lugubre, mais neutre, stérile. Peut-être un peu las, mais inflexible.

Mari Paz a déjà entendu ce ton-là, elle a déjà vu ce regard.

En Albanie, dans une station-service détruite par les rebelles, chez un père de famille tombé en panne sur la route avec ses quatre enfants qu'il tentait d'emmener en lieu sûr.

Au Kosovo, dans une tranchée, à l'ouest de Pristina, chez un membre de l'Armée de libération qui avait passé la nuit avec la tête de son frère mort entre les mains, attendant des secours qui ne sont jamais venus.

En Irak, dans une blanchisserie abandonnée à Falloujah, chez l'épouse d'un colonel insurgé, qui avait été violée par un groupe de soldats, en représailles pour un attentat manqué.

Ils avaient tous le même regard.

Elle sait comment se sont terminées les histoires du père, du frère et de la femme.

L'Albanais n'a pas écouté les Casques bleus et a continué de fuir devant l'avancée des Serbes, traversant avec ses enfants un champ de blé séché. Une mine les a tués tous les cinq.

Le Kosovar s'est précipité à découvert aux premières lueurs de l'aube sans qu'on puisse l'arrêter, avec pour seule arme son pistolet déchargé. Il n'a pas fait vingt pas avant d'être abattu.

L'Irakienne, se sachant déshonorée aux yeux de son époux et de sa famille, est allée voir un artificier rebelle, qui lui a attaché six kilos d'explosifs à la poitrine. Elle s'est fait sauter devant un commissariat, tuant dix-sept personnes.

Cet éclat froid dans les yeux qu'ils avaient tous, qu'elle revoit aujourd'hui chez la femme en face d'elle, montre à Mari Paz qu'elle a mal jugé Aura. Elle l'avait prise pour une petite bourge friquée qui avait atterri par erreur place de Castilla après une folle soirée. Car, à force de se faire embarquer pour cuver au chaud et casser la croûte à l'œil, la légionnaire avait fini par perdre tout respect pour l'institution et ses pensionnaires.

Aura n'est pas ce qu'elle avait cru.

Aura est une personne très dangereuse.

Et ça lui fait peur, très peur.

Et ça l'excite énormément aussi.

— Qu'est-ce que tu veux, blondie ? demande-t-elle d'une voix rauque (en raison des deux émotions susmentionnées).

— Je veux prouver que je ne suis pas une voleuse.

— Pour ça, tu as besoin de beaucoup d'argent.

— Je sais.

— Et comment tu comptes te le procurer ?

— On va le voler.

La légionnaire secoue la tête, incrédule.

— Tu es timbrée.

— Non, je ne suis pas timbrée. J'en ai ras le bol. Il faut absolument que tu le comprennes.

— Je comprends, répond Mari Paz.

Et c'est la vérité.

Parce qu'elle en a ras le bol, elle aussi.

Aura prend le verre d'eau et boit une gorgée, lentement.

— Avant que nos chemins se croisent par hasard, ce n'était qu'un fantasme. Une manière de m'occuper l'esprit pendant mes insomnies. Maintenant, c'est différent.

— Parce que tu es tombée sur une inconnue qui sait faire deux ou trois trucs.

Le ton de Mari Paz est sec, méfiant.

— Comme je te l'ai dit, je suis désespérée. Et les gens aux abois ne peuvent pas faire les difficiles.

Mari Paz, qui en est venue à considérer un cubi de Don Simón comme un luxe, ne peut dire le contraire. Mais elle n'est toujours pas convaincue. C'est une chose de se soûler en public pour changer d'air, passer une nuit avec du chauffage et un sandwich.

Chistorra, tant qu'à faire.

Et c'en est une autre, bien différente, de se laisser embarquer dans le plan, allez savoir lequel, que cette barjot a dans la tête. Les Madrilènes ne pètent pas les plombs pour un rien, mais les gens qui ont un regard comme celui-là, si. Les gens avec ce regard-là sont ceux qui brûlent leurs vaisseaux, incendient les ponts et sautent des falaises sans se soucier de ce qu'il y a en bas.

Puis Aura ajoute – avec un léger sourire, presque gêné – une autre raison, la vraie :

— Et parce que tu m'as attendue en sortant du palais de justice. Ce qui change tout.

Et Mari Paz ne répond pas : *Parce que tu m'as sauvé la vie avant, blondie. Même si rien ne t'y obligeait.*

Pas plus qu'elle ne dit : *Au bout du compte, c'est ça la vie.*

Parce qu'il y a des choses qui sont comme elles sont et qu'on comprend sans avoir à les formuler, ou qu'on les comprend si on ne les formule pas, ou qu'on les formule sans les comprendre, mais qui restent comme elles sont.

Mari Paz se comprend, même si elle ne se fait pas comprendre. La boule qu'elle a dans la gorge bloque tout, les idées et les sentiments, qui finissent par retourner d'où ils viennent.

Le fait est qu'elle ne répond pas.

Les secondes s'écoulent, et Aura ne peut plus tolérer l'incertitude.

— Je peux compter sur toi ?

C'est le genre de question qui vous force à sortir lentement votre paquet de cigarettes, à fouiller dans toutes vos poches à la recherche d'allumettes et, quand vous aspirez enfin la première bouffée, à répondre : « Je ne sais pas trop quoi te dire. » Malheureusement, ça fait trois semaines que Mari Paz n'a plus de quoi se payer des cigarettes, alors elle n'a pas d'autre choix que de répondre :

— Je ne te dis pas non…

Aura se redresse, les yeux brillants d'enthousiasme. Mari Paz lève la main, calmant ses ardeurs.

— … pas oui non plus. Explique-moi d'abord ton plan étape par étape, et on verra ensuite. Mais si je dis que c'est mort, c'est mort. On en reste là, un point c'est tout. Ça marche ?

Aura hoche énergiquement la tête, sans que son enthousiasme ait diminué d'un iota, si bien que Mari Paz n'est pas tout à fait sûre que ça marche. Mais il faut bien commencer quelque part.

— Et combien tu dis qu'on va voler, blondie ?

— Trois millions d'euros.

— Ça fait un sacré pacson, bon Dieu, dit Mari Paz avec un sifflement.

Et un ticket pour une nouvelle vie.

Et ne plus jamais dormir dans sa voiture.

Et retrouver sa dignité, peut-être. Bien qu'elle ne soit pas certaine d'y parvenir, même avec tout l'argent du monde. Elle est trop dans le rouge de ce côté-là.

— Un million par tête.

Pour faire ce calcul, Mari Paz n'a pas besoin d'utiliser ses doigts.

— À deux, on n'y arrivera pas, précise Aura, anticipant la question. Il nous faut une troisième personne.

— Qui ?

— Je ne sais pas encore. C'est la première chose qu'on va devoir voler. Un nom.

Aura s'éclaircit la gorge avant d'ajouter :

— Le nom de la personne qui a ruiné ma vie.

DEUXIÈME PARTIE

MARI PAZ

Pourquoi un renard ? Pourquoi pas un cheval,
un scarabée ou un aigle ? Qui suis-je,
et comment un renard peut-il être heureux
s'il n'a pas une poule dans la gueule ?

Fantastic Mr Fox

1

Une reconnaissance

— Pas question, blondie.

— Ce n'est pas si difficile.

— Aucune chance, je te dis.

— Tu vas te calmer ? J'ai tout prévu.

Mari Paz ne demande pas mieux. Mais le nombre de fois où Aura répète cette phrase l'inquiète plus qu'autre chose.

Elles sont assises dans la voiture, toutes les deux, garées devant un gigantesque complexe dans une zone industrielle d'Alcobendas. L'endroit est entouré de rues étroites et désertes, à double sens. Et par des grilles – il y en a partout.

De l'autre côté de la clôture, une pelouse tondue sert de transition avec un bâtiment de sept étages en forme de *E* majuscule. Une élégante monstruosité de verre et d'acier Corten, avec des fenêtres du sol au toit et absolument aucun endroit où se cacher.

— Trop ouvert et trop éclairé.

Il n'y a nulle part où s'abriter, se mettre à couvert, préparer une attaque.

— Qu'est-ce que tu dis ?

— Qu'il n'y a pas moyen, déclare Mari Paz en remuant la tête vers l'herbe manucurée. À moins de se planquer derrière les pissenlits, là-bas.

Elle désigne un massif de cinquante centimètres, couvert de fleurs jaunes. Qui, avec un peu de chance, permettrait de dissimuler une fesse.

— On ne va pas se cacher derrière des fleurs.

— Tant mieux. Je suis complètement allergique. Suffit que je regarde des graminées pour me choper des cloques sur les avant-bras comme t'imagines même pas, blondie.

Aura détourne un instant les yeux de l'immeuble et les fixe sur Mari Paz, qui se gratte la zone mentionnée de manière préventive.

— Mais… tu ne devais pas participer à des manœuvres dans les champs ?

— Si, évidemment. Il y a des médocs pour ça, qu'est-ce que tu crois ? Quand j'étais dans la légion, on nous donnait toutes sortes de trucs. Tu allais à l'infirmerie, et on te filait ce que tu voulais. Tant que tu ne te défonçais pas, on ne te posait pas de questions.

Aura acquiesce d'un air distrait, au milieu de l'explication, et reporte son attention devant elle.

— On ne va pas attaquer frontalement. Tu dois arrêter de penser comme un soldat. Commence à penser comme un cambrioleur.

— Tu veux dire une cambrioleuse.

— Je déteste le langage inclusif, marmonne Aura, occupée à prendre des notes dans un petit carnet couleur rose bubblegum orné d'une maxime inspirante.

— Pourquoi ?

— Parce que. Viens, on va faire un tour, dit-elle en sortant de la voiture.

Mari Paz la suit en rouspétant, mi-fâchée, mi-admirative.

Quelque chose a changé chez Aura ces dernières heures. La veille, après que Mari Paz avait accepté sa proposition, elle s'était enfermée dans sa chambre avec un vieil ordinateur portable et un carnet de notes, laissant la légionnaire à la merci de deux fillettes sauvages et affamées. Après un après-midi devant des dessins animés et une nuit sur le canapé, Mari Paz avait vu Aura réapparaître, le lendemain matin, avec des cernes violacés et une expression différente qu'elle n'avait pas su déchiffrer. Après avoir déposé les jumelles à l'école, elle l'avait entraînée dans cet endroit.

Mari Paz la laisse faire, pour voir ce qui va se passer. C'est pourquoi elle ne répond pas à sa remarque sur le langage inclusif. Mieux, elle tente de faire comme elle lui a demandé.

Penser comme un cambrioleur. Bon, carallo, *bon*…

Bien qu'elle n'ait pas tenu une arme depuis des années, elle ne peut s'ôter de l'idée que penser comme un soldat et penser comme un cambrioleur sont deux choses très similaires.

Alors qu'elles avancent, Mari Paz ne voit que des obstacles et des ennemis. La grille métallique, qu'elles longent sans croiser personne, est le premier. Près de trois mètres de haut. Non qu'elle ne puisse la franchir facilement, bien sûr. Mais pas sans être vue. Des caméras sont fixées à des poteaux tous les dix mètres, et pointent dans toutes les directions. D'autres sont sur la façade du bâtiment, couvrant l'espace intermédiaire. Ainsi que non pas une, mais deux guérites de sécurité. À l'entrée principale et dans le parking.

— *Mimadriña*… Ils font quoi, dans cet immeuble, pour qu'il soit aussi sécurisé ?

— Des logiciels, répond Aura, fermant sa veste.

Elle n'est pas assez couverte, et un désagréable vent froid s'est levé. Les feuilles mortes volent un peu partout et s'accumulent sur une gigantesque plaque d'acier au milieu de la pelouse. Sur cette plaque est écrit le mot DENGRA, en lettres de cinquante centimètres de haut. En dessous est gravée la liste des pays où l'entreprise est implantée. Il y a plus de cinquante noms.

— Pour qui ? Pour la Nasa ?

— Entre autres, oui. Et pour les forces armées du monde entier. Ce qui intéresserait beaucoup les espions chinois et russes, par exemple.

— C'est ça que tu veux voler ?

Aura fait non de la tête.

— Je ne saurais même pas par où commencer. Et on n'a pas de contacts à qui les vendre.

— Alors ?

— Notre objectif est bien plus modeste. On y est presque, un peu de patience.

Quelques mètres plus loin, Aura désigne un point sur le bâtiment, au sixième étage, puis se retourne, dos à la façade.

— Ne fais pas de geste brusque, ni rien qui attire l'attention. On est assez visibles comme ça. Regarde derrière moi. L'avant-dernier étage. Tu vois ?

— Je vois.

— C'est là. Si je me rappelle bien et s'ils n'ont pas déménagé depuis ma dernière visite. La direction financière. Toutes les fenêtres à l'angle.

Mari Paz observe la façade. Les bureaux se trouvent dans le coin le plus éloigné de l'entrée principale.

— Juste pour que les choses soient bien claires. On doit entrer dans un immeuble où ils font des trucs top secret pour l'armée et tout ça.

— Exact.

— Avec des caméras partout, des agents de sécurité armés et seulement deux accès.

— Exact.

— Ensuite on doit monter jusqu'à l'avant-dernier étage…

— Auquel on ne peut accéder que par un ascenseur qui ne fonctionne qu'avec une carte cryptée. Que nous n'avons pas.

— … et aller jusqu'à la partie opposée, en traversant une centaine de mètres de couloirs, à vue de nez.

— Tout à fait exact.

Mari Paz secoue la tête.

— Bien sûr, blondie. Bien sûr.

Aura sourit – un sourire léger, destiné à se redonner confiance –, et se remet en route.

— Et ensuite, la partie la plus difficile commence.

2

Un plan infaillible

— OK, réexplique-moi tout ça.

— Je t'ai déjà expliqué trois fois.

Elles sont de retour chez Aura, l'après-midi bien entamé. Elle regarde sa montre, pressée. Il sera bientôt l'heure d'aller chercher les jumelles à l'école.

— Comme si c'était du luxe. Et pas trop vite, blondie, sinon je perds le fil.

— D'accord.

Mari Paz l'arrête de la main.

— Et si possible, sans tes rimes à la noix.

Aura secoue la tête avec véhémence.

— Pas question. Les rimes sont importantes.

— Bon Dieu ! C'est pas pro. On n'a plus sept ans.

— C'est important, dit Aura en croisant les bras.

Mari Paz lâche un soupir exaspéré. Elle qui est habituée aux briefings tactiques devant un tableau, avec des cartes, des photos satellites et un rapport de vingt pages.

— Pourquoi c'est important ?

— Parce que. L'important, c'est d'y croire.

— Je ne comprends pas.

— Je sais.

Aura sait bien que c'est important, qu'elles y croient, mais elle ne sait pas comment lui faire passer l'idée. Elle marque une pause, réfléchit à une autre approche.

Elle a des exemples.

Même s'ils sont très grossiers.

Comme celui de l'armée néerlandaise qui, en 1989, a remplacé les cibles d'entraînement de ses tireurs d'élite par des visages d'horribles démons. Adieu les cercles concentriques, bonjour les visages de cauchemar pleins de dents. Leur performance au tir s'est améliorée de 43 %.

Comme celui de l'équipe suédoise de lutte gréco-romaine, qui a décidé de participer à un tournoi affublée de peintures de guerre. Elle a remporté tous les combats.

Comme celui de la compagnie aérienne dont les exercices d'évacuation après un atterrissage d'urgence ne se passaient jamais comme prévu : les volontaires quittaient l'appareil les uns derrière les autres, poliment, dans le calme. Pas vraiment ce qu'on attend des passagers d'un avion en flammes qui vient de s'abîmer en mer. Ils ont alors décidé d'annoncer, quelques secondes avant le début de l'exercice, que les cinquante premiers à sortir recevraient une prime de dix mille euros. Résultat : quatre-vingt-dix blessés, quatre-vingts fractures, trois commotions cérébrales sérieuses et un record mondial absolu en matière d'exercice d'évacuation d'urgence.

Tous ces exemples mettent l'accent sur le résultat plutôt que sur le processus, et ce n'est pas ce qu'Aura veut transmettre, car nous sommes avant tout des animaux capables de symboles.

Ce qu'elle souhaite communiquer s'exprime autrement, depuis une autre perspective.

À travers ce qu'elle ressent quand elle voit Lee Marvin pointer des objectifs sur une maquette, pendant que ses « douze salopards » qui ont échappé à l'échafaud récitent le plan de leur mission suicide.

À travers le regard fervent qu'elle porte sur Jim Hawkins, à genoux devant une grotte de pirates, et son identification au personnage de Jim Hawkins.

La première étape pour devenir un pirate, c'est de croire qu'on en est un, pense-t-elle. Elle le dit presque à voix haute. Presque.

— C'est important, insiste-t-elle.

La légionnaire l'observe avec attention et estime qu'elle aurait plus de chances de tirer du jus d'un caillou. Elle décide de laisser courir.

— Très bien, cède-t-elle. Avec les rimes, mais mollo, hein ?

Aura sourit, lève un doigt et se met à réciter.

— Un. Arrivée à la guérite au moment opportun…

3

Une étincelle

Jour du cambriolage, 21 h 30.

— Si tu te fais choper là-dedans… il n'y aura même pas besoin de procès. Tu le sais, hein ?

Bien qu'il fasse nuit noire, la lumière des réverbères traverse suffisamment le pare-brise pour qu'Aura voie le visage grave de Mari Paz.

Aura acquiesce, lentement. Elle est très consciente de l'importance de l'enjeu. Mais c'est moins que ce qu'elle a à perdre.

Pendant quelques instants, elle est tentée de laisser tomber. De dire à Mari Paz de démarrer la voiture – opération qui peut demander un certain temps avec une antiquité comme la Škoda – et de les ramener à la maison. Où les filles sont à nouveau seules, cette fois avec la colle hors de portée et la consigne de se mettre au lit avant leur retour.

Si on rentre.

Nous sommes le lendemain de leur mission de reconnaissance. Aura a passé la matinée à faire des courses, à la recherche de quelques fournitures indispensables. Voici la liste de ce qu'elle a pris avec elle :

- sweat foncé pour Mari Paz. Taille XL ;
- portable pour Mari Paz. Le moins cher ;

- écouteurs pour le téléphone. Communication permanente nécessaire ;
- tabac à rouler Pueblo. Pour Mari Paz ;
- feuilles à rouler. Aussi pour Mari Paz ;
- Kinder Bueno. Pour les filles ;
- boîte de Temesta. Pour moi.

Elle a dépensé plus d'une centaine d'euros, prélevés sur le compte courant de sa mère, qui s'amenuise comme peau de chagrin. Avec un sentiment de culpabilité terrible. Comme si les sacs en plastique contenaient un caprice de gosse, un rêve ridicule.

Au rythme auquel l'argent de l'hypothèque s'évapore, elle ne pourra laisser sa mère dans la maison de retraite que quatre ou cinq ans encore.

Son avocat lui avait dit qu'elle risquait une peine de vingt ans. Dans le meilleur des cas, elle en fera sept.

Pendant un instant, Aura se voit de l'extérieur.

Une quadragénaire dont les belles années sont derrière elle. Avec une peau autrefois parfaite, désormais terne et fripée, après des mois et des mois de négligence. Des cheveux, qui hier encore cascadaient sur ses épaules comme de l'or liquide, et ont perdu tout leur éclat.

Veuve. Sans amis.

Au chômage.

Une ratée. Une paria.

Ça va mal finir. Il n'y a aucune chance que ça se termine bien.

On est juste deux couillonnes qui n'ont aucune idée de ce qu'elles font. Assises dans une voiture à deux rues d'un bâtiment impénétrable, sans oser mettre un pied dehors.

La tentation est forte de rentrer à la maison, de se laisser porter par le courant, qui la mènera derrière les barreaux et les filles en famille d'accueil. Avec un peu de chance, ils les laisseront lui rendre visite en prison de temps en temps.

Pourquoi je fais ça ?

— Mari Paz.

— Présente.

— Dis-moi que tu as déjà fait un truc comme ça avant.

La légionnaire prend le temps de réfléchir. Ce qui, comme Aura va le découvrir, consiste à sortir du tabac du paquet et à rouler très lentement une cigarette.

— Voyons voir. Exactement comme ça, non. Une fois, pendant des manœuvres, on a fait un exercice d'infiltration dans un bâtiment.

— Tu me rassures.

Mari Paz passe la langue sur le bord de la feuille et remonte dans le passé.

— On avait deux blindés, on était quinze soldats avec des années d'expérience et des fusils d'assaut.

Puis redescend dans le présent.

— On a deux téléphones portables, un carnet de notes et une trouille bleue.

La cigarette semble prête. Un cylindre serré, presque parfait. Une incroyable performance avec ces gros doigts calleux.

— Tu veux qu'on laisse tomber ? demande Aura d'une voix brisée.

Mari Paz tasse la cigarette contre le volant, corrige une infime imperfection, seulement visible à ses yeux. Elle la fait à nouveau rouler entre son pouce et son index, la frottant une ou deux fois du bout des doigts. Puis elle la porte à ses lèvres et la cale à la commissure gauche de sa bouche.

— J'ai comme l'impression que tu me demandes la permission, blondie.

Aura ne répond pas.

La légionnaire se met à palper tout son corps des deux mains. Elle tâte la poche poitrine de sa veste, fouille dans les poches latérales, tapote la poche intérieure, tripote son pantalon, pour finalement revenir à la première poche, où elles se trouvaient depuis le début.

— Ça va aller ? demande Aura à la fin.

La boîte d'allumettes émerge, et se voit secouée dans tous les sens. Gauche, droite, bim, bam. Un tour de trois-cent-soixante degrés sur elle-même, des petits coups sur le volant, ratatatata. Un coup sec sur le côté et une unique allumette apparaît par le trou, comme par magie.

— Ben je sais pas quoi te dire.

Aura ne répond pas.

La boîte se déplace jusqu'à la bouche, où les lèvres de Mari Paz extraient soigneusement l'allumette, du côté opposé à celui qui tient la cigarette. Sa main gauche récupère l'allumette, la ramène vers la boîte et frotte l'extrémité contre le grattoir. La tête s'embrase aussitôt, et une flamme s'élève, joyeuse et confiante.

Tout brûle, à condition d'avoir la bonne étincelle, pense Aura.

Aura garde le silence.

Mari Paz exhale la fumée, sort la main qui tient la cigarette par la vitre ouverte, monte le volume de la radio. La voix du commentateur jaillit comme un torrent d'émotions, de plus en plus rauque à chaque action. Il annonce un temps additionnel au stade Bernabéu. À zéro-zéro, Madrid mène. Au fond, les joyeuses trompettes de l'hymne de la Ligue des champions montent en intensité.

— La première partie est terminée. Décide-toi. On y va ou on n'y va pas ? répète Aura.

Et puis merde, pense-t-elle.

— On y va, dit-elle.

Et elles y vont.

4
Une guérite

À cinquante pas de la guérite, Aura est près de faire demi-tour.

À trente pas, elle sent son cœur s'emballer.

À dix pas, elle respire profondément et sourit.

Tu as avalé des couleuvres bien plus grosses, pense-t-elle.

À travers la vitre, elle les voit.

Ce sont deux hommes : l'un jeune, barbu, l'autre entre deux âges, imposant, le crâne rasé.

Devant eux, treize écrans. Les douze premiers diffusent les images des caméras de surveillance en noir et blanc. La pelouse manucurée, les grilles bien éclairées et surtout, l'accès au parking, situé à côté de la guérite. C'est une rampe droite, à deux voies, l'une pour l'entrée et l'autre pour la sortie. Sans nulle part où se cacher. La caméra qui la surveille couvre le moindre centimètre.

La guérite de l'entrée principale est vide, à cette heure tardive. Seuls ces deux agents de sécurité surveillent les rares allées et venues de la deuxième. L'intérieur du bâtiment est encore éclairé, et on devine quelques ombres fugaces derrière les vitres miroirs. Les retardataires, ceux qui ont un projet important à remettre le lendemain, ceux qui se comportent comme s'ils allaient hériter de l'entreprise.

Un million d'années plus tôt, Aura a appartenu à cette espèce. Renonçant aux sorties, aux dîners en ville, aux anniversaires. Aux week-ends, aux ponts, aux vacances. Renonçant à la vie, en général. S'abîmant les yeux devant l'ordinateur, à l'affût des tendances, des possibilités d'achats, des failles dans la matrice. Tout ce qui lui permettait d'obtenir un dixième de retour sur investissement supplémentaire. Par loyauté envers les clients et la banque.

Que cette loyauté ait été à sens unique, c'est une autre histoire.

Celle qui nous a menés ici.

Les douze écrans sont un gros problème. Par chance, l'attention des deux hommes se porte sur le treizième. Il est en couleur et plus petit. Une tablette de dix pouces, qui diffuse le match de football en train de se dérouler.

C'est cependant une chance toute relative. De temps en temps, ils lèvent les yeux et vérifient les écrans de surveillance. Toutes les quelques secondes, avec un professionnalisme indiscutable et mal venu.

— Mais tire, enfin ! Tiiiiire ! crie le jeune, désespéré.

— Vous êtes cuits, Josete, le taquine le plus âgé.

Un. Arrivée à la guérite au moment opportun… pense Aura.

Puis elle toque à la vitre.

Les deux hommes se retournent en même temps, et se regardent.

S'il vous plaît. Le plus vieux. Le plus vieux, prie-t-elle.

Prière refusée. Le plus vieux tape sur l'épaule du plus jeune pour qu'il aille voir.

Merde !

En grommelant, le jeune va à la porte de la guérite, la déverrouille et sort d'un air maussade.

— C'est pour quoi ?

Son ton désagréable contraste avec le logo de la société de sécurité cousu à son uniforme, dont la devise, en jaune sur fond noir, proclame : *Servimus cum gaudio.*

Il ne sert pas vraiment avec joie, non, pense Aura.

Et c'est exactement ce dont elle a besoin.

— Comment tu comptes les distraire, au juste, blondie ? lui avait demandé Mari Paz.

C'était précisément ce qu'elle se demandait aussi.

En faisant ce à quoi elle s'était consacrée dans une autre vie, avait supposé Aura, qui avait étudié toutes les techniques de vente existantes. Elle avait lu des manuels, des livres de gourous américains, assisté à des conférences. Presque tous ceux qu'elle avait acquis avaient avant tout pour objectif d'aider celui qui les avait écrits, pas celui qui les achetait. Pourtant, au milieu de tout ce blabla bidon, on trouvait des conseils utiles. Des moyens d'aborder les gens avec une idée derrière la tête.

— En leur vendant quelque chose, avait-elle répondu.

Aura avait rempli trois pages de son carnet rose de son écriture ronde enfantine. Trois pages pleines de prétextes, d'approches possibles, de formules qu'elle pourrait utiliser pour tromper ces hommes et détourner leur attention de l'écran suffisamment longtemps. Mais quand le jeune agent de sécurité ouvre la porte, les trois pages semblent s'évanouir en fumée.

Aura perd tous ses moyens.

— Madame ? aboie le vigile.

Improvise ! Improvise !

— Oh ! là, là ! si vous saviez comme j'ai honte, dit Aura.

Elle porte la main à son sac. Le Prada. Le seul beau sac qui lui reste de l'impressionnante collection qu'elle possédait un an plus tôt. Les autres ont fini – à son grand regret – sur Wallapop, à un prix dérisoire, pour payer les factures. La vente du dernier a servi à financer les livres de classe des jumelles.

Elle sort son téléphone portable et le montre au vigile.

— Eh bien, je n'ai plus de batterie. J'attends un Uber et je ne sais pas s'il est arrivé. Est-ce que vous pourriez... ?

— Bon, donnez-moi votre téléphone et le chargeur, et attendez-moi ici.

Il passe la main dans l'embrasure de la porte sans l'ouvrir davantage. Il est clair qu'il ne laissera pas Aura entrer pendant que son téléphone charge. Ce faisant, il suit la procédure en vigueur pour des cas comme celui-là. Toujours sans joie.

C'est le moment de la vente, pense Aura. Elle lui tend le téléphone et le câble du chargeur.

— Vous me sauvez la vie, vous n'avez pas idée. Avec la journée que j'ai eue...

Elle ne dit rien d'autre.

Elle reste plantée là, à le regarder dans les yeux. Les bras croisés sous les aisselles, battant la semelle pour se réchauffer.

L'agent de sécurité la contemple de haut en bas. Aura aurait préféré mille fois avoir affaire à l'autre. Un homme de plus de cinquante ans, expérimenté et sûr de lui, regarderait autrement la femme en face de lui.

Plus difficile d'anticiper les réactions du jeune.

Le regard scrutateur du vigile passe de la petite veste gris anthracite à la mini-jupe assortie : les collants, qui ne la protègent guère du froid, le porte-document en cuir, les chaussures et le sac de créateur. Tout cela envoie des signaux positifs. Sexy, mais pas trop. Professionnelle, mais vulnérable. Une cadre parmi les centaines que cet homme doit voir passer chaque jour.

Je ne suis pas une menace. Je ne suis pas une menace. Invite-moi à entrer, crie Aura en elle-même. Elle ne laisse affleurer qu'un sourire triste. Pour cela, elle n'a pas besoin de faire semblant.

L'examen se termine. La tension sur le visage du jeune vigile s'est un peu relâchée. Il sourit. Par devoir, mais il sourit.

J'ai réussi.

— Ne vous inquiétez pas, madame. Le temps qu'il se charge, et je vous le rends, dit-il en lui fermant la porte au nez.

Nooooon.

5

Un sac à main

Tout son plan repose sur l'accès à cette guérite. Et il faut que ce soit ce soir. Il n'y aura pas d'autre soirée où l'immeuble sera aussi désert et les agents de sécurité aussi distraits avant le prochain match du siècle, dans trois semaines. D'ici là, Aura sera déjà en train de lécher les barreaux à Soto del Real.

Elle va dire quelque chose, lever la main, attirer son attention, mais elle se retient.

La technique de vente qu'elle a choisie l'en empêche.

Il faut laisser le client penser que l'idée vient de lui.

Alors elle continue de battre la semelle, de s'entourer de ses bras et de jeter des coups d'œil.

Ça ne semble pas fonctionner. Le jeune vigile bataille pour brancher le chargeur – ça ne rentre jamais du premier coup –, repose le portable et retourne s'asseoir avec son collègue.

Aura continue son manège, sans avoir à se forcer, car il commence à faire vraiment froid.

Le plus âgé la regarde. Il dit quelque chose au plus jeune.

L'autre hausse les épaules.

Le plus âgé se lève et se dirige vers la porte. Il l'ouvre de quelques dizaines de centimètres.

— Madame, vous voulez entrer ?

Aura fait semblant d'hésiter. Elle regarde à gauche et à droite dans la rue déserte, puis le sol.

— Je ne veux pas vous déranger.

— Allez, venez, insiste l'homme. Vous allez attraper la mort.

Elle se frotte les bras, regarde de nouveau des deux côtés.

— Si ça ne vous ennuie pas…

— Ce sera notre petit secret, dit le vigile avec un clin d'œil.

La porte s'ouvre entièrement, et Aura pénètre à l'intérieur, où il fait bon, grâce à l'un de ces radiateurs qui assèchent l'air et la gorge. La guérite sent le cuir et le métal, l'eau de toilette bon marché et le plastique chaud.

Aura s'installe dans le coin opposé à celui où sont assis les agents de sécurité, adossée à la vitre.

Deux. On distrait les vigiles footeux, récite-t-elle pour elle-même.

— Vous aviez une réunion dans le quartier, madame ?

— À l'entreprise de peinture, répond-elle en pointant le doigt derrière elle. Je suis sortie avec mon client, j'ai commandé un Uber, et visiblement, mon téléphone s'est déchargé.

— En général, ils mettent du temps à arriver ici. Et encore pire un soir comme aujourd'hui… dit le jeune en désignant la tablette qui diffuse le match.

— J'espère juste qu'il n'a pas annulé la course en ne me trouvant pas.

Aura regarde à droite et voit une silhouette sombre apparaître au bout de la rampe du parking. Elle marche tranquillement, comme si elle n'avait pas le moindre souci à se faire. C'est la démarche naturelle de Mari Paz, même si, dans ces circonstances, Aura préférerait qu'elle s'active un peu plus.

« Six secondes, lui avait dit Mari Paz. C'est le temps qu'il me faut pour descendre.

— Je devrais y arriver.

— Et ensuite tu ouvres la porte. »

Cette étape va poser un problème.

Les agents de sécurité sont assis à côté d'un panneau de commandes avec différents boutons. Des touches rétroéclairées, portant chacune une étiquette décrivant sa fonction.

Ce qui va poser un autre problème.

Depuis l'endroit où elle se trouve, Aura ne peut déchiffrer ce qui y est inscrit. En partie parce que le texte est très petit, et que Aura met un point d'honneur à laisser ses lunettes dans le tiroir de la table de nuit, par pure coquetterie. *Juste deux dioptries, bon sang.*

Elle doit appuyer sur l'un de ces boutons. Et tant qu'elle ne sait pas lequel, elle ne peut détourner l'attention des agents de sécurité. Ni faire signe à Mari Paz, qui est à découvert à l'entrée du parking, faisant semblant de fumer. De là où elle se trouve, Aura peut voir son coude sur l'un des moniteurs.

— Et vous faites quoi, dans la vie ? s'intéresse aimablement le plus âgé.

— Je vends des produits chimiques, répond Aura, faisant mine de s'ennuyer.

En réalité, elle ne connaît rien au sujet, et elle a peur qu'on ne lui pose d'autres questions. Il y a toujours quelqu'un qui connaît quelqu'un.

— Ah, eh ben, j'ai un cousin… commence le jeune, sans quitter le match des yeux.

Il y a toujours quelqu'un.

— Où en est le match ? le coupe-t-elle en s'approchant de l'écran.

— Toujours zéro-zéro. Ils sont foutus.

— Vous devez en marquer deux, Josete.

— Rafa, fais pas chier.

Aura jette un œil par-dessus l'épaule des agents de sécurité, cherchant le bouton dont elle a besoin sur le panneau. Elle commence par les coins, où il y a le plus de chances qu'il se trouve, pense-t-elle. Un a bien l'air de…

— Vous aimez le foot, madame ?

Le dénommé Rafa se retourne et regarde Aura, qui détourne les yeux du panneau de contrôle. Trop tard, peut-être. Elle est certaine que Rafa s'est rendu compte de son manège.

— Ne m'en veuillez pas, à la maison, on a toujours supporté le Barça.

— Autrement dit, vous n'aimez pas le foot, conclut le dénommé Josete.

Il lâche un désagréable rire strident en secouant la tête, la bouche grande ouverte, cherchant l'approbation des autres. Il ne la trouve pas chez son collègue, qui a les yeux fixés sur Aura.

— Peut-être que votre portable est suffisamment chargé, madame.

Aura sait qu'elle n'est plus la bienvenue. Elle se retourne et récupère le téléphone sur la table, près de l'entrée.

— Oui, il s'allume, dit-elle.

Elle fait semblant de chercher dans ses applications, réfléchissant à un moyen de se sortir de là. Le plus âgé des deux ne la quitte pas des yeux. Et il se trouve entre elle et le panneau de commandes.

— C'est réglé. Mon Uber m'attend dans la rue, juste derrière. Tant mieux…

Elle prend le chargeur du portable et le range dans son sac à main. Elle tire sur les lanières en cuir qui servent à le fermer, l'ouvrant au maximum.

Maintenant ou jamais.

— Je ne sais pas comment vous remercier.

Elle laisse glisser le cabas de son épaule et avance d'un pas vers les deux hommes, qui lui font maintenant face.

— Je crois que j'ai des porte-clés de mon entreprise…

Elle pose le sac au bord de la table, à côté de la tablette qui diffuse le match. Puis elle tire légèrement sur la sangle.

Chaos.

Le sac, déséquilibré, tombe par terre, entraînant la tablette avec lui. Le jeune vigile se précipite pour la rattraper, et le plus vieux aussi. Tous deux battent des mains dans le vide, inutilement.

Aura lève le bras et fait des signes en direction de l'endroit où elle pense que se trouve Mari Paz, près de la rampe du parking. Or, elle ne peut s'assurer que c'est bien le cas.

Le sac, ouvert, se transforme en piñata. C'est celui d'une mère, donc…

Trois bonbons, dont un déjà sucé, qu'elle a remis dans son papier. Deux Tampax Compak dans leur emballage jaune. Son trousseau de clés. Son portefeuille. Un ticket de caisse du Dia. Une figurine Lego de la princesse Leia. Une crème pour les mains Nivea à l'huile d'olive. Dix-sept centimes. Le tube de gloss Dior du premier chapitre. Un stylo Bic. Du chocolat. Aucun porte-clés de l'entreprise fictive.

Le contenu s'éparpille sur le sol de la guérite.

Aura se baisse et se met à ramasser son bric-à-brac. La gêne qui se dessine sur son visage est bien réelle, tout comme l'angoisse.

— Pardon, pardon, pardon.

À genoux, comme les agents de sécurité, elle ramasse les objets et les pose sur la table. L'une des fois où elle se relève, elle appuie sur le bouton identifié comme celui qui ouvre la porte du parking. En maudissant sa myopie et en s'en remettant à une puissance supérieure qui s'obstine à ignorer ses prières. Sur l'écran, elle croit voir Mari Paz dévaler la rampe.

— Vous avez mis un de ces bazars, madame, lâche le jeune.

— Je suis vraiment désolée, dit Aura, essayant de compter jusqu'à six dans sa tête en même temps, et se rendant compte que c'est impossible.

Le plus âgé des vigiles va dire quelque chose, mais à ce moment précis, le haut-parleur de la tablette émet le mot de trois lettres qui change l'humeur de millions d'Espagnols, selon qu'il s'applique à son équipe ou à celle de l'adversaire. Trois lettres, et celle du milieu est répétée dix-huit fois.

— Buuuuuuuuuuuuuuuuuut !

Le plus jeune se redresse, se frotte la tête et serre le poing. Son collègue jette un coup d'œil à la tablette, sans pouvoir s'en empêcher, et Aura en profite pour appuyer de nouveau sur le bouton de la porte, espérant que Mari Paz a eu le temps d'entrer.

— Félicitations, dit Aura en fourrant le reste de ses possessions dans son sac.

— Vous feriez mieux d'y aller, madame, répond le plus âgé en se relevant à son tour, très sérieux.

— Vous avez raison. Merci beaucoup, du fond du cœur. Désolée encore. J'espère qu'ils vont gagner.

Les mains encore pleines de tampons, de chocolat et d'aucun porte-clés, elle sort de la guérite et descend la rue, en s'efforçant de ne pas regarder vers la rampe du parking. Elle n'a pas besoin de se retourner pour savoir que les yeux du vigile sont fixés sur sa nuque.

Malgré tout, elle se permet de réciter à voix basse :

— Trois. Aura ouvre la porte dans la joie.

6

Une rampe

Six secondes, mon cul, pense Mari Paz, en plein sprint.
Et encore, ça descend.

Un crétin a dit un jour que la guerre, c'était quatre-vingt-dix pour cent d'ennui et dix pour cent de souffrance. *Celui qui a dit ça ne s'est jamais ennuyé de sa vie*, pense Mari Paz en attendant le signal d'Aura.

La veille, alors qu'elles se baladaient nonchalamment – comme deux copines en vadrouille – autour du bâtiment, Aura avait pris une photo de la guérite. En l'agrandissant, on pouvait voir les moniteurs. En l'agrandissant beaucoup, on pouvait voir celui qui montrait la rampe du parking. En l'agrandissant jusqu'à ce que les doigts touchent le bord de l'écran, on pouvait deviner les limites de l'angle de vision de la caméra. Qui correspondait à l'endroit où Mari Paz avait attendu dans l'angoisse, fumant une cigarette après l'autre. Soit exactement deux, à son rythme.

En temps de guerre, les périodes d'attente ne sont pas des moments d'ennui. Ce sont des moments de tension, d'appréhension et de fébrilité. D'insomnie, d'inconfort et de mouches, souvent. De chaleur ou de froid, selon les circonstances. De faim, presque toujours.

Dans le cas de Mari Paz, toujours.

Elle voit Aura entrer dans la guérite, et attend. Et attend encore. De l'extérieur, on n'aperçoit guère que le sommet du crâne des deux hommes. Elle voit mieux Aura, qui est debout. Malgré tout, entre le manque de lumière et sa nervosité, elle est incapable de savoir ce qui se passe.

— Dis-moi quand, blondie. Dis-moi quand... murmure-t-elle.

À ce moment – un peu tard – elle se rend compte qu'Aura lui a dit qu'elle lui ferait un signe, sans lui préciser lequel.

Et si elle me l'avait déjà fait ?

Et si je l'avais loupé ?

Ah, si mémé me voyait...

Elle est tentée de se mettre à courir, juste au cas où. Elle se retient à grand-peine, le corps tendu et les poings serrés. La fumeuse décontractée a laissé place à une sprinteuse sur une ligne de départ qu'elle seule peut voir. Quiconque la croiserait changerait de trottoir.

Quatre-vingt-dix pour cent d'ennui, tu parles.

Alors vient le signal.

Pour être honnête, il aurait été difficile de ne pas le voir. Aura agite la main plus ou moins dans sa direction, comme si elle chassait une mouche ou laissait une voiture plus rapide la doubler sur l'autoroute.

Mari Paz ne réfléchit pas. Elle se met à foncer.

C'est alors que la dure réalité entre en scène, sous les huées.

Parce que la rampe, contrairement à ce qu'il lui a semblé hier en passant à côté, est plutôt longue.

Parce que Mari Paz n'a plus vingt ans, quand elle courait un kilomètre en trois minutes.

Et parce que le portail d'accès s'est à peine ouvert qu'il se referme déjà.

Six secondes, mon cul, pense Mari Paz, en plein sprint.

Et encore, ça descend.

La légionnaire se donne à fond, ce qui ne lui laisse pas le loisir de remarquer que la porte qui s'ouvre est celle de la sortie, qui n'a donc pas de capteur photoélectrique à l'extérieur, seulement à l'intérieur. Si elle s'en était aperçue, elle n'aurait sans doute pas fait ce qu'elle est en train de faire.

Alors qu'il n'y a plus qu'une ouverture de quarante centimètres, Mari Paz se faufile entre l'encadrement et la porte. Son bras droit et une partie de son torse passent.

Pas le reste.

La porte continue de se refermer, et Mari Paz découvre ce que cela fait d'avoir huit cents kilos d'acier au carbone qui compressent sa poitrine, lentement et sûrement. Paniquée, elle agite la main, essayant de faire savoir au capteur photoélectrique qu'elle est là, mais il est situé en contrebas, à un univers de distance.

C'est trop bête.

Elle tente de pousser la porte de l'autre main, mais c'est inutile. Elle ne parvient qu'à la ralentir un peu. Alors elle vide tout l'air de ses poumons, tâtonne de la main droite pour trouver quelque chose à quoi s'agripper et tire de toutes ses forces. Elle réussit à faire passer sa poitrine et une grande partie de sa jambe gauche. Son pied reste coincé. Elle tente de le dégager, en vain. La porte continue de se refermer, et son pied commence à lui faire mal sous la pression implacable.

— Allez, allez, allez…

À moitié couchée sur le sol, elle parvient à se retourner et commence à défaire les lacets de sa botte. Ça lui prend un bon moment, parce que si elle a appris quelque chose dans la légion, c'est à bien lacer ses rangers. De manière à répartir uniformément la pression sur le cou de pied et la tige. Avantage : on peut marcher trente kilomètres sans avoir mal aux pieds. Inconvénient : il est plus difficile de défaire les lacets.

Un dernier geste de la main, une traction du mollet. Serrant les dents, entendant presque ses os craquer, elle réussit à extraire son pied de la botte. Botte qui reste là, écrabouillée, le cuir déchiré dépassant de la porte en métal.

— Tu peux te la garder, salope, dit Mari Paz, qui tousse sous le coup de l'effort.

Elle se relève en boitant, essuie une larme et regarde autour d'elle. Les mots d'Aura lui reviennent à l'esprit, inévitablement.

Quatre. Mari Paz se présente au théâtre.

— Ça se paiera, blondie.

7
Un parking

Mari Paz prend quelques secondes pour évaluer sa situation. Dans le parking, encore des caméras, comme c'était à prévoir. Pas beaucoup, mais il y en a. Ce qui pourrait indiquer qu'une autre équipe de vigiles surveille à l'intérieur du bâtiment.

« On a de fortes chances qu'ils ne soient pas très attentifs. Au cas où, quand tu entreras, agis le plus normalement possible. Comme une personne ordinaire qui est parfaitement en droit d'être là, lui avait suggéré Aura.

— Comment je fais ça ?

— Aucune idée. Prends une démarche, euh… désinvolte. »

Boitant et un pied nu, la légionnaire traverse le champ de vision de la première caméra. Elle retient son souffle, s'attendant à ce qu'une alarme se déclenche à tout moment et qu'une horde de vigiles armés se jettent sur elle.

Rien ne se passe.

Elle poursuit son chemin, sans se démonter, ou du moins avec toute la désinvolture que sa claudication lui permet. Elle n'a apparemment rien de cassé, mais la douleur au pied ne diminue pas.

Demain, j'aurai la cheville comme une pastèque, pense Mari Paz, s'efforçant de faire bonne figure.

L'ascenseur n'est plus qu'à quelques mètres. C'est là que se pose le problème suivant.

Parce que Aura ne se rappelait pas si l'ascenseur du parking nécessitait lui aussi une carte ou non.

« La dernière fois que je suis venue, c'était il y a trois ans, s'était défendue Aura. Comment veux-tu que je m'en souvienne ?

— En te creusant la tête, *carallo*. Sinon celle qui va se retrouver faite comme un rat là-dedans, c'est bibi. »

Elle ne savait plus.

Mari Paz reste plantée devant la porte de l'ascenseur, regardant le lecteur de carte, le visage aussi rouge qu'une tomate. À quelques mètres de là se trouve l'escalier de secours. Il ne s'ouvre que de l'intérieur, et de ce côté-ci il n'y a ni poignée, ni bouton, ni rien du tout.

Terminus, tout le monde descend. Tous ces efforts pour rien. Et cette douleur, bon Dieu !

Mari Paz est optimiste par nature, jusqu'à ce qu'elle ne le soit plus. Et quand elle ne l'est plus, son humeur change avec la délicatesse d'une enclume qui s'abat sur un aquarium. Elle se voit déjà dormir là, devant l'ascenseur, attendant que les agents de sécurité la découvrent au matin, appellent la police et la ramènent au palais de justice. Et en semaine, il n'y a pas de *chistorra*. Le soir, généralement, c'est saucisson.

Elle peut déjà presque sentir le goût du sandwich à l'omelette, quand un bruit la tire de sa détresse et de son affliction. Les portes de l'ascenseur s'ouvrent et le murmure inintelligible se transforme en une conversation animée, mais tout aussi incompréhensible.

Quatre hommes d'une trentaine d'années, dont le corps semble n'avoir jamais vu la lumière du jour, discutent de la photodésintégration de je-ne-sais-quoi, mais Mari Paz n'y prête pas attention, car elle est occupée à se redresser et à lisser sa veste.

Quand ils la voient, les hommes réagissent en sortant leur cape de superhéros.

— Bonsoir, dit celui qui semble être leur chef, ajustant ses grosses lunettes.

— Bonsoir, collègues, répond Mari Paz en insistant sur le dernier mot. Vous montez ?

— Non, nos voitures sont là. Entrez, je vous en prie.

— On laisse sortir avant de monter, récite-t-elle en s'écartant.

Elle se place du côté le moins éclairé, priant pour qu'ils ne remarquent pas son pied sans chaussure.

Docilement, les quatre hommes s'empressent de quitter la cabine. Mari Paz se glisse à l'intérieur avant que la porte ne se referme. Elle appuie sur le bouton du deuxième étage – il faut bien commencer quelque part –, qui ne s'allume pas.

Avec une horreur croissante, la légionnaire découvre qu'il y a *aussi* un lecteur de carte à l'intérieur de l'ascenseur.

Si la simple idée d'être enfermée dans le parking toute la nuit lui donnait des sueurs froides, la possibilité de rester coincée dans l'ascenseur la prend à la gorge comme un chien enragé. Mari Paz – pour faire simple – n'aime pas les espaces confinés. Et les portes sont déjà en train de se refermer.

— Hé, dit-elle en retenant les portes, essayant d'empêcher sa voix de se briser.

Quatre têtes se tournent de concert vers elle, aussi synchronisées qu'une famille de lémuriens. L'angoisse qui lui tenaille la gorge se transforme en un éclat de rire qu'elle contient à grand-peine.

— J'ai laissé mon sac là-haut. Ce que je suis *parva*, hein ?

Les têtes la regardent, perplexes.

— Je pourrais vous emprunter votre carte ?

Le chef du groupe s'avance parmi ses camarades et s'approche de la porte de l'ascenseur.

— Vous savez qu'il faut appeler la sécurité, dit-il.

— Je vais me faire sonner les cloches. C'est la deuxième fois cette semaine.

Mari Paz n'a jamais mis les pieds dans un bureau de sa vie. Mais elle a visité de nombreux bâtiments, camps et bases militaires, dans onze pays. Chacun avec ses caractéristiques propres.

La joyeuse familiarité des Pontevedriens, avec leur accent chantant des Rías Baixas.

La rudesse des Albanais, avec leurs valises violacées sous les yeux.

La sensibilité des Kosovars, capables de vous donner leur pain si vous avez faim et de vous trucider si vous regardez leur sœur.

Ils avaient tous, cependant, quelque chose en commun. Une haine viscérale de la police militaire.

Cette bande de peigne-culs bons à rien d'autre qu'à emmerder le monde.

Alors, elle ajoute :

— Vous savez comment ils sont.

Le chef acquiesce, lentement. Derrière lui s'élèvent des murmures d'assentiment.

— Vous travaillez dans quel service ? Je ne vous avais jamais vue.

— Devinez.

— Ingénierie, je dirais, hasarde-t-il en plissant légèrement les yeux.

Mari Paz ne sait pas s'il essaie de la draguer ou de l'attirer sournoisement dans un piège.

Les murmures de ses collègues montent en intensité.

Ou les deux, mon pauvre.

— Oups, ingénierie, ha, ha ! Je suis femme de ménage. Ça ne fait pas longtemps que je travaille ici.

Le pauvre sourit et fouille dans sa poche. Il s'appuie à la porte, sa carte à la main, bien en évidence. Mais il ne l'approche pas du lecteur.

— Vous sortez toujours à cette heure-ci ?

Il la drague. C'est tout juste s'il n'ajoute pas « poupée ».

— Non, plus tard. J'ai eu une urgence à la maison. Si on se croise demain, je t'offre un café. En remerciement, bien sûr.

Les murmures de ses collègues s'arrêtent soudainement. Un silence perplexe qui proclame : « Je n'arrive pas à croire que ça ait marché. »

— Bien sûr, bien sûr, dit-il, s'empressant de passer la carte dans le lecteur avant qu'elle ne change d'avis.

Au passage, il appuie sur le bouton du rez-de-chaussée, épargnant cet effort à Mari Paz.

— Demain, hein, ajoute-t-il, scellant leur accord.

— Sans faute, répond Mari Paz, pendant que les portes se referment.

Quand l'ascenseur commence à monter, les murmures se transforment en cris de triomphe, en acclamations et en félicitations.

Pour des ingénieurs, ils ne savent pas très bien comment fonctionne le son, pense Mari Paz en souriant.

Le lendemain, en ne la trouvant pas, le gamin réalisera qu'il était impossible que Mari Paz soit descendue sans sa carte. Ou que ceux qui passent la serpillière n'ont généralement pas droit à une place de parking. Les tapes dans le dos deviendront des vacheries.

La légionnaire se sent un peu coupable, mais elle n'a pas le temps d'y penser. Elle sort son portable et appelle l'unique numéro enregistré dans ses favoris. On décroche à la première sonnerie.

— Tu y es ?

— Tu me dois une paire de godasses.

8
Un répertoire

Le soulagement d'Aura est presque physique, tout comme le soupir qu'elle pousse.

— Tu vas bien ? Je ne savais pas pour... et les vigiles...

Elle continue de parler, lâchant des moitiés de phrases précipitées, comme le pommier de mémé Celeiro laissait tomber ses fruits.

— On reparlera de la façon dont tu comptes jusqu'à six, blondie.

Les portes s'ouvrent au rez-de-chaussée, et Mari Paz sort de l'ascenseur, reprenant sa démarche nonchalante.

— Mets les écouteurs, garde le téléphone dans ta poche et ne décroche pas, indique Aura.

Mari Paz obéit, sans ralentir le pas. Elle regarde sur les côtés, discrètement, sans trop bouger la tête. Les portes devant lesquelles elle passe ont toutes des plaques de signalétique, mais aucune n'est celle qu'elle cherche. Le couloir est long, très long, et désert. Ses pas sont irréguliers (clop, clap, clop, clap) sur le marbre rose et se répercutent sur les murs blancs. Les caméras sont maintenant plus nombreuses – il y en a une tous les dix mètres, orientées dans les deux sens. Mari Paz observe ces grands yeux menaçants et commence à flipper.

— Je le sens pas.

Sa démarche désinvolte devient de plus en plus pénible et laborieuse. Les épaules crispées par la peur et le cou raide n'arrangent rien.

— Allez, un peu de cran.

— Encourage-moi, plutôt. Chante-moi quelque chose.

Aura marque une pause, incrédule.

— Je suis sérieuse, blondie.

— Je ne sais pas chanter.

— Tu ne chantais pas des berceuses à tes filles le soir ?

— Des génériques de dessins animés.

— Ça me va.

Aura rit, pas la légionnaire. Quelques secondes plus tard, à l'autre bout du fil, on entend un raclement de gorge, puis :

Quand je ferme les yeux
Je vois se dessiner
Dans mes pensées
Une carte du monde,
Un monde qui voit mes rêves se réaliser

Au début, la voix d'Aura tremble un peu, mais à mesure qu'elle s'échauffe, elle devient plus timbrée et cristalline. Pas de quoi gagner un concours non plus, n'exagérons rien. Dans le couloir désert, on croirait quand même entendre Maria Callas.

Pour quelqu'un qui ne sait pas chanter, tu te débrouilles sacrément bien.

— C'est qui, Doraemon ? demande-t-elle à la fin de la chanson.

— Un chat qui a un tas de trucs dans ses poches.

— Mais comment un chat...

— Tu veux que je chante ou que je te raconte l'histoire ?

— Chante, s'il te plaît.

Alors, pendant que Mari Paz parcourt le rez-de-chaussée, Aura interprète le répertoire qu'elle chantait aux jumelles quand elles étaient petites. *Inazuma Eleven*, *Adventure Time*, *Harry et ses dinosaures* et *Les Lunnis*. Non pas que la légionnaire connaisse toutes ces séries, mais au moins elle constate que ses nerfs la laissent un peu tranquille.

Contrairement à sa douleur au pied, qui ne cesse d'empirer. Chaque appui lui donne l'impression que sa chaussette – jaune et trouée – est pleine de clous. La douleur remonte dans le mollet et atteint presque le genou, qui fonctionne déjà couci-couça depuis dix bonnes années.

Tiens bon. Tiens bon.

Aura attaque l'introduction de *Scooby-Doo*, et Mari Paz est sur le point de dire que celle-là, elle la reconnaît, quand quelque chose se produit. Alors qu'elle tourne au coin et arrive dans la partie centrale du *E* que forme l'étage, elle tombe enfin sur le panneau qu'elle cherchait.

ENTRETIEN

Un seau et un balai à franges maintiennent la porte ouverte. De l'intérieur sortent des rires fatigués, et des chants d'après match grésillent à la radio.

Mari Paz passe la tête en donnant deux petits coups à la porte.

Cinq. Mari Paz cherche un agent d'entretien d'astreinte.

Seulement, il n'y en a pas un, mais deux, et plutôt balèzes, en train de prendre leur pause. Entre eux, deux tupperwares ouverts (escalope panée, tortilla) et un sachet de mélange apéro (ils ont laissé les pois chiches).

— Avant de commencer... demande poliment Mari Paz. Vous n'auriez pas un ibuprofène, par hasard ?

9

Un klaxon

Aura attend impatiemment près de la voiture que Mari Paz lui donne le signal. Elle tape du pied par terre pour faire baisser la tension, sans grand succès.

Le match touche à sa fin, et sa fenêtre d'opportunité se referme avec lui. Une fois la partie terminée, les agents de sécurité auront envie de se dégourdir les jambes et de mériter leur salaire. Elle doit être entrée avant.

Allez, allez, allez.

Dans les écouteurs, Aura entend des sons qu'elle n'arrive pas à identifier. Elle a dit à Mari Paz de la tenir au courant, mais la légionnaire lui a demandé de se taire.

Il reste moins de six minutes.

— C'est fait, dit Mari Paz au bout d'un moment.

— Où ?

— Au coin nord. J'ai fait semblant de sortir fumer et je l'ai jetée par-dessus la clôture. Je crois qu'elle est tombée plus loin que je voulais. Tu vas devoir la chercher.

Génial, pense Aura.

— Ne raccroche pas.

— J'ai presque plus de batterie dans ce truc, proteste Mari Paz. Et j'ai croisé deux personnes dans le couloir.

Je ne veux pas qu'on m'entende parler. Rappelle-moi quand tu la trouves.

Aura maudit le téléphone portable bon marché et se précipite vers l'endroit que la légionnaire lui a indiqué. Un carrefour, à l'autre bout du bâtiment, où l'éclairage leur semblait un peu moins vif et où elles seraient moins suspectes si quelqu'un les surprenait.

Il lui faut une longue minute pour l'atteindre en marchant d'un bon pas.

Quand elle arrive, elle ne la voit pas.

Aura se baisse entre les voitures. À quatre pattes – les genoux douloureux et des gravillons collés aux paumes –, elle cherche le rectangle en plastique qui la sépare de la moindre possibilité de redresser son avenir.

Rien.

Elle se risque à allumer la lampe de son portable – quitte à attirer l'attention – et balaie les ombres des véhicules, près des roues. De précieuses secondes s'écoulent.

Rien.

Soudain, le déclic se produit.

Quelle idiote !

La carte n'est pas nécessairement tombée par terre.

Elle se lève, jurant à voix basse avec des termes qui feraient se dresser les cheveux des jumelles – qui connaissent déjà quelques gros mots – sur leur tête. Abandonnant toute prudence, elle braque la lumière sur les voitures.

La voilà.

La carte se trouve sur une Seat Arona blanche. Coincée entre le pare-brise et les essuie-glaces. À portée de main, depuis le début.

« *Six. Vous lancez la carte au moment propice.*

— Qui ça, vous ? Y a que moi.

— Pluriel de majesté. Je me comprends. »

Aura la ramasse et se dirige vers la porte. Cinquante ou soixante mètres plus loin, la durée du match est déjà écoulée. Prolongations comprises.

Elle jette un œil – erreur – à la carte et découvre qu'elle ne ressemble en rien à José Miguel Barrera, un chauve à lunettes.

De toute façon, si on se fait prendre, ce n'est pas la photo qui va nous trahir, pense-t-elle, essayant de se redonner du courage.

Elle atteint le portail et glisse la carte dans le lecteur. La lumière reste rouge. La carte ne fonctionne pas.

(Un souvenir fugace lui revient en mémoire. Jaume et elle, lors de leur dernière escapade ensemble, trois mois avant qu'il ne soit assassiné. Un hôtel à San Sebastián. Leur premier week-end en amoureux depuis des lustres. Elle a une folle envie d'arriver à leur chambre pour s'envoyer en l'air avec son mari, et la carte n'ouvre pas. Il lui propose d'aller boire un verre au bar, puisqu'ils doivent de toute façon descendre en demander une autre à la réception, mais Aura crie « Non ! » et fait la même chose que maintenant.)

Elle frotte deux fois la carte contre sa manche – superstition héritée de l'époque où elle travaillait encore à la banque, geste aussi vain que frotter une pièce sur le côté d'une machine à sous – et essaie à nouveau.

La lumière passe au vert avec un bourdonnement et un claquement métallique.

Aura pousse la grille et pénètre dans l'enceinte du bâtiment. De jour, c'est un ensemble harmonieux, avec une pelouse impeccable et des fenêtres étincelantes. De nuit, on dirait un mausolée éclairé et sécurisé.

L'entrée vitrée du bâtiment se trouve dix mètres après.

Au loin, on entend, inimitable, le klaxon insistant d'une voiture. Un autre lui répond aussitôt. Plus loin encore, une détonation. Même ici, dans cette zone industrielle paumée, il y a des crétins qui fêtent la victoire d'une bande de millionnaires en faisant du raffut à des heures indues.

Aura continue d'avancer.

Ne pas courir, rester calme quand le temps presse, c'est la chose la plus difficile qu'elle ait jamais faite.

Plus que quatre mètres.

Doucement.

Encore deux mètres.

Rafa et Josete, deux minutes plus tôt

— Bon, y a pas de quoi non plus en faire tout un plat, souligne Rafa.

— Trois buts magnifiques, Rafa.

La discussion se poursuivra toute la nuit, le plus âgé des vigiles le sait très bien. Il aime taquiner le gamin. C'est une façon comme une autre de supporter l'ennui mortel de leur boulot. Lui, en bon supporter de l'Atlético, attribuera la victoire du Real Madrid à un petit relâchement de son adversaire, aux erreurs d'arbitrage, à l'UEFA et au Saint-Esprit. L'autre s'indignera vertement, sans rien dire qu'ils n'aient entendu à la radio, car pour être supporter du Real, nul besoin d'être original. Et ça continuera comme ça toute la nuit, et l'horloge sonnera un peu avant 5 heures. Et demain, ils seront copains comme cochons. Comme toujours.

Rafa se lève et s'étire. Son bras est appuyé sur l'écran où une Aura fébrile cherche la carte à quatre pattes entre les voitures. L'agent de sécurité n'y prête pas attention. Il a trop mal au dos.

Quand il se redresse, ses vertèbres craquent comme des noix. Pour un quinquagénaire en surpoids avec des migraines chroniques – du genre qui squattent son crâne et refusent de lever le camp –, il n'est pas bon de rester assis pendant des heures. Dans huit minutes, ils doivent aller faire leur ronde, mais ce n'est pas bien grave s'ils prennent un peu d'avance, comme il dit toujours.

— On va faire notre petit tour ?

— C'est pas l'heure, proteste Josete, qui a toujours les yeux fixés sur la tablette, écoutant les déclarations de ses idoles.

— C'est pas bien grave si on prend un peu d'avance.

Josete râle encore, et finit par se lever, parce que c'est un bon gars. Travailleur et compétent, il n'y a pas à dire. Il accroche les clés de la guérite à sa ceinture. Il met son pistolet dans son étui, sa matraque dans son fourreau. Il récupère son badge sur la table et, ce faisant, sa main passe devant l'écran sur lequel une Aura désespérée sort son portable pour chercher la carte. La caméra, en mode infrarouge, transforme le faisceau lumineux du téléphone en un fantôme facétieux et dangereux.

Josete n'y prête pas davantage attention.

— Il va nous falloir un petit café, Rafita.

— La machine du rez-de-chaussée est cassée.

— Alors on va aller à celle de l'étage, chez les chefs.

Rafa fait la grimace. Ils ne sont pas censés dépasser le rez-de-chaussée, même quand ils font leur ronde. La deuxième équipe de sécurité se charge de surveiller l'intérieur. Et les vigiles de service aujourd'hui sont deux connards imbuvables.

D'un autre côté, la salle de repos de l'étage de direction dispose d'une rutilante machine Nespresso. Avec des capsules pour tous les goûts. Et tout ça, à l'œil.

— On monte vite fait, on se fait les cafés et on redescend. OK ?

C'est au tour de Josete de faire la grimace, parce que la seule chose meilleure que le café de l'étage de direction, ce sont les fauteuils de l'étage de direction, moelleux et profonds. Votre corps est aspiré par le siège et, avant d'avoir le temps de dire ouf, vous êtes viré pour vous être endormi pendant votre service.

— Juste cinq minutes…

— Non.

Josete se dirige vers la porte, tête baissée. Et tout se serait bien passé pour Aura si le jeune homme n'avait pas arrêté de fumer quelques jours plus tôt. Il est comme une cocotte-minute, mais au moins son uniforme ne pue plus le tabac. Aïe, il se tourne vers son paquet de chewing-gums à la nicotine – parfum MENTHE DÉGUEULASSE –, et son regard tombe sur le moniteur 6. Celui qui montre le chemin qui va de l'accès extérieur vers l'entrée principale.

— Rafa, appelle-t-il. Vise un peu ça.

Rafa s'approche et regarde. Il plisse les yeux. Le moniteur 7, qui montre le trajet de l'entrée principale vers l'accès extérieur, confirme leurs soupçons.

— Ce ne serait pas la dame qui… ?

Rafa ne le laisse pas finir. Il prend son talkie-walkie pour prévenir l'équipe de l'intérieur du bâtiment. Il appuie sur le bouton de transmission, se rappelle qui est de service aujourd'hui et y réfléchit à deux fois, au cas où ça lui retomberait dessus.

— On va voir ce qui se passe.

10
Un chariot

— Tu es où ?

— Aux toilettes, à droite de l'entrée.

Aura suit les indications de Mari Paz et la retrouve à l'endroit spécifié, sauf qu'elle a un peu changé. Sa veste en sergé et son jean ont laissé place à un uniforme bleu d'agent d'entretien, avec ses poches distendues et des taches blanchâtres d'eau de Javel sur le pantalon. Aucun détail ne manque.

Presque aucun, pense Aura, en regardant vers le bas.

— Où est ta botte ?

— Dans une porte. Enfile ça, blondie, commence pas à te disperser.

Aura se déshabille à toute vitesse. Elle ne garde que son collant et son soutien-gorge. Alors qu'elle va mettre son tailleur et son chemisier dans le sac-poubelle que lui tend Mari Paz, elle remarque un éclat étrange dans les yeux de cette dernière.

— Qu'est-ce qu'il y a ?

Mari Paz détourne le regard en rougissant.

— Rien, rien. Laisse tomber.

Aura ne s'y attarde pas davantage, car dehors on perçoit des voix et des pas précipités.

— Tu as entendu… ?

Mari Paz pose un doigt sur sa bouche et lui fait signe d'aller dans l'une des cabines des toilettes. Aura s'exécute et grimpe sur la cuvette, l'uniforme bleu en boule entre les mains.

Juste à temps.

Elle entend la porte s'ouvrir.

— Bonsoir, vous avez vu passer quelqu'un ?

Un silence. Puis un bruit d'eau qui coule, et le claquement d'une serpillière mouillée au sol.

— Bonsoir, insiste le vigile.

Le cœur d'Aura tourne à deux cents à l'heure et accélère encore. Elle serre les vêtements contre sa poitrine, essaie de se faire toute petite.

— Hein, quoi ? fait Mari Paz, trop fort.

Du ton de quelqu'un qui écoute la musique à fond et qu'on a dérangé.

Aura croit percevoir, en sourdine, les premiers accords de *Hoy puede ser un gran día*, de Joan Manuel Serrat.

— Je demandais si vous aviez vu quelqu'un.

— Je suis toute seule. Entrez jeter un œil, si vous voulez. Mais enlevez vos chaussures, je passe la serpillière.

Les pas ne donnent pas l'impression que le vigile a ôté ses chaussures. Mais ils se rapprochent dangereusement.

Semelle contre marbre, un, deux, trois. Arrêt, léger virage. Trois, quatre, cinq pas.

L'ombre des pieds sous la porte des toilettes.

Aura serre les dents. Elle n'a pas mis le verrou, et la porte bâille. Le vigile glisse sa matraque dans l'embrasure, éloignant petit à petit la porte du cadre.

— Hé, collègue. Combien ça fait ?

La matraque s'immobilise.

— Quoi ? Ah, le match. On a gagné trois-zéro.

— Allez ! Vous devriez voir mon bonhomme quand il va rentrer ce soir. Je suis pas près d'aller au lit. Dites-moi qu'ils ont pris une raclée.

— Pas qu'un peu. Vous êtes pour le Real ?

— D'abord pour la Celtiña, parce que *é da miña tierra.* Ensuite pour la deuxième meilleure équipe du monde.

La voix du vigile – qu'Aura reconnaît maintenant comme étant celle du plus jeune des deux – se transforme en un énorme éclat de rire.

— Sans déconner. Mes beaux-parents sont de Vigo. Ça grimpe sec, par là-bas.

— Ça fait les jambes.

— Si vous voyez quelqu'un, appuyez trois fois sur le neuf pour nous prévenir.

— Qui ça, au juste ? Il y a encore un peu de monde dans les couloirs.

— Ah ! Une femme blonde, très belle, en tailleur. On pense qu'elle est entrée.

Les pas s'éloignent, la porte des toilettes se referme.

Aura descend de la cuvette et sort de la cabine. L'eau sale de la serpillière s'infiltre dans le fin nylon de son collant. Une eau froide et qui sent la Javel et le citron.

— On doit se tirer, dit Mari Paz. Ils te cherchent.

Aura a déjà connu les doutes et la peur. La colère l'a emporté. Aujourd'hui, la peur n'est pas une vague possibilité, un brouillard dans l'avenir. Aujourd'hui, la peur a un visage et des yeux, et des chaussures qui résonnent sur le marbre. Et pourtant, elle est plus déterminée que jamais.

— Pas alors qu'on est si près du but. En plus, ils cherchent une femme blonde en tailleur, pas une femme de ménage.

Elle enfile l'uniforme que lui a donné Mari Paz.

— Qu'est-ce que tu as fait des propriétaires de ces vêtements ?

— Je les ai laissés attachés dans le local d'entretien et j'ai fermé de l'extérieur.

Aura boutonne le haut de l'uniforme, qui lui descend jusqu'aux cuisses. Elle essaie de rentrer les pans dans le pantalon. Impossible. Les vêtements sont dix fois trop grands. Elles n'ont pas pensé non plus à prendre des chaussures de rechange. Aura n'a plus qu'à espérer que ses escarpins passeront inaperçus.

— Je ne suis pas du genre à me plaindre, mais…

— C'est comme ça, blondie. Et à propos…

Elle désigne ses cheveux, qui attirent l'attention de loin, même rassemblés en un chignon négligé comme celui qu'elle porte.

Aura fouille dans le chariot et trouve le rouleau de sacs-poubelles. Elle en prend un, tire dessus, le déchire avec les dents et coupe un bon morceau de plastique noir, qu'elle enroule autour de sa tête comme si c'était un foulard. Il ne résisterait pas à un examen approfondi, mais ça pourrait passer si les agents de sécurité ne regardent pas de trop près.

— Tu es timbrée.

— On passe au numéro sept ?

— Tant que tu m'épargnes ta rime à la con… dit Mari Paz en levant les yeux au ciel.

Aura sourit – elle n'abandonnera pas si facilement –, pousse le chariot et récite :

— Sept. À la direction financière à fond les manettes.

11

Une invention

Mari Paz conduit le cortège dans le couloir jusqu'à l'ascenseur. Elles ne croisent personne. Ce qui n'est pas bon signe.

— C'est bon signe, dit Aura.

— C'est très mauvais signe, lui rétorque Mari Paz. Quand ils t'auront cherchée partout sans te trouver, ils commenceront à regarder les images des caméras. Et quelqu'un s'apercevra que les deux godiches en uniforme ne sont pas du tout des femmes de ménage.

— Ce sont des prestataires extérieurs. Je suis sûre qu'ils ne les connaissent même pas… insiste Aura en désignant le logo sur sa poitrine.

— Ne te fais pas d'illusions. Je nous donne cinq minutes. Maximum.

— On doit trouver le moyen de faire diversion.

— Comment tu comptes t'y prendre ?

— C'était un boulot pour trois personnes, dit-elle, plus à elle-même qu'à Mari Paz. Je savais que c'était un boulot pour trois…

— Tu nous as entraînées jusqu'ici, blondie. Plus loin que je ne l'aurais cru. Ça sent mauvais, mets-toi bien ça dans le crâne.

Aura rentre la tête dans les épaules, s'appuie au chariot et se penche un peu.

Son visage est au-dessus de la poubelle, et il vire au vert. La poubelle n'en est pas la cause, mais la conséquence. La raison n'est pas la légère puanteur des divers déchets, mais la tension accumulée, qui la déchire de l'intérieur et menace de la faire vomir.

Mari Paz a déjà vu ce vert-là auparavant. Chez des camarades aguerris. Des mastodontes qui soulevaient cent cinquante kilos de fonte en développé-couché, qui couraient quinze kilomètres tous les jours et dont le taux de réussite au tir avoisinait les quatre-vingt-dix pour cent. Des machines, qui suppliaient que leur unité participe aux missions les plus dures. Des hommes courageux, tous. Et à la première vraie offensive, avec de vraies balles et un vrai ennemi, leur visage prenait la même couleur que celui d'Aura.

Pour sauter, ils sautaient. Mais ils salopaient le plancher de l'hélico comme il faut.

Ce qu'ils ne faisaient pas, en revanche, c'est fouiller dans les poubelles.

— Qu'est-ce qui te prend, bon Dieu, blondie ?

Aura se plie en deux et plonge la moitié du corps dans la poubelle, ce qui a pour effet de déséquilibrer le chariot.

— J'ai besoin… Laisse tomber, il y a ça, forcément.

Elle fait signe à Mari Paz de patienter.

— Obligé.

Elle plonge jusqu'au fond et continue de sonder.

Au bout de quelques secondes, elle émerge avec deux trophées : une bouteille vide, qui a contenu deux litres de Fanta, et du papier Albal roulé en boule. Elle l'étudie attentivement, le tourne entre ses doigts.

— J'espère qu'il n'est pas trop compressé, murmure-t-elle.

Ça y est. On l'a définitivement perdue, pense la légionnaire.

Aura lance les deux objets à Mari Paz.

— Déchire la boule en tout petits morceaux. Et mets-les dans la bouteille.

Mari Paz obéit tandis qu'Aura explore de l'autre côté du chariot, où les employés rangent les produits d'entretien. Elle extrait un bidon blanc avec un bouchon rouge, sur lequel figurent un tas de symboles indiquant qu'il contient des substances dangereuses.

— Qu'est-ce que c'est que ça ?

— Acide chlorhydrique. Moins que je ne l'aurais voulu, répond Aura en secouant le bidon.

Le fond remue avec un clapotis étouffé.

Elle prend la bouteille des mains de Mari Paz. Elle la lève à la hauteur de ses yeux – qui expriment une absolue concentration – et vide tout le contenu du bidon à l'intérieur. À peine l'équivalent d'un demi-verre.

— Qu'est-ce que tu fais ?

— Je vais t'expliquer, dit Aura en versant les dernières gouttes d'acide chlorhydrique. C'est pas encore ça. Il faut que ce soit hermétiquement fermé. Si j'avais un élastique ou...

— Et ça ?

Mari Paz désigne la poignée du chariot, d'où pend un rouleau de ruban adhésif.

— Parfait.

Aura visse le bouchon et se met à recouvrir la bouteille de ruban adhésif, bien solidement. Lorsqu'elle a tout tapissé sauf la partie inférieure, elle tend son invention à Mari Paz.

— Maintenant, voilà ce qu'on va faire. Tu te diriges vers la petite table en verre, là-bas au coin, avec ce chiffon (elle le lui met dans la main) et en agitant doucement la bouteille. Tu te penches, tu fais semblant de nettoyer la table et tu mets discrètement la bouteille en dessous.

— Et après ?

— Ensuite, tu reviens le plus vite possible et on fonce dans l'ascenseur.

Elle ajoute quatre mots...

Mari Paz s'élance aussitôt. Ce n'est pas ce qu'elle voulait. Elle aurait aimé pouvoir lui expliquer que, pour une Galicienne, l'expression « et après ? » ne s'entend pas au sens littéral, mais appelle une explication. Un pourquoi.

Pourquoi tu m'envoies mettre cette bouteille sous la table ?

Pourquoi c'est à moi de le faire, et pas à toi ?

Pourquoi je t'obéis, bon sang ?

Mari Paz dépose la bouteille sous la table en verre, passe un coup de chiffon sur le plateau et s'empresse de faire demitour. Une performance d'acteur d'une intensité rare. Si la distance entre ses pas était représentée par un graphique, il aurait la forme d'un escalier. Les deux premières enjambées sont normales. Les suivantes, des sauts en longueur.

— Espérons que personne ne nous regarde, râle Aura depuis l'ascenseur, en retenant la porte ouverte.

Mais comment exiger de quelqu'un à qui on vient de fourrer un objet dans les mains d'agir avec naturel et de revenir sans courir, quand les quatre derniers mots qu'on a prononcés sont :

— Avant que ça explose.

Pendant ce temps-là, sous la table

Mémé Celeiro l'appelait *aguafuerte*, eau-forte, ou encore acide muriatique.

Nous l'appelons acide chlorhydrique.

Le franciscain italien qui l'a découvert l'appelait esprit de sel.

De ce dernier, nous ne savons pas grand-chose. C'était un alchimiste de Tarente, qui écrivait sous le pseudonyme d'un ancien chimiste arabe pour cacher sa propre identité. Obsédé par un vieux manuscrit, le *Liber de aluminibus et salibus*, il approfondit sa connaissance des réactions chimiques. Un jour, il eut la brillante idée de verser de l'acide sulfurique sur du sel ordinaire. Il survécut à l'expérience, mais le ballon en laiton qu'il utilisa n'eut pas cette chance.

Huit siècles plus tard, un samedi à l'heure du goûter, une Aura de onze ans avait vu à la télé, fascinée, quatre ex-commandos devenus mercenaires utiliser une invention similaire pour s'évader de l'entrepôt où les méchants les avaient enfermés.

Huit siècles, vingt-deux ans, onze mois et six jours plus tard, Aura fabrique le mélange qui se trouve désormais sous une table en verre près d'une fontaine à eau.

L'aluminium du papier Albal – où étaient encore emballés deux sandwichs au thon quelques heures plus tôt – a commencé à réagir avec l'acide chlorhydrique dès l'instant où Aura l'a versé dans la bouteille de Fanta – qui égayait encore une fête d'anniversaire au service informatique quelques heures plus tôt. Lentement au début, puis plus vite à mesure que les deux éléments échangeaient des électrons.

Le métal a commencé à se dissoudre dans l'acide, produisant du chlorure d'aluminium, qui a coulé au fond de la bouteille, ainsi que de l'hydrogène, qui est en train de se dilater à l'intérieur.

La réaction est irréversible, et l'espace limité. Alors que le gaz se retrouve à l'étroit, il exerce une pression sur les parois de la bouteille. Enveloppées dans du ruban adhésif, celles-ci offrent une grande résistance, de sorte que la concentration de gaz désireux de sortir augmente. À la fin, c'est l'hydrogène qui gagne. Par une victoire écrasante.

Environ cinquante secondes après qu'Aura a versé l'acide chlorhydrique, et trois secondes avant que Mari Paz la rejoigne dans l'ascenseur, la bouteille explose.

Ce n'est pas une très grosse explosion. Elle ne provoque pas de feu ni de fumée. Mais la table sous laquelle elle se trouvait est projetée vers le plafond et se brise en mille morceaux. Une pluie d'éclats de verre tapisse le couloir, et c'est tout.

Ça, et un bruit assourdissant. Comme dans les films. Qui se propage dans le couloir, et est audible dans tout le bâtiment.

12

Un bureau

— Allons-y, j'ai foutu un beau bordel.

— Ben, tu voulais faire diversion, c'est réussi, dit Mari Paz en plaquant la main sur son oreille gauche.

De l'autre, elle appuie avec insistance sur le bouton du sixième étage, mais ça ne fait pas accélérer l'ascenseur.

Aura a aussi les tympans qui sifflent, résultat de son expérience scientifique.

— Peut-être que j'ai un peu exagéré, reconnaît-elle.

Sa voix lui semble lointaine et métallique.

— Peut-être qu'ils vont appeler les flics. Au lieu d'avoir cinq minutes avant qu'ils nous chopent, on en a quinze, sans aucune possibilité de s'en sortir.

— En quinze minutes, il peut se passer beaucoup de choses, murmure Aura.

Elle regarde Mari Paz, qui a l'air calme. En apparence, du moins, car il n'est pas facile de lire ce qui se passe dans la tête de la légionnaire. Le doigt insistant sur le bouton de l'ascenseur est l'unique indice qui trahit sa peur.

Et elle ?

Aura regarde en elle-même, et ce qu'elle voit l'effraie.

C'est un flash. Elle n'a pas le temps de se livrer à une introspection approfondie. Et malgré tout...

Avant de rencontrer Jaume, Aura avait fréquenté quelques mois un professeur de capoeira. Elle se souvient d'une soirée torride impliquant un canapé-lit, un verre d'eau avec des glaçons et la souplesse du jeune homme. Aura avait eu le meilleur orgasme de sa vie.

Ce qu'elle ressent à cet instant est encore plus agréable.

Avant d'avoir les filles, alors qu'elle commençait à travailler à la banque, Aura était allée boire un coup avec ses collègues le soir du nouvel an et quelqu'un avait sorti un sachet de poudre blanche. Elle avait essayé, sous la pression sociale et par curiosité. « Tu ne te sentiras jamais aussi vivante », lui avait-on dit.

Ce n'était pas vrai, elle vient de le découvrir.

Une nuit froide, la dernière de son ancienne vie, la nuit où tout ce cauchemar a commencé, Aura avait servi de bouclier à ses filles, livrant son corps à un tueur, sans faire le moindre bruit pour leur sauver la vie. Le besoin de les protéger pulsait dans tout son corps comme les tambours de Calanda. Un battement constant, aveuglant, qui emplissait l'espace et le temps, qui était à la fois un début et une fin.

Celui-là est encore plus puissant. Aura ne s'est jamais sentie plus vivante ni plus forte. Elle est capable de tout. L'air qui l'entoure semble la pousser vers l'avant, la transporter dans un monde idéal. Comme un tapis volant.

Elle a peur, oui. Mais elle n'y prête guère attention.

Mieux vaut se laisser porter.

— On y va, dit-elle quand l'ascenseur s'ouvre.

Elles suivent les panneaux, dans l'interminable couloir, avec l'angoisse que suscite le temps qui passe et la certitude qu'elles s'éloignent de plus en plus d'une porte qui se referme. D'un pas lent, malgré tout, pour ne pas attirer l'attention.

— C'est là, indique Aura, en désignant une plaque sur laquelle on peut lire :

608. DIRECTION FINANCIÈRE

Elle pousse la porte, et ouvre la bouche pour réciter l'instruction suivante :

— Huit…

Mais elle ne va pas jusqu'au bout. Soudain, elle ne s'en souvient plus.

Parce que tout son plan – et ses espoirs de s'en sortir sans se faire prendre – vient de tomber à l'eau.

Le plan consistait à pénétrer dans un bureau vide, et à fouiller dans les papiers et les ordinateurs pour trouver le nom.

C'est râpé.

À l'autre bout du bureau, à côté d'une grosse imprimante, se tient un homme ventripotent aux joues tombantes. Son vague sourire dénote une lassitude du corps et de l'esprit.

L'homme porte son attention sur des documents qu'il vient d'imprimer. Il lève les yeux avant qu'Aura puisse faire demi-tour, entraîner Mari Paz avec elle et quitter les lieux.

L'homme la voit. Malgré la distance et son impeccable déguisement, il la reconnaît aussitôt.

— Qu'est-ce qui se passe ? dit Mari Paz, qui n'a pas encore pu entrer dans le bureau.

Elle pousse Aura pour se faire une place, remarque que quelque chose ne va pas, suit son regard et voit l'homme. Par solidarité avec Aura, qui ne quitte pas des yeux l'individu en question, elle laisse échapper un grognement mécontent.

Aura ne réagit pas.

— Ginés, lâche-t-elle, sans pouvoir cacher la haine qui s'échappe du « s » final, comme du vin renversé sur une nappe.

— Qu'est-ce… qu'est-ce que tu fais là ?

Aura marche lentement vers lui, poussant le chariot devant elle.

— Comme tu vois. J'ai dû chercher un nouveau boulot, puisque j'ai perdu celui que j'avais.

En traversant le bureau, elle se penche et vide les corbeilles au hasard dans la poubelle, puis les balance par terre n'importe où.

Le dénommé Ginés observe le déguisement d'Aura et fait montre de l'intelligence qui lui vaut de gagner un salaire annuel à six chiffres plus les primes.

— Je ne te crois pas, dit Ginés en saisissant son téléphone.

— Mari Paz, tu pourrais… ?

L'homme a commencé à composer le numéro de la sécurité, mais Mari Paz ne l'entend pas de cette oreille. En deux grandes enjambées, elle le rejoint, lui arrache le combiné des mains et l'attrape par la cravate – jaune à pois verts, nouée mais lâche. Ginés est imposant, un peu plus grand que Mari Paz. Il tente de se dégager, croyant que ce sera un jeu d'enfant, mais tout ce qu'il gagne, c'est de tourner comme une toupie quand Mari Paz tire sur sa cravate et l'oblige à poser ses fesses sur la chaise la plus proche.

— Enfin, madame ! Qu'est-ce que vous… ?

Son gros ventre tressaute et sa voix tremble sous l'effet de l'humiliation.

Il essaie de se lever, mais une main sur son épaule – tandis que l'autre main tire maintenant la cravate vers l'arrière – l'en dissuade, et il retombe sur la chaise, face à Aura.

— Je te présente Patricio Ginés, directeur financier, déclare-t-elle. Dis à ma copine comment on se connaît, Ginés.

— Vous ne pouvez pas faire ça… Vous avez perdu la tête ?

— Pourriez-vous avoir la gentillesse de répondre, monsieur ?

Ginés a déjà entendu ce dernier mot, dans le seul endroit d'Espagne où on l'emploie encore : au rayon homme du Corte Inglés. Nulle part encore il ne l'a perçu comme synonyme de : « Réponds immédiatement où je continue de tirer sur ta cravate. »

— Nous avons travaillé sur des projets ensemble, dit-il en penchant la tête en arrière pour tenter de maintenir l'arrivée d'air dans ses poumons.

— Surtout un, n'est-ce pas, Ginés ? Tu as dirigé le développement du logiciel de gestion de la banque.

— Le Parquet a dit que c'était ton idée, répond Ginés du tac au tac.

— En effet, tout indique que c'était moi. Tous les ordres d'achat du fonds venaient de mon ordinateur. Dont certains passés pendant que je dormais. Tu ne trouves pas ça bizarre, Ginés ?

Le silence qui s'installe est si intense qu'on entend le bourdonnement des néons au plafond, le souffle des ordinateurs et des cris lointains. Aura ne se fait pas d'illusions sur les raisons de ces clameurs. Elle n'a pas besoin de voir le regard pressant de Mari Paz pour savoir qu'elles doivent lever le camp au plus vite.

Or, elle ne peut repartir sans ce qu'elle est venue chercher. Et encore moins maintenant, alors qu'il y a un témoin qui connaît son nom, son prénom et son numéro de téléphone.

— Tu ne t'en tireras pas comme ça, Reyes, menace Ginés.

Aura ne le sait que trop bien. Elle se mord la lèvre, essayant de réfléchir. La seule solution raisonnable est de décamper. Mais le sentiment qui l'anime depuis que sa diversion a fonctionné et qu'elle est montée dans l'ascenseur n'a que faire du bon sens.

— Je ne m'attendais pas à te trouver ici, Ginés. Puisque tu es là…

Elle enlève le plastique qu'elle a sur la tête et se penche devant lui.

— Tu as foutu ma vie en l'air, Ginés. Je le sais, et tu le sais. Je sais aussi que tu es un lâche et un trou du cul.

Aura passe la main entre le corps de Ginés et la chaise. Elle palpe derrière son dos, descend, jusqu'à sentir le renflement dans la poche arrière. En tâtonnant, elle parvient à dégager un portefeuille en cuir noir de la marque Montblanc. Gravé à ses initiales. Elle l'ouvre et en tire le rectangle de plastique qu'elle cherchait. Elle le retourne, et lit la première ligne à haute voix.

— Et maintenant, je sais aussi où tu habites, ajoute-t-elle en lui jetant sa carte d'identité au visage.

Le morceau de plastique heurte, pas très fort, son sourcil, avant de tomber sur ses genoux. Mais il fait naître la peur dans les yeux de Ginés.

— Qu'est-ce que tu veux ? demande-t-il en se reculant autant que le dossier de sa chaise le lui permet.

Aura s'approche encore et sourit.

— Tu ne m'intéresses pas, Ginés. Tu n'étais qu'un moyen pour arriver à une fin. S'il y a autre chose que nous savons parfaitement tous les deux, c'est que tu es un incapable. Tu n'aurais pas pu concevoir un logiciel aussi parfait. Alors tu vas me dire qui l'a fait.

Un nouveau silence s'installe, et celui-là est différent. Le bourdonnement des appareils électriques est remplacé par le cliquetis des engrenages du cerveau de Ginés, qui tournent tandis qu'il réfléchit.

— Une consultante externe, dit-il, tentant de gagner du temps.

Peut-être a-t-il entendu l'agitation de tout à l'heure. Et espère-t-il que quelqu'un viendra à sa rescousse au dernier moment.

Aura est toujours gouvernée par l'adrénaline qui lui a servi de carburant au cours des minutes qui précèdent, mais un autre sentiment fait son apparition.

La honte.

La cruelle ironie de menacer quelqu'un de lui faire ce qu'elle-même a subi. S'introduire chez lui pour lui faire du mal. Elle réalise à quel point elle s'en moque. Le monde, qui avait pris la forme d'un tapis volant la conduisant vers son destin, s'est à nouveau transformé.

Maintenant, c'est une montagne rocailleuse et escarpée.

Aura avale sa salive. Elle pense à ses filles.

Elle répète l'adresse de Ginés.

— Donne-moi son nom.

Ginés sanglote. Il le lui donne.

13

Une évasion

— Tu avais raison, déclare Mari Paz. Ce mec est un vrai trou du cul.

Aura pousse à nouveau le chariot dans le couloir, dans une vaine tentative de camouflage, dont le seul effet est placébo.

C'est un camouflage homéopathique, pense-t-elle en riant intérieurement. Elle a le don de faire de l'humour dans les pires circonstances. Comme celles-ci, par exemple, où elles doivent s'échapper d'un bâtiment dont la seule sortie est bloquée par la police.

— Il n'a pas mis longtemps à cracher le morceau.

En effet, il n'a pas hésité bien longtemps à leur dire ce qu'elles voulaient savoir. Mais même ces toutes petites secondes ont été de trop. Presque au même moment où Ginés prononçait le prénom et les deux patronymes, la fenêtre s'est emplie d'un éclat bleuté : les gyrophares de la voiture de police garée devant la guérite de surveillance. Mari Paz a jeté un œil et vu l'un des vigiles traverser la pelouse pour accueillir les policiers.

— Ça sent mauvais, blondie.

Aura a fait une moue contrariée, que Ginés a accueillie avec une joie mauvaise. Comme tous les individus versatiles, il passe d'une humeur à l'autre avec une étonnante facilité.

— Je t'avais dit que tu ne t'en tirerais pas comme ça, Reyes. Je te l'avais bien dit, a-t-il répété avec un éclat de rire étouffé. Et maintenant, si vous me laissiez partir ? Ce qui t'attend est inévitable. Tu le sais, et je le sais.

Il a prononcé cette dernière phrase sur un petit ton ironique. Comme tous les lâches, il n'attaque que quand il croit avoir gagné.

— Je ne suis pas surprise que tu sois allé si loin avec si peu, Ginés. Tu es encore pire que je pensais.

Aura est retournée vers le chariot et a pris le ruban adhésif. Elle l'a enroulé plusieurs fois autour de son gros ventre, l'attachant à la chaise, et elle n'y est pas allée de main morte.

— Tu as entendu ce bruit, tout à l'heure ?

Ginés l'a regardée, amusé, voire triomphant. Mais alors, un doute est apparu dans ses yeux. Il n'a pas répondu.

— C'était une bombe, a dit Aura en retournant la chaise.

Elle a collé quelque chose sur le dossier. Quelque chose qui semblait métallique et lourd. Elle s'est assurée que Ginés le sente à travers le plastique et la mousse de la chaise.

— Et ça aussi.

Elle l'a tourné à nouveau, de façon qu'il regarde vers l'entrée. Et que ce qu'elle a fixé sur le dossier reste caché.

— Si tu bouges, ça explose. Si tu cries, peut-être pas, mais si j'étais toi, je n'essaierais pas : le capteur au mercure, tu comprends ?

— Le mercure est très sensible, a confirmé Mari Paz.

— Très sensible. Au revoir, Ginés.

Aura est partie, sans se retourner. Ce qui est vraiment dommage, car si elle l'avait fait, elle aurait pu voir une tache sombre se former à l'entrejambe de Ginés, s'étendre de façon suspecte le long de son pantalon et goutter de la chaise jusqu'au sol. Ce qu'elle a gagné en dignité, elle l'a perdu en plaisir. Ainsi va la vie.

On ne peut pas tout avoir.

— On aurait dû se barrer plus tôt, *carallo.*

— Et repartir les mains vides ?

— Tout ce qu'on va gagner, c'est de jolis bracelets, blondie.

Elles sont arrivées à l'ascenseur. Mari Paz appuie sur le bouton. Ça ne fonctionne pas. Le bouton ne s'allume pas, et l'écran lumineux qui indique à quel étage se trouve la cabine reste sur zéro.

— Ils ont dû le mettre hors service, suggère Aura.

Mari Paz appuie à nouveau, plus fort. Aura la regarde avec un mélange d'agacement et de tendresse. *Quand les piles de la télécommande sont mortes, on continue aussi d'enfoncer les boutons. Avec le même effet.*

— Ça ne sert à rien, dit-elle en posant la main sur son avant-bras.

Mari Paz ne la repousse pas, mais ça ne semble lui faire aucun effet non plus. Ses muscles sont aussi tendus qu'un fil de cerf-volant dans un ouragan. La légionnaire baisse les yeux, voit la main d'Aura posée là, et son regard inquiet.

— Je n'aime pas être enfermée, explique-t-elle.

— Je te rappelle que quand on s'est rencontrées, tu t'étais délibérément fait mettre en cellule.

— C'est moi qui l'avais décidé, réplique Mari Paz, qui semble trouver ça logique.

Heureusement, pense Aura. *Parce que moi, j'y comprends rien.*

Elle ne va pas plus loin dans ses réflexions, car elles ont des problèmes plus sérieux à penser.

— Prenons par l'escalier de secours, dit-elle en désignant la porte à côté de l'ascenseur.

— C'est par là qu'ils vont monter, blondie.

— Je n'ai pas de meilleure idée.

Elles abandonnent donc le chariot – et presque tous leurs vêtements : elles ont juste le temps de récupérer la veste de

Mari Paz et le sac d'Aura – et descendent. L'escalier est large et lumineux, avec une rampe en métal au niveau de la cage d'escalier. Par laquelle montent des ordres pressants et des protestations confuses.

— Ils doivent être en train de faire sortir les employés qui sont encore là, dit Aura.

— Ils vont nous voir.

Aura se penche et compte les étages. Elles sont au quatrième. Ce qui leur laisse une chance, aussi infime soit-elle.

— De l'autre côté il y a d'autres ascenseurs, non ? Et aussi une deuxième sortie de secours.

C'est leur unique atout : le bâtiment est immense et les gardes peu nombreux. Et elles n'ont vu qu'une seule voiture de police dehors.

Elles ressortent donc au quatrième étage en utilisant la carte et traversent le couloir en courant jusqu'à l'autre bout du bâtiment. De ce côté, la cage d'escalier est silencieuse. Elles l'empruntent avec précaution, stupéfaites d'avoir autant de chance.

Parce que c'est ça, pense Aura. *De la chance, et rien d'autre.*

— Par où tu es sortie quand tu es allée fumer ? demande-t-elle à Mari Paz quand elles arrivent au rez-de-chaussée.

— Là-bas.

L'escalier de secours mène au parking, mais à droite, au bout d'un palier rudimentaire que traverse Mari Paz, se trouve une autre issue. De l'extérieur, on dirait juste un élément d'acier Corten, comme ceux qui ornent la façade du bâtiment. En poussant la porte, elles se retrouvent dans la partie isolée du jardin d'où Mari Paz a lancé la carte.

— Par ici, dit-elle.

Elles traversent un petit coin détente, équipé de cendriers en métal débordant de mégots – *quelle honte, l'entretien de ce bâtiment* – et se dirigent vers la grille.

Aura regarde les presque trois mètres de la clôture, composée d'épais barreaux d'aluminium.

— Je ne vais jamais pouvoir passer par-dessus ce truc.

— Tu n'as pas le choix, ma grande, dit Mari Paz.

Elle se baisse, retire les chaussures d'Aura, les jette de l'autre côté de la grille et lui fait la courte échelle.

— Allez, grimpe !

Aura prend appui sur les mains de Mari Paz et bondit. La première fois, elle rate son coup, mais la seconde, ses mains s'agrippent au sommet de la clôture. À ce stade, peu importe qu'on les voie, tant qu'on ne les attrape pas.

Elle pose les pieds sur les épaules de Mari Paz, et parvient à passer une jambe par-dessus la grille. Juste à temps. Des voix leur parviennent à l'autre bout du jardin. En retombant, elle s'érafle l'avant-bras contre la grille, et ne s'en aperçoit même pas. L'adrénaline a repris le contrôle, éliminant la peur.

C'est au tour de Mari Paz, qui saute avec son pied valide. L'autre ne lui sert pas à grand-chose pour l'instant. En quelques secondes, elle franchit la clôture, et toutes deux disparaissent dans la rue, avant que les policiers n'arrivent au coin du bâtiment.

La voiture est garée à deux cents mètres de là. Aura ne s'est pas arrêtée pour ramasser ses chaussures, elles courent donc avec une seule chaussure pour quatre pieds. Épuisées, pratiquement pieds nus, et Mari Paz boitant, elles mettent quelques minutes à atteindre la voiture.

— Tu as réussi, blondie.

Elle s'appuie contre la portière, toussant et haletant.

Aura est plus mitigée. Pour commencer, ce n'est que grâce à un coup de chance qu'elles ont réussi à s'échapper. Et surtout qu'elles ont pu obtenir ce qu'elles étaient venues chercher. Si Ginés n'avait pas été là, si elles avaient dû chercher le nom elles-mêmes, dans les ordinateurs ou dans la paperasse du service : ç'aurait été une autre paire de manches. La police ne leur en aurait pas laissé le temps. Sans parler de la longue liste d'erreurs qu'elles ont commises : ne pas avoir pensé aux chaussures, aux vêtements trop grands, à la sortie...

— J'ai encore énormément à apprendre.

— Comme tout le monde, qu'est-ce que tu crois ? Mais tu t'en es bien tirée.

En improvisant.

Et ce n'est pas le pire.

Ginés connaît le nom d'Aura.

Ce qui signifie que la police ne tardera pas à venir la chercher. Peut-être même dès ce soir.

— Je ne sais pas. J'ai l'impression qu'on n'a fait qu'empirer les choses.

Mari Paz attend d'avoir fini de tousser et de haleter pour allumer une cigarette, pendant qu'Aura s'installe sur le siège du passager. Heureusement, la voiture était restée ouverte, avec les clés sur le contact. Sans quoi elles auraient connu le même sort que le reste de ses affaires.

— Ce blaireau ne va pas te dénoncer, crois-moi, dit la légionnaire en s'installant au volant. Il avait l'air d'avoir un tas de trucs à cacher.

— Et si... ?

Mari Paz l'interrompt d'un geste.

— Pas ce soir. Il sera toujours temps de t'inquiéter demain.

— Alors démarre. Je veux être sûre que les filles se douchent avant de dormir.

Romero

En arrivant sur la scène de crime – si on peut l'appeler ainsi –, Romero se répète les six mots dont elle a fait son mantra depuis deux ans.

Tout ça pour en arriver là.

Quelqu'un a bouclé ladite scène avec une rubalise blanche. Trois mètres de couloir avec les débris d'une table en verre. En regardant de près – de très près –, on peut voir une trace là où la table a heurté le plafond.

Qu'est-ce que j'ai fait pour mériter ça ?

Elle observe les effectifs envoyés pour enquêter sur cet abominable crime.

Deux agents, et un inspecteur. Logique, pour un incident de cette nature. Une intrusion dans un bâtiment que l'État considère comme « sensible », mais sans que rien n'ait été volé. Deux femmes se sont introduites dans l'immeuble, ont ligoté les agents d'entretien et déclenché un explosif artisanal qui a brisé une table en verre, fait beaucoup de bruit et abîmé un peu le plafond. Elles ont attaché un monsieur à une chaise, qui connaissait d'ailleurs l'une des deux.

Une affaire qui devrait être résolue en un tournemain.

Et pourtant, elle est là. Pour limiter les dégâts.

Romero sait comment les autres la voient.

Une femme d'âge moyen, en civil. Plus forte que grande, les cheveux attachés en un chignon si serré qu'on en a mal au crâne rien qu'à la regarder. Elle a les yeux sombres, les pupilles irrégulières, comme de l'encre qui aurait bavé. Le visage sévère. Elle dégage une certaine rigueur. Quand elle tend la main pour montrer sa plaque à l'agent qui surveille la scène, son geste est bref et rapide, parcimonieux. Comme si elle réservait ses efforts à des choses plus importantes.

— Commissaire Romero. C'est moi qui dirige cette enquête.

Ces derniers temps, elle juge utile d'ajouter cette précision.

Surtout au cas où on reconnaîtrait son nom. Un nom qui se murmure à l'oreille, d'un policier à l'autre. Un nom qui donne la chair de poule.

Romero. La commissaire sans commissariat. Qui dirigeait l'UDYCO[1] de la Costa del Sol. Qui a été prise la main dans le sac pour une très sale histoire.

Personne ne sait en quoi consistait cette histoire, bien sûr. Les chefs de Madrid ont bien pris soin d'étouffer l'affaire. Ils ont rejeté la faute sur un subalterne, tiré des ficelles, demandé quelques faveurs. Un procureur anticorruption par-ci, un juge du tribunal suprême par-là, et tout a disparu. En même temps que les chances de Romero d'exercer un quelconque poste à responsabilités au sein de la police nationale.

Ils ne pouvaient pas la renvoyer. Mais ils n'étaient pas forcés non plus de lui offrir un poste. Romero était donc retournée à la capitale, avec l'intégralité de son salaire et un boitement à vie, à cause d'un flic basque de cent kilos et

1. *Unidad de droga et crimen organizado.* Unités spécialisées de la police nationale espagnole, responsables de la lutte contre la drogue et le crime organisé. Voir *Louve noire* (Fleuve Éditions, 2023).

quelques qui s'était jeté sur elle, lui fracturant un bras – qui a bien guéri – et une jambe – qui s'est mal remise.

Elle se demande, très souvent, comment ses chefs imaginent qu'elle passe son temps. S'ils font semblant de rien. S'ils regardent ailleurs. Si, au fond, ils se doutent de quelque chose. Une femme brillante et ambitieuse. Qui passe ses journées dans les cafés et les bibliothèques.

Bien sûr.

— Commissaire, on ne m'a pas prévenu que vous veniez, dit l'inspecteur, gêné.

Logique, puisque personne ne sait qu'elle est ici.

Elle étudie attentivement son interlocuteur. Il n'a pas l'air de connaître son patronyme. C'est un soulagement. Ça lui épargne des efforts. Les résistances et la méfiance l'obligent à se comporter avec moins de tact et de discrétion. C'est mieux comme ça, si la personne en face d'elle considère devoir lui obéir sans discuter.

— Dites-moi tout, inspecteur.

Il lui fait un résumé de ce qu'elle sait déjà.

Romero se demande parfois si sa simple existence, son activité actuelle, ne serait pas un service rendu à Dieu ne sait qui. Car depuis qu'on l'a mise au placard, elle a trouvé sa propre raison d'être le jour où quelqu'un a laissé une enveloppe sur son lit. Chez elle. Sans trace d'effraction ni rien.

Une démonstration de pouvoir.

L'enveloppe contenait un téléphone portable. Le même que le sien, mais d'une autre couleur.

Sans agenda ni applications. Vide.

Le téléphone a commencé à sonner le lendemain. Au bout du fil, une personne puissante qui demandait un service. Sans grande importance. Persuader une femme de retirer la plainte qu'elle avait déposée.

Une fois ce service rendu, une nouvelle enveloppe a été déposée. Celle-là ne contenait pas un téléphone, mais des billets de cinquante euros. Faciles à dépenser.

Après ce service, il y en a eu d'autres. À différentes personnes. Des gens portant des noms illustres et porteurs de cartes de visite en relief. Le genre de bons offices plus faciles à rendre avec un insigne et beaucoup de temps libre. Certains prennent plusieurs jours, d'autres quelques minutes. Certains sont plus compliqués que d'autres, ceux qu'on demande au milieu de la nuit et qui exigent de mettre ses scrupules de côté.

Des services comme celui-ci.

— … et nous avons les caméras de surveillance, et le nom d'une des suspectes.

— Où est le témoin, inspecteur ?

Le policier la conduit au sixième étage, où un gros homme d'une quarantaine d'années déambule nerveusement dans le couloir. Il s'agit du dénommé Ginés, celui qui a prévenu l'homme qui l'a appelée. L'un de ses nouveaux employeurs. Un homme qui achète peu de faveurs, mais qui paie mieux que tous les autres réunis.

— Ce sera tout, inspecteur. Attendez-moi à l'ascenseur.

Ce dernier observe avec incrédulité la commissaire, qui ne lui rend pas son regard. Depuis l'époque où elle était une simple inspectrice, Romero a appris à agir avec efficacité. Les ordres, même ceux qui vont à l'encontre du règlement, sont généralement suivis plus vite s'ils sont présentés comme une évidence. Parfois, un début de protestation, comme celui-ci, se fait entendre :

— Je préférerais être présent, si ça ne vous…

— Qui est votre supérieur ? l'interrompt-elle. Pacheco ? Somoza ?

Elle ne se tourne pas vers lui, n'élève pas la voix. Tout est parfaitement étudié, au millimètre, pour souligner l'insignifiance du subordonné.

L'inspecteur tire sur le col de sa chemise, se dandine d'un pied sur l'autre avant de répondre.

— Somoza.

— Vous voulez que je l'appelle ?

L'inspecteur décide qu'il n'est pas assez bien payé pour prendre ce risque, et s'en va.

Romero attend que ses pas se soient éloignés pour s'adresser à Ginés.

— Asseyez-vous, lui ordonne-t-elle en désignant une banquette dans le couloir.

— Qui êtes-vous ? demande Ginés en s'exécutant.

Romero regarde autour d'elle, bien qu'il n'y ait manifestement personne.

— Je vous donnerais mon nom si je ne craignais pas que vous le répétiez au premier venu.

Ginés baisse la tête. Plus agacé que contrit.

Il va falloir le bousculer un peu.

— La police m'a demandé...

— Vous saviez parfaitement que vous ne deviez rien dire.

— C'est lui... C'est lui qui vous envoie ?

Romero le regarde, impassible. Sans parler. Aussi longtemps qu'il le faudra.

— Non pas que je connaisse quelqu'un, bien sûr, dit Ginés en relevant la tête.

— Tant mieux. Je l'espère. Laissez-moi vous poser quelques questions de routine.

— Mais j'ai déjà dit tout ce que je...

Un autre regard de ses yeux noirs, des yeux de bête qui rôde et chasse dans l'obscurité, suffit à le faire céder.

— Posez-moi vos questions.

Romero sort son carnet de notes. Rien n'est inscrit, évidemment. Elle fait semblant de parcourir les pages.

— Vous étiez dans votre bureau, en train de travailler, vers 23 heures. Deux personnes portant l'uniforme du personnel d'entretien sont entrées.

Ginés hoche la tête.

— Deux personnes que vous n'avez pas pu identifier.

Nouveau hochement de tête, plus rapide cette fois.

— Ces deux personnes vous ont-elles dit quelque chose ?

— Elles voulaient que je leur donne un nom.

— Quel nom ?

Ginés hésite devant ce revirement.

— Vous pouvez me le dire, précise Romero.

Ginés répète le nom.

— Et qui est-ce ?

— Une ancienne collaboratrice. Nous l'avions engagée pour un projet particulier.

— Je comprends. Vous vous souvenez de quel projet il s'agissait ?

— Non, je ne m'en souviens plus.

Romero s'autorise un léger sourire. On dirait que le témoin commence à prendre le pli.

— Et vous leur avez donné le nom, comme ça.

— Non, ce n'est pas ça. Écoutez, elles... elles m'ont menacé ! Elles m'ont étranglé avec ma propre cravate ! C'est pour ça que j'ai prévenu la police...

Romero renifle avec dédain. L'homme ne semble toujours pas comprendre à quel point il est ridicule et combien son comportement est déplacé. Pour l'aider, la commissaire tend le bras, défait les deux premiers boutons de sa chemise et écarte le tissu. Une légère trace rouge circulaire marque sa peau. Comme la trace au plafond du rez-de-chaussée, il faut regarder de très près pour la voir.

— Avez-vous déjà vu une victime d'asphyxie, monsieur Ginés ?

Ginés fait non de la tête.

— Moi si.

Romero réfléchit.

— Quinze. Huit par noyade. Trois par pendaison, quatre par strangulation. Savez-vous quelles sont leurs caractéristiques ?

Ginés secoue à nouveau la tête. Romero se penche légèrement et pointe sa pomme d'Adam.

— Ils avaient tous un sillon régulier autour du cou. Continu. Sous le cartilage thyroïde. Hémorragie pétéchiale. Lèvres cyanosées. Savez-vous ce qu'est la cyanose ?

Nouvelle dénégation.

— C'est une coloration bleutée que prend la peau en l'absence d'oxygène. Lorsqu'une personne est privée d'air, le cerveau tente d'en puiser ailleurs. C'est une mort horrible, très douloureuse.

Ginés passe la main à l'endroit dit.

— La marque que vous avez ressemble à une irritation due à l'amidon de votre nouvelle chemise, parce que vous l'avez portée sans la laver.

— Mais... elles m'ont attaché, insiste-t-il, refusant de céder.

C'est un homme qui a été humilié par deux femmes, qui lui ont mis une petite pression, sans aller trop loin. Il a besoin d'exagérer son rôle de victime, pense Romero.

La seule solution est de l'humilier davantage.

— Avec trois tours de ruban adhésif autour d'une chaise.

— Elles ont placé une bombe sur le dossier !

— Inspecteur ! appelle Romero d'une voix forte.

L'intéressé revient, exaspéré.

— Pourriez-vous avoir l'amabilité d'apporter la bombe que décrit le témoin ?

L'inspecteur disparaît dans le bureau et revient au bout d'une minute, avec un sac en plastique à la main et de la haine dans les yeux. Une haine qui ne diminue pas quand Romero lui ordonne de repartir.

— Est-ce bien la bombe qu'elles ont placée sur le dossier, monsieur Ginés ?

Ginés baisse la tête.

— C'est ce qu'elles m'ont dit.

— Pouvez-vous voir ce qu'il y a dans ce sac, monsieur Ginés ?

— Oui.

— Pourriez-vous le décrire ?

Ginés bredouille quelque chose d'inintelligible.

— Je ne crois pas vous avoir entendu, insiste la commissaire.

— Une agrafeuse ! crie l'autre en sanglotant.

Romero acquiesce. Maintenant elle a ce qu'elle voulait. Ce n'était pas si difficile.

Ce mec est un trou du cul, pense-t-elle.

— Sur la base de votre déposition, avez-vous l'intention de porter plainte ?

Ginés lui offre la seule réponse qu'il puisse donner.

Romero va s'en aller, puis se retourne, car quelque chose lui vient à l'esprit.

Ça tombe sous le sens, mais quand même. On n'est jamais trop prudent quand on a affaire à un crétin.

— Une dernière chose, monsieur Ginés. Avez-vous passé un coup de fil ce soir, après l'incident ?

— Non, pas que je sache.

— En êtes-vous sûr ? Vous n'avez passé aucun appel, et il n'y a aucune preuve que vous l'ayez fait, n'est-ce pas ?

Ginés sort son téléphone portable, lentement. Il le déverrouille. Cherche dans la liste des derniers appels. Trouve celui – d'une durée de quinze minutes – qu'il n'a pas passé, et l'efface.

— Je n'ai passé aucun appel.
— Ce sera tout, monsieur Ginés.

Romero quitte les lieux, non sans avoir bien fait comprendre à Ginés qu'il devait oublier tout ce qu'il avait vu ce soir-là, et ne pas faire de rapport. Qu'elle en faisait son affaire.

Lorsqu'elle sort et qu'elle est suffisamment loin du bâtiment, elle passe à son tour un coup de fil. Avec le téléphone de couleur rouge. Son employeur est très à cheval sur ce sujet. Le numéro qu'elle compose est justement celui que Ginés vient d'effacer de sa liste d'appels. Au bout du fil, on décroche à la première sonnerie.

— Tout est sous contrôle.

— Merci, commissaire. Et notre amie, Mme Reyes ?

Romero prend quelques instants pour répondre. D'après ce qu'elle a vu aujourd'hui, elle a affaire à une bande d'amatrices. Leur plan n'était ni fait ni à faire, et seule une chance inouïe a évité à Reyes et à sa copine de finir menottées à l'arrière d'une voiture de police.

Et pourtant, il y a autre chose.

Elles s'en sont tirées par hasard. Oui, mais…

Pour que la balle touche sa cible, elle doit éviter tous les obstacles sur son passage.

Romero est une survivante. Et ce qui l'a maintenue hors de l'eau pendant toutes ces années, avec toutes les emmerdes qu'elle a traversées, ce n'est pas sa sagacité – non négligeable – ni sa volonté de fer.

C'est son instinct.

Et son instinct lui hurle quelque chose.

— Aura Reyes pourrait représenter un problème, conclut-elle.

— Je vois. Venez me voir demain, j'ai une autre mission pour vous, dit Ponzano.

14

Un message

L’aube surprend Aura au milieu d’un cauchemar. Elle rêve que d’énormes rochers s’écroulent sur elle, sans qu’elle puisse rien faire pour les éviter. Lorsqu’elle ouvre un œil, quelque chose lui tombe dessus et la peur revient.

Quand elle sort de son inertie, elle constate que son corps – et une bonne partie du canapé – est couvert de formes blanches irrégulières.

— Ça fait dix minutes que je te balance des pop-corn. Tu faisais un cauchemar.

En face, dans le fauteuil, Mari Paz mâche lentement, un récipient à la main.

— Heureusement que tu t’es réveillée, il ne me restait plus que le bol à te lancer, ajoute-t-elle en fourrant le dernier pop-corn dans sa bouche.

— La prochaine fois, crie, plutôt, d’accord ? dit Aura en se levant dans une avalanche de pop-corn.

Elle secoue les restes de maïs et de sel accumulés sur ses habits, et qui vont maintenant rejoindre le tapis.

— Et c’est toi qui nettoies.

— À tes ordres, blondie.

Après une douche et un café, l'humeur d'Aura ne s'améliore pas.

Quand elle revient dans le salon, elle trouve Mari Paz penchée sur le tapis, en train de ramasser les restes de sa petite plaisanterie. Elle porte encore l'uniforme bleu du personnel d'entretien.

— Quelle idée de se faire un bol de pop-corn à 6 heures du matin.

— J'avais faim, s'excuse la légionnaire.

— Tu aurais pu demander l'autorisation de le manger. Ce pop-corn, c'était pour le film du samedi.

Elle marque une pause, puis ajoute :

— Si on est toujours en liberté d'ici là.

Mari Paz abandonne la balayette et la pelle, et s'assied à côté d'elle sur le canapé.

— C'est pour cette raison que tu te comportes comme ça ? demande-t-elle en lui prenant la main.

Aura hoche la tête. Elle a conscience de ne pas être particulièrement aimable ce matin.

Lorsqu'elles sont rentrées de leur petite aventure nocturne, une agréable surprise les attendait. Les filles avaient été inhabituellement sages. Elles s'étaient douchées, couchées, et elles ronflaient comme des marteaux-piqueurs. Quelques broutilles, comme avoir aspergé d'eau la salle de bains, laissé traîner les serviettes ou décidé de dormir dans le lit d'Aura – à deux places – n'ont pas altéré le miracle.

Reconnaissantes de ces petits cadeaux du ciel, et épuisées, Aura et Mari Paz se sont allongées, recroquevillées respectivement sur le canapé et le fauteuil du salon. La mauvaise nuit n'a pas non plus aidé Aura à voir les choses sous un meilleur jour.

— Écoute, je vais te dire à quoi j'ai pensé. Moi non plus, j'arrivais pas à dormir. J'étais là, à ruminer. Et au fur et à mesure que le temps passait, tu sais ce que je me disais ?

— Que tu avais de plus en plus faim, grommelle Aura.

— Ça, toujours. Mais non. Je me disais que c'était de moins en moins probable qu'ils s'en prennent à nous.

Aura réfléchit aux implications de ce que suggère Mari Paz, et une idée s'insinue dans sa tête : le seul qui aurait pu les identifier était Ginés.

— Si Ginés n'a rien dit à la police...

— Ce type avait l'air coupable, admet Mari Paz.

— Et c'est un trou du cul, ajoutent-elles en chœur.

Aura comprend mieux la façon dont la légionnaire raisonne.

— Maintenant tu me crois, n'est-ce pas ?

— On tâte le terrain d'abord, ensuite on se lance, répond Mari Paz en haussant les épaules.

— Tu as appris ça dans l'armée ?

— J'ai appris ça en plantant les semis avec mémé Celeiro, dit Mari Paz en mimant le geste d'abattre la houe des deux bras. Si tu supposes qu'il n'y a pas de pierres là où tu veux remuer la terre, tu vas donner un bon coup de houe. Si elle rebondit et que tu te la prends sur le pied, t'es foutue.

Le plus proche qu'Aura ait été de planter des semis, c'est quand les jumelles ont dû faire un devoir de sciences naturelles consistant à faire germer des lentilles dans un gobelet en plastique avec du coton au fond. Elle saisit quand même l'idée générale.

— Si tu ne me croyais pas... pourquoi tu es venue avec moi hier soir ? Tu n'avais pas de raison de prendre ce risque.

Mari Paz se redresse sur le canapé, se passe la main sur le visage et tripote la manche de son uniforme.

— Mémé Celeiro m'a appris à commencer doucement avec la houe.

C'est tout ce qu'elle parvient à dire. Aura aurait préféré une réponse plus claire. Par un matin sombre comme celui-là, où elle doute d'elle-même et de ce qu'elle a déclenché, ç'aurait été plus réconfortant.

— Je vais me préparer. Il faut que j'emmène les filles à l'école.

— Je m'en charge, dit Mari Paz.

— Dans cette tenue ?

— On s'en fiche. En plus, tu as un truc beaucoup plus important à faire.

C'est vrai.

Hier soir, malgré les erreurs et les problèmes, elles ont réussi à obtenir un nom. Malgré l'insistance de Mari Paz, Aura a refusé de lui expliquer pourquoi ce nom était si important.

— C'est encore trop tôt, lui a-t-elle dit à chaque fois.

Et ce n'est pas tout. Elles doivent trouver la détentrice de ce nom, et ça s'annonce moins facile qu'il n'y paraît. Aura regrette le bon vieux temps, où il y avait un annuaire dans tous les appartements de Madrid. Pour savoir où habitait quelqu'un, il suffisait de chercher son nom de famille, et voilà.

Elle va y mettre des heures. Mais la perspective de faire des recherches seule à la maison ne lui déplaît pas. Avec un thé bien chaud. Même si elle va devoir utiliser la vaisselle ébréchée de sa mère. Sa collection adorée de mugs à messages a disparu depuis longtemps, comme tous les autres objets dont elle pouvait tirer un peu d'argent.

D'abord, les sacs à main ont dû partir. Ensuite ses robes. L'électroménager, la voiture. Les livres. Les mugs en dernier.

Elle se dit qu'ils ne lui manquent pas.

Que le thé aura le même goût sans eux.

Parfois, elle y croit.

— Tu es sûre que tu vas t'en sortir avec ces deux terreurs ?

— C'est tout près. On va y aller à pied, ça leur fera du bien de se dégourdir les jambes.

— D'accord. Mais au moindre problème, tu m'appelles et je leur remonte les bretelles, OK ?

Aura sourit, reconnaissante.

Il lui faudra moins d'une heure pour regretter sa décision.

15
Une bruine

Elle commence par les endroits les plus évidents.

Twitter. Facebook. Instagram.

Personne ne porte ce nom sur les réseaux sociaux. Rien sur Google, évidemment. Ç'aurait été trop facile.

Aura contemple l'écran, songeuse. Elle a un prénom, deux noms de famille, et aucun registre officiel où les chercher. Pas de relations non plus, autant qu'elle s'en souvienne. Du moins pas de relations qu'elle ait conservées. Elle avait bien une amie qui travaillait dans un ministère, mais c'est l'une de celles qui lui ont tourné le dos.

Je préfère me pendre à un pin plutôt que l'appeler.

Le pin le plus proche se trouve dans un parc derrière Conde de Casal. Il est rabougri et crasseux, à cause de la fumée des pots d'échappement de la M30, donc ce n'est pas un projet viable. Et puis il s'est mis à pleuvoir, une bruine continue et grisâtre. On est mieux à l'intérieur, avec un thé et une recherche infructueuse.

Elle décide de tenter un peu d'ingénierie sociale.

Elle se crée un compte sur LinkedIn. Faux nom – Guillermina Pacheco, en hommage à Benito Pérez Galdós. Photo bidon, récupérée sur Google Images après avoir tapé dans la barre de recherche « belle femme manager ». À la huitième page des résultats de recherche, pour ne pas prendre de risque.

Elle rédige le CV de notre prétendue manager. Elle a toujours travaillé à l'étranger. Fille d'un chef d'entreprise mexicain et d'une médecin espagnole. Londres, Seattle, Berlin. Elle s'invente un poste à Ingra, l'entreprise où travaille Ginés. Important, mais vague. Directrice de la coordination technologique. Dans l'un des nombreux pays où la société est implantée.

Enfin, elle ajoute comme contacts tous les employés madrilènes qu'elle peut trouver. C'est une tâche laborieuse, mais elle adresse à chacun un petit message personnalisé, en espérant qu'ils l'acceptent.

Elle y est encore quand l'interphone sonne.

Elle a fait vite.

Agacée de devoir interrompre sa tâche, elle se rend dans l'entrée et appuie sur le bouton pour ouvrir la porte de l'immeuble. Puis, comme toujours depuis qu'elle est enfant, elle laisse la porte de l'appartement ouverte. Elle retourne à son ordinateur portable et se replonge dans sa tâche, écumant le web et notant le nom des salariés qui pourraient lui être utiles.

— Comment ça s'est passé ? Elles ont été sages ? lance-t-elle d'une voix forte en entendant la porte d'entrée se refermer.

Elle entend les pas s'approcher dans le couloir qui relie l'entrée au salon.

Aura lève les yeux de son écran et tourne la tête, avec un demi-sourire.

Son sourire se fige aussitôt.

Au lieu du corps grand et massif de Mari Paz, un homme se trouve à la porte du salon. Petit, trapu, avec une face de rat, vêtu d'une veste en cuir usée et d'un pantalon cargo. Il sourit aussi, mais son sourire n'a rien d'agréable.

Dans le silence glacial et visqueux qui suit, Aura a le temps de se maudire. Ça va recommencer, et par la faute d'une seule personne.

Elle-même.

Tout ce que vous êtes, tous vos désirs, tous vos efforts peuvent s'évanouir en un instant. Votre vie entière peut basculer dans le néant, en attendant le rendez-vous avec votre gigantesque stupidité.

Aura a le temps de percevoir son odeur de sueur rance, de cuir humide et de cheveux mouillés, de voir ses petits yeux sombres et sa grosse tête, les pores de son nez, avant que l'homme se jette sur elle.

Cette fois, Aura ne réagit pas en cherchant son téléphone portable. (Pas comme à l'époque.) Elle ne crie pas, n'appelle pas à l'aide. (Ça ne servirait à rien.)

Cette fois, Aura se défend.

La seule chose qu'elle a sous la main est le chargeur de son ordinateur portable. Une brique de plastique noir, bourrée de composants électroniques. Elle tire sur le câble et le fait tourner comme une fronde.

La brique décrit un arc de cercle irrégulier, qui se dirige droit vers la mâchoire de Face de rat. La vitesse à laquelle l'homme fonce vers Aura s'ajoute à celle qu'elle imprime au chargeur. Quand le projectile atteint sa cible, juste en dessous de la lèvre inférieure, la force d'impact est énorme. Les presque huit cents grammes du chargeur frappent avec la force d'un boxeur professionnel.

Le boîtier se fend, avec un craquement désagréable.

La lèvre de Face de rat aussi.

Une nuée de composants électroniques se répand dans l'air. Transformateur, dissipateur thermique, diodes, une carte-mère de couleur jaune. Dans leur chute vers le tapis, ils rejoignent une demi-incisive et une pluie de gouttelettes de sang et de salive.

Une seconde plus tard, Face de rat s'effondre à son tour. En tombant, il fait un double bruit – un *boum* sonore et un *boum* sourd –, quand son dos, puis sa tête heurtent le sol. Il ne bouge plus.

Aura contemple le carnage, son câble désormais inutilisable à la main. Une joie sauvage, primale, monte dans son ventre. Une force qui la transporte, qui la pousse et la comble. Propulsée par le diaphragme, elle monte vers sa gorge et se transforme en un éclat de rire triomphant, en un *et maintenant, tu fais quoi, Ducon ?*

Dommage que ce soit prématuré et injustifié.

Parce que Face de rat n'est pas venu seul.

Un autre homme l'accompagne. Plus grand, mince, le visage grêlé de cicatrices de varicelle. Ses cheveux châtains, mouillés par la pluie, retombent en ondulations grasses sur ses épaules. Il porte une veste en jean.

Et il tient un couteau à la main.

16
Une empreinte

Aura reste paralysée à la vue de la lame métallique. En culotte et T-shirt, elle est douloureusement consciente de sa vulnérabilité. La réalité s'estompe, l'air redevient poisseux. Tout ce qui n'est pas ces onze centimètres d'acier, qui brillent d'un éclat d'argent, s'assombrit.

La cicatrice sur son ventre, là où un couteau a déchiré sa peau, se frayant un chemin à travers le muscle jusqu'à la cavité gastrique, irradie, elle aussi, dans l'obscurité. Elle luit d'un reflet cramoisi, rouge sang. Le rouge de la douleur et de la peur. Le rouge de la souffrance et de la mort.

Seuls ceux qui ont connu le tourment (intolérable) d'une lame enfoncée dans leur chair peuvent comprendre la terreur qui assaille Aura à cet instant. La froide panique qui fait naître un gémissement sourd dans sa gorge.

Aura veut se défendre, mais elle n'a pas grand-chose sous la main. Armée d'un simple bout de câble, elle ne peut rivaliser avec Veste en jean.

L'homme enjambe le corps de son complice, sans lui accorder plus d'attention. Ce qui l'intéresse, c'est Aura, et lui bloquer l'accès à la cuisine – où se trouvent tous les objets qui pourraient lui être utiles.

Fuis, hurle la cicatrice sur le ventre.

Aura fait un pas sur la gauche.

Veste en jean aussi.

La table du salon – en pin verni imitation acajou, plus vieille qu'elle – est la seule barrière qu'elle puisse mettre entre le couteau et son corps.

Aura bondit vers la table, tire la chaise sur laquelle elle était assise et la lance, maladroitement et sans grande force, sur l'homme, qui l'esquive sans difficulté. Quand elle tente de le contourner, le type la saisit par le T-shirt, qui se déchire. Aura se dégage et parvient à se libérer. Elle essaie de ramper sous la table, mais l'homme l'attrape à nouveau, cette fois par les cheveux, rassemblés en queue-de-cheval.

Aura tombe à la renverse. Veste en jean la tire par les cheveux et pose une chaussure boueuse sur sa cuisse nue, pour l'immobiliser.

— Tu as énervé la mauvaise personne, salope, dit-il en se penchant vers elle.

Il tient le couteau de la main gauche – *il doit être gaucher*, pense Aura, stupéfaite qu'un tel détaille la frappe, au milieu de la panique – et elle de la main droite.

Aura essaie de lui griffer le bras, de se contorsionner, de lui compliquer la tâche, mais aucune de ses tentatives ne porte ses fruits.

— Tiens-toi tranquille. Tiens-toi tranquille, bordel !

Veste en jean pose la lame du couteau sur sa joue, à plat. Aura s'immobilise aussitôt, comme si le métal possédait des pouvoirs magiques. Le froid contre sa peau provoque une sensation irréelle. La pointe du couteau sur la commissure gauche de sa bouche, terrifiante.

— Tu veux que je t'entaille le visage ? Ce serait dommage de te faire un sourire de Joker. Avec un beau minois comme ça.

Par terre, à quelques centimètres d'Aura, Face de rat semble revenir à lui. Il laisse échapper un gémissement plaintif. Veste en jean retire son pied de la cuisse d'Aura et balance un coup à l'autre avec la pointe de sa chaussure.

— Hé, réveille-toi. Elle t'a pas loupé, cette salope, hein ? Faut vraiment être con…

Aura ne peut tourner la tête – la lame du couteau constitue maintenant la limite de son univers –, et son regard est fixé sur sa jambe droite : à l'endroit où l'homme a posé le pied, on peut voir une empreinte parfaite. Chaque rainure, croix et craquelure de la semelle, imprimées avec un mélange de boue et de suie.

Quelque chose est obscène dans cette marque noirâtre sur sa peau blanche et douce. Quelque chose (d'insupportable) qui éveille en elle un sentiment de rébellion bien peu raisonnable, étant donné les circonstances.

Elle ne devrait pas formuler ce qu'elle dit :

— Lâche-moi, connard.

Veste en jean se tourne vers elle, surpris.

Amusé, peut-être.

— Et, la salope sait parler. Qu'est-ce que t'as dit, salope ?

— Je t'ai dit de me lâcher.

Elle marque une pause et avale sa salive, avant d'ajouter :

— Connard.

Veste en jean n'est plus si amusé. Ce qu'il voit dans les yeux d'Aura, c'est de la peur, bien sûr.

Quoi d'autre, sinon ? Mais pas seulement.

Il voit aussi une détermination brute, sauvage. Une ligne rouge. À ne pas franchir.

— J'ai un couteau sur ton visage. T'es timbrée ou quoi ?

— Non, je ne suis pas timbrée. J'en ai ras le bol. Il faut que tu le comprennes.

L'homme cligne des yeux avec étonnement.

— Une dure à cuire, hein ? Bon, alors va falloir employer la manière forte.

— Va falloir, reprend une voix douce derrière lui.

Avec un accent galicien.

17

Un trousseau de clés

Veste en jean se retourne et voit une autre femme à l'entrée du salon, qui contemple la scène.

— T'approche pas ou je la plante, dit-il, appuyant le couteau contre la joue d'Aura.

La nouvelle venue réagit avec un calme souriant. Elle fait tourner un trousseau de clés – avec un porte-clés jaune Pikachu, le Pokémon préféré des jumelles – autour de son pouce.

— Quel courage. *Pobriña*, comme si elle savait se défendre. Tu crois que ça marcherait avec moi ?

Veste en jean jauge la femme. Plus anguleuse que belle, moins jolie que la blonde, mais pas mal non plus. Elle est grande, plutôt baraquée. Vêtue d'un uniforme bleu d'agent d'entretien. On pourrait facilement la croire inoffensive.

Pourtant, il hésite.

Ça ne faisait pas partie du plan.

Or, quelque chose dans l'attitude de la nouvelle venue lui déplaît. Lui donne envie d'effacer ce demi-sourire satisfait de son visage. De la faire supplier.

— On va voir ça.

Il repousse Aura, qui s'effondre sur le tapis. Il s'avance, faisant passer le couteau dans sa main droite.

Il n'était pas gaucher, en fin de compte, pense Aura.

La lame danse, traçant des courbes lentes et douces, comme si son propriétaire essayait de dessiner dans le vide le hamac le plus dangereux du monde. Il s'avance encore – il n'est plus qu'à trois pas d'elle –, mais la femme en uniforme bleu ne réagit pas. Elle sourit toujours, elle continue de faire tourner le trousseau, comme si elle attendait le bus.

L'homme, piqué dans sa fierté, lance une attaque vers son visage avec un grognement. De haut en bas, à même de la défigurer s'il l'avait atteinte.

Mari Paz se contente de l'esquiver d'un mouvement du buste. De la main droite, elle repousse le bras de son assaillant. De la gauche, elle balance un coup de poing dans son flanc à découvert. Avec un bruit sourd, lourd. *Blam.*

L'homme écarquille les yeux de douleur et d'incrédulité. Il recule de quelques pas, sans lâcher son couteau. Il tousse, le souffle coupé.

— Celui-là était gentil. Le prochain sera plus méchant.

L'homme tousse encore, crache sur le tapis – au grand désespoir d'Aura, qui a reculé jusqu'au mur opposé – et s'avance.

— Je vais te planter, salope.

Cette fois, c'est du sérieux. Il ne fait pas danser le couteau, ne grogne pas. Il fait deux pas, lève le bras gauche pour se protéger et pointe l'autre vers le ventre de la femme. Le genre de coup qui vous envoie en soins intensifs, avec pronostic vital engagé. S'il vous atteint. Ce qui n'est pas le cas.

La femme s'écarte d'un bond – elle est très rapide, pour sa corpulence – et laisse Veste en jean s'écraser contre la cloison du salon dans son élan. Elle en profite pour le plaquer au mur de la main gauche. Il tente de se dégager, mais la femme le tient fermement par le col de sa veste. Elle le pousse vers le bas, et bloque ses bras contre son corps.

— Et voilà le deuxième. Un peu plus méchant, comme on avait dit, OK ?

Cette fois, la femme le frappe de la main droite. Où les clés ont cessé de tourner et qu'elle serre maintenant dans son poing. Faisant masse. Une masse qui se déplace à grande vitesse vers le visage de Veste en jean. Celui-ci étant toujours plaqué contre le mur, le poing produit un effet dévastateur.

La pommette se brise avec un craquement humide. *Crac.*

La femme le lâche et lui laisse un peu d'espace pour qu'il se remette. Veste en jean souffre maintenant d'une douleur aiguë au visage, de confusion, de désorientation et de vertiges. Ainsi que de dédoublement de la vision.

Il se retourne. Vomit sur le tapis.

— *Carallo*, mon gars. On est bon là, non ?

Nous ne savons pas si Veste en jean a compris que Mari Paz est en train de lui dire qu'il a certainement eu son compte. La subtile ironie et la délicate ambiguïté des Galiciens conviennent à une conversation amicale devant un *cunca* dans un *furancho*[1] à l'ombre d'une treille. Elles s'accommodent moins d'une bagarre au couteau dans un salon, surtout quand l'un des participants présente les symptômes évidents d'un traumatisme crânien.

Ce que nous savons en revanche, c'est que l'homme fait preuve d'une persévérance admirable, d'un excès d'orgueil ou d'un manque de bon sens. Probablement d'un mélange des trois. Car il s'essuie la bouche du revers de la manche, pour la nettoyer, et revient à la charge.

— Mari Paz, l'avertit Aura, plus préoccupée pour lui que pour elle.

— T'inquiète, cette fois j'y vais tout doux.

---

1. *Cunca* : petit bol en céramique dans lequel on sert le vin.
Furancho : local ou maison privée, dans certaines bodegas galiciennes, où le viticulteur vend les excédents de vin produit durant l'année.

Le troisième coup lui effleure à peine le visage, ce qui suffit à le stopper net. Au quatrième, elle le frappe au plexus, pas très fort non plus. Assez pour qu'il s'effondre à genoux. Et que, hélas, il vomisse à nouveau.

Mari Paz donne un petit coup de pied dans le couteau, resté entre Aura et Face de rat, qui s'est relevé juste à temps pour assister au dernier round. Ils se regardent, mais Face de rat fait un geste de dénégation et lève les mains.

— *E ti de quen ves sendo ?* lui demande Mari Paz en le pointant du doigt.

L'homme essaie de parler entre ses lèvres tuméfiées et ses dents cassées. Un filet de sang coule le long de son menton et son cou, imprégnant son T-shirt.

— Qu'est-ce que vous dites ?

— Elle demande comment tu t'appelles et ce que tu veux, traduit Aura, prévenante.

— J'vous dirai tout ce que vous voudrez, juste, me frappez plus, s'il vous plaît.

— Alors, vas-y.

— J'm'appelle Ricardo, dit Face de rat. Lui, c'est Luis. On nous a envoyés pour porter un message.

— Le message est clair, observe Aura en ramassant le couteau.

Elle se dirige vers Mari Paz et le lui tend, mais elle secoue la tête.

— Non. C'est pas ça. L'idée, c'était de vous faire un peu peur, c'est tout. Mais Luisuzo, il s'énerve vite, et… Désolé, m'dame.

— C'était quoi, le message ?

— Ponzano veut vous voir.

Avec le sang qui dégouline et sa main devant sa bouche, ça sonne aussi peu inquiétant que « fonzanoveuvouvoi ». Malgré tout, la menace reste suspendue dans l'air vicié et lourd, tandis que Mari Paz et Aura se regardent, intriguées.

18
Un changement

— Il est bon pour la poubelle, dit Mari Paz, en montrant les taches de sang et de vomi.

— Je l'aimais bien, ce tapis. Il donnait du cachet à la pièce.

Le tapis, elle s'y était habituée. Il date de la fin des années 1980 et présente des motifs extravagants de vases qui se transforment en plantes. La palette de couleurs va d'un lie-de-vin mêlé de bleu au vert-orange des fleurs. Tout ça sur un fond qui a jadis été blanc, qui était beige il y a quelques minutes encore, et maintenant mieux vaut ne pas en parler.

Mari Paz hausse les épaules et commence à rouler le tapis vers la porte.

Le reste des détritus (le chargeur cassé, le câble coupé, le couteau et les deux gros bras), la légionnaire s'en est déjà chargée. Les gros bras d'abord, après leur avoir donné un verre d'eau à chacun et une tape dans le dos. Les autres trucs, dans un sac en plastique, dans la benne du chantier d'en face.

— Pousse ça par là, demande-t-elle avec un gros soupir, quand le tapis se prend dans les pieds de la table.

— Merci, au fait, dit Aura en déplaçant les meubles.

Mari Paz pousse un grognement, d'effort et d'agacement à la fois.

— Si tu… lâche-t-elle d'un ton accusateur.

— Si je quoi ?

— Merde, blondie. Après ce qui t'est arrivé, pourquoi tu laisses ta porte ouverte ?

C'est une bonne question, qu'Aura se pose depuis longtemps.

Pendant un certain temps, quand elle était convalescente, Aura fermait les portes et les fenêtres de sa maison à double tour. Elle dormait mal, d'un sommeil léger agité de cauchemars. Puis elle avait perdu tout le reste. Sa maison, sa garde-robe, sa voiture, son statut social. Son père, complètement. Sa mère, en grande partie. Il ne lui restait que la peur.

Quand elle est retournée vivre chez sa mère, quelques mois plus tôt, elle a aussi repris la vieille habitude de son enfance. Ouvrir à l'interphone sans regarder, laisser la porte ouverte. C'était une autre époque, et elle était quelqu'un d'autre.

L'Ancienne Aura a été, dès le début, très consciente de cette régression.

Mais elle n'a rien fait pour y remédier. Et maintenant elle se demande bien pourquoi.

Autrefois, quand Aura faisait quelque chose de clairement contraire à son intérêt, comme fumer, manger des pâtisseries industrielles ou acheter un disque d'Alejandro Sanz, elle trouvait toujours toute une liste de raisons pour le justifier. Pour se justifier.

Cette fois-ci, ce n'est pas différent.

Pour vaincre ma peur, pense-t-elle.

Parce que je ne veux pas être une victime, analyse-t-elle.

Parce que j'ai besoin de retrouver confiance en l'univers, conclut-elle.

Cette dernière raison l'a fait rire aux éclats un matin, toute seule. Après une nuit sans sommeil, dans son lit en pagaille. Elle s'est dit qu'elle devenait folle.

Ses explications lui paraissaient déjà ridicules dans sa tête. Il est donc inenvisageable de les donner à haute voix à la femme qui vient de casser la gueule à deux abrutis entrés chez elle armés d'un couteau.

— Tu crois que je ne le sais pas ?

Mari Paz ne veut rien savoir. Ça se voit à la façon dont elle se lève, donne deux coups de pied dans le tapis – faisant s'élever des nuages de poussière –, lâche un chapelet de jurons, puis donne deux autres coups de pied.

— … et fais-moi le plaisir d'avoir un minimum de jugeote à l'avenir, compris ?!

Mari Paz pousse un soupir d'exaspération et tend le bras vers elle.

— Donne-moi dix euros.

— Pour quoi faire ?

— Pour acheter de la glace. Hier soir, j'ai vidé le congélo pour soulager mon pied. Ça me fait toujours un mal de chien. Et maintenant, en prime, j'ai la main esquintée, dit-elle en la lui montrant.

En effet, ses jointures sont rouges et enflées. Le coup contre la pommette de Veste en jean n'a pas été sans conséquences. Malgré tout…

— Dix euros pour de la glace ?

— Un euro pour la glace. Les neuf autres, admet la légionnaire, c'est pour ce que je vais boire avec.

Ce n'est pas une bonne idée, déclare la voix intérieure d'Aura.

Va donc dire à la nana qui vient de nous sauver le cul que tu refuses de lui donner dix euros, voix intérieure, répond-elle.

Aura fouille dans son sac, trouve dix euros (un billet de cinq, trois pièces de deux, une de un), et les tend à Mari Paz. Celle-ci hésite un instant avant de les prendre. Vu sa tête, elle ne s'attendait pas à ce qu'elle les lui refile.

— Je reviens tout de suite, dit-elle.

Elle veut ajouter quelque chose, mais se contente de saisir les dix euros d'une main et le tapis de l'autre. Après avoir réussi à le traîner jusqu'au palier, elle fait passer le message en donnant deux tours de clé dans la serrure.

Quand elle entend ce son métallique, réconfortant, Aura s'effondre sur le canapé. Toute la tension accumulée ces dernières heures se libère, et elle se laisse aller pendant quelques minutes.

Elle enfouit son visage dans un coussin et pleure. C'est la deuxième fois en quelques jours. Ce qui est extraordinaire, car elle n'avait plus pleuré depuis des mois. Le chagrin avait tari ses larmes, détraqué le mécanisme, et s'était transformé en une rage paralysante.

Aura renifle bruyamment. Son visage – et le coussin – est couvert de pleurs et de morve. Elle se débarbouille au lavabo et, lorsqu'elle se redresse, son reflet dans le miroir lui renvoie un regard étrange et dangereux.

Tu as changé, lui dit sa voix intérieure.

Oui, avant je ne parlais pas toute seule, répond-elle.

Je veux dire que tu es en train de te transformer lentement en quelqu'un d'autre.

Eh bien, il était temps.

19

Un piège

Assise sur un banc au pied d'un gigantesque drapeau, Aura contemple le siège de la Value Bank avec un curieux mélange de sentiments.

La façade est toujours aussi impressionnante. Scindée en deux par l'entrée de son grand hall intérieur et avec ses énormes balcons surplombant la place de Colón.

Aura refuse d'appeler ce coin de la place de Colón « place Margaret Thatcher », comme quelqu'un l'a rebaptisé récemment. C'est d'ailleurs la seule place qui porte ce nom en dehors du Royaume-Uni, soit dit en passant.

C'est toujours la même foutue place, pense-t-elle.

Le bâtiment se dresse fièrement depuis plus de cinquante ans. C'est le dernier siège social acheté par le fondateur de l'établissement, Mauricio Ponzano. Un bastion de la banque indépendante, loin de la politique et des jeux de pouvoir des grands groupes bancaires. Une banque centrée sur les intérêts de ses clients et la qualité de ses services.

Aura connaît la brochure par cœur.

Elle n'y a jamais cru, bien sûr. Là où il y a de l'argent, les mots se retournent en leur contraire avec la plus grande facilité.

À l'angle du cinquième étage, sous le toit-terrasse et avec un accès privé, se trouve le bureau de Ponzano. Il est midi, pourtant les lumières sont allumées. Ça ne veut rien dire, évidemment : Ponzano les laisse ainsi jour et nuit. Une manière peu écologique et à moindres frais (pour lui) d'inspirer la peur à son personnel. De laisser planer le doute – à l'image de ces fenêtres constamment éclairées – sur sa présence ou non dans les locaux.

Aura n'a jamais pensé que Ponzano était un monstre ou un tyran. Avec elle, il s'est toujours montré correct. Poli et onctueux jusqu'à l'écœurement, mais sans gestes déplacés. Protecteur, sans arrière-pensées. Il n'a jamais abusé de sa position envers aucune femme, contrairement à d'autres cadres dirigeants de la société.

Ponzano vit par et pour l'entreprise. Comme il le répète à tout le monde : « Je suis la banque et la banque, c'est moi. » En appuyant bien sur le « b ». Un jour, un lèche-bottes lui a offert une plaque de bronze gravée avec cette inscription, qui trône depuis au mur de son bureau, à côté d'un portrait de son père – de dos, avec un chapeau – peint par Eduardo Úrculo au début de ce siècle. Ponzano affirme aujourd'hui qu'il s'agit en fait d'un portrait de lui. De dos, tout le monde se ressemble.

« Mon père était très occupé à l'époque, alors j'ai posé à sa place. »

C'est faux, mais les beaux mensonges l'emportent toujours sur les ennuyeuses vérités, comme le lui a enseigné Ponzano lui-même.

— C'est un piège, blondie, lui avait dit Mari Paz en rentrant du supermarché, un sac de courses à la main, quand elle avait vu qu'elle se préparait pour sortir.

— Je sais.

— Alors pourquoi tu y vas ?

— C'est toute la question. Pourquoi ? Pourquoi maintenant ?

Mari Paz n'avait cessé d'observer Aura – toujours avec cette curieuse étincelle dans les yeux – pendant que celle-ci essayait de voir lequel de ses deux derniers chemisiers lui allait le mieux.

— Mémé Celeiro disait toujours que si le lapin n'est pas cher et que le chat a disparu…

— … c'est une sacrée coïncidence, j'y ai pensé aussi. On s'est introduites hier chez l'éditeur de logiciels…

— La police ne se pointe pas… avait souligné Mari Paz. Elle ne vient pas nous embarquer…

— Et maintenant, cette invitation.

— Quelqu'un devient nerveux.

— Et il n'y a qu'une façon de savoir pourquoi.

Mari Paz avait désigné l'ordinateur portable. Pour lequel, heureusement, Aura possédait un chargeur de secours.

— Tu ne devrais pas être en train de vérifier autre chose ?

— J'ai déjà semé les graines pour ça. Fais-moi confiance.

— Toi et moi, on a un accord. Et un objectif. Tu te souviens, blondie ?

— Je m'en souviens, oui.

— Ce que tu fais là, c'est perso. Et quand ça devient perso, on perd vite les pédales.

Aura n'avait pas répondu. Elle savait très bien que Mari Paz n'avait pas tort.

— Tu ne devrais pas y aller, avait insisté cette dernière, croisant les bras.

— En plein jour, dans un immeuble rempli de témoins.

Mari Paz avait failli répliquer, et s'était contentée de faire la moue, l'air de dire : « Tu l'auras voulu. »

Aura a *besoin* de savoir. Et elle croit connaître assez bien Ponzano pour obtenir ce qu'elle veut.

Sur les sept péchés capitaux, nous pouvons en éliminer quatre sans trop de problèmes. Ponzano n'est pas enclin à la luxure ni à la paresse. Il mange frugalement et reste calme dans la tempête.

Il en reste donc trois. Et dans ces trois-là, il excelle. Avarice, envie et orgueil. Et pas forcément dans cet ordre.

Aura se lève et traverse lentement la place, en direction de l'entrée de la banque. À mesure qu'elle approche, elle se demande ce qu'elle va dire et comment elle va se présenter. C'est un choc, pour elle, de franchir ces portes en verre et en fer forgé pour la première fois depuis son licenciement fulgurant.

Quel beau mot pour décrire une banalité, pense Aura en réfléchissant à l'étymologie de « fulgurant ». *Éliminer quelqu'un en lançant un éclair. Comme Jupiter dans* Les Douze Travaux d'Astérix. *Un dieu tout-puissant qui n'a pas besoin de se salir les mains pour se débarrasser d'une gueuse comme moi.*

Aux portes de l'Olympe, Aura cesse soudain de s'inquiéter de la façon dont elle va s'annoncer à l'hôtesse d'accueil. Un garde du corps en costume, aux épaules larges et au front étroit, attend les mains croisées et s'approche en la voyant, lui bloquant le passage.

— Suivez-moi, madame Reyes.

Aura réprime la peur que lui inspire cet accueil. Elle est près de faire demi-tour, mais elle sait que c'est encore une ruse de Ponzano pour l'intimider. Au lieu de se démonter, elle contourne l'homme et avance dans la bonne direction. Le garde du corps la suit, agacé, quelques pas en retrait.

Aura marche avec dignité, le menton levé.

Elle n'a besoin de personne pour lui montrer le chemin.

20
Une combinaison

Après avoir traversé le hall et pris l'ascenseur, Aura se retrouve à l'étage de la direction.

L'endroit est noble, comme les murs lambrissés de palissandre, les cadres dorés, les lampes en bronze et l'épaisse moquette verte se chargent de le rappeler. L'atmosphère est calme, feutrée, avec un bouquet puissant et long en bouche. La décoration n'a pas bougé d'un millimètre depuis l'aménagement du siège, et elle était déjà datée à l'époque. L'argent frais a le même besoin ridicule de revêtir les apparences de la maturité qu'un adolescent qui fume et qui dit des gros mots.

Aura fronce le nez. L'endroit lui paraît désormais vieillot et désagréable, quand naguère, son seul but dans la vie était d'y avoir son bureau. Avec vue sur la rue Goya.

Le poste de directrice de l'investissement était fait pour elle, elle le frôlait déjà du bout des doigts, disait Ponzano. Après deux ans à le frôler, il devait déjà être bien usé.

Elle n'a jamais pu le vérifier. On l'a mise à la porte avant.

Le bureau du président-directeur général se trouve au fond du couloir à droite, en face de la salle de réunion. Aura tourne ses pas dans cette direction, mais le monsieur au front étroit l'attrape par le coude et l'entraîne en sens inverse.

— Par ici.

— Ne me touchez pas. Où m'emmenez-vous ?

— Contrôle de sécurité.

Il ouvre une porte qu'Aura n'avait jamais vue auparavant. Elle mène à une petite pièce sans fenêtres, où une dame d'une soixantaine d'années, au visage sérieux et ridé, est assise derrière une table blanche. Elle arbore des lunettes à verres épais, une combinaison noire, des gants blancs en latex et l'expression d'ennui la plus intense qu'Aura ait jamais vue.

Le garde du corps referme la porte, les laissant seules.

— Hé, attendez !

— Déshabillez-vous, ordonne la femme.

— Pardon ?

— Retirez tous vos vêtements.

— Je ne sais pas quel…

— Nous devons vérifier que vous n'avez aucun dispositif d'enregistrement sur vous, explique-t-elle du ton monocorde de quelqu'un qui a dû répéter ça mille fois. Vous allez ôter tous vos vêtements, qui vont rester ici…

Elle sort un sac en plastique d'un tiroir de la table et le referme avec un *klonk* métallique.

— … avec le reste de vos effets personnels. Je vais vous fouiller. Puis je vous remettrai une combinaison comme celle-ci…

Elle prend une autre combinaison dans le même tiroir et le referme avec le même *klonk*. Aura se demande pourquoi elle n'a pas sorti les deux objets en même temps, ce qui lui aurait épargné un *klonk*.

— … que vous enfilerez. Ensuite, on vous emmènera au bureau du président-directeur général.

— Et si je refuse ?

— On vous raccompagnera à la sortie.

C'était bien la peine de me fatiguer à choisir entre mes deux chemisiers, pense Aura, en déboutonnant l'heureux élu.

Le pire, c'est qu'elle est en effet en train de réaliser un enregistrement audio sur son portable. Elle l'a enclenché au cas où Ponzano commettrait une erreur, mais ce ne sera pas le cas. Lorsqu'elle pose son sac à main sur la table, la femme en sort le téléphone portable en le tenant à deux doigts, constate que l'enregistrement est en marche et l'éteint avec un léger sourire déçu.

— Amateurs, dit la dame, presque peinée.

— Je suis désolée, c'est la meilleure idée qui me soit venue, s'excuse Aura en baissant sa jupe.

— Dans le temps, c'était bien plus amusant. Les micros étaient cachés dans les endroits les plus inattendus. Boîtes de chocolats, portefeuilles, tupperware, énumère la femme avec nostalgie, en comptant sur ses doigts. Fleurs, montres et stylos, bien sûr. Chaussures, boutons de manchettes, doublure de veste. Un jour, j'ai même extrait un micro du rectum d'un président de région. Quand je suis rentrée chez moi ce soir-là, je me suis ouvert une bouteille de *cava*. Vous auriez dû voir sa tête…

Celle que tire Aura est également tout un poème. Elle ne porte plus que ses sous-vêtements et n'a pas une folle envie de coopérer. Malgré tout, la femme continue de la regarder avec indifférence, l'air de dire : « Je suis payée pour ça et j'ai tout mon temps. »

— Ça aussi ?

— Je vous ai raconté l'histoire du président de région ?

— Mais…

La femme émet un son guttural déplaisant, qui sonne comme un coup de feu chez Sergio Leone. Du genre qui fait voler votre chapeau à quinze mètres. Aura capitule et se retrouve complètement nue, se couvrant comme elle peut.

Mari Paz ne ferait pas autant de manières, pense-t-elle tandis que les mains glacées de la femme parcourent son corps, méticuleuses et avides. *Elle resterait plantée à poil devant cette pouffiasse, les mains sur les hanches, comme si de rien n'était. Et elle écarterait les fesses elle-même en lui disant de bien regarder, au cas où.*

— Qui êtes-vous ? demande-t-elle quand la fouille est terminée et qu'elle peut reprendre une position normale.

— Je suis la cheffe de la sécurité. Mon nom n'a pas d'importance, répond-elle en ajustant ses lunettes, qui ont glissé au bout de son nez.

Cul-de-bouteille, donc, pense Aura, qui ne peut s'empêcher de rebaptiser les gens qui la maltraitent et qui l'humilient.

Elle prend la combinaison noire – toute neuve, avec son étiquette – et l'enfile à toute vitesse. La fermeture éclair remontée jusqu'en haut lui rend un peu de dignité. Autant qu'un bout de tissu rêche et trop grand le permette.

— Ça gratte, dit-elle en tirant là où c'est le plus désagréable.

— À qui le dites-vous, se plaint Cul-de-bouteille. Je tiens toujours à en porter une quand nous recevons une femme, par courtoisie. Ça rend la chose plus facile à accepter. Je ne m'attends pas à ce que vous me remerciiez, mais les petits détails font toute la différence.

Aura sait exactement où Cul-de-bouteille peut se mettre les petits détails, parce que c'est l'endroit où le tissu gratte le plus. Elle s'abstient pourtant de le dire.

La femme ouvre la porte – où son escorte attend – à Aura et, très poliment, lui souhaite un bon après-midi.

— À vous aussi, madame.

21
Un bureau

— Entre, Aura. Tu bois quelque chose ?

Engoncée dans la combinaison, stressée et pieds nus, Aura parcourt les – nombreux – mètres de moquette qui séparent la porte du bureau de Ponzano de la table derrière laquelle l'attend le président-directeur général de la banque. Lambrissée d'un bois sombre aussi ostentatoire que désagréable à l'œil, la pièce pourrait loger une famille entière.

À ce jeu-là, je n'ai aucune chance, pense-t-elle.

Elle constate avec étonnement qu'en le voyant, une sorte de chaleur familière l'envahit. Cette pointe de joie qu'on éprouve en apercevant le visage d'un ami dans la foule.

Sebastián Ponzano, l'homme qui lui a offert son premier gros poste. Sebastián Ponzano, le banquier qui a financé son master professionnel à Bruxelles. Sebastián Ponzano, l'homme qui l'a félicitée avec effusion le jour où elle a obtenu la note Citywire AAA. La plus haute notation possible pour un gestionnaire de fonds à l'échelle mondiale. Une première en Espagne.

— Café ? Double, sans sucre, n'est-ce pas ? Voyons si j'ai bonne mémoire…

— Très bien, répond-elle, sans le saluer.

— Assieds-toi, dit-il en désignant les fauteuils près de la fenêtre, où ils se sont installés si souvent.

Le bureau de Ponzano dégage une élégance chaleureuse, avec sa lumière tamisée, ses tons acajou et ses grands tétras empaillés. Deux, pour être précis, qu'il a abattus lui-même, trônant sur une étagère. Aura détourne les yeux, avec dégoût, et examine son ancien patron.

Dans un petit meuble en bois de citronnier, dissimulé derrière une porte en marqueterie de nacre, Ponzano range sa cafetière et ses accessoires. C'est une vieille astuce, qu'Aura connaît bien. N'importe quel crétin peut demander à sa secrétaire de lui apporter une boisson. Le fait qu'un homme aussi puissant prépare lui-même votre café envoie un message bien plus complexe. Ponzano s'approche d'Aura une soucoupe à la main, où vibrent une tasse en porcelaine et une cuillère d'argent.

C'est un homme de soixante-dix ans, après tout. Avec cette physionomie sèche, un peu aride, typique des célibataires égoïstes et maniaques.

— Parfois j'ai la main qui tremble un peu. Mais j'en connais beaucoup qui aimeraient bien être comme moi à mon âge, se vante-t-il en lui tendant la vaisselle tremblante.

D'après l'expérience d'Aura, les vieux riches se divisent en deux catégories : ceux qui refusent leur âge et ceux qui en font une fierté. Les premiers ont l'air ridicules, avec leurs chemises bariolées et leurs épouses-trophées. Les seconds lui inspirent une certaine pitié, comme si rester en vie était un privilège durement acquis.

— Tu ne dis rien ? demande son ancien patron en la voyant boire son café en silence.

Depuis qu'elle le connaît, Ponzano a toujours eu cette expression maussade, celle d'une ambition frustrée, curieusement courante chez les millionnaires.

Aujourd'hui, le visage a viré à la bonhommie paternaliste. Le retour de la fille prodigue. Encore l'un de ses subterfuges à la con.

— Pourquoi est-ce que vous m'avez fait venir ? dit Aura.

Ponzano s'assied en face d'elle, s'incline un peu sur le dossier du fauteuil, et parcourt le bureau du regard avant de s'arrêter sur le tableau d'Úrculo.

— As-tu eu l'occasion de rencontrer le fondateur de la banque ?

Aura secoue la tête, décidée à en dire le moins possible, à créer des silences que Ponzano sera forcé de combler. Ce qui ne demande pas de gros efforts au banquier.

— Mon père… était un peu particulier. S'il comptait plus de quatre personnes dans un ascenseur, il sortait la cinquième en la tirant par l'oreille.

Il parle d'une voix fêlée et frêle, comme ces vieux papiers qui s'effritent dès qu'on les touche.

— Il s'était fait aménager une chambre, avec un lit double, à côté de son bureau, au prétexte qu'il finissait souvent tard et que c'était toute une histoire de rentrer à la maison. Tu t'imagines à quoi cela pouvait lui servir.

Aura en a en effet une petite idée.

— Quand il allait à la pêche, il ne rentrait jamais directement à la maison. Il se garait en bas et demandait au personnel de nettoyer son coffre au jet d'eau, de vider les poissons et de les remettre, tout propres et bien rangés, dans la voiture.

Ponzano sourit avec nostalgie.

— Le pire, c'était à Noël. Si la crèche ou le sapin n'étaient pas en place début décembre, il piquait une colère noire. Je me rappelle, un jour… Il a refusé de quitter l'accueil tant que la crèche n'était pas installée dans le hall ! Et elle était introuvable, évidemment.

Aura se tait, attendant de voir où va cette histoire à la Dickens.

— Mon père… est inoubliable, conclut-il en regardant son invitée comme s'il n'y avait rien à ajouter.

Aura tente de trouver une position confortable – du moins dans la mesure où le tissu rêche le lui permet – et réfléchit à ce que vient de lui raconter Ponzano.

Tous deux gardent le silence pendant quelques minutes.

Lui, dans l'expectative. Elle, songeuse.

Il y avait un message caché dans le discours bien rodé du banquier. C'est auprès de lui, après tout, qu'elle a appris à convaincre les gens. À manier les mots comme de la poudre aux yeux qui vous aveugle, en toute aménité.

Soudain, le déclic se produit. Que pourrait vouloir Ponzano qui satisfasse ses trois plus grands péchés en même temps ?

Son orgueil immodéré.

Son avarice insatiable.

Son envie mal dissimulée.

Il n'y a qu'une possibilité. La seule chose que son père n'a jamais pu obtenir, malgré tous ses efforts. La seule chose qui lui permettrait de surpasser le souvenir du titan de la finance, de l'homme à qui les ministres demandaient des consignes, les évêques des conseils et les rois la permission.

— Vous avez obtenu la fusion, déduit-elle, stupéfaite.

Ponzano sourit, très fier. D'elle, en partie.

— Comme je t'ai bien éduquée, Aura.

Elle sourit à son tour, sans pouvoir s'en empêcher. Elle est encore sensible aux flatteries de son ancien patron, ne lui en déplaise.

— Pas si bien que cela, il faut croire. Je ne comprends toujours pas pourquoi vous m'avez fait ce que vous m'avez fait.

Le banquier hausse les épaules.

— Les chiffres ne convenaient pas, alors j'ai profité de ton absence pour gonfler nos comptes. Quand il n'y a plus rien eu à tirer de ton fonds, je l'ai détruit, tout simplement.

Aura a du mal à contenir sa colère devant le naturel avec lequel Ponzano explique comment il l'a détruite, elle.

— Le travail de toute une vie. Ma réputation. Ce n'est pas juste !

— La vie est injuste, même quand elle nous favorise.

— C'est étonnant comme la vie te favorise souvent, Sebastián.

Ponzano cligne des yeux, plusieurs fois de suite, en entendant son prénom. Habitué à ce qu'on l'appelle « monsieur le président » en sa présence et « le président » en son absence, il reçoit le tutoiement d'Aura comme une gifle affectueuse.

— Tu admettras toi-même que c'était un coup de maître.

Aura acquiesce, essayant de se contrôler. C'est le moment de garder la tête froide, de jouer le jeu avec lui. Ce n'est pas difficile, car il a raison. C'est du génie.

— Tous les fonds toxiques de la banque, en un seul endroit. Évaporés. Les actions, à leur plus bas niveau historique. Tout ça faisait partie de ton plan, n'est-ce pas ?

— Avec une banque saine lambda, l'Autorité de la concurrence n'aurait jamais autorisé la fusion.

J'étais la pièce manquante.

— Toutes ces années à me cirer les bottes… pour ça ?

— Ce n'était pas du tout mon intention, Aura. J'avais de grands projets pour toi. Mais ensuite, tu as eu cet… accident qui t'a laissée sur la touche plusieurs mois. Il fallait bien profiter de l'occasion.

« Cet accident. »

Salopard.

— Pourquoi est-ce que tu m'as fait venir ?

— Je peux te le dire avec grand plaisir, répond Ponzano en passant sa main osseuse aux veines saillantes sur l'accoudoir du fauteuil. Ou bien tu peux apporter un peu de joie à un pauvre vieillard en assemblant les pièces toi-même.

Il laisse retomber son autre main, négligemment, sur le guéridon près de son siège. Une pile de livres est posée sur le plateau en marbre rose. Thucydide. Mao. Plutarque. Et, au sommet, où s'est posée sa main, le premier livre qu'il lui a offert, des années plus tôt, lorsqu'il lui a confié le principal fonds de la banque.

Aurore, de Nietzsche. « Ce livre va te transformer », lui avait-il dit.

Elle l'avait lu avec attention, et l'avait trouvé brillant et subversif. Tout ce qu'elle en avait retenu, c'est qu'il fallait abandonner toute forme de morale, dès lors que celle-ci constituait une limite. Cela, et une phrase. La seule que Ponzano avait soulignée, d'un fin trait de crayon, avant de le lui offrir.

> Celui que l'on punit n'est plus celui qui a commis l'action. Il est toujours le bouc émissaire.

À l'époque, elle n'avait pas compris. Aujourd'hui, elle comprend parfaitement.

— Tu as besoin d'un coupable, dit-elle avec un petit rire crispé.

— Dans quelques jours, tu seras incarcérée. Une centaine de journalistes seront présents, nous nous en sommes assurés. Je crois que nous avons même affrété quelques cars, ici, sur la place, pour les emmener à Soto del Real.

— Je serai photographiée menottée avec des poches sous les yeux. À la une de tous les journaux.

— C'est exact.

— Et fin de l'histoire. L'équilibre sera rétabli.

— Nous avons effectivement fait passer ce message à un certain nombre de journalistes amis.

— Et s'il n'y a pas de photos ?

— L'opinion publique n'est pas bien difficile à convaincre. Et puis tu connais la chanson, une nouvelle chasse l'autre.

Il balaie l'air d'un geste de la main.

— Enfin, si nous commercialisons de nouveau des actions préférentielles… Tu sais ce que le grand public n'accepte pas, Aura ?

— Qu'il n'y ait pas de coupable, marmonne-t-elle, avec un calme forcé.

— Le peuple veut que tu paies. Avec des intérêts.

Aura sent une chaleur furieuse inonder ses mains et son visage. Une chaleur lourde, physique. Une chaleur avec ses propres exigences, fort peu civilisées. Elle cloue Ponzano du regard, faute de mieux.

— Tiens-toi bien, comme une bonne fille. Va en prison et passe en jugement.

— Et si je suis reconnue innocente ?

Ponzano rit, un rire étonnamment chaleureux et amical. Le rire d'un père qui voit son petit enfant essayer de manger sa soupe avec une fourchette.

— Tu écoperas de la peine minimum. C'est déjà convenu avec qui de droit.

Évidemment.

— Cinq ans, un peu moins avec une remise pour bonne conduite. Quand tu sortiras, tout sera oublié. Tu pourras travailler chez l'un de nos partenaires, avec un bon salaire. Plus élevé que celui que tu avais avant.

« Tout cela je te le donnerai, Aura. Si tu te prosternes et m'adores », dit Satan à Jésus.

— Et il y aura un grand projet pour toi, conclut Ponzano.

Un grand projet. L'adjectif lui fait penser à sa mère, pour qui il y avait cinéma et grand cinéma, cuisine et grande cuisine, écrivains et grands écrivains.

Sa mère, qui s'est retrouvée seule quand ce fils de la grande putain a décidé de jouer au Monopoly avec la vie de sa fille.

— Tu peux me mettre ça par écrit ?

Ponzano secoue la tête.

— Tu sais que non. Mais tu as ma parole que tout ira bien.

Le mensonge reste en travers de la gorge d'Aura. Avec ses promesses, Ponzano est aussi crédible qu'un flic qui laisse filer des cambrioleurs, un vampire qui donne son sang.

— Si je me tiens bien et que j'assume une faute qui n'est pas la mienne…

— Pour le bien de tous, souligne-t-il.

— … alors tout ira bien, c'est ça ?

Ponzano acquiesce solennellement, trois fois. Une pour chaque « bien ».

— Sebastián, je savais que tu étais un mégalo et un sociopathe. Que tu étais capable des pires saloperies pour arriver à tes fins…

— « Donne-moi la lumière, Seigneur, pour voir mes défauts », l'interrompt Ponzano en souriant et en levant les mains, mais, s'il te plaît, pas tous en même temps.

— … Mais je n'avais jamais imaginé qu'en plus tu étais si naïf.

Le regard du vieil homme se durcit.

— Réfléchis-y tranquillement. Quand tu rentreras chez toi et que tu coucheras tes filles. Pense à ton avenir, Aura.

Il se lève pour signifier que la discussion est terminée.

Aura l'imite, par la force de l'habitude.

Elle se dirige vers la porte, sans prendre congé. En silence.

Tout en marchant, elle se demande pourquoi elle se tait.

« Le silence c'est là notre force. Un de nos ancêtres a dû être bien seul – un grand homme entouré d'imbéciles ou un malheureux fou – pour enseigner aux siens un silence si grand[1]*. »*

— Souviens-toi que je n'ai pas à te promettre quoi que ce soit, dit la voix de Ponzano derrière elle.

Et c'est alors qu'Aura ne peut plus se taire.

— Merci infiniment pour ta bonté. « Sois ce que tu veux être. La lie de l'humanité, une crapule sans nom, mais avec de bonnes manières[2] », déclare Aura en se retournant.

Ponzano la regarde avec perplexité, comme si un chien venait de lui adresser la parole.

— Je ne m'attends pas à ce que tu comprennes, Sebastián. Intègre simplement bien ceci : je serai là pour te voir tomber.

---

1. Cesare Pavese, « Les mers du sud », dans *Travailler fatigue. La mort viendra et elle aura tes yeux*. Traduit de l'italien par Gilles de Van.

2. Allusion à la chanson *Lecciones de urbanidad* de Joan Manuel Serrat.

Romero

Aura vient à peine de quitter le bureau que la commissaire Romero émerge de derrière un pilier, d'où elle a écouté toute la conversation.

Romero se dirige vers les fauteuils où l'échange s'est déroulé et s'assied à la place qu'occupait Aura. Le siège garde encore la chaleur de son corps. Dégoûtée, la commissaire se décale sur celui d'à côté.

Ponzano s'est rassis, jambes croisées, bougeant le pied d'avant en arrière.

— Alors ?

Romero a ses propres critères concernant l'apparence des hommes. Il ne faut jamais faire confiance à un homme qui a les mains impeccables d'une femme, ni à un homme dont les chaussures brillent comme des miroirs, ni – encore moins – à un homme trop bien habillé.

Ponzano remplit les trois critères.

— Je vous avais prévenu.

— Oui, dit Ponzano en se passant la main sur le menton. En effet, vous m'aviez prévenu.

Romero a dû elle aussi revêtir une combinaison noire, sans rien en dessous. Ponzano ne veut prendre aucun risque, encore moins quand il va parler aussi clairement qu'il s'apprête à le faire. Disons que, en matière d'espionnage par des commissaires corrompus, il a appris des erreurs des autres.

— Vous m'avez apporté ce que je vous ai demandé ?

Romero lui tend des dossiers.

Ponzano adore les rapports. Il aime les toucher, les feuilleter, relire les documents, examiner les photos. Ça lui donne un sentiment de réalité, de familiarité, de connu. Les rapports sont comme des enveloppes protectrices. Certes pas *stricto sensu*, car ils n'assurent pas une protection physique, mais leur présence atténue la peur de l'inconnu.

— Voilà une information… surprenante, dit-il en levant à hauteur de ses yeux la photo d'une femme en uniforme militaire.

Au verso, on peut lire : « Celeiro Buján, María de la Paz ». Le dossier mentionne aussi son grade, ses médailles et ses distinctions.

— Savez-vous pourquoi elle a été exclue de l'armée ?

— Je n'ai pas encore pu le vérifier. Apparemment, c'est top secret. Ça nécessitera des moyens plus sophistiqués.

Ponzano hoche la tête, contrarié.

— Vous aurez besoin de plus d'argent, je comprends.

— Un renseignement de qualité coûte très cher, monsieur le président.

— Bien. Transmettez les détails à ma cheffe de la sécurité. Je crois que vous avez déjà fait connaissance.

Elle a droit à cette plaisanterie à chaque fois, ce qui est aussi irritant que le tissu de la combinaison qu'ils l'obligent à enfiler. La commissaire ne répond pas.

— Je me demande comment ces deux-là ont bien pu se rencontrer, dit Ponzano sans quitter la photo des yeux.

Romero se pose la même question. Parce que rien de ce qui concerne Aura Reyes ne la convainc. Elle a très rarement éprouvé ce sentiment dissonant, ce malaise fugace et oppressant face à quelqu'un qui ne se comporte pas comme il le devrait.

Une femme issue d'une famille de la classe moyenne inférieure. Des gens travailleurs, méritants. Ils envoient leur fille à l'université ; leur fille grimpe les échelons et devient cadre supérieure dans la finance, avec une carrière météorique, promise à un brillant avenir.

Une personne comme elle, qui a cru en le système et a obtenu quelque chose en retour, est la moins susceptible au monde d'enfreindre les règles. Et encore moins de s'acoquiner avec une ex-militaire devenue SDF.

L'instinct professionnel de Romero lui dit que tout cela n'a aucun sens. Ces petites cases bien pratiques appelées classes sociales ne sont pas là pour rien. Elles sont la première et la meilleure des protections.

Quelle que soit l'explication – coup de tête ou bravade –, elle trouve cela tout aussi inquiétant.

— L'incident, chez les Reyes. Le mari a été tué.

Ponzano attend, au cas où une question suivrait cette remarque. Pendant quelques instants, ils se livrent un combat de boxe silencieux, comme ils l'ont fait si souvent.

Qu'est-ce que tu peux me raconter ? d'un côté du ring.

Qu'est-ce que je dois lui raconter ? en face.

— Nous n'avons rien à voir avec cela, dit Ponzano en montrant ses paumes, l'innocence incarnée.

Ça, je le sais, pense Romero. *Sinon tu m'aurais demandé de le faire, mon vieux.*

— Vous avez une idée de ce qui s'est passé ?

Sur la table basse qui les sépare, il y a un échiquier. Lors de l'une de leurs premières entrevues, Ponzano lui avait parlé de ses origines anciennes, bien que Romero ne se rappelle pas tous les détails. Écosse, peut-être. Les pièces, de style roman, sont taillées dans des défenses de morse et des dents de baleine. Des répliques exactes de l'original, qui se trouve dans un musée.

Ponzano se penche sur l'échiquier, et caresse les pièces de son côté, d'un blanc cassé, qui contrastent avec celles, rouge grenat, de l'adversaire.

— Le mari était impliqué dans des affaires louches. Je n'en sais pas plus. Je me suis contenté d'observer l'échiquier et de profiter de la faille.

Romero fait un geste d'assentiment, aussi faux que ce qu'elle vient d'entendre. Il serait imprudent de penser que Sebastián Ponzano n'en sait pas plus que ce qu'il veut bien admettre.

Indépendamment de la question de savoir qui a tué le mari et pourquoi, Romero est sûre d'une chose : Aura Reyes a commencé à changer ce jour-là.

Blessée, ruinée. Passée du statut de cadre sup très bien payée à celui de femme au foyer forcée de retourner vivre chez ses parents. Ce genre de personne n'est pas susceptible d'enfreindre les règles non plus. Sa vie s'est irrémédiablement effondrée, tout comme l'eau ne peut retourner dans le verre après avoir été renversée.

Quelqu'un à qui cela arrive reste à terre et ne se relève pas.

Aura Reyes est une énigme, pense-t-elle. Or, Romero aime les énigmes. Ce sera un changement rafraîchissant dans la pénible routine de ces derniers mois.

— Cette femme… m'intrigue, reconnaît-elle.

— C'est une personne fascinante, oui.

— Je parle de votre relation avec elle. Vous avez l'air de très bien vous entendre.

— Depuis le début, je l'ai prise sous mon aile. Elle a une intelligence… particulière. Je n'ai jamais rencontré personne avec une telle capacité de planification. Tout ce qui lui manquait, c'était de l'audace. J'ai essayé de lui ouvrir un peu l'esprit.

Il donne une tape sur les livres de stratégie militaire posés près de lui.

— Elle aurait fait un général exceptionnel.

— Vous l'aimiez bien ?

Ponzano sourit, avec nostalgie.

— Si vous me demandez si j'ai souffert d'avoir dû la sacrifier, la réponse est oui.

— Ce n'est pas ce que je vous demande. Ce que je veux, c'est établir les limites.

Romero marque une pause lourde de sens.

— Si tant est qu'il y en ait.

Le vieil homme pince les lèvres, détourne les yeux et dit :

— L'intimidation n'a pas vraiment fonctionné, n'est-ce pas ?

La commissaire secoue la tête.

— J'ai envoyé deux petites frappes chez elle. Ils étaient censés la calmer un peu et lui faire passer un message.

— Je n'ai pas eu l'impression qu'ils l'aient tellement calmée.

— Mes gars y ont laissé des plumes, dit Romero en désignant la photo de la légionnaire.

— Beaucoup ?

Romero hausse les sourcils. Ponzano ne se soucie généralement pas des détails.

— Pas mal. Côtes et dents cassées.

— Intéressant. Donnez-leur un bonus pour le dérangement. Pour qu'ils se taisent.

Romero s'en est déjà chargée et le lui fait savoir.

— Bien, puisque l'intimidation ne fonctionne pas, nous n'avons plus qu'à attendre et à les surveiller de très près.

— Je croyais que vous ne vouliez pas qu'elles continuent de fouiner.

— Je ne veux pas, non. Je ne pense pas qu'elles trouveront l'informaticienne. Et quand bien même elles la trouveraient, elles ne feraient que perdre leur temps. Ce qui est exactement ce que je souhaite.

Romero comprend. Chaque minute compte, et il n'en reste plus beaucoup à Aura Reyes. Dans quelques jours, elle devra aller en prison. Ponzano aura sa photo. Romero, sa commission. La banque, la fusion. Les actionnaires les plus vulnérables, une désagréable surprise.

Et tout le monde sera content. Enfin, ceux qui comptent. Malgré tout, le plus raisonnable est d'éliminer la menace. Peut-être pas de manière définitive, mais en la neutralisant.

Comme s'il lisait dans ses pensées, Ponzano la devance :

— Si quelque chose devait se produire, peut-être faudrait-il passer outre les... lourdes procédures démocratiques.

La commissaire fait un geste qui se voudrait ambigu. Le fait qu'elle n'enregistre pas la conversation – comme, à vrai dire, elle l'aurait souhaité – ne signifie pas que l'autre partie ne le fait pas.

— Cela vous poserait-il un problème ?

La commissaire éclate d'un rire grinçant, sans une once de joie.

Autrefois, peut-être. Quand elle était dans la police.

À présent, c'est différent.

— Les scrupules, dans mon métier, c'est comme un smoking pour un nageur.

— Vous m'étonnez, commissaire, dit Ponzano. Vous ne vous souciez donc pas des méthodes ?

Il fait de l'ironie. Pas elle.

Romero en a assez de perdre. Elle a accumulé assez de défaites pour toute une vie. Et elle s'est juré il y a longtemps, faute d'espérer briller comme policière, de ne plus échouer. Même si cela implique de bousculer les règles.

— Avant de regretter les méthodes, il faut avoir gagné, réplique la commissaire, chassant un grain de poussière imaginaire de la manche de la combinaison. Et une fois qu'on a gagné, qu'importent les méthodes ?

22
Un dossier

La source d'inquiétude de l'un des hommes les plus puissants d'Espagne est actuellement assise sur le canapé, une main dans un tupperware rempli de glace pilée, l'autre tenant une demi-bouteille de whisky Dyc.

La tête lui tourne un peu, à cause de la bibine et du bavardage continu des jumelles, trop contentes de l'avoir pour elles toutes seules.

Enfin, au bout d'un moment, Cris se laisse distraire par la télévision et Alex a disparu.

Du moins est-ce ce qu'a cru la légionnaire.

— C'est mon dossier spécial, dit une voix derrière le canapé. Tu veux le voir ?

Mari Paz n'a pas le temps de refuser qu'un album aussi lourd et épais que l'intégrale de l'Encyclopédie Salvat atterrit sur ses genoux.

— Qu'est-ce que c'est que ça, poussin ?

— C'est pour mon mariage, explique Alex en regardant par-dessus l'épaule de Mari Paz pendant qu'elle l'ouvre.

— Vous n'aviez pas changé vos prénoms en attendant de savoir qui vous étiez *vraiment*… ?

— Ah oui, mais là je suis sûre et certaine, MP.

Encore une ferme décision de la part des jumelles. Elles ont décrété que « Mari Paz » était trop long, et l'appellent donc désormais par ses initiales. La légionnaire a bien tenté de leur expliquer que la nouvelle dénomination ne comptait qu'une syllabe de différence avec l'ancienne, c'est peine perdue.

— On dirait pas, dit Mari Paz, en feuilletant l'album, perplexe.

En plus d'avoir la forme et la densité d'un accordéon, l'énorme volume est un maelstrom de photos découpées, couvertes d'annotations de toutes les couleurs.

— J'ai plein de trucs à décider. Les fleurs, la robe, le diadème, les invitations, le thème… énumère Alex.

— Et toi, Cris ? demande Mari Paz en s'adressant à la seconde moitié des jumelles, qui garde les yeux rivés sur la télé.

— Je ne me marierai jamais, réagit-elle au quart de tour. Et je préférerais qu'on ne parle pas de ça.

— Pas de gaffe, MP, lui murmure Alex à l'oreille. Elle ne veut pas parce qu'elle dit qu'elle n'aura personne pour l'emmener à l'autel.

— Tu sais que je t'entends, hein ?

— Je lui ai déjà dit qu'elle peut se chercher un remplaçant.

— Personne ne peut remplacer papa, réplique Cris d'un ton lugubre.

Mari Paz n'a pas besoin de voir son visage pour savoir qu'elle pleure en silence. Elle pose le livre et la bouteille sur la table, écarte le récipient plein de glace et tend le bras pour attirer la fillette vers elle. Cris se débat, petite boule de larmes et de colère, mais Mari Paz insiste, jusqu'à ce que la force et la nécessité l'emportent.

— Mon poussin. Viens ici, poussinette.

Alex tente de jouer la dure pendant environ huit secondes, avant de fondre en larmes à son tour et de se glisser sous l'autre bras de Mari Paz.

Elle a déjà vu cela auparavant.

Un vide aussi abyssal.

Une absence aussi soudaine.

La photo, figée à jamais.

Un homme qui meurt à la quarantaine est, à chaque instant de sa vie, un homme qui meurt à la quarantaine. Le sceau de la mort laisse une empreinte rétrospective. Le sens de sa vie ne s'entend qu'à l'aune de sa mort.

Pour deux gamines de sept ans, orphelines de père, c'est la même histoire.

Leur passé, leur mémoire, leurs souvenirs. Tout ce qu'elles construiront reposera sur ce socle de verre.

Mari Paz ne le sait que trop bien, elle qui est devenue orpheline au même âge. Et rien ne peut exprimer ce qu'elle ressent à cet instant.

Alors elle serre les jumelles dans ses bras, en silence, jusqu'à ce que Cris recommence à s'agiter. Le visage toujours enfoui dans la poitrine de Mari Paz, elle tapote le bras de sa sœur.

— Tu peux en parler un petit peu, si tu veux.

Alex lève la tête, toute striée de larmes, et regarde sa sœur.

— T'es sûre ?

— Juste si t'en as envie.

Il s'avère qu'elle en a envie. Alex reprend l'album et commence à énumérer ses robes de mariée favorites, par ordre de préférence.

Mari Paz, bercée par l'agréable chaleur du whisky bon marché et du corps des jumelles lovées contre elle, se laisse porter par le flot de termes techniques. Robe sirène, coupe empire, princesse, fourreau, trapèze. À sa grande surprise, elle s'amuse en apprenant à reconnaître les différents types d'habits. Soudain, un couinement provenant de la grande table attire son attention

— Où tu vas ? proteste Alex, qui vient de perdre son oreiller et son public.

— *É cousa da túa nai*[1], s'excuse la légionnaire.

Plus elle se sent chez elle, plus les mots lui viennent en galicien.

Aura répond immédiatement et lance :

— Je rentre à pied. J'ai besoin de m'éclaircir les idées.

— Comment ça s'est passé ?

— Ponzano a peur. Il croit que je veux retrouver l'informaticienne pour améliorer ma défense devant le tribunal.

— C'est plutôt bon, non ?

— Ça pourrait nous donner un petit avantage. Avec les filles, tout va bien ?

— Ça va, répond Mari Paz. Je t'appelle parce que tu m'as dit de te prévenir si l'espèce de petit drapeau devenait rouge.

— Qui est connecté ?

Mari Paz lit le nom.

Un ingénieur de l'équipe de Ginés, chez Ingra. L'un des contacts LinkedIn qu'elle avait sélectionnés et qui lui semblait prometteur.

— Il faut que tu lui parles.

— Et… je lui dis quoi, blondie ?

— Je ne serai pas là avant une demi-heure. On a besoin de ce nom le plus vite possible, et le temps que j'arrive, il risque de s'être déconnecté. C'est LinkedIn, pas Twitter. Personne n'a envie d'y rester plus longtemps que nécessaire, souligne Aura d'une voix haletante et précipitée.

Mari Paz finit par accepter, à contrecœur, et laisse Aura lui expliquer comment ouvrir une fenêtre de tchat avec sa cible. Ce qui demande plus, bien plus d'efforts qu'il n'y paraît.

— Je ne suis pas très douée avec ces machins.

---

1. C'est un truc de ta mère.

— Tu vas y arriver. Clique sur la case de dialogue.

Mari Paz cherche, littéralement, une case avec des bonshommes qui parlent. Mortadel et Filémon, par exemple. Il lui faut un certain temps pour maîtriser les concepts de base, durant lequel la patience d'Aura s'épuise peu à peu.

— Ça y est, annonce triomphalement Mari Paz.

— Bien, maintenant dis-lui bonjour.

L'homme se prénomme José Luis, il est originaire de Getafe et joue au hockey sur gazon. C'est tout ce qu'elles ont pu apprendre sur lui en lisant son CV. En plus d'un tas d'infos sans intérêt.

— Je dois lui dire quoi ?

Aura pousse un soupir nerveux.

— Je te dicte : « Bonjour… »

Mari Paz, experte en maniement d'armes courtes, longues, en techniques d'assaut, tir de précision et de couverture, chute opérationnelle et bien d'autres activités où la coordination physique est indispensable, a du mal à repérer le « b » sur le clavier de l'ordinateur portable.

— Au-dessus de la barre d'espace ! l'exhorte Aura.

Mari Paz résiste à la tentation de lever les yeux au ciel – comme le réclame son corps – et se tourne pour demander de l'aide.

— Est-ce que l'une de vous… ?

Les fillettes, témoins de ses souffrances, se lèvent en même temps.

— Vous faites du *catfishing* ? Trop cool !

— Qu'est-ce qu'on avait dit sur les mots en langue étrangère, poulette ?

— C'est quand tu te fais passer pour quelqu'un d'autre sur internet pour tromper une personne.

Mari Paz regarde les jumelles avec un visage impassible digne d'un champion de poker.

— On s'en occupe, dit Cris en lui tapotant l'épaule.

Pièce à conviction #GV368, dans l'affaire contre Aura Reyes et María de la Paz Celeiro

Guillermina Pacheco • 17:22
Bonjour, LOL.

José Luis Sanz • 17:23
Pardon ?

Guillermina Pacheco • 17:24
Bonjour, je veux dire. Quel plaisir de rencontrer un collègue de Madrid !

José Luis Sanz • 17:25
Ah OK, bonjour. Vous êtes à Seattle, c'est ça ?

Guillermina Pacheco • 17:25
J'étais à Seattle. En ce moment je suis à Berlin, mais je vais bientôt venir à Madrid.
👍

José Luis Sanz • 17:27
Ah super ! C'est une ville géniale, vous allez voir.

Guillermina Pacheco • 17:28
Oui, je sais, ma mère était espagnole. Je suis chargée de monter une nouvelle équipe et je cherche des gens…

José Luis Sanz • 17:30
Ah, et quel genre de personnes ?

Guillermina Pacheco • 17:31
Des gens avec des compétences concurrentielles et qui ont envie d'évolluer.

Guillermina Pacheco • 17:31
*évoluer.

José Luis Sanz • 17:33
Vous pouvez m'en dire un peu plus sur le projet ?

Guillermina Pacheco • 17:35
C'est un projet secret. Tu vas encore dire que je peux pas comprendre.

José Luis Sanz • 17:36
Comment ça ? Je ne comprends pas...

Guillermina Pacheco • 17:37
Ha, ha ! pardon, l'espagnol est ma deuxième langue, LOL.

José Luis Sanz • 17:38
Mais votre mère n'était pas espagnole ??

Guillermina Pacheco • 17:39
On ne parlait qu'anglais à la maison, à cause de la nanny.

José Luis Sanz • 17:40
Oh, I see.

Guillermina Pacheco • 17:41
Vous n'êtes pas obligé de me répondre en anglais, puisque de toute façon, ce sera un projet pour l'Espagne.

José Luis Sanz • 17:43
Vous me mettez dans la confidence, c'est ça ?

Guillermina Pacheco • 17:43
Non, c'est secret ! Gardez ça pour vous !

José Luis Sanz • 17:44
Promis !!

Guillermina Pacheco • 17:46
J'aimerais vous en parler, si ça vous intéresse. Vous avez de bonnes références.

José Luis Sanz • 17:47
S'il y a un bonus…

Guillermina Pacheco • 17:47
Bien sûr, plusieurs même. C'est un très gros projet…

José Luis Sanz • 17:48
OK, vous avez dû voir que je suis sur de gros projets en ce moment.

Guillermina Pacheco • 17:50
Et une prime sur objectifs de 20 $.

José Luis Sanz • 17:51
Vingt dollars, c'est un peu léger, pour être honnête.

Guillermina Pacheco • 17:52
Désolée, mon doigt a ripé, je voulais dire 20 %. LOL.
👍

José Luis Sanz • 17:53
Là, ça me parle.

Guillermina Pacheco • 17:53
Alors, je compte sur vous ?

José Luis Sanz • 17:53
Sur le principe, oui, mais c'est un peu précipité…

Guillermina Pacheco • 17:54
Pas de souci, le projet ne démarre que dans quelques mois. Vous avez encore le temps.

José Luis Sanz • 17:55
Alors merci beaucoup.

Guillermina Pacheco • 17:56
Vous êtes le premier à qui j'en parle. Je compte sur votre discrétion.

José Luis Sanz • 17:56
Vous pouvez me faire confiance.

Guillermina Pacheco • 17:57
Merci beaucoup. Une dernière chose…

Guillermina Pacheco • 17:58
J'ai besoin des coordonnées d'Irene Muñoz Quijano.

Guillermina Pacheco • 18 : 00
Coucou ? José Luis, vous êtes toujours là ?

José Luis Sanz • 18:02
Oui, je suis là.

Guillermina Pacheco • 18:03
Alors, vous pouvez m'aider ?

José Luis Sanz • 18:03
Pourquoi voulez-vous les coordonnées de Sere ?

Guillermina Pacheco • 18:04
On m'a dit qu'elle était la meilleure dans son domaine.

José Luis Sanz • 18:04
À savoir ?

Guillermina Pacheco • 18:04
Je ne suis pas sûre de bien vous comprendre.

José Luis Sanz • 18:05
Qu'est-ce que vous attendez de Sere ?

Guillermina Pacheco • 18:06
Ça concerne une partie du projet dont je ne peux pas vous parler.

José Luis Sanz • 18:07
Je suis désolé, mais je ne vais pas pouvoir vous aider.

Guillermina Pacheco • 18:08
Dommage. Je pensais que vous aviez l'esprit d'équipe. Bon, ce sera pour une prochaine fois. Bonne chance pour votre projet.

José Luis Sanz • 18:09
Non, attendez.

Guillermina Pacheco • 18:09
Oui ?

José Luis Sanz • 18:10
Vous n'êtes pas la seule à poser des questions sur Sere. Et elle n'a pas une très bonne réputation dans l'entreprise.

Guillermina Pacheco • 18:11
Vous savez comment ça se passe. Les directions, ça va et ça vient.

José Luis Sanz • 18:12
Je ne sais pas…

Guillermina Pacheco • 18:13
Pas de souci. Si vous n'êtes pas à l'aise avec ça, personne ne vous en voudra.

José Luis Sanz • 18:13
C'est juste que je ne vous connais pas…

José Luis Sanz • 18:20
OK, très bien. Donc, c'est…

TROISIÈME PARTIE

SERE

Je rêve que je marche
Sur un pont et que le sol
Plus je veux le traverser
Plus il bouge et chancelle.

Rosalía

Chaos

— Non, non. Ce n'est pas la bonne adresse. C'est rue Duquesa de Castrejón, dit-elle, ajoutant le numéro et l'étage. Oui. Oui. Irene Quijano. Oui, je vous attends.

Sere raccroche et écarte une mèche de son visage.

Elle ne repense pas une seconde à l'appel, pas plus que nous ne le ferions vous et moi. Un coup de fil de quelqu'un qui dit avoir un colis Amazon à livrer, et nous confions allègrement notre adresse à une inconnue à l'accent galicien.

De plus, Sere a des choses plus importantes à penser. Par exemple, comprendre pourquoi ce foutu sept ne sort jamais.

Elle lance à nouveau les dés sur le plan de travail de la cuisine, comptant sur le rebond contre la crédence.

Le premier dé percute le carrelage et donne un un.

Le deuxième parcourt un chemin (impossible) au milieu des ustensiles qui sèchent en vrac sur un torchon, atterrit dans l'évier et donne aussi un un.

Je ferais peut-être mieux de laisser tomber, pense Sere.

Non, un dernier essai.

Elle ferme les yeux, tente de se concentrer, de mettre ses idées noires de côté. Elle se ferme à toute sensation physique, jusqu'à ce que le poids de ces deux bouts de plastique bon marché soit tout ce qui compte.

Elle relance les dés, et ouvre grands les yeux.

Chaos.

L'univers de Sere a complètement basculé un jeudi du mois d'août.

Imaginons un mariage heureux. Idyllique. Lui, chef dans un restaurant avec une demi-étoile Michelin – enfin, tout près d'en obtenir une, disons. Elle, informaticienne freelance, développeuse de haut vol.

Ils se plaisent. Ils s'aiment. Le matin, elle se penche à la fenêtre en chantant. Elle tend le doigt et les oiseaux viennent s'y percher, gazouillant à l'unisson.

Sans exagérer.

Or, aïe, voilà qu'un jour funeste, l'inspecteur du Michelin débarque au restaurant au plus mauvais moment. Un jour où tout va mal. La soupe est froide, la vichyssoise chaude, les sushis cuits et le steak cru.

Adieu étoile. Il a sombré.

D'abord ce fut l'alcool, ensuite la cocaïne. Il devint violent et amer. Elle cessa de chanter sur le balcon avec les petits oiseaux, mais pas de croire en lui. Quand il perdit son boulot, quand il dut faire une cure de désintoxication, quand il replongea. Des années d'enfer où elle paya de sa personne sans compter, y laissant toute son énergie, son amour et la peau lisse autour de ses yeux.

Au bout de trois ans, il ressuscita. En homme neuf. Mince, musclé, sportif. Enjoué, sobre. Il ouvrit son propre restaurant, végan – tout n'allait pas être parfait, quand même.

Elle, triomphante. Épuisée et fanée après tous ces efforts surhumains, toutes ces nuits blanches. Tous les coups qu'elle avait endurés quand, défoncé jusqu'aux yeux, il devenait particulièrement agressif.

D'un autre côté, il ressuscita en homme neuf. Grâce à elle.

Du style : « Vous m'avez laissé tomber, mais elle m'a relevé », et tout le baratin habituel.

Et c'est ainsi que nous arrivons à ce fameux jeudi du mois d'août, où elle se livra à ce sport à haut risque appelé « retour à l'improviste » et découvrit la nouille de son mari dans la bouche de sa sœur.

Bon, on ne voyait pas la nouille, mais le contexte laissait peu de doute.

Sere n'avait jamais été du genre à faire son cinéma, alors elle referma discrètement la porte pour ne pas gâcher l'orgasme de qui que ce soit. Elle sortit, prit un bidon dans le coffre de sa voiture. Elle emprunta son tuyau d'arrosage au concierge, le coupa, siphonna de l'essence dans son réservoir, en arrosa l'Audi de son mari et la voiture de sa sœur et, sans se départir de sa modeste dignité, y mit le feu.

L'année suivante, son désormais ex-mari et sa sœur convolèrent en justes noces.

Sere se fit faire un T-shirt avec l'inscription « J'ai aidé mon mari à sortir de la dépression et de la drogue, et tout ce que j'ai eu en retour, ce sont des pattes-d'oie », le porta, puis envisagea brièvement le suicide. Elle écarta vite cette idée qu'elle jugeait trop définitive.

Au lieu de cela, elle choisit de s'adonner à la magie.

C'est là que les ennuis ont vraiment commencé.

La famille de Sere, les Quijano, c'est toute une histoire – ou plutôt tout un poème. D'après Sere, une bande de connards aigris et fouille-merde, qui n'ont rien de mieux à faire dans la vie que de donner leur avis sur celle des autres. D'après eux-mêmes, des gens normaux.

Son père, qui était un Muñoz, jugea préférable de mettre les voiles, au moyen d'un infarctus, à l'âge de cinquante ans. Ce qui laissa le champ libre aux Quijano, à savoir la mère de Sere, ses quatre tantes et sa sœur parfaite.

Le père était le mouton noir et l'objet de toutes les critiques. Quand il mourut, il fallut bien lui trouver un remplaçant.

Devinez qui.

Sa sœur, dont Sere a oublié le nom, était le modèle à suivre. Élève exemplaire, gymnaste accomplie, grande et mince, sourire Colgate.

Et Sere ? Elle avait redoublé, eu sa période gothique, ne sortait pas de sa chambre, était petite et ronde.

Dans sa famille, on disait plus souvent : « Prends exemple sur ta sœur » que : « Une grande frite avec le menu ? » dans un Burger King.

La guérison de son mari ? L'œuvre de sa sœur, certainement. Son mari qui l'avait trompée avec sa sœur ? Rien de plus normal. Qui ne préférerait pas Madame Parfaite ? Au moins, elle ne mettait pas le feu aux voitures.

Les Quijano – à l'unanimité – prirent le parti de Madame Parfaite. Ils vinrent en foule pour assister au mariage. Sere déclina l'invitation, et en profita pour se renfermer encore davantage dans sa carapace.

Les parents et les amis qui lui parlaient encore, alors qu'elle avait déserté le monde et coupé toute relation sociale, se prirent la tête dans les mains quand elle leur expliqua qu'elle était désormais une sorcière du chaos.

— Qu'est-ce que c'est que ça ?

Elle essayait de simplifier au maximum.

— Je crois que tout ce qui existe provient de notre imagination et peut se transformer par l'effet de notre volonté. La volonté peut être canalisée à travers des rituels. Vous voyez ces dés…

Ils cessaient immédiatement d'écouter.

— Enfin, ma fille, comment peux-tu gober des inepties pareilles ? Quelle honte !

Elle pensa à son ex-mari et à son ex-sœur. Elle pensa à son père, décédé dans la fleur de l'âge, puis elle envoya le message suivant à sa mère :

> Si tu dois mourir, tu n'as pas de temps pour la timidité, uniquement parce qu'elle fait que tu t'accroches à des choses qui n'existent que dans tes pensées. Elle t'apaise quand tout est au calme plat, mais lorsque le monde effrayant, le monde mystérieux ouvrira sa bouche pour toi – ainsi qu'il l'ouvre pour chacun de nous –, tu te rendras compte que tes rassurantes manières d'agir ne sont pas sûres du tout. La timidité nous empêche d'examiner et d'exploiter ce qui nous échoit[1], nous permet de forger notre destin.

Les moqueries ou l'incompréhension, ça ne lui faisait ni chaud ni froid. En fait, la seule chose qui la dérangeait, c'était qu'on essaie de la changer. Sa mère tenta même de la faire déclarer légalement inapte, en raison de son engouement pour la magie, les incendies de voitures et de son refus de sortir de chez elle. Le résultat de l'expertise fut : « non concluant ». Le juge la laissa repartir, certes en la regardant de travers, mais libre.

Après ça, elle décida qu'ils pouvaient aller niquer leur mère.

Qui ? Tous.

Pardon, mais tu veux pas aller niquer ta mère, stp ? écrivait-elle sur WhatsApp à tous ceux qui l'importunaient. Elle décida d'ajouter le « stp », car cela renforçait le message et évitait les malentendus.

Compte tenu qu'elle avait fixé la limite à partir de laquelle on l'importunait à « Comment ça va ? », elle ne tarda pas à retrouver la paix et la solitude.

Plus une personne est seule, plus elle devient solitaire. La solitude croît autour d'elle, comme la moisissure. Un

1. Carlos Castaneda, *Voyage à Ixtlan*, « Témoin », Gallimard, 1988, traduit de l'anglais par Marcel Kahn.

bouclier qui inhibe ce qui pourrait la détruire et qu'elle désire tant. La solitude est cumulative, elle se développe et se perpétue d'elle-même. Une fois la moisissure incrustée, il faut toute une vie pour l'éliminer.

Son travail, qui fut naguère son refuge, ne suffit pas à pallier cette sensation grandissante, amère et poisseuse.

La solitude d'un naufragé, des quais au petit matin, d'une étoile dans la nuit noire. La solitude d'un dimanche soir, un jeudi en plein jour.

Peut-être que Sere parle toute seule et que sa maison est remplie de vieux gadgets électroniques à différents stades de décrépitude. Peut-être que tous les livres qu'elle possède traitent de magie, et peut-être qu'elle a banni de sa vie tout ce qui a compté pour elle.

Ne nous y trompons pas : elle est complètement givrée.

Elle est aussi très intelligente.

Alors elle sait très bien qu'elle se protège en s'imposant cet isolement, et en fermant la porte à ceux qui l'aiment.

Sere communique très peu avec le monde extérieur, et uniquement par des moyens numériques. Les projets de développement logiciel qu'on lui confie se font toujours par ce biais. Mais depuis sa dernière mission – et les conséquences désastreuses qui se sont ensuivies –, elle n'en a plus accepté aucune.

Ce matin-là, en se réveillant, elle s'est rendu compte que depuis cinq mois, elle n'a parlé à personne d'autre qu'au facteur et à la caissière du supermarché.

Elle s'est penchée à la fenêtre et a vu Consuelo, la voisine d'en face, en train d'arroser ses géraniums, et elle a imaginé son avenir.

Son avenir, si elle continue dans cette voie.

Je deviendrai l'une de ces petites vieilles raides et solitaires sur un banc, qui lancent des miettes aux pigeons. Le pas lent, les mains ridées et couvertes de veines sombres, les gestes à la dignité légèrement arthritique, l'évidente mélancolie des inconcevables derniers jours. Le torse penché sur le vide à la fenêtre d'un cinquième ou sixième étage, arrosant les géraniums avec application – comme Consuelo, qui lui adresse un salut amical, auquel Sere répond joyeusement. *Espérant la visite d'un soi-disant démarcheur de chez Tecnocasa ou Jazztel, que je ferai asseoir dans le salon et à qui j'offrirai des biscuits Cuétara et un petit verre d'anisette.*

Non merci, sans façon.

Aujourd'hui, elle a donc passé des heures à tenter de pratiquer la magie. Elle a pris sa paire de dés préférée. Minuscules, rouges avec des points blancs, derniers vestiges d'une mallette de jeux de société égarée depuis des siècles.

Elle s'est installée au comptoir de la cuisine et a dessiné – à la craie blanche sur le quartz noir – un sigil, un sceau cabalistique compliqué et fermé.

Le souhait qu'elle y a inscrit est simple et ouvert :

« Je ne veux plus être seule. » Il ne lui reste plus qu'à l'activer. *Un sept*, décide-t-elle.

Le sept activera le sigil. Or le sept ne sort pas.

Après une centaine de lancers, elle n'a pas obtenu un seul sept.

Ce qui est impossible, se dit-elle.

Non, ce n'est pas impossible. C'est juste hautement improbable. Les dés n'ont pas de mémoire, bien sûr. En théorie, en théorie seulement, sur un million de lancers, il est possible d'obtenir le même chiffre un million de fois à la suite, car la probabilité est la même à chaque fois.

Et pourtant, Sere était persuadée d'avoir réussi à dompter les dés pour les soumettre à sa volonté.

À la centième tentative – celle dont nous avons été témoins tout à l'heure, où les dés ont emprunté un chemin impossible au milieu des ustensiles de cuisine –, Sere n'était plus aussi convaincue. Elle était près de renoncer.

Les dés l'ont abandonnée, la laissant seule et vulnérable.

Je ferais peut-être mieux de laisser tomber, pense-t-elle. *Non, un dernier essai.*

Sere ouvre grands les yeux.

Chaos.

Les dés se sont immobilisés au centre du sigil, montrant la meilleure combinaison possible.

Le quatre, qui symbolise l'univers, la complétude.

Le trois, le chiffre alchimique. L'union de l'eau, de la puissance de la terre et du feu purificateur.

Sere tressaille, de joie et de peur, en contemplant les dés.

Quelque chose va se produire, quelque chose de très puissant.

Mais seulement si elle accomplit la dernière étape du rituel.

Elle tend la main, hésitante. Elle a peur. Elle sent un frisson glacé le long de sa colonne vertébrale. Une intrusion du futur dans le présent.

Pour achever la transformation, le cérémonial exige la destruction du sigil. Une telle incantation, qui s'est fait attendre pendant des heures avant de se réaliser à la perfection, possède un potentiel immense. Elle éprouve un vertige au creux de l'estomac, où naît la volonté qui donne élan et énergie à la magie.

Peut-être aussi parce que je n'ai rien mangé depuis des heures.

D'un mouvement léger, presque nonchalant, elle passe la main sur le sigil, l'effaçant à moitié et achevant le rituel.

À cet instant précis, la sonnette de la porte retentit.

1

Une porte

Aura et Mari Paz attendent, fébriles.

Une femme d'une trentaine d'années bien sonnées ouvre la porte. Petite, le visage rond et les cheveux roux frisés, la peau blanche comme le lait.

Comme le lait écrémé.

Elle est jolie, d'une beauté élégante qui, sous la mauvaise lumière, peut devenir laide. Elle a des yeux bleus légèrement globuleux, vifs, qui se dirigent à toute vitesse vers les mains vides de Mari Paz.

Ils manifestent une certaine perplexité teintée de dépit.

Ils reflètent le sentiment de trahison qu'éprouve une personne à qui on a dit « Amazon » à l'interphone, et qui s'aperçoit que ce n'est pas un livreur, mais un individu aux intentions peu claires.

— Vous êtes de chez Tecnocasa ? Je suis si vieille que ça ?

Aura cligne des yeux, également déconcertée. Lorsqu'elle recouvre ses esprits, elle entreprend de se présenter. Ce qui n'est pas si facile. Elle a beaucoup hésité sur la façon de procéder. Devait-elle trouver une ruse quelconque pour entrer, puis lâcher sa bombe ? Mais le mensonge n'a jamais été la meilleure manière d'entamer une relation.

— Je suis la personne dont tu as foutu la vie en l'air, lâche-t-elle tout de go. Et j'ai besoin que tu m'aides à la récupérer.

Le silence tombe sur le palier.

Le genre de silence qui ne règne que dans les cimetières.

Mari Paz, tendue, est prête à faire un pas en avant et à mettre le pied dans la porte. Aura la tire discrètement par la manche, attendant la réaction de la femme.

Elle porte un kimono en soie, ample, aux larges manches. Lorsqu'elle lève le bras, l'imprimé floral ondule sur le tissu chatoyant.

Aura pense qu'elle va les congédier – son geste de la main l'induit en erreur –, mais la femme regarde sa paume couverte de craie.

— Il est possible… Peut-être…

Elle la considère pendant quelques secondes avec étonnement, comme si elle recelait les secrets de l'univers ou la recette des *croquetas* parfaites. Elle semble arriver à quelque conclusion fondamentale.

Puis elle leur ferme la porte au nez, pousse la chaîne de sécurité et donne deux tours de clé.

Aura observe Mari Paz, qui lui lance un regard froid et pointe du doigt la manche par laquelle Aura l'a retenue.

— J'y serais allée. Mais…

— Oui, OK.

Cette fois, elle ne sonne pas, elle frappe doucement deux ou trois fois à la porte.

— Écoute…

De l'autre côté, un « non » cinglant et catégorique se fait entendre.

— Irene. Sere. Tu préfères Sere, n'est-ce pas ?

Silence.

— Tu sais qui je suis. Et tu sais ce qui m'est arrivé.

Silence.

— Et tu sais aussi que c'est arrivé par ta faute.

— Je n'y suis pour rien. Ils m'ont engagée pour développer un logiciel, et c'est ce que j'ai fait.

— Ils t'ont engagée pour développer un logiciel, oui, répète Aura en s'appuyant au cadre de la porte. Mais tu n'ignorais pas que cette mission n'était pas tout à fait innocente. Le programme a été créé par une personne très intelligente, quelqu'un qui savait ce qu'il faisait. Une personne capable d'effacer ses manipulations avec une précision absolue.

Aura parle avec admiration, avec respect, en croyant à ce qu'elle dit. En transformant – du moins pour l'instant – la rage que lui inspire ce qu'a fait Sere en une autre énergie, capable de traverser les huit centimètres d'épaisseur de la porte et d'atteindre la personne qui se trouve derrière.

Ce n'est pas seulement ce qu'elle dit. C'est *la façon* dont elle le dit.

Cette capacité à moduler ses intonations, d'une voix tapissée de miel. Un talent que possédait l'Ancienne Aura et qu'un coup de couteau lui a pris.

Quand elle parlait, l'Ancienne Aura était capable avec des meubles de faire un arbre.

Elle en est encore loin, bien sûr.

Ça revient, bon sang ! Ça revient !

— Je veux que vous partiez, réplique la voix de l'autre côté.

Ça revient, tout doucement.

— Je ne te connais pas, Sere. Je ne peux pas te juger, et je ne le ferai pas. L'arme que tu leur as donnée m'a détruite, c'est vrai. Mais je crois savoir pourquoi tu l'as fait.

Silence. Plein d'attente.

Le genre de silence qui règne dans le stade quand l'équipe menée au score tente un panier à trois points à la dernière seconde.

— Tu l'as fait parce que tu le pouvais.

La balle rebondit sur le cerceau, puis sur le panneau.

— Et maintenant, je vais te demander de nous aider à commettre une folie, pour la même raison.

La balle roule dans le panier.

— Parce que tu le peux.

De l'autre côté de la porte, un silence.

Puis on entend glisser la chaîne et tourner la clé.

La porte s'ouvre, de quelques centimètres seulement. La faible lumière du palier dessine un rectangle cuivré sur le visage de Sere. Son œil visible brille, circonspect et aux aguets.

— Même si je voulais t'aider… commence-t-elle d'une voix cassée. Je ne dis pas que je veux, hein. Supposons que je veuille. Eh bien, je ne pourrais pas. J'ai dû travailler sur les ordinateurs de la boîte. Ils ne m'ont même pas permis de sortir un pauvre bout de papier.

Aura s'en doutait. Ç'aurait été trop facile. Et ils n'auraient pas laissé Sere tranquille si elle avait pu produire des preuves susceptibles d'aider Aura. Toute trace avait dû être effacée depuis un bon moment.

— Je ne suis pas venue te demander des confirmations que le fonds a été manipulé, Sere.

— Ah, non ? s'étonne-t-elle. Pourquoi ?

— Parce que c'est ce qu'ils attendent qu'on fasse.

Sere sourit, intriguée.

Aura lui rend son sourire.

Malgré tout, Sere n'est pas prête à céder si facilement. Mais pas sans obtenir quelque chose en retour.

— Je veux bien vous écouter, dit-elle en ouvrant plus grand la porte, si vous allez d'abord au supermarché et que vous me rapportez un assortiment de biscuits Cuétara.

2

Un assortiment

— Prends-en un, si tu veux, propose Aura.

Mari Paz extrait du paquet le dernier biscuit de l'étage du haut – qu'elle s'est pratiquement englouti toute seule – et soulève le séparateur en papier pour montrer qu'il y en a d'autres en dessous, pas d'inquiétude.

— Mémé Celeiro me disait toujours que je mange comme un oiseau.

— Elle voulait sûrement dire un vautour, assène Aura.

Aura regarde Mari Paz avec jalousie. Elle mange comme une lionne enceinte, et Aura se demande bien où elle met tout ça. Chez elle, les calories se volatilisent aussi vite que l'argent du budget d'un film hollywoodien.

— Comme je vous l'indiquais, la magie du chaos n'a rien à voir avec les Harry Potter…

Sere parle et parle encore. De temps en temps, elle leur accorde un bref silence.

Elles sont assises sur le canapé. Leur hôtesse, les pieds nus posés sur la table, arbore la pédicure la plus soignée qu'Aura ait jamais vue. Abstraction faite que chaque ongle est verni d'une couleur différente.

Quelles cuticules, mon Dieu !

Mari Paz, quant à elle, a accaparé la boîte de biscuits et ne la lâche pas, regardant Sere avec une méfiance toute galicienne.

— Ma grand-mère était un peu sorcière, se souvient-elle. Pas sorcière, sorcière. Juste un *poquiño*. Un petit peu. Elle disait qu'elle avait le regard puissant.

— Le mauvais œil ? C'est… une autre sorte de magie, dit Sere. Respectable, *j'imagine*.

Mari Paz est, par nature, d'un tempérament calme. Avec la redoutable sérénité de l'eau qui dort. C'est pourquoi il est surprenant qu'elle réagisse avec tant de passion à l'hypothèse de Sere. Les deux femmes s'engagent dans une discussion à laquelle Aura ne prête aucune attention.

Au lieu de cela, elle explore le salon.

Elle ne s'intéresse guère aux livres ni à la décoration – salon-salle à manger-cuisine tout-en-un, entièrement meublée Ikea. Elle cherche des photos, des objets personnels, tout ce qui pourrait l'aider à décrypter cette femme, mais rien ne lui apprend quoi que ce soit.

Ce qui lui parle en revanche, qui hurle même, c'est l'énorme fatras de vieilleries démontées, éparpillées sur la grande table. Une véritable morgue d'appareils électriques, parmi lesquels Aura distingue un Thermomix, deux mixeurs, un hydropulseur dentaire et un truc qui, elle en est sûre, a été un Satisfyer. Tous en cours d'autopsie. Autour d'elle, il y a des cartes-mères, des fers à souder, des bobines de fil de cuivre et toutes sortes de tournevis.

— Tu aimes le… commence-t-elle, hésitant sur le terme à employer, l'électronique ?

— Il faut bien s'occuper, répond distraitement Sere, et elle poursuit sa joute verbale avec la légionnaire, qui commence à manifester une envie de l'étrangler.

— Tu veux pas un biscuit ? lui propose Mari Paz, essayant de mettre fin à la discussion.

— Non merci. Je n'aime pas ça.

— Alors pourquoi tu nous les as fait acheter ? *Carallo*, tout le monde aime les biscuits.

— Pour avoir quelque chose à vous offrir. Je ne sais pas, je me suis dit que ça se faisait.

— Tu nous ferais un petit café ? demande Mari Paz, à qui la demi-boîte de biscuits a donné soif.

— Je ne bois pas de café. Ça me donne des palpitations, explique Sere.

— Et une bière ?

— Ah non, beurk. Tu veux un Red Bull ?

— Décidément, meuf, toi et moi, on va pas s'entendre, dit Mari Paz en se levant pour aller boire au robinet.

Aura s'assied en face de Sere – après avoir déplacé une pile de livres d'un fauteuil Poäng – et se penche vers elle.

— J'imagine que tu veux savoir…

— Comment vous m'avez trouvée ? l'interrompt leur hôtesse. Bien sûr. Mon contrat était censé rester confidentiel. Ils m'ont payée très cher pour ça.

Aura s'efforce d'ignorer la dernière phrase. Autant que le lui permet le solde à trois chiffres de son compte en banque, du moins.

— Nous nous sommes introduites dans les locaux de la société, et nous avons soutiré l'information à Ginés.

— Ce mec est un trou du cul, répond Sere.

Toutes trois acquiescent en même temps.

— Je peux savoir comment vous avez fait ? Parce que j'ai bossé des mois là-bas, et cet endroit est une vraie forteresse.

— C'était une opération minutieusement planifiée, intervient Mari Paz, qui revient de la cuisine en s'essuyant la bouche avec la manche de sa veste.

— On te racontera tout ça. Mais avant, laisse-moi t'expliquer la vraie raison de notre visite.

Aura marque une pause avant de poursuivre. Elle ne veut pas se louper, car tout son avenir dépend de la réussite de son plan. Et il ne réussira que si Sere accepte de se joindre à elles. Elle doit choisir ses mots avec soin. Elle a préparé un discours grandiloquent, qui aborde le sujet sous tous les angles possibles. En commençant par les aspects moraux.

— Disons que nous vivons dans un monde où rien n'est tout noir ni tout blanc…

— Passe l'introduction, la coupe l'hôtesse.

Aura soupire.

— Ce qu'on veut, c'est te recruter pour un braquage.

— OK, répond immédiatement Sere.

Mari Paz et Aura se regardent avec étonnement.

— Comme ça, direct ? demande la légionnaire.

Sere hausse les épaules.

— Je m'ennuie.

— On ne t'a même pas dit ce qu'on va braquer.

— Qu'est-ce que ça change ?

Mari Paz se gratte la tête et fait signe à Aura qu'elle s'en lave les mains.

— Sans vouloir être indiscrète, dit Aura, parlant très lentement, j'aimerais bien savoir pourquoi tu as été si prompte à accepter de participer à un acte criminel avec deux inconnues.

Bonne question, pense Sere.

Dans sa tête, les idées contradictoires se bousculent. Tenter de suivre le fil de ses pensées, c'est comme chanter une chanson en écoutant un autre air, jouer sur deux pianos à la fois ou courir le cent mètres haies à reculons. *Le monde va très mal, c'est dans tous les journaux, et on va tous mourir un jour, alors qu'est-ce que ça change ? Si on doit mourir de toute façon, alors autant ne pas mourir sénile, neurasthénique et dévoré par ses chats – encore faudrait-il avoir des chats. Et surtout, l'incantation a fonctionné : j'ai demandé à ne plus être seule et elles ont sonné à ma porte.*

— À cause des journaux et des chats. Et d'autres trucs, personnels, répond-elle, en époussetant les traces de craie sur ses mains.

Nouveaux regards décontenancés.

À cheval donné, on ne regarde pas les dents, pense Aura. Ou, en l'occurrence, le bilan psychotechnique.

— Bon, venez avec moi, je vais vous expliquer mon plan, conclut-elle.

3

Un autre plan infaillible

— Je n'arrive pas à croire que tu n'aies pas de connexion USB.

— J'ai un autoradio, blondie.

— Il marche ?

— Il a avalé la dernière cassette et j'arrive plus à la sortir. Tu aimes Serrat ?

Oui, Aura aime Serrat, mais pas maintenant.

— J'ai besoin d'écouter un morceau bien précis.

— J'ai un port USB dans ma voiture, intervient Sere depuis la banquette arrière.

Une information qui arrive un peu tard, puisqu'elles roulent déjà depuis dix bonnes minutes.

— Pourquoi tu as besoin de musique ?

— Parce que. Pour se mettre en condition. L'important, c'est d'y croire.

— Je ne comprends toujours pas, dit Mari Paz, qui a déjà entendu ça avant.

— Je sais.

Aura, sur le siège passager, sort son téléphone et cherche sur Spotify. C'est la version gratuite, elles vont donc se fader des pubs en plein milieu. C'est comme ça. Il est essentiel de créer l'ambiance propice à ce qui va suivre.

Sans quoi elle ne réussira pas à transmettre ce qu'elle veut qu'éprouvent ses...

Mes quoi, au juste ? s'interroge Aura en regardant Mari Paz et Sere. L'une a le regard fixé sur la circulation de la M30.

« Complices » est le premier mot qui lui vient à l'esprit. Mais il n'est pas joli.

« Acolytes » non plus. À partir de là, la liste de synonymes ne fait qu'empirer.

Il faudra se contenter de « camarades », même si ça ne la convainc qu'à moitié, car elles n'ont pas encore fait leurs preuves. La vie est faite de compromis, presque toujours pour limiter la casse. Chacun compose avec les moyens du bord, du mieux qu'il peut.

Comme avec cette version de Spotify.

Ce qu'Aura cherche, et s'efforce de transmettre à ses camarades, est un sentiment très concret, très fort. Difficile à susciter dans la vie réelle, où les raccords, fondus et transitions n'existent pas, et qui n'autorise pas les panoramiques ni les contrechamps. Mais, avec un peu d'imagination et la bonne bande-son...

Les années 1950, en tout cas.

Elvis ? Non, un truc sans paroles. Des cuivres et des percussions. Du jazz. Du latino.

Soudain, le morceau parfait lui vient à l'esprit.

Henry Mancini, *La Soif du mal*. Le thème principal.

— Ça devrait le faire, dit-elle en montant le volume de son portable et en appuyant sur play. C'est un peu moins spectaculaire, mais ça vous donnera une petite idée, OK ?

La musique démarre, avec l'orchestre au complet. Les bongos donnent le tempo, rejoints par les saxos.

À l'image, on s'imagine George Clooney ou Frank Sinatra desserrant leur cravate en mettant au point leur plan, tandis que les décors changent et que le montage s'accélère...

— Tu regardes trop de films, dit Mari Paz en secouant la tête.

INT. VIEILLE BAGNOLE – JOUR

Les trois protagonistes regardent par les vitres une luxueuse villa d'Aravaca, dont on devine les murs blancs derrière une haie. Mari Paz s'allume une cigarette et prend soin de jeter l'allumette dans le cendrier de la voiture. Ce n'est pas le genre de quartier où on balance ses détritus par terre.

AURA

Je vous présente la maison d'Henri Toulour. Marchand d'art de troisième zone, escroc occasionnel et autres activités qui ne lui permettraient pas de se payer la poignée de porte de cette baraque.

MARI PAZ

C'est quoi, l'embrouille ? Il imprime des billets de banque ?

AURA

Pas loin. Il tient un casino clandestin.

SERE

(Le front collé à la vitre,
pour mieux voir la villa.)

La probabilité de gagner à n'importe quel jeu de casino penche systématiquement en faveur de la banque, d'un ou deux pour cent. C'est pour ça qu'elle gagne toujours.

AURA

Plus, si tu triches. Et Toulour est du genre à ne rien laisser au hasard.

MARI PAZ

D'où tu connais ce mec ?

Aura, sans se mouvoir, désigne l'autre côté de la rue, où on voit une autre villa, plus modeste que la précédente.

AURA

J'habitais en face.

Ses camarades se retournent avec curiosité. Ostensiblement, Aura continue de tourner le dos à son ancienne maison.

MARI PAZ

Mimadriña, blondie. Tu étais pleine aux as, hein ?

SERE

(Le front collé à la vitre opposée)

Tu avais une piscine ?

MARI PAZ

(Se retourne)

Il est là, son casino ?

CUT TO

EXT. ZONE RÉSIDENTIELLE CHIC – JOUR

AURA (OFF)

Non. Toulour est trop malin pour ça.

Plan en plongée des trois femmes, qui marchent sur un trottoir étroit, en formation. Le vent agite le kimono de Sere et le manteau d'Aura. De l'autre côté de la zone résidentielle, il y a un cul-de-sac, où s'élèvent deux autres villas.

AURA (OFF)

Quand il s'est installé en Espagne, il y a plus de dix ans, il a acheté trois terrains dans ce quartier.

Elles poursuivent leur chemin en direction des villas, situées au bout d'une pente. On voit les bâtiments d'en haut. Ils ressemblent à deux innocentes maisons individuelles. Si ce n'est les hauts murs et les gardes armés.

AURA (OFF)

Sur l'un des terrains, il s'est fait construire sa villa. Sur un autre, il a installé le casino. Un club sélect, réservé aux riches et aux puissants, accessible uniquement sur invitation de la part d'un autre membre…

CUT TO

INT. CASINO – NUIT

La voix d'Aura nous accompagne toujours, alors que nous pénétrons dans la première villa, par l'entrée principale, comme si nous étions des habitués. Un portier en livrée nous ouvre.

AURA (OFF)

… et où Toulour est seul maître à bord.

Nous passons rapidement devant les tables de jeu, où se pressent des gens élégants qui boivent, consomment de la cocaïne et misent des jetons. L'endroit pue la débauche.

CUT TO

EXT. ZONE RÉSIDENTIELLE CHIC – JOUR

Les trois femmes contemplent les deux bâtiments depuis une aire de jeux pour enfants déserte, qui offre une vue dégagée sur le quartier.

AURA

La troisième villa, c'est sa banque privée.

SERE

(Siffle)

Sacrés murs.

AURA

Au casino, on ne joue pas en liquide. Si tu veux jouer, tu dois d'abord acheter les jetons ici. C'est là que se trouve tout l'argent. Plus de dix millions d'euros, les bons week-ends.

MARI PAZ

Enfin.

AURA

Enfin, quoi ?

MARI PAZ

Enfin on sait ce qu'on va voler.

AURA

(l'air sinistre)

N'y pense même pas. Il faudrait être fou pour tenter de cambrioler cet endroit.

CUT TO

EXT. ZONE RÉSIDENTIELLE CHIC – JOUR

En travelling aérien, nous parcourons la distance qui sépare les trois femmes de la deuxième villa. Tout comme l'autre, elle n'a pas de fenêtres au rez-de-chaussée. Celles du premier étage sont fermées, avec les stores baissés. Nous nous approchons encore et, cette fois, nous nous glissons par le trou de la serrure de la porte d'entrée.

AURA (OFF)

La porte extérieure est une plaque d'acier galvanisé, camouflée derrière une porte ordinaire.

Nous avançons toujours, de plus en plus vite. On voit une sorte de porte en trompe-l'œil et de l'autre côté, un portique détecteur de métaux, gardé par deux hommes.

AURA (OFF)

Dehors, il y a des gardes avec des fusils. Et ils n'appartiennent pas vraiment à une société de sécurité agréée.

On voit des tatouages, des bagues, des boucles d'oreilles et des dents en or.

MARI PAZ (OFF)

Des truands ?

AURA (OFF)

Des types dangereux. De vrais méchants.

Plus loin, dans le couloir, nous croisons un autre garde. La lumière ultraviolette et les regards sinistres ne donnent pas envie de s'attarder.

AURA (OFF)

Et l'endroit où Toulour garde l'argent est tout simplement impénétrable.

En traversant le plancher, suivant un angle impossible, nous arrivons au sous-sol, où l'on aperçoit une immense porte métallique.

AURA (OFF)

Une chambre forte blindée avec une porte de trois tonnes et vingt centimètres d'épaisseur. Seuls Toulour et son trésorier, un sourd-muet du nom de Jairo, connaissent la combinaison.

Nous voyons un petit homme chauve sortir de la chambre forte. Derrière lui, avant que la porte ne se referme avec un bruit sourd, on devine, plus que l'on ne voit, des piles d'énormes liasses de billets.

CUT TO

EXT. ZONE RÉSIDENTIELLE CHIC – JOUR

Sere lève la main.

SERE

Comment tu sais tout ça ?

AURA

(un peu agacée par l'interruption)

Toulour… est un gros queutard. L'une de ses techniques de drague, c'est de montrer son coffre-fort à ses proies.

MARI PAZ

(agacée aussi, différemment)

Cet abruti a essayé de te sauter ?

AURA

Tu aurais dû voir ça.

INT. DEUXIÈME VILLA, SOUS-SOL – JOUR

Toulour, un homme d'une soixantaine d'années, dont la chemise ouverte laisse entrevoir des poils gris, se voit remettre un dossier par son trésorier. Il l'ouvre, vérifie les chiffres et sourit. Son sourire est incroyablement blanc et répugnant, et contraste avec sa peau moite au teint orangé.

AURA (OFF)

Le seul moyen d'accéder au sous-sol, c'est de passer par la salle de comptage.

Nous quittons Toulour et son trésorier, et nous découvrons la salle de comptage. Sur les tables, des machines comptent des billets de cent. Il y a des jetons partout.

AURA (OFF)

À laquelle on ne peut accéder qu'en passant par la caisse.

Nous avançons jusqu'à la salle suivante, où menait le couloir par lequel nous sommes entrés dans la villa. C'est un modeste guichet avec un ordinateur et un épais mur de verre percé d'une petite ouverture, comme dans les bureaux de tabac.

AURA (OFF)

Qui est équipée d'une vitre de protection pare-balles et d'une serrure impossible à forcer. Dont nous n'avons pas la clé.

CUT TO

EXT. ZONE RÉSIDENTIELLE CHIC – JOUR

Sere lève de nouveau la main.

AURA

Tu sais que tu n'as pas besoin de lever la main, hein ?

SERE

C'est mon premier braquage, donc désolée si je pose des questions bêtes.

AURA

Vas-y.

SERE

C'est pas un peu difficile ?

MARI PAZ

(met les mains sur les hanches)

Ce n'est pas difficile. C'est impossible. Personne ne peut cambrioler cet endroit.

AURA

(sourit mystérieusement)

Qui a dit qu'on allait le cambrioler ?

4
Une inscription

La voiture de Mari Paz s'arrête devant un triste bâtiment avec une secousse de la suspension déglinguée. Il fut un temps où, au-dessus de la porte, une série de lettres de bronze, vissées une à une dans la brique, indiquaient : « PAVILLON DES SOUS-OFFICIERS ». Aujourd'hui, il ne subsiste que six de ces vingt-quatre lettres. Trois entières, deux endommagées et une qui menace de se décrocher. Ce qui était inscrit autrefois, il faut le déduire des cicatrices que le temps et les intempéries ont irréversiblement imprimées sur la peau du bâtiment.

Comme toujours, la légionnaire sent monter un accès de fierté mélancolique en voyant l'inscription délabrée. Comme toujours, elle est incapable de mettre des mots sur ce qu'elle sent alors bouillir en elle. D'une certaine façon, elle sait, ou elle devine, qu'il y a un peu de ces lettres disparues en elle, un peu d'elle dans ces lettres disparues, et un peu de justice dans les traces qu'elles ont laissées.

Les paroles s'envolent, comme disait toujours mémé Celeiro.

Quand Mari Paz sent monter cette mélancolie sur laquelle elle ne peut poser de mots, elle s'ouvre généralement une canette ou un pack de bière, et elle boit jusqu'à ce que ça passe. D'habitude, elle les garde sur le siège passager, même si elles tiédissent, car l'important n'est pas tant qu'elles soient fraîches que de les avoir à portée de main.

Cette fois, ce n'est pas un pack de Milnueve, ni même un modeste litron, qui voyage à ses côtés : c'est Aura Reyes, qui se penche vers elle, et la tire de sa nostalgie.

— Je ne suis pas sûre d'être très convaincue par tout ça.

Mari Paz observe avec attention Aura, puis sourit vaillamment.

— On en a déjà parlé, de tout ça.

Et c'est la vérité. Ça fait deux jours qu'elles en parlent, de tout ça.

— Ton plan est excellent, avait déclaré Mari Paz à Aura. Hormis la partie où on se fait choper et où ils nous butent toutes les trois.

Aura avait protesté, et réexposé son plan depuis le début. Cette fois en modifiant légèrement certains détails. La partie technique était claire. De même que tout ce qui concernait l'intervention de Sere. Elle avait même trafiqué leurs téléphones portables pour leur simplifier un peu la tâche.

Or, le problème restait entier.

À la fin, elles se heurtaient toujours au même mur.

— Il y a trop de temps entre le moment où on sort et celui où tu arrives à la villa d'en face.

— C'est trois minutes, avait protesté Aura.

— Pour certaines personnes, trois minutes peuvent représenter un infime intervalle de temps. Mais dans cette situation, non, avait insisté la légionnaire.

— On reprend tout depuis le début.

C'est ainsi qu'elles passèrent deux jours dans le salon d'Aura, pendant que les jumelles entraient et sortaient de leur chambre, sans se douter de quoi que ce soit. Deux journées précieuses, qu'elles ne pouvaient se permettre de perdre car, pour Aura, le temps pressait.

— Il nous faut des renforts, avait déclaré la légionnaire en conclusion.

Aura réagit plutôt bien à la suggestion. Elle balança son carnet de notes par terre et sortit, folle de rage, essayant de se calmer. Elle revint avec des offrandes à la main, pour se faire pardonner. Deux bières pour Mari Paz et un Red Bull pour Sere.

— Désolée. C'était ma frustration qui parlait.

— Moi aussi j'entends des voix, ne t'inquiète pas, avait indiqué Sere, toujours prête à rendre service. Au début, ça fait un choc, mais une fois qu'on s'y habitue, ça fait de la compagnie.

Mari Paz avait regardé l'informaticienne avec l'envie de l'étrangler et pris Aura à part, l'attrapant par le bras.

— Qu'est-ce qui te tracasse, blondie ? avait-elle demandé d'une voix douce.

Aura avait détourné le regard, un peu honteuse de sa petite crise de tout à l'heure.

— C'est l'argent ? Je t'ai dit que quoi que nous coûtent les troupes supplémentaires...

— Non, non, ce n'est pas l'argent. Ça rapportera bien plus que ce dont j'ai besoin. Coût du blanchiment compris.

— Alors ?

Aura s'était appuyée au cadre de la fenêtre ouverte, regardant la rue étroite où la lumière du jour déclinait déjà, pour laisser place à celle des réverbères. Sur le trottoir, les gens allaient et venaient, avec leurs préoccupations et leurs petits problèmes de gens normaux. Avec leur démarche de gens normaux, leur sourire de gens normaux et leurs défauts de gens normaux.

— J'ai planifié tout ça depuis tellement longtemps...

— Et tu as peur de perdre le contrôle, pas vrai ?

Aura avait acquiescé, les lèvres serrées, faisant des efforts manifestes pour ne pas fondre en larmes, avant de lâcher :

— Je joue très gros.

— Ça, on le sait déjà, avait répondu Mari Paz en sortant son matériel de fumeuse et en débutant son rituel. Mais tu as bien vu comment ça a tourné l'autre jour, dans les bureaux, non ?

Aura avait souri au souvenir du chaos qu'elle avait provoqué, dont elles s'étaient sorties indemnes par un pur coup de bol.

— J'ai encore beaucoup à apprendre.

— Pas tant que ça. Tu as improvisé en cours de route, et tu nous as sorties de là.

— Quand même, si j'avais anticipé…

Mari Paz avait levé les yeux au ciel.

— Et c'est reparti. Tu sais ce que disait ce gars, là… le Noir balèze, champion de boxe ?

— Ali ?

— Non, l'autre. Le mordeur d'oreilles.

— Tyson.

— Celui-là, oui, avait confirmé la légionnaire, appuyée à la vitre, tapotant contre le carreau la cigarette, qui avait pris forme. Il disait que tout le monde a un plan, jusqu'au moment de recevoir le premier coup.

Mari Paz connaît très bien ce concept, pour en avoir fait elle-même l'expérience des dizaines de fois. Un jour, juste avant de sauter en parachute à basse altitude, lors d'une mission en Irak en 2003. Le plan était d'une simplicité enfantine. Atterrir en surplomb d'un village aux mains des rebelles. Éliminer toute résistance en profitant de l'avantage de l'altitude et repartir en hélicoptère.

Il s'agissait d'une opération secrète, non autorisée et totalement officieuse, comme tant d'autres auxquelles elle avait participé. La carte qu'on leur avait fournie ne mentionnait aucun nom de lieu. Un village, au pied d'une montagne. Trop de civils, donc impossible d'utiliser l'artillerie. Et le village se trouvait au milieu d'un couloir humanitaire des Nations unies.

Personne n'avait prévu qu'un front de basse pression provoquerait des vents violents localisés, qui envoyèrent l'unité d'opérations spéciales dans la direction opposée à celle où elle aurait dû atterrir.

Ils passèrent deux jours et trois nuits dans la ligne de mire de l'ennemi. Coincés dans un fossé, sans nourriture ni eau. Deux jours et trois nuits pendant lesquels personne ne put leur venir en aide, tout bonnement parce qu'ils n'étaient pas là.

Elle aurait voulu raconter tout ça à Aura. Lui dire que même si elle adorerait que les plans fonctionnent comme prévu, ça n'arrivait jamais. Or elle n'avait pas su comment s'y prendre. Elle ne put même pas lui décrire la peur qu'elle avait ressentie à bord de l'avion, ni l'angoisse du saut dans le noir. La panique, quand le vent vous entraîne loin de l'endroit où vous êtes censé atterrir. Le désespoir avec lequel vous résistez, par pur instinct de survie. Le soulagement sourd et confus lorsque le centre de commandement coordonné décide enfin, tout simplement, de bombarder le village, rasant tout ce qui s'y trouve. Pour sauver leur vie, bien sûr. Mais en réduisant à néant leurs sacrifices.

Elle aurait voulu lui relater tout cela, et n'y parvint pas. Parce que les mots – même pour qui sait les manier, formuler des messages clairs et riches de sens – ont leurs limites. Parce qu'il faudrait une énorme hache pour briser l'océan de glace qui recouvre son cœur, où ces moments seront jalousement conservés jusqu'à sa mort, sans qu'elle les partage jamais.

Au lieu de lui en parler, elle lui avait balancé une citation de Mike Tyson, tiré sur sa cigarette et soufflé la fumée dans la rue pleine de gens normaux avec des soucis de gens normaux.

Faut croire que ça a marché, puisqu'on est là, pense Mari Paz en entraînant Aura hors de la voiture.

Là, c'est un immeuble de quatre étages, situé aux confins d'un quartier bordant le paseo de Extremadura.

À l'époque, ça s'appelait Caserne militaire de Cuatro Vientos, un ensemble de bâtiments édifiés au milieu de nulle part pour loger des soldats sans le sou. C'étaient les années 1950, avec leur pénurie de logements et de l'espace à foison.

Au cours des soixante-dix et quelques dernières années, on a construit une ligne de métro et ouvert un café, auxquels s'est résumé le développement urbain du quartier.

Beaucoup sont délabrés, depuis que l'État a mis la main dessus. Mais celui qui remporte la palme est l'ancien Pavillon des sous-officiers, sur le paseo de Alabarderos. Car, lettres de bronze ou pas, il n'a jamais été qu'un immeuble d'habitation, aujourd'hui au bord de l'effondrement.

Aura plisse le nez en passant sous le porche, dont la porte ferme mal. Il y a des taches d'humidité sur les murs, des points de rouille sur la rampe et de la moisissure dans la cage d'ascenseur. Sans parler du panneau « En panne », puisqu'il a été volé, probablement en même temps que la porte à laquelle il était accroché. Quelques planches clouées avec le plus grand soin empêchent les gens de tomber dans le trou.

Aura tord le nez.

— Je ne vois pas comment quelqu'un qui vit ici pourrait nous aider.

Mari Paz s'appuie à la rampe, prenant garde à ne pas se salir, et adopte un air sérieux. Très sérieux.

— Tu vas rencontrer des gens qui comptent énormément pour moi, blondie. Alors, gaffe à ce que tu vas dire.

— Je dis juste que...

— Je sais ce que tu as dit, et ce que tu voulais dire. Tu veux savoir qui vit ici ? Des gens comme toi. Des gens qui s'en sont pris plein la gueule, qui ont tout perdu. Mais ils ne vivent pas comme ça depuis un an ou deux, comme toi. Certains vivent comme ça toute leur vie. Toute leur putain de vie, à batailler pour garder la tête hors de l'eau.

Elle marque une pause.

— Et ne t'y trompe pas. Aujourd'hui, on vient leur demander un coup de main. Parce que s'ils refusent de nous aider, on sera très mal barrées, compris ?

Aura baisse la tête. Pas fière.

Quand quelqu'un se fâche contre vous avec une voix aussi douce et chantante que celle de Mari Paz, ça fait deux fois plus mal, parce que la colère est bien présente, mais enrobée de tendresse, ou de quelque chose qui y ressemble à s'y méprendre. Mari Paz le sait très bien, car c'est sur ce ton que mémé Celeiro lui parlait quand elle l'avait mérité.

— J'essaierai d'avoir l'esprit ouvert, promet Aura.

La légionnaire tente d'adoucir l'expression de son visage, même si la réprimande l'a vidée de son énergie. La destinataire du savon l'a encaissée avec fair-play, et ça lui suffit.

— Allez, haut les cœurs, blondie, l'encourage-t-elle en lui donnant une tape dans le dos qui la force à monter l'escalier. Ce que tu vas vivre maintenant, tu ne l'oublieras jamais.

5

Un quatuor

Le rythme des *bulerías* descend dans la cage d'escalier tandis qu'elles montent. Et pourtant, la porte de l'appartement – le quatrième à droite – est fermée à double tour. Pendant quelques secondes, le vacarme des verrous, des loquets et des chaînes couvre la musique. Puis, quand la porte s'ouvre enfin, les *bulerías* emplissent à nouveau toute la pièce.

Ce sont tes mains les chaînes, ay *!*
quelle belle prison, pour purger ma peine.

(Mais avec beaucoup plus de voix.)

La musique n'est pas la seule chose qui saute à la figure d'Aura, car derrière la mélodie de José Mercé surgit une odeur d'ail et de poivron vert.

Et, au milieu de l'odeur et du son, l'être humain le plus laid qu'Aura ait vu de sa vie.

Chauve, malingre, d'âge indéterminé. Avec les yeux bridés et moins de dents qu'un serpent en plastique.

Aura s'étonne qu'un sourire aussi vide de dents puisse à la fois être si plein de joie et de sincérité.

— Mon sergent ! s'écrie le bonhomme. Celeiro est là.

— Bonjour, Chavea, dit Mari Paz en ouvrant les bras.

Le dénommé Chavea bondit dans leur creux comme un golden retriever sur un trampoline. Elle fait une tête de plus que lui, si bien qu'il enfouit la sienne dans les chairs les plus tendres de Mari Paz, qui ne semble pas s'en formaliser.

— Content de te voir. Tu nous avais abandonnés.

Entre son fort accent sévillan et l'absence d'incisives, il ne prononce pas toutes les consonnes, mais on le comprend étonnamment bien.

— Hé, *compañeriño*, dit Mari Paz en se dégageant. Pousse-toi de là.

Chavea la lâche à contrecœur et regarde attentivement Aura.

— C'est la patronne ?

— Pas si vite, Chavea. Laisse-moi d'abord vous présenter tous les quatre.

L'intéressé n'est pas du genre exclusif en amitié. Il serre la main d'Aura et lui adresse un sourire jovial, qu'Aura lui rend avec la même sincérité. Il est impossible de regarder ces yeux noirs et brillants sans craquer.

Où est-ce que tu m'as emmenée, Mari Paz ? pense-t-elle. Sans la méfiance du début : avec l'esprit ouvert, comme elle l'avait promis après le savon de tout à l'heure.

— Venez, vous arrivez juste à temps pour le déjeuner.

— Ça sent le gaspacho, constate Mari Paz en le suivant dans le couloir.

— Le sergent est en train d'en préparer, mais c'est pour demain. Il doit en rester dans le frigo.

L'appartement, pas très grand, se compose de trois chambres et d'un salon avec cuisine intégrée. Les meubles sont vieux et décatis, mais il règne une propreté et un ordre spartiates. Les quelques livres de la bibliothèque sont classés par couleur. Les magazines, sur la table basse, rangés par taille. Les chaises, à une distance millimétrée les unes des autres, tout comme les couverts, qui attendent…

— Les invitées, mon sergent, annonce Chavea en entrant.

Penché sur la cuisinière, un type trapu leur fait signe de patienter une seconde, et continue de s'acharner sur le mixeur.

Il se retourne, une cigarette à moitié fumée entre les lèvres, et fronce les sourcils.

— Tu ne leur as pas proposé de s'asseoir, espèce d'animal ? s'écrie-t-il en brandissant le mixeur vers Chavea. Enfin, plus vite que ça, on dirait que tu as été élevé dans une étable !

Aura s'émeut de nouveau à l'image de cet homme, vêtu d'un maillot de corps couvert d'éclaboussures de gaspacho, exigeant la plus élémentaire des politesses.

— Laisse le gamin tranquille, Málaga, le rassure Mari Paz. Il n'a pas encore eu le temps.

— Le temps, c'est pas ce qui lui manque, bon Dieu, rétorque le dénommé Málaga avec l'accent guttural de Cazalla de la Sierra. Je me suis cassé le cul toute la matinée en cuisine, et tout ce qu'il a fait, c'est mettre la table et remercier Dieu. Beaucoup de bruit, peu de fruit, comme disait ma sainte mère.

Il s'approche d'elles en s'essuyant les mains – de la taille et la forme d'une poêle à frire – et se plante devant Mari Paz.

— Quel bon vent t'amène, Celeiro ?

— Des vents favorables, Málaga, répond la légionnaire en guise de salut.

— Vous devez être la patronne, juge l'homme en s'avançant pour lui serrer la main. Le cerveau de la bande.

Aura regarde Mari Paz, qui lui fait discrètement non de la tête, et elle commence à comprendre d'où venait sa colère. Pas seulement du mépris que Mari Paz a perçu dans les paroles d'Aura. Elle ne l'a pas amenée ici pour la convaincre, elle, mais pour les convaincre, eux.

— Mari Paz m'a beaucoup parlé de vous, répond-elle prudemment.

— Alors allez-y, madame. Quatre légios pour vous servir.

— Légios ?

— C'est comme ça qu'on s'appelle entre nous. C'est plus court, voyez.

Málaga doit mesurer environ un mètre soixante, pour à peu près autant de large. Il a passé la cinquantaine, bien qu'il soit difficile de lui donner un âge. Son visage est tristounet et couvert de plus de sillons qu'un champ fraîchement labouré. Sa peau, tannée comme du vieux cuir. Sa moustache, épaisse et noire, contraste avec sa barbe blanche clairsemée, et laisse tout juste entrevoir le sourire – prudent, interrogateur – qu'elle dissimule.

— C'est un plaisir de vous rencontrer.

— Vous dites ça, mais on n'achète pas un âne avant de l'avoir monté. Petit, sois gentil, va donc prévenir les autres, les *flamenquines* vont être froids.

Chavea disparaît dans le couloir, et revient bientôt, suivi de deux personnages.

Le premier est un sexagénaire grand et mince, avec de grandes oreilles et un nez camus souligné par une fine moustache, qui débarque un livre à la main. Il salue affectueusement Mari Paz, puis s'incline devant Aura.

— C'est un véritable plaisir de vous rencontrer, madame Reyes. Caporal Gordillo, pour servir Dieu et vous-même.

— Appelle-le le Maquereau, ça ira plus vite, dit Mari Paz, qui s'est déjà assise à table et sert des verres d'eau à tout le monde.

— Oh, je ne voudrais pas… avance Aura.

— Ne vous inquiétez pas, madame. Ce surnom n'est pas à mon goût, mais je ne peux pas m'en défaire.

— Ne t'avise pas de demander pourquoi on l'appelle le Maquereau, déclare Mari Paz en couvant les bols devant elle d'un regard impatient.

— Je vous appellerai comme vous voudrez, monsieur Gordillo, propose Aura avec un sourire.

Devant tant de tact, le visage du Maquereau vire à la même couleur que le gaspacho qui attend sur la table, et il fait un pas de côté.

— Ne te lève pas pour moi, Celeiro.

— Après toi, Angelo.

Celui qui vient de parler est le dernier des quatre hommes. Il arrive dans un fauteuil roulant à l'ancienne, datant de l'époque de son invention. Les rayons, autrefois chromés, sont maintenant en miettes. Les pneus, couverts de rustines. Tout comme son occupant, qui s'approche de Mari Paz et lui donne une tape sur la nuque.

— Si je me lève vraiment… menace-t-elle en riant.

Angelo l'ignore et contourne la table avec une grande habileté pour venir se placer devant Aura.

— Angelo Mancini, dit-il en lui tendant la main.

— Aura Reyes, répond-elle en serrant la sienne.

La poignée de main de l'homme serre comme une tenaille. Sa force a de quoi surprendre, venant d'une personne privée de ses membres inférieurs. Au-dessus de la taille, c'est tout le contraire. Angelo porte une chemise dont les coutures craquent sous la pression des muscles.

— Artilleur de l'unité, madame. Explosifs, démolition, munitions. Tout ce que vous voulez.

— Me pardonnerez-vous, Angelo, si je vous dis que je ne suis pas une grande fan des armes ?

Angelo doit avoir une quarantaine d'années. S'il avait eu la moitié de son âge, il serait ce que les filles appellent un bogosse. Il a des traits durs, anguleux, et un visage rasé de frais – où se dessine une expression totalement consternée.

— Qu'est-ce que vous en savez, madame ? Est-ce que vous avez déjà essayé de faire sauter un véhicule en marche ?

— Je n'en ai pas eu l'occasion, non.

— Alors vous ne savez pas ce que c'est. *Boum boum.* L'odeur du plastique brûlé, de l'essence...

— Vous le décrivez si bien...

Angelo hausse les épaules.

— À Naples, où je suis né, il y a un dicton qui dit : connaître, c'est aimer.

— *Forse cambierà idea a lungo andare*, répond Aura, qui a fait son Erasmus à Rome et baragouine un peu d'italien.

— Je vous demande pardon ? répond Angelo, interdit.

Aura regarde par-dessus son épaule, et voit les trois autres occupants de l'appartement, ainsi que Mari Paz elle-même, lui faire de grands signes la suppliant de ne pas s'embarquer sur ce terrain-là.

Déstabilisée, Aura réfléchit. Elle additionne l'accent de l'homme (d'Estrémadure) et sa tête d'Espagnol (à qui la sienne ne revient pas), et soustrait la prétendue nationalité italienne (manifestement bidon).

— Oh, pardon. Je voulais dire que vous pourriez me faire changer d'avis, à la longue.

— Vous voyez, quand vous voulez...

Angelo sourit, ravi.

— Allez, à table, c'est pas tout ça, mais on a un tas de choses à discuter, ordonne Málaga.

Et ils s'y mettent.

6

Un gaspacho

Aura ne se rappelle pas avoir fait un repas aussi joyeux depuis…

Jamais, peut-être.

Ce n'est pas vrai, bien entendu. Mais il y a une telle faille dans sa vie, si infranchissable, que tout ce qui précède la mort de son mari est resté à une distance insurmontable. Ses souvenirs, les souvenirs heureux d'autrefois, appartiennent désormais à quelqu'un d'autre. Quelqu'un qui ne se serait jamais assis à une table comme celle-ci.

Et ces deux dernières années, elle n'a guère eu l'occasion de se réjouir.

Il y a du gaspacho, frais, délicieux, onctueux à souhait.

Il y a des pommes de terre sautées, bien tendres et dorées.

Il y a des *flamenquines*, généreusement panés, qui vont droit dans les hanches.

Et surtout, il y a quelque chose qui ne se trouve pas sur la vieille toile cirée, où les plats se succèdent, dans lesquels tous piochent allègrement. Quelque chose qui flotte au-dessus du repas. Qui n'entre pas par la bouche, mais par les oreilles, et ne finit pas dans l'estomac, mais un peu plus haut.

Aura le perçoit au détour d'un calembour, d'une blague lourde, d'une vacherie ou d'un compliment.

Un à un, au débotté, chacun raconte son histoire. Des histoires dures.

Des histoires de légionnaires.

Chavea, le jeunot du groupe, s'y colle le premier. Il raconte comment il s'est engagé dans la légion en 1993, fuyant une vie de misère. Là-bas, comme tous les autres, il a trouvé une famille. Un but. Il a fait l'Irak et l'Afghanistan. Lors de l'opération Bold, il a été blessé à la tête. Troubles neurologiques non reconnus au cours d'une mission non reconnue. Accro à l'héroïne pendant quatre ans.

Il a passé quelques années en prison, pour braquage. Son premier et unique crime. Il se débrouille avec sa maigre pension, comme les autres. Il a été le dernier arrivant dans l'appartement – une oasis après des années à vivre dans la rue. Málaga l'a trouvé endormi sur un banc, a vu les tatouages du régiment et l'a pratiquement kidnappé, pistolet sur la tempe. Il l'a aidé à se sevrer de la chnouf. Les pétards, par contre, Chavea n'a pas arrêté.

— La beuh, c'est pas une drogue, drogue.

Vient ensuite le Maquereau, qui ne se contente pas de débiter des phrases sans suite, mais les tisse entre elles. Son discours possède l'épaisseur dont son corps est dépourvu. Il ne raconte pas son histoire, il l'interprète. C'est un grand lecteur, il a toujours un livre à la main et n'a jamais souillé sa peau de tatouages, comme ses camarades. Il boit avec modération, n'a jamais fréquenté les bordels de campagne et ne se drogue pas. Il est originaire de Ceuta, mais a passé ces dernières années à Ronda. Il a été instructeur de tir à la caserne du Serrallo, spécialisé dans le combat à longue distance. Il s'est marié une fois, dans les années 1970...

— Dieu ne m'a pas donné d'enfants, ni à ma femme non plus. S'il lui en avait donné, ils n'auraient pas été de moi.

Il l'a aimée toute sa vie, malgré ses infidélités. Lorsqu'elle est morte, six ans plus tôt, il s'est retrouvé sans rien. Et il a fini ici, avec ses livres, sa solitude et sa mélancolie.

Angelo parle peu et plaisante beaucoup. Entre deux boutades, Aura comprend qu'il s'est engagé en 1988 en prétendant s'appeler Angelo Mancini, même s'il ne parlait pas un mot d'italien. Tout le monde sait qu'il est originaire de Coria, mais ils jouent le jeu, car un légionnaire vient de là où il dit, non du lieu que son passeport indique.

Il a servi dans le Tercio « Alejandro Farnesio », le régiment n° 4 de la Légion, et a été envoyé en Bosnie, comme tant d'autres. Il a démontré son savoir-faire dans la désactivation d'explosifs à trente reprises.

— C'est comme ça que vous vous êtes retrouvé en fauteuil ?

— Non, si seulement. Un BMR m'est tombé dessus.

C'est ainsi qu'Aura apprend qu'un BMR est un véhicule blindé, avec une capacité de transport de sept hommes, fabriqué à Santa Bárbara, pouvant traverser des collines et franchir des fossés. Qu'il ne faut pas le piloter ivre, au petit matin, à cause d'un pari, parce qu'on peut se planter contre un arbre, descendre pour constater les dégâts et se retrouver coincé dessous.

— Ils ont refusé de reconnaître mon handicap. Tous des salauds. Ils ont dit que je l'avais bien cherché… Les enfoirés !

Enfin, il y a Málaga, originaire de la ville du même nom. Sergent sorti du rang et chef de leur section. Qui fume des Fortuna à la chaîne, jusqu'à trois paquets par jour. La voix qui va avec. Entre ça et ses propos apocalyptiques, on croirait entendre Gloria Fuertes[1] annoncer la fin du monde. Ses yeux

---

1. Poétesse espagnole, connue notamment pour ses collaborations à des émissions télévisées pour enfants, et grande fumeuse, morte d'un cancer du poumon en 1998.

tristes viennent du jour où, en Bosnie, il a vu son lieutenant tomber devant lui. Effondré sur le sol, une balle dans le cou. La vie s'échappant à flots, détrempant les pierres du pont de Mostar. Quand on l'a emmené, quelqu'un a balancé un seau d'eau pour nettoyer les dégâts. Málaga, appuyé contre le garde-corps, a vu le sang de son meilleur ami s'écouler dans le caniveau, tracer une courbe et atterrir vingt mètres plus bas, dans la Neretva. Il est resté là pendant des heures, à contempler le cours du fleuve, l'accompagnant en pensée jusqu'à ce qu'il se jette dans l'Adriatique.

— Ce jour-là, j'ai commencé à fumer, explique-t-il.

— C'est compréhensible, lui pardonne Aura.

Málaga n'est jamais complètement revenu de Mostar. La partie qui est revenue n'était plus bonne à grand-chose, alors ses supérieurs l'ont cantonné au Tercio n° 2 « Duque de Alba », à Ceuta, où il a fini par tenir une buvette militaire sur la plage. Il n'était pas mal payé, mais il devait subvenir aux besoins des deux fils de son ex...

— Deux petits cons. Je me serais branlé, ça m'aurait coûté moins cher, estime-t-il.

Il a fini à Madrid, où il s'est mis à recueillir les laissés-pour-compte de la Légion. Ceux qui étaient passés à travers les mailles du système et s'étaient retrouvés sur le carreau. À cause de leurs propres erreurs, et parce que la vie ne leur avait pas fait de cadeau. Un ruisseau de sang dans le caniveau, et nous voici.

— Nous sommes la section des proscrits, dit-il en portant un toast. Ceux dont personne ne veut...

— ... et on s'en fout ! lancent les autres en chœur, levant leur verre à leur tour.

Cette chose qu'Aura perçoit, qui flotte au-dessus du repas, elle ne l'a jamais observée auparavant.

C'est une camaraderie véritable. Une générosité sans faille.

N'importe lequel de ces quatre hommes, d'origine modeste et cabossés par la vie, n'hésiterait pas un instant à donner la sienne pour les autres. Et pour Mari Paz, avant tout.

Ce n'est pas seulement qu'ils la respectent. Ils l'idolâtrent.

— Tu te rappelles ce coup-là, au Liban, Celeiro ? Quand la foule nous est tombée dessus à la sortie du marché…

— Raconte l'histoire de Pristina !

— Oh, et la fois où…

À chaque nouvelle demande, Mari Paz sourit, esquive, feinte et s'en sort par une pirouette.

— Tu ne peux pas la boucler comme ça, chérie, se plaint Málaga.

— C'est ça, oui. Pour qu'après vous alliez bavasser sur moi, bande de pipelettes. Une bande de pipelettes, voilà ce que vous êtes.

Aura se rend compte que toutes les anecdotes que les légios racontent sur Mari Paz proviennent d'autres sources. De quelqu'un qui l'a vue faire quelque chose, puis qui l'a rapporté à quelqu'un d'autre, jusqu'à ce que l'histoire arrive sur la table à laquelle ils sont assis en ce moment.

— Certaines histoires méritent d'être racontées, déclare le Maquereau avec sa diction parfaite. Savez-vous, madame Reyes, que Celeiro a reçu la Croix du Mérite militaire ?

Mari Paz s'agite sur sa chaise, mal à l'aise.

— C'est une médaille ? demande Aura.

Le Maquereau sourit avec une pointe d'affectation.

— Une médaille ? Des médailles, ici nous en avons tous, mais pas comme celle-ci. La Croix du Mérite militaire est aux médailles ce que Quevedo est aux sonnets, madame. C'est la plus haute distinction militaire que…

— Je vais débarrasser, le coupe Mari Paz en se levant. Vous me passez vos assiettes ?

— Celeiro, tu devrais être fière de l'honneur qui…

— C'est juste un foutu bout de métal. D'ailleurs ils me l'ont retirée. Tu sais quoi ? Leur honneur, ils peuvent se le mettre dans le cul.

Mari Paz laisse tomber son assiette sur la table, faisant trembler les couverts, et part comme une furie.

Aura se lève pour la suivre. Angelo la retient par le bras.

— Laissez-la, madame.

— J'ai besoin de savoir si elle va bien.

— Ça va aller. Donnez-lui un peu d'air.

Le claquement de porte résonne dans tout l'immeuble, et les quatre hommes se regardent.

— Nos histoires sont tristes, concède Málaga en s'allumant une énième cigarette. Mais à côté de celle de Celeiro, c'est un épisode des Schtroumpfs.

— J'adore les Schtroumpfs, intervient Chavea. Surtout la Schtroumpfette.

— Tu t'astiquais devant les dessins animés ? Mon cochon, s'esclaffe Angelo.

Aura, inquiète, se tourne vers la porte. Mais la main d'Angelo ne lâche pas son bras, et elle finit par se rasseoir.

— Qu'est-ce qui lui est arrivé ?

— À Celeiro ?

Málaga aspire une longue bouffée et recrache la fumée par le nez.

— Une bande de fils de putes, voilà ce qui lui est arrivé. Un tir ami de la pire espèce.

Le silence qui suit est si intense qu'on peut entendre le papier peint se décoller des murs.

De ce silence, contrit et indigné, Aura déduit qu'ils ne lui raconteront rien de plus. Elle ne prend même pas la peine d'en demander davantage.

— Je ferais peut-être mieux de revenir un autre jour, dit-elle, soudain effrayée.

Sauf que, elle le sait pertinemment, il n'y aura pas d'autre jour.

— Restez, madame, la prie Málaga en se penchant vers elle. Vous ne nous avez pas encore expliqué pourquoi vous êtes ici.

Aura regarde le quatuor de visages attentifs qui l'entoure, et déglutit.

Sans Mari Paz, ça va être beaucoup, beaucoup plus difficile.

7

Une règle

Lorsqu'elle a terminé, le silence revient, aussi dense qu'avant.

Elle leur a tout raconté. À part le shampoing – c'était trop intime. La mort de Jaume, la façon dont ils l'ont piégée, les jumelles qui vont se retrouver toutes seules.

Tout.

— Ces petites filles doivent être exceptionnelles, madame, dit le Maquereau, pour briser la glace.

— Elles le sont, caporal, répond Aura, le regard absent. Elle pense à toutes les fois où elle les a laissées seules des heures durant, sans autre compagnie que la télévision.

À la façon dont Alex, en particulier, a dû grandir à marche forcée, en très peu de temps, pour s'occuper d'elle-même et de sa sœur. L'autre jour, en rentrant à la maison après leur mission de reconnaissance, elle a trouvé la vaisselle lavée et l'appartement rangé sans que personne le leur ait demandé. Elles avaient simplement pris leurs responsabilités en l'absence de leur mère. Lorsqu'elle a vu les assiettes qui séchaient sur un torchon, quelque chose s'est brisé en elle. La prise de conscience lancinante et cruelle que ses filles, les fillettes douces et sans défense, les petites filles qui sentaient le lait Nenuco et le talc et qui jonchaient le sol de macaronis, étaient sur le point de disparaître. De s'envoler par la fenêtre vers le Pays imaginaire. Laissant à leur place deux autres êtres, différents, étrangers, qui auraient de moins en moins besoin d'elle.

À cet instant, elle s'est juré, pour la énième fois, qu'elle ne laisserait personne lui enlever ses filles.

— Elles le sont, répète-t-elle.

Puis elle leur expose son plan.

Ça lui prend moins de temps, car après l'avoir passé en revue des jours durant avec Mari Paz et Sere, elle a appris à aller à l'essentiel.

— Vous savez ce qu'il faudrait ? Une petite rime simple, pour bien retenir toutes les étapes, intervient Chavea à un moment.

— Comme dans ce vieux film, approuve Angelo en secouant vigoureusement la tête.

Comme j'avais tort, pense Aura en souriant. *De croire que je n'avais rien à faire ici, que ces gens n'avaient rien à voir avec moi. Comme j'avais tort, et comme je suis contente d'avoir écouté Mari Paz.*

— Silence dans les rangs, légionnaires, ordonne Málaga.

— Laissez, sergent. Vous avez raison, Chavea. Les étapes sont bien plus faciles à mémoriser avec des rimes.

— Des fois j'ai de drôles d'idées, se marre Chavea.

— Je promets de rajouter des rimes, si vous acceptez de vous joindre à nous.

— Encore des rimes. Dire que j'allais rater ça, lance Mari Paz.

Aura rit.

Et poursuit son récit.

Quatre ou cinq minutes plus tard, elle termine. Un troisième silence se fait, mais celui-là est différent.

Contenu. Plein d'attente.

Ils se regardent les uns les autres.

Personne n'ose se jeter à l'eau le premier.

Aura se sent plus apaisée maintenant qu'elle a tout balancé. Elle attend, elle aussi, sachant que, dans une négociation, quand un silence de ce genre s'installe, le mieux à faire est d'attendre le prochain mouvement de l'adversaire.

Málaga n'a pas l'air d'avoir fréquenté la même école de management qu'Aura, mais il connaît l'astuce. Tous deux continuent de se dévisager, fixement, jusqu'à ce qu'il finisse par céder, par courtoisie avant tout.

— Madame, ce que vous venez de nous raconter, c'est une mort certaine. Petit, le dessert !

Obéissant, Chavea s'approche avec une corbeille de fruits en bois. Málaga tâte plusieurs poires. Ce fruit qui passe du stade de dur comme la pierre à trop mûr en l'espace de sept minutes. Il en trouve une à son goût, et se met à l'éplucher avec une précision chirurgicale, dans le silence le plus complet.

Aura tient bon.

— Le plan est risqué. Vous comme Celeiro serez en première ligne, en territoire ennemi, pendant trop longtemps.

Lorsqu'il en a fini avec la première poire, il la pose sur l'assiette, soufflant un peu les pelures pour qu'elles ne collent pas au fruit, puis en prend une deuxième.

— Sur la partie informatique, je ne peux pas vous dire, parce que j'y comprends que dalle. J'imagine que vous avez un spécialiste à qui on peut faire confiance.

Aura se dit que c'était décidément une bonne idée de ne pas avoir amené Sere ici.

— Ce qu'il faudrait, c'est un véhicule d'appui, une communication constante et un moyen d'anticiper la riposte de l'ennemi, parce qu'il y en aura une. Mari Paz m'a dit que ce n'étaient pas des rigolos. Ils ne vous laisseront pas repartir comme des fleurs.

— C'est là que vous interviendriez.

— L'impression que j'ai, c'est que vous demandez à mes hommes de risquer gros pour pas grand-chose.

Aura se tortille sur sa chaise, mal à l'aise.

— Je ne sais pas combien vous a proposé Mari Paz…

Málaga l'arrête en levant la main.

— Je me suis mal exprimé, madame. L'argent, il nous en faut. Vous avez vu comment on vit. Dans la dèche.

— J'ai besoin d'un nouveau fauteuil, dit Angelo. Un avec toutes les options, comme celui d'Echenique.

— Et moi de faire des implants, dit Chavea en passant la main sur son crâne, qui est aussi pelé que les deux poires dans l'assiette du sergent.

— Tu ferais mieux d'aller chez le dentiste, andouille, tranche le Maquereau. Je voudrais une liseuse. C'est une invention du diable, mais mon acuité visuelle s'est détériorée.

— T'es myope comme une taupe, se moque Angelo.

— Chut, siffle Málaga. Tout ça, vous vous le gardez pour votre lettre au père Noël.

Il prend une troisième poire et recommence tout le rituel. Aura subodore qu'il n'a aucune intention de les manger. C'est une façon d'éviter de la regarder dans les yeux pendant qu'il lui expose ses objections.

Très malin.

— Ce n'est pas une question d'argent, madame. D'ailleurs, Celeiro nous a offert toute sa part.

Aura cligne des yeux, stupéfaite.

— Quoi ?

Málaga rit tout bas. Son rire vient de derrière sa moustache, comme un grognement animal sortant d'une grotte envahie par la végétation.

— Vous ne connaissez pas encore Mari Paz, madame. Qu'il pleuve des bombes, que les mers s'assèchent, qu'il gèle en enfer, l'âme de cette femme restera… C'était quoi, le mot déjà, le Maquereau ?

— Intacte, précise diligemment ce dernier.

— Ce n'est pas une question de montant, madame Reyes. La question, c'est qu'il y ait de l'argent tout court.

— Je comprends, dit Aura en hochant gravement la tête.

— En plus, en vous aidant, j'enfreindrais la règle numéro un du soldat.

— À savoir, sergent ?

— Ne jamais se battre du côté des perdants.

Aura sourit avec tristesse.

— Dans ce cas, je ne vous importunerai plus.

Elle se lève, incapable de cacher sa déception. Elle n'avait pas mesuré à quel point elle désirait l'approbation de cette bande de marginaux, avant d'apprendre à les connaître. Et combien elle a besoin de leur aide, aussi modeste soit-elle.

Elle leur lance un dernier regard avant de s'en aller.

Un ex-héroïnomane au cerveau manifestement bousillé, un handicapé obsédé par les explosifs, un vieux poète et un gros type d'âge moyen capable de cuisiner les plats les moins sains et les plus savoureux du monde.

— Sans mentir, j'ai été très honorée de faire votre connaissance, messieurs.

Elle se dirige vers la porte, essayant de garder sa dignité. Elle n'a fait que quelques pas quand la voix du sergent l'arrête :

— Attendez, madame.

Aura fait volte-face.

— Bien sûr, vous croyez que c'est le moment où vous vous retournez et où je vous dis que ce n'est pas une question d'argent, qu'on va le faire pour vos adorables petits anges. Mais j'ai jamais vu vos gamines de ma foutue vie, madame. Si ça se trouve, c'est deux petits démons. Ou peut-être qu'elles seraient bien mieux sans vous, ou avec vous en prison. Celeiro ne tarit pas d'éloges sur vous, mais Celeiro est soûle du soir au matin. D'un autre côté, vous imaginez bien qu'on n'est pas ici par bonté d'âme ou parce que la vie nous a traités injustement. À peler des poires. Aucun de nous ici n'est un ange non plus.

Aura prend conscience de sa naïveté ridicule, après sa méfiance initiale, de s'être crue dans un bateau pirate avec John Long Silver.

— Mais, parce qu'il y a un *mais*, la bonne nouvelle, je veux dire, celle que vous vouliez entendre… vous parlez de braquer une banque. Et ça, c'est une autre histoire. Ça nous fait bander (j'espère que vous me pardonnerez ma grossièreté. Mari, je sais que oui). Et puis on s'emmerde, madame. Les poires, on en a plein le cul.

Aura a du mal à croire à ce qu'elle entend. Elle regarde, un à un, les autres gars.

— C'est pas non plus comme si on avait mieux à faire, dit Chavea.

— On pourra peut-être faire *boum boum*, suggère Angelo.

— Pas de *boum boum*, Angelo, je te connais, l'arrête le sergent.

Le Maquereau, bras croisés, fixe la table d'un air sombre.

— Comme Borges l'a écrit, je cite : « Une épée pour la main qui régira la belle bataille, le tissu d'hommes, une épée pour la main qui rougira les dents du loup… »

— Ça veut dire que c'est oui, non ? demande Chavea.

Málaga confirme.

— La question est réglée. Vous avez votre section, dit-il en fourrant un morceau de poire dans sa bouche et en remuant délibérément la moustache.

— Et la règle numéro un du soldat ? demande Aura sans pouvoir s'empêcher de sourire.

— Ah, mais madame Reyes, nous ne sommes pas des soldats, déclare Málaga en avalant le morceau de poire. Nous sommes des légionnaires.

8

Une visite

Rétrospectivement, ce qui va se passer maintenant était inévitable.

Sere a souvent ce genre de prémonitions.

Presque toujours après coup.

La partie la plus sage de son cerveau lui dit que c'est normal, que c'est une rationalisation. La partie la plus bruyante et mal élevée, la plus petite et celle qu'elle a le plus envie d'écouter, lui propose des solutions plus satisfaisantes. Elle établit des connexions entre des idées sans liens apparents, offre des explications à tout.

Maintenant, par exemple, l'interphone vient de sonner. Elle n'attend personne. Aura et Mari Paz, ses nouvelles amies, rendent visite à des messieurs qui vont les aider à mettre le plan d'Aura à exécution. Elle a demandé si elle pouvait rester à la maison pour rafraîchir ses connaissances en déchiffrement de VB6.

Les autres ont immédiatement appuyé sa décision. Elles forment une équipe formidable, ça oui, alors qu'elles ne se connaissent que depuis quelques jours.

L'interphone sonne à nouveau, impérieux.

Sere décide de s'en remettre aux dés. Elle n'utilise pas de sigil, car elle ne vise aucun résultat précis. Elle cherche juste une indication. Elle obtient deux deux. Deux fois deux font quatre. Deux plus deux font quatre. Qu'on additionne ou qu'on multiplie, le résultat est le même.

Le résultat est... inévitable.

Les dés sont pleins d'enseignements. Tant qu'on sait comment les interpréter. À savoir, fondamentalement, comme ça l'arrange selon l'humeur du moment.

Un nouveau coup de sonnette, cette fois à la porte de l'appartement.

— Police nationale. Ouvrez immédiatement.

Sere se dirige vers l'entrée pour s'exécuter, car que pourrait-elle faire d'autre ?

C'est une femme. Vêtue d'une gabardine noire, d'un pull et d'un pantalon foncés. Elle n'a pas l'air très contente.

— Commissaire Romero, dit-elle en lui montrant son insigne.

Sere, plus intimidée par sa voix grave et son attitude autoritaire que par son identité, la fait entrer dans le salon et lui propose le fauteuil réservé aux invités.

— Je vous offrirais bien des biscuits, mais il n'y en a plus.

Romero s'installe et regarde autour d'elle. Puis elle jette un coup d'œil à sa montre.

— J'espère que je n'interromps pas votre déjeuner.

— Je commence juste, l'informe Sere en désignant le verre sur la table.

Un milk-shake aux protéines whey, mélangé avec du café pour masquer la saveur chimique.

Romero observe la mixture répugnante – marronnasse, épaisse et froide –, plisse le nez et dit :

— Délicieux.

— Je n'aime pas manger.

Chaque fois qu'elle dit ça, les gens se prennent la tête entre les mains. Ils sont scandalisés, comme si c'était une aberration ou une conduite antisociale. Antipatriotique.

« Avec la délicieuse cuisine méditerranéenne que nous avons », disent-ils. Depuis des années – toutes celles où elle a vécu seule –, elle se nourrit de boissons protéinées et de conserves La Asturiana. Une habitude dont les effets ne se font pas encore sentir.

— Croyez-moi, moi non plus. Mais il faut bien continuer de fonctionner, n'est-ce pas ?

— C'est vrai. Vous venez à cause des enfants qui jouent au ballon contre la façade ? Parce que j'ai appelé pour dire qu'ils avaient arrêté, que ce n'était pas la peine de vous déplacer. De toute façon, puisque vous êtes là, vous pourriez passer leur dire un mot, au cas où ils recommenceraient. C'est l'appartement du dessus et ça prendrait juste…

— Je ne suis pas là pour le ballon.

— Vous êtes sûre ? Parce que j'ai appelé plusieurs fois et on m'a dit…

— Taisez-vous, l'interrompt Romero d'un ton revêche.

Sere reste sans voix – autant qu'elle puisse l'être – devant une telle impolitesse. Sous son propre toit.

— Vous devez être du groupe sanguin B, dit Sere. Beaucoup d'émotions refoulées, pas vrai ?

Romero

La commissaire – passée maître dans l'art de se contrôler et de faire comme si rien ne l'affectait – bat des paupières, déstabilisée. Au cours de sa carrière, elle a eu affaire à de nombreux sujets peu coopératifs. Qui tentent de détourner l'attention de sa question, ou d'eux-mêmes, en partant dans une logorrhée ininterrompue. Mais elle n'a jamais rencontré quelqu'un comme cette femme, qui paraît tout à fait déconnectée de la réalité. Ou qui tente de la décrypter si bizarrement, avec ses yeux bleus un peu globuleux.

Elle ne recourt pas souvent à des méthodes aussi risquées et déplaisantes que celle qu'elle va employer aujourd'hui. Mais elle passe une journée particulièrement difficile. Des journées, en fait.

La mission confiée par Ponzano est simple : suivre discrètement Aura Reyes, épier ses faits et gestes, et attendre les instructions. Or après deux jours à planquer en bas de chez elle, sans constater grand-chose ni apprendre quoi que ce soit, la patience de Romero – qui n'a jamais été son point fort – s'est consumée au feu lent de l'ennui.

Avec rien d'autre à signaler qu'une promenade dans l'ancien quartier de Reyes. Une promenade au cours de laquelle la chose la plus intéressante qu'elles aient faite a été de s'arrêter dans une aire de jeux pour admirer la vue.

Quelque chose ne colle pas, s'était-elle dit en observant Aura et Sere de loin.

Elle a commencé à faire des recherches sur la dénommée Irene Muñoz Quijano, alias Sere. Informaticienne, diplômée d'une université de second rang. Des notes tout juste passables. Elle ne lui a pas semblé particulièrement brillante, jusqu'à ce qu'elle demande aux gens qui l'ont fréquentée dans le passé ce qu'ils pensent d'elle.

« La meilleure développeuse que j'aie jamais vue,
sous ma direction, bien sûr. »
Ginés, son N+1 chez Ingra

« Elle n'obtenait pas de meilleures notes
parce qu'elle ne mettait pas les pieds en cours
et que ses copies étaient trop... créatives.
Mais en termes de programmation,
je n'ai jamais rencontré quelqu'un d'aussi doué qu'elle. »
Un ancien professeur d'architecture de bases de données

« Cinglée. Complètement dérangée. Elle ferait mieux
de prendre exemple sur sa sœur. »
Son ex-fiancé, avant de raccrocher le téléphone

Depuis l'époque où elle n'était qu'une simple inspectrice à Marbella, Romero a mis au point un système de classification. Des petites cases où elle catégorise les personnes auxquelles elle est confrontée, comme un collectionneur qui épingle un papillon et inscrit en dessous son nom latin, d'une écriture soignée.

Épingler Sere, ça va venir, mais la partie taxinomie s'annonce plus compliquée. Face à elle, elle ressent la même chose qu'avec Aura.

Elle n'arrive pas à la cerner.

Quelqu'un qui a beaucoup à perdre, après ce qu'elle a fait du fonds d'investissement d'Aura… Quelqu'un qui, sans preuve contre elle, et même si elle avait mauvaise conscience avec le recul, n'aurait pas dû écouter la femme dont elle a saccagé la vie.

Et pourtant, cela fait des jours qu'elles ne se quittent plus.

Romero n'a aucune idée de ce qu'elles mijotent. Et ça met sa patience à plus rude épreuve encore.

Le moment est venu de rebattre les cartes, pense-t-elle.

Elle a donc décidé d'approcher la Sere en question, l'électron libre de Ponzano, et de s'assurer qu'il ne se passe rien qui ne devrait pas arriver.

Après la mention de son groupe sanguin – qui, par pure coïncidence, est bien de type B –, son dernier atome de patience est parti en fumée. Elle a décidé de passer à la phase épinglage.

— Beaucoup de gens n'ont pas conscience, poursuit Sere d'un ton didactique, de l'influence qu'a votre groupe sanguin sur votre tempérament…

Romero glisse une main dans le dos et dégaine, lentement, son pistolet. Les yeux de Sere manquent de jaillir de leurs orbites.

Enfin une réaction normale, pense Romero avec soulagement.

— La classe ! Il est chargé ? Je peux le toucher ?

Bordel de Dieu !

— Ce n'est pas un jouet.

Elle pose l'arme sur ses genoux et passe doucement la main dessus, comme si elle caressait un chat.

— C'est une arme, très dangereuse. Une arme avec laquelle il y a parfois des accidents.

Sere continue de fixer le pistolet – noir, d'aspect menaçant –, et commence soudain à comprendre que sa visiteuse ne vient pas en paix.

— Pourquoi… ? Pourquoi vous êtes là ?

Romero laisse les secondes s'écouler, dans le silence le plus complet, sans cesser de faire courir ses doigts sur le canon de l'arme.

— Tu t'es fait de nouvelles amies, Irene.

— Je n'aime pas qu'on m'appelle Irene, dit Sere en secouant la tête. Ça me rappelle de mauvais souvenirs.

— Mais c'est ton prénom, n'est-ce pas ? Le prénom qu'on t'a donné.

Romero hausse les épaules et poursuit :

— Il faut faire avec ce qu'on a.

Sere tripote quelque chose qu'elle a dans la main. Romero n'arrive pas à voir ce que c'est.

— Tu avais un accord pour développer un logiciel. Un accord assorti d'un contrat, pour lequel tu as été grassement payée.

Sere continue de triturer ce qu'elle a dans la main. Un petit objet en plastique. Romero en déduit que ce n'est pas une menace et resserre encore la vis.

— Cet appartement… tu l'as acheté avec l'argent que tu as touché à l'époque, n'est-ce pas ?

— Pratiquement, oui.

— Maintenant, tu as un appartement, et celui qui t'a engagée a ce pour quoi il a payé. Avec une condition. Que tu n'en parles à personne. As-tu communiqué avec quelqu'un, Irene ?

— Je n'ai rien à vous dire.

Réponses brèves, regard fuyant. Le témoin a compris la réalité de sa situation et a changé de tactique.

— Il y a quelques jours, Aura Reyes est venue ici. Elle non plus, tu n'avais rien à lui dire ?

— Je ne lui ai pas parlé du programme.

— Et de quoi est-ce que vous avez discuté ? Vous avez organisé un club de lecture ou un truc comme ça ? Parce que maintenant, vous avez l'air d'être comme cul et chemise.

— Je ne peux pas vous le dire.

La commissaire sourit. Ce n'est pas un sourire bienveillant.

— Tu connais Ponzano, n'est-ce pas ?

— Je l'ai vu à la télé, affirme Sere.

— Alors, tu ne sais pas comment il est. Quand tu l'as devant toi, tu ne peux pas l'ignorer.

La main gauche cesse de caresser le pistolet.

— Il parle comme s'il était convaincu qu'il obtiendra tout ce qu'il désire. Et il n'est pas difficile de deviner pourquoi.

La main droite empoigne le pistolet.

Sere déglutit et se lève, comme pour indiquer que la visite a assez duré.

— Les désirs sont le tapis rouge de la frustration.

— Tu as lu ça sur un T-shirt ?

— Pas du tout. Je viens de l'inventer. J'ai tout le temps des trucs comme ça qui me viennent à l'esprit. En général je dis que c'est de Confucius. Ou de mon oncle Jacinto.

Bon, ça suffit !

Romero se lève à son tour et s'approche de Sere comme pour lui faire la bise. Sans lâcher le pistolet, elle lui balance un coup de poing dans l'estomac.

Sec, dur.

Du genre qui vous coupe la respiration.

Sere se plie en deux, agrippe son ventre et se laisse retomber sur son siège, le souffle court.

— Écoute-moi, espèce de cinglée...

— Non concluant, proteste Sere en toussant.

— Quoi ?

— L'évaluation qu'ils m'ont faite. Ça a donné « non concluant ».

Romero prend un instant pour se ressaisir. Elle, qui s'est toujours enorgueillie de son flegme, de sa capacité à garder son calme dans les situations les plus difficiles. Elle, qui s'est retrouvée au milieu d'une fusillade sans que son rythme cardiaque – données de sa montre connectée à l'appui – ne dépasse les quatre-vingt-quinze battements par minute. Elle, qui a brisé la confiance en eux de tant d'autres, ne comprend pas comment cette femme insignifiante peut la mettre à ce point sur les nerfs.

— Ouvre la bouche, ordonne-t-elle en pointant l'arme sur Sere, qui obéit.

Romero introduit le canon du pistolet dans sa bouche. Non sans une certaine honte. Non sans un certain dégoût d'elle-même.

— Enfin… lâche Romero, soulagée que l'autre reste silencieuse. Voyons si je peux faire passer mon message clairement, maintenant. Je sais que tes copines et toi, vous tramez quelque chose. Et je veux savoir de quoi il s'agit. C'est bien compris ?

De la bouche de Sere, obstruée par le canon d'un Heckler & Koch USP Compact, sortent des sons inintelligibles.

— Je vous dirai tout, dit Sere quand la commissaire lui retire le canon de la bouche. Dès que vous obtiendrez un sept.

QUATRIÈME PARTIE

ROMERO

Êtes-vous prêt à me faire confiance
ou préférez-vous vieillir, hanté par les regrets,
et attendre de mourir seul ?

Inception, de Christopher Nolan

1

Une robe

Plus elles se rapprochent de la villa, plus Aura devient nerveuse.

Le paysage a changé du tout au tout depuis leur dernière visite. Le quartier, à moitié désert dans la journée, bouillonne maintenant d'activité. Le chemin qui mène aux deux villas situées au fond de l'impasse est bloqué par des barrières jaune fluorescent. Deux voituriers affublés d'une veste rouge tentent de canaliser la circulation, composée exclusivement de voitures de luxe : Bentley, Maserati, Aston Martin, Ferrari. Le spécimen le plus modeste qu'elles aperçoivent parmi tous les véhicules – la plupart garés en double ou triple file, les autres entassés sur le bas-côté – est une Porsche Cayenne dont descend un homme en smoking, accompagné d'une femme moitié moins âgée que lui, vêtue d'une robe incroyablement courte.

Aura se rappelle la fois où elle a oublié une banane dans un coin de la cuisine. Au bout de quelques jours, un essaim de moucherons volait autour, attirés par l'odeur du fruit qui avait commencé à pourrir. Dans l'espoir de pouvoir goûter à ce mets délicat.

Nous y voilà. Deux innocents moucherons parmi d'autres. À part qu'on va rafler toute la banane.

— On a bien fait de se garer loin, blondie, reconnaît Mari Paz.

— Tu ne te serais pas vue donner les clés de la Škoda à un voiturier, si ?

— Quand même, ç'aurait valu le coup d'œil. Et au passage, ça m'aurait évité ce calvaire. Je vais mourir, *meniña*, dit-elle en montrant ses pieds.

— N'exagérons rien. Ça pourrait être pire, l'encourage Aura en désignant discrètement la fille à la robe improbable.

Elle marche devant elles, en équilibre sur des Louboutin encore plus improbables avec un talon aiguille de dix centimètres.

— Je préfère encore sauter sans parachute, dit Mari Paz. Si je portais ça, j'aurais l'air d'un épouvantail. Mais cette connasse est craquante.

— Tu es beaucoup plus jolie, dit Aura en souriant.

Elle est belle, c'est vrai. Ça leur a coûté bonbon.

La journée de la veille a été consacrée à faire les boutiques. À brûler leurs derniers vaisseaux et, au passage, la carte bleue d'Aura.

Premier arrêt, la banque. Deuxième arrêt, la rue de Serrano.

— Tu n'étais pas censée être pauvre ? avait dit Mari Paz en voyant où elle l'emmenait.

— Le secret du bon goût, c'est de savoir dépenser, mais avec modération, avait répondu Aura.

Sur le chemin, elles étaient passées devant la parfumerie dont Aura avait brisé la vitrine. À cause de cette histoire de shampoing, sur laquelle nous reviendrons. Elle l'avait fixée en passant, du coin de l'œil, comme on regarde une photo embarrassante d'enterrement de vie de jeune fille qui n'aurait jamais dû se retrouver sur Facebook.

Chez Kenzo, Aura avait plongé dans les étagères et en était ressortie avec une petite robe noire en maille avec une encolure ronde. *Su-per sol-dée.*

— T'es tombée sur la tête ? avait fait la légionnaire en y jetant un coup d'œil.

— Essaie-la.

Elle avait dû la pousser de force dans la cabine d'essayage. Et rebelote avec une paire d'escarpins Mango, qui faisaient illusion et pouvaient passer pour des chaussures de marque. Une dépense excessive malgré tout, au-dessus de leurs moyens.

Une de plus.

Aura est bien consciente de miser très gros sur un pari fou. Et que ça ne fait que commencer.

Le résultat, cependant, en valait la peine. Dans ses nouveaux vêtements, et après une séance de ravalement de façade, Mari Paz était métamorphosée.

Quelques heures plus tôt, quand Aura était sortie de la salle de bains, Sere avait applaudi, à juste titre. La patronne portait une vieille robe Valentino, la dernière qu'elle n'avait pu se résoudre à vendre. Elle était un poil serrée, mais elle la portait avec son élégance habituelle. De fait, même si on collait Aura dans un sac-poubelle, elle pourrait encore défiler à la Fashion Week.

Pas de surprise. Puis ç'avait été au tour de Mari Paz de surgir de la salle de bains. Sere en était restée bouche bée.

— Waouh. C'est comme dans ces émissions de télé où tu arrives habillée en clodo, ils balancent un peu de fumée, et tu ressors en princesse.

Aura avait posé une main sur l'épaule de Mari Paz.

— Du calme. Rappelle-toi qu'on a besoin d'elle, au moins ce soir.

— Quand ce sera terminé, rappelle-moi à quel point j'ai envie de l'étrangler.

2

Une enveloppe

Quoi qu'en dise Mari Paz, Sere a raison.

La métamorphose est spectaculaire. La robe noire l'affine là où il faut, dissimule ses épaules de docker et, associée aux sandales à petits talons, met en valeur ses jambes musclées.

Elles continuent de descendre le chemin en pente en direction des villas, et rejoignent la petite file d'attente devant celle qui fait office de banque. Plusieurs couples, en tenue de soirée, attendent impatiemment devant la grille extérieure. Un homme vêtu d'un costume deux tailles trop petit pour sa carrure monte la garde.

— Il est encore temps de faire demi-tour, chuchote Mari Paz en sortant son tabac de son sac à main (un coquillage argenté, également emprunté à Aura).

— On a déjà eu cette conversation il y a quelques jours, répond Aura sur le même ton.

— Oui, mais à ce moment-là on ne risquait pas de se faire tirer dessus.

— Depuis quand ça t'inquiète ?

— Au moins ces putains de sandales arrêteront de me torturer.

Elle marque une pause puis ajoute :

— Pourquoi cet endroit ? Et pas, je ne sais pas, un bureau de tabac... Ç'aurait été bien plus facile.

— D'abord à cause de la quantité d'argent liquide. Ensuite... à cause du genre de personnes qui viennent ici. D'une certaine façon, c'est une revanche sur mon ancienne vie.

Deux cigarettes de Mari Paz – soit à son rythme, une demi-heure – plus tard, c'est bientôt leur tour d'entrer dans la banque. Il n'y a plus qu'un couple devant elles, celui du type en smoking de tout à l'heure, qui a une enveloppe bien remplie à la main. Aura regarde sa montre, tendue. Si ça continue, elles seront en retard.

— Comment je suis censée me comporter maintenant, blondie ?

— Tu te tais et tu souris, murmure Aura.

Un rictus forcé se dessine sur la moitié inférieure du visage de Mari Paz.

— Je t'ai dit de sourire, pas de mordre quelqu'un.

Le couple qui les précède accède à la villa. C'est enfin leur tour.

Le portier se tourne vers elles. Il a le regard concentré et alerte des boxeurs qui n'ont pas pris assez de coups. Un cordon en spirale relie son oreille à un système de communication radio caché sous les – nombreux – mètres carrés de tissu de son costume.

— Votre invitation, s'il vous plaît, dit-il en tendant le bras.

Aura sort l'invitation de son sac à main – une carte rouge avec un lettrage blanc nacré – et la présente à l'homme.

À cet instant, des parasites grésillent. Le cerbère porte la main à son oreillette.

— Porte 1, j'écoute.

Suit un silence, pendant lequel on n'entend que la rumeur lointaine de la fête qui se déroule dans le casino.

— C'est une vieille invitation, monsieur, mais elle est valable. J'allais les laisser entrer.

Aura se penche vers Mari Paz, lui faisant signe du regard. Au-dessus de la grille, une caméra de surveillance contrôle l'accès. La lumière rouge clignote de façon menaçante.

— Je mets la mission en péril, lui explique-t-elle à l'oreille. Je n'aurais pas dû venir.

— C'est ce que tu crois. Allez, soyons optimistes.

Le portier parle toujours dans l'oreillette, cette fois d'une voix plus basse.

— Très bien, monsieur. C'est comme si c'était fait.

Le portier s'écarte pour les laisser entrer. Mari Paz franchit la grille. Lorsque Aura veut faire de même, l'homme lève le bras pour l'arrêter. Mari Paz se retourne aussitôt – ses yeux lançant des éclairs –, mais Aura lui fait signe de se retenir.

— M. Toulour me prie de vous informer, répète-t-il d'un ton mécanique et professionnel, qu'il se réjouit de vous voir et qu'il sera heureux de vous recevoir plus tard, madame Reyes. En attendant, voici votre première mise, offerte par la maison.

Comme par magic, deux jetons noirs apparaissent dans la grosse main calleuse du portier.

Aura les prend timidement et les range dans son sac, avec l'invitation.

— Merci beaucoup. Et remerciez M. Toulour de ma part.

En souriant, elle rejoint Mari Paz, et toutes deux se dirigent vers l'entrée de la villa.

— Je te l'avais dit.

— OK, le vieux pervers t'a vue par la caméra de surveillance. Et alors quoi ?

— Tu ne comprends pas. Ce type fait une fixation sur moi. Il donnerait n'importe quoi pour « me sauter », comme tu dis.

— Tu n'exagères pas un peu ?

Aura sort les deux jetons noirs de son sac et les met dans la main de sa camarade.

— En attendant, il nous a offert mille euros chacune.

Mari Paz soupèse les bouts de plastique, calculant dans sa tête le nombre de chopines qu'elle pourrait s'acheter avec ça.

— Tu dois avoir raison, blondie. On verra si je dois lui briser les couilles.

— Du calme. Je sais me défendre. Ce n'est pas ma petite culotte qui m'inquiète.

— Alors c'est quoi ?

— Qu'il soit sur notre dos toute la soirée.

Mari Paz fronce les sourcils.

— Ça, ma petite dame, c'est un autre problème.

Elles arrivent à l'entrée de la villa, située au bout d'un chemin balisé par des dalles en ardoise disposées sur la pelouse. Un jardin japonais magnifiquement entretenu borde l'allée. C'est un lieu calme et paisible, qui contraste avec l'atmosphère sordide qui règne à l'intérieur de la villa. À l'abri des regards indiscrets, il n'y a aucune raison de sauver les apparences. Les deux individus qui les accueillent ne méritent pas le nom de gardiens. Des gorilles, tout au plus, et en étant généreux. Pas de costumes étriqués. Des vestes en cuir et des visages patibulaires. Les armes et les tatouages bien en vue.

— Contre le mur, dit l'un d'eux.

Ou du moins c'est ce qu'il veut dire, parce que ça ressemble plutôt à un « contrlmur » balkanique. Comme ça, en un seul mot. Très compréhensible, au demeurant, surtout quand il est accompagné d'une bourrade peu délicate dans la direction indiquée.

— *Smiri se, prijatelju*, dit Mari Paz tandis que l'autre la palpe.

— *Da li govoriš srpski ?* demande le gorille, surpris.

— Je parle un peu.

— Tu appris où ?

— *Na Kosovu. Godine 1999.*

Les deux gorilles se regardent et se radoucissent un peu. Ils continuent de les fouiller, mais de façon un tantinet moins brusque.

— KFOR ? dit l'un, faisant référence à la force multinationale de l'OTAN intervenue durant la guerre.

— Deux missions.

La légionnaire lève deux doigts. Chacun avec sa propre histoire de sueur, de sang et de mort.

— Allez-y, dit le premier gorille. Le guichet est au fond du couloir.

— Ma mère était du Kosovo, intervient le second.

— Elle a survécu ?

— Non. Mais au moins quelqu'un a essayé. *Hvala vam*, dit-il en rendant son sac à Mari Paz.

Pour toute réponse, la légionnaire hoche la tête. Il n'y a rien à ajouter. On ne peut accepter de remerciements pour ce qui a été un fiasco.

— Je ne sais pas si c'était la meilleure chose à faire, murmure Aura alors qu'elles longent le couloir. Maintenant, ils savent que tu es dangereuse.

— Tu voulais peut-être qu'ils trouvent *ça* ? dit Mari Paz en rajustant sa robe, mal à l'aise après la fouille au corps.

Aura va pour lui donner raison, quand elles atteignent déjà la caisse de la banque. C'est un modeste guichet avec un ordinateur et un épais mur de verre percé d'une petite ouverture, comme dans les bureaux de tabac. Il n'est pas clairement indiqué que le verre est à l'épreuve des balles, mais son épaisseur de près de dix centimètres – comme on peut le voir à travers l'ouverture – nous donne un indice.

— Combien ? demande une voix mécanique dans un haut-parleur.

De l'autre côté de la paroi vitrée, un petit homme chauve est assis sur une chaise à haut dossier.

— J'aimerais acheter un ticket pour *L'Or du Rhin*, ce soir, dit Aura en s'approchant de l'ouverture.

Le petit homme – un sourd-muet prénommé Jairo – la regarde à peine. Il a les yeux fixés sur un écran d'ordinateur situé d'un côté du comptoir. Il tape sur le clavier, lettre par lettre, à deux doigts. Ce qu'il écrit semble se transformer en une voix, robotique et impersonnelle, quand il appuie sur la touche entrée, de même que ce que les clients disent dans le microphone se transforme en texte sur son écran.

— Déposez (pause) euros (pause) vingt mille dans l'ouverture prévue à cet effet.

Aura déglutit. Elle savait que ce moment arriverait, elle en était parfaitement consciente. Ce serait la partie du plan qui lui demanderait le plus de sacrifices, elle s'en doutait. C'était aussi bien plus facile quand l'intention n'était qu'une idée folle qui lui servait surtout à occuper ses insomnies. Quand le sommeil ne venait pas, elle gambergeait dans le noir et le plafond était un écran où projeter des fantasmes qui allégeaient la pesanteur des heures. Des fantasmes de vengeance, pour la plupart. Des fantasmes de retour triomphal, presque toujours. Entre autres, celui d'un pouvoir dans lequel elle réalise un braquage improbable.

Improbable, à l'époque.

Quand ce n'était encore qu'une douce rêverie, qui s'offrait à ses yeux insomniaques dans la pénombre. Quand c'était un réconfort créé par son imagination pour rendre plus supportables les symptômes de sevrage des analgésiques, la douleur fantôme de la blessure cicatrisée dans son abdomen, le vide au milieu de la poitrine que lui avait laissé l'assassin de son mari, le picotement à l'entrejambe pour les mêmes raisons, la peur âpre au creux de l'estomac, l'angoisse au fond de la gorge, les larmes perlant au coin des yeux. Quand ce n'était que cela, une échappatoire, elle se répétait qu'elle ferait ce qu'il faudrait. Qu'elle rassemblerait le courage nécessaire pour aller jusqu'au bout.

Maintenant, c'est pour de vrai.

Maintenant, elle doit sortir de son sac la somme qu'elle a retirée du compte de sa mère ce matin. Soit l'équivalent de plus de six mois d'hébergement en maison de retraite pour elle, ou de quoi subvenir pendant deux ans aux besoins des jumelles. De l'argent qu'elle ne peut en aucun cas se permettre de perdre.

— Les chances de remporter L'Or du Rhin sont d'une contre trois mille sept cent cinquante, avait indiqué Sere, toujours serviable.

— Ne me parle pas de probabilités, avait répondu Aura, qui avait déjà fait le calcul elle-même.

Elle est douloureusement consciente de chacun de ses gestes lorsqu'elle sort l'enveloppe. Ce matin encore, elle lui a paru petite et légère. Remplie de billets de cent euros, elle n'est pas plus grosse qu'un livre de poche pas trop épais. À présent elle semble avoir doublé de volume, et contenir non seulement deux cents bouts de papier, et aussi une part d'elle-même.

Une part indispensable.

— Plus vite, s'il vous plaît, presse la voix dans le haut-parleur.

Aura, avec un effort, finit de sortir l'enveloppe et la glisse dans l'ouverture.

Et puis merde !

3
Un casino

— *Festa rachada*, bon Dieu.

— Là il faut que tu m'expliques.

— *Non e fácil*, dit Mari Paz, tentant de se faire entendre par-dessus la musique. C'est quand...

Mari Paz ne sait pas ce qu'est une tautologie, elle n'est pas très douée pour les mots et le concept a du mal à franchir les frontières galiciennes. *Festa rachada*, c'est *festa rachada*, point final. Elle désigne donc la salle d'un geste.

L'intérieur de la deuxième villa est entièrement ouvert. Le rez-de-chaussée doit couvrir – à un mètre de plus ou moins près – environ cinq cents mètres carrés, moins les toilettes et la cuisine. L'espace est rempli de tables de jeu, devant lesquelles se pressent plus de deux cents invités. Baccarat, roulette, blackjack. Pas une seule machine à sous – c'est un casino raffiné. Les croupiers, en tenue la plus légère possible – biceps bien dessinés pour ces messieurs, deux kilos de silicone pour ces dames –, contrebalancent le raffinement susmentionné. Des serveurs vont et viennent, portant des plateaux couverts de cocktails multicolores, pas trop forts pour éviter de mobiliser la sécurité. L'éclairage, doux aux murs, direct et cru sur les tables, indique où se déroule l'action. Toutes les quelques minutes, une légère brume, presque imperceptible, descend du plafond, enveloppant la foule d'air frais pour tempérer l'excitation ambiante.

Et les gens… les gens sont ici pour s'amuser. Même s'ils perdent. Même si la salle est pleine à craquer. Même si les enceintes diffusent une version techno d'une chanson de Charles Aznavour. Même si des affiches au mur rappellent qu'il est interdit de prendre des photos et de filmer. Ou peut-être justement pour cette raison-là.

— Salut, les filles ! lance une hôtesse d'une vingtaine d'années dont l'unique concession vestimentaire consiste en un string doré et une paire d'étoiles stratégiquement placées. Une petite ligne ?

Mari Paz et Aura détournent le regard des étoiles – la zone possède sa propre gravité – pour se concentrer sur le plateau que porte la jeune femme, retenu par une sangle, comme ceux des ouvreuses de cinéma d'autrefois. Seulement, au lieu de vendre des cigarettes ou du chocolat, la fille propose de la cocaïne emballée dans des sachets transparents bien pratiques. D'un côté du plateau, sont disposés des miroirs avec le logo du casino et des petits tubes plaqués or.

— Allez, un petit rail et vous verrez comme la chance vous sourira, les encourage la fille, avant de fredonner un vieux jingle publicitaire.

— Tu as l'âge de connaître ça, toi ? s'étonne Mari Paz.

— Oh non ! C'est ma grand-mère qui chantait ça. Les clients de son âge trouvent ça marrant et ils m'en achètent plus.

— Ça ira, merci beaucoup, dit Aura en adressant un sourire poli à la fille avant de se tourner vers Mari Paz. Je crois que j'ai compris le concept de *festa rachada*.

— Ce que je ne comprends pas, moi, c'est pourquoi tout ça se passe si ouvertement.

— Tu vois la femme avec la robe couleur brique, qui joue à la deuxième table derrière moi ? dit Aura en continuant de regarder devant elle.

Mari Paz se retourne discrètement.

— Brique, c'est rouge, non ?

— Rouge orangé, oui.

— Brushing, soixante balais. Je la vois, oui.

— C'est une juge de l'Audience nationale.

— Comment tu le sais ?

— Facile. C'est elle qui instruit mon affaire.

La juge lève les bras avec enthousiasme en voyant la bille tomber par pur hasard sur le rouge, et justement sur le numéro sur lequel elle a misé.

— Laisse-moi deviner. Elle gagne toujours quand elle vient, non ?

— Toujours, n'exagérons rien.

Aura regarde autour d'elle, scrutant la salle du même œil expert que dans son ancienne vie, lorsqu'elle se trouvait dans une pièce remplie de gens importants. Des gens qui attendaient quelque chose d'elle, dont elle attendait quelque chose. Son regard n'a rien perdu de son acuité d'antan. Les visages lui sautent aux yeux. Des chefs d'entreprise, des hauts fonctionnaires. Des politiciens de toutes tendances. Joyeux et insouciants. Ivres de champagne, de drogue et d'eux-mêmes. Toutes ces personnes qu'elle voyait naguère comme des privilégiés s'avèrent aujourd'hui n'être que les rouages gris de la machine qui l'a piégée, et dont les engrenages l'écrasent et la broie.

— Sacrée combine, blondie, souffle Mari Paz avec une authentique admiration.

Aura regarde sa montre. Il est presque 23 heures.

— Plus que huit minutes avant le début du jeu. Mets ton oreillette, dit-elle en faisant de même.

Mari Paz obéit.

Sere leur a fourni des oreillettes miniatures sans fil, couleur chair, presque invisibles. Très appréciées des étudiants en période d'examens. Moins de quarante euros la paire – même si elles n'en utilisent qu'une par souci de discrétion.

— Pour rater un examen avec ça, il faut vraiment le vouloir, leur avait-elle dit.

Celle d'Aura est sans fil. La sienne, non. Le fil bon marché qui pend de son oreille nuit à la crédibilité de son déguisement, mais Aura espère qu'il passera inaperçu assez longtemps pour mettre le plan à exécution.

Aura lance la communication à trois sur son téléphone portable. Sere décroche aussitôt, rejointe par Mari Paz.

— Vous m'entendez ? demande-t-elle, la bouche collée à l'appareil.

Les deux autres répondent par l'affirmative.

— Il est temps de nous séparer.

— Tu as la carte ? demande la légionnaire.

Aura acquiesce en lui montrant le rectangle en plastique avec une piste magnétique et le logo du casino clandestin – un T tarabiscoté d'un goût douteux –, où le trésorier de Toulour a enregistré son inscription à L'Or du Rhin.

— Et toi, tu as... ?

Mari Paz lui montre un objet en forme de rouge à lèvres et qui ressemble à un rouge à lèvres.

— Alors au boulot.

— Hé, blondie, l'interpelle Mari Paz en lui prenant le bras – elle a les mains froides. Merci beaucoup.

— Pourquoi ?

— De n'avoir pas fait de rimes, ce coup-ci.

Aura sourit d'un air coupable.

— Eh bien, en fait...

— Non. Non, blondie, non.

— Attends, on doit le dire tous en même temps, intervient Sere.

INTÉRIEUR DE LA FOURGONNETTE

Sere se retourne, met le haut-parleur, et la voix des quatre légios résonne en chœur.

— Un. Celeiro et Reyes se séparent au moment opportun.

Suivent quelques jurons en galicien qu'il est impossible de reproduire ici.

— Putain, Celeiro, dit calmement Málaga. Cette fille est d'une grossièreté. Aucune éducation, bordel de merde !

— Tout est paré ici, confirme Sere en coupant le haut-parleur. Vous pouvez y aller. À vous.

La fourgonnette, une vieille Vito blanche, attend à trois cents mètres du casino, à l'entrée du quartier. Sur le siège du conducteur, Chavea, qui n'est peut-être pas le couteau le plus affûté du tiroir, mais qui apparemment assure au volant.

À côté de lui, Málaga, le bras pendant à la vitre, une Fortuna à la main, fume sans discontinuer.

À l'arrière, les légios ont enlevé une partie des sièges et empilé des caisses en bois pour bricoler une table, sur laquelle Sere a installé deux ordinateurs portables.

— Tu sais que c'est un appel téléphonique, non ? T'as pas besoin de dire : « À vous », proteste Mari Paz.

— Laisse-la, si ça lui fait plaisir, la défend Aura.

Málaga fait signe à Angelo et au Maquereau, qui attendent près de la portière latérale, grande ouverte, de la fourgonnette.

— En route, à vous de jouer.

REZ-DE-CHAUSSÉE

Aura regarde Mari Paz traverser le rez-de-chaussée du casino en direction de l'escalier. Elle avance aussi discrètement que sa taille, ses sandales et la foule le lui permettent. C'est-à-dire pas tellement.

— Mollo, pas si vite, dit Aura dans l'oreillette.

La légionnaire ressemble à un footballeur américain qui écarte tous les défenseurs sur son passage pour atteindre la ligne de but. Un footballeur boitillant et élégamment vêtu.

— C'est bondé, bon Dieu !

Les deux femmes se parlent à voix basse, comme pour elles-mêmes. Elles s'amusent à imiter ce qu'elles ont toujours vu à la télé.

— Vas-y doucement. Fais comme si tu étais ici chez toi.

— Tu veux pas que je me colle des étoiles sur les nichons, tant qu'on y est ?

Aura rit sous cape. Un homme à proximité interprète son rire comme des avances et s'approche d'un air entendu. Aura lui lance un regard sans équivoque et s'éloigne dans la direction opposée, vers le centre de l'immense salle.

Elle a du mal à se frayer un chemin dans cette foule. Il y a bien plus de monde que tout à l'heure, sans doute à cause de l'événement exceptionnel de ce soir. L'ambiance est de plus en plus chaude et bruyante. Les fronts luisent, les aisselles sont humides. Même Aura, dont les glandes sudoripares ont toujours été distinguées, indolentes, remarque qu'elle commence à transpirer.

Après tout… combien de fois dans la vie a-t-on une chance de gagner trois millions en misant vingt mille euros ?

EN ROUTE VERS LE PREMIER ÉTAGE

Le rire cristallin d'Aura résonne dans l'oreillette de Mari Paz, qui se sent légèrement émoustillée.

Merde, à mon âge ! Qui l'eût cru ?

Elle continue de fendre la foule. Elle refuse des petits-fours que lui offre un serveur, descend cul sec une coupe de champagne que lui tend un autre, interrompt une conversation animée entre deux hommes qui manigancent pour en ruiner un troisième.

Même elle, qui ne va presque jamais sur internet, qui vit coupée du monde depuis longtemps, reconnaît certains des visages présents dans le casino clandestin ce soir. Des visages qui balancent des pelletées de jetons sur les tables, qui gesticulent quand on annonce rouge, impair et manque, qui se retournent et tripotent leur maîtresse pour se porter chance.

Une chaîne bloque l'accès à l'escalier menant à l'étage.

Apparemment, on ne peut monter que sur invitation. Et, pour que ce soit encore plus clair, Toulour a placé un Serbo-Croate de quatre-vingt-dix kilos devant.

— Je suis presque à l'escalier.

— La voie est libre ? demande Aura.

— Un type devant.

— Tu veux tenter de le convaincre ?

Mari Paz le scrute de la tête aux pieds. Faisable, mais pas sans attirer l'attention.

— Non, pas avec tout ce monde.

— Très bien. Dans ce cas, Sere, à toi de jouer.

INTÉRIEUR DE LA FOURGONNETTE

Sere ouvre l'une des applications sur l'ordinateur de droite. Le programme montre le téléphone portable de Mari Paz. Le Bluetooth du terminal est activé et se connecte aux appareils qui l'entourent.

Le dispositif – pour l'expliquer vite et mal – fonctionne comme un radar. Il émet un signal et en reçoit un autre en retour. Cela permet à l'application d'afficher, sur une carte en deux dimensions, les téléphones portables autour de leur camarade. Avec une portée de dix mètres, l'appareil détecte plus de quarante appareils et indique très précisément leur emplacement. Certains sont en mouvement, d'autres tout proches les uns des autres. La plupart transmettent leurs identifiants, avec des noms d'utilisateur tels que « iPhone de Paco ». Elle exclut tous les identifiants portant un nom espagnol, ce qui n'en laisse qu'une poignée.

Cela en fait toujours trop pour passer à l'action.

Elle est tentée de lancer les dés. Trop lent.

— J'ai besoin que tu t'approches encore. À vous.

— Facile à dire.

— Deux pas en avant. À vous.

Silence au bout du fil.

— Allez, chouchou, la vie est une aventure, fredonne Sere en attendant.

— Je préfère encore quand tu dis : « À vous. »

Sur l'écran, Sere repère un signal avec un identifiant en cyrillique.

Златанов телефон

— Je crois que je l'ai. Demande-lui s'il s'appelle Zlatan. À vous.

— Et après je l'invite à prendre un verre, tant que tu y es ?

EN ROUTE VERS LE PREMIER ÉTAGE

— J'ai besoin d'être sûre que c'est lui. C'est peut-être le signal d'un autre téléphone. À vous.

— Alors dis à blondie de rappliquer.

— Je ne peux pas, intervient Aura dans l'oreillette. C'est toi qui dois le faire.

Mari Paz marmonne un juron et s'éloigne du troupeau protecteur.

Elle fait quelques pas vers l'homme. Jeune, grand, la barbe bien taillée. Nettement plus soigné que ceux qui les ont fouillées. Il monte la garde devant la chaîne, l'air aux aguets.

— On ne passe pas sans invitation, dit-il.

— Excusez-moi, vous êtes Pedja ?

— Non, madame, répond l'autre d'un air soupçonneux.

Au temps pour le brillant plan de Mari Paz.

— Bon ben, ça a été un plaisir.

La légionnaire tourne les talons.

— On va la jouer à la Cyrano, propose Aura.

— C'est pas le moment de raconter des cochonneries, blondie.

— Tu lui dis ce que je te dis, OK ?

Mari Paz s'approche à nouveau de l'homme en costume et lui répète ce qu'Aura lui murmure.

— Allez, sois un peu sympa avec une fille qui s'est fait poser un lapin. Un beau gosse comme toi… Si je devine ton nom, tu me fais un sourire, OK ?

L'homme ne dit rien, mais la regarde un peu plus gentiment.

— Darko. Zoran. Dimitar… Non. Je sais. Zlatan. Tu t'appelles Zlatan.

L'homme sourit. Un sourire étonnamment doux.

— Je savais que tu t'appelais Zlatan.

À cet instant, le téléphone de l'homme sonne.

REZ-DE-CHAUSSÉE

Aura regarde Zlatan quitter son poste et se diriger vers l'entrée.

— Qu'est-ce que tu as mis dans le message ? demande-t-elle.

— Qu'il devait appeler sa mère, répond Sere.

— Et s'il n'avait pas eu de mère ?

— Tout le monde a une mère, Aura.

Aura s'efforce de ne pas s'énerver contre Sere. Après tout, le plan a bien fonctionné, même si, encore une fois, elles ont eu de la chance.

Pour combien de temps encore ?

Mari Paz a fait mine de retourner auprès des autres invités, s'est baladée un peu et est revenue vers l'escalier. Aura la voit se pencher et passer sous la chaîne avant de disparaître à l'étage supérieur.

— Je suis en route, dit la légionnaire.

Pendant une seconde, Aura se demande si elle a bien fait de confier cette tâche à Mari Paz. Mais elle doit admettre que si elle était montée elle-même, elle aurait pris le risque de se retrouver nez à nez avec Toulour, sans témoins.

— On passe à la phase deux.

— Pas de petites rimes à la noix, d'accord ?

Aura fronce les sourcils, l'air grave. C'est le moins qu'elle puisse faire pour elle. À partir de ce moment précis, il n'y a plus de retour en arrière possible. Au moindre faux pas, c'est tout le plan qui tombe à l'eau.

— Silence, tout le monde, ordonne-t-elle. Maintenant, tout repose sur Mari Paz.

PREMIER ÉTAGE

L'escalier – en béton apparent, flottant, avec des bandes LED intégrées pour le faire paraître encore plus aérien – s'ouvre sur une salle bien plus petite que celle du rez-de-chaussée. Devant Mari Paz s'étend une série de tables – douze, treize peut-être. Ici, pas de jeux collectifs ; toutes les tables sont réservées au poker. Actuellement, la moitié d'entre elles sont occupées, chacune par sept personnes. Elles jouent au Texas hold'em, et elles misent gros. Mari Paz coule un regard en passant et remarque les piles posées au milieu. Il y a un tas de jetons noirs.

À mille euros chaque…

Elle continue d'avancer, sans s'arrêter, jusqu'à l'autre bout de la salle.

« Agis comme si l'endroit t'appartenait, et tout le monde te laissera tranquille », lui avait conseillé Aura.

Mari Paz tente de maîtriser son incertitude et ses doutes. C'est seulement l'affaire de quelques mètres. Quelques pas seulement.

Elle sent – ou elle s'imagine – que tous les regards sont braqués sur elle. Comme s'il n'y avait qu'elle dans la salle, et que les énormes mises avaient soudain perdu leur valeur, que les joueurs et les croupiers avaient cessé de compter les paires, les brelans et les couleurs pour la regarder.

Elle a déjà éprouvé cette sensation. Au front.
Elle donnerait n'importe quoi pour un verre.
— Blondie, tu peux me chanter quelque chose ?
Avant que je fasse demi-tour et que je parte en courant.
— Maintenant ?
— Plus tard, ce sera trop tard.

REZ-DE-CHAUSSÉE

Aura continue de se déplacer dans la foule, contourne la scène improvisée qui se trouve au fond de la salle principale. Quelques invités la reconnaissent et lui adressent un signe de tête. D'autres la reconnaissent et détournent le regard. Personne n'a tenté d'engager la conversation, mais c'est un risque qu'elle ne peut se permettre de courir. Rester immobile augmente le danger.

Alors elle poursuit sa déambulation.

Elle se sent encore plus ridicule – et la situation devient encore plus irréelle – lorsqu'elle se met à chantonner : « Qui vit dans un ananas dans la mer… ? »

Nous ne saurons jamais de qui il s'agit, car avant de pouvoir chanter le couplet suivant, elle se heurte à un mur de chair recouvert de coton bon marché. Quand elle lève les yeux, ses pires craintes se confirment.

L'un des gorilles de Toulour.

— Madame Reyes, dit-il. Venez avec moi, s'il vous plaît. M. Toulour souhaite vous offrir un verre.

Aura regarde à sa gauche. Un autre homme de main se tient quelques pas en retrait, laissant entendre qu'elle peut difficilement refuser l'invitation.

— Oh, bien sûr, répond-elle d'une voix assez forte pour que tout le monde puisse l'entendre. Comment pourrais-je dire non à M. Toulour ?

INTÉRIEUR DE LA FOURGONNETTE

— Putain de bordel de chiottes, grogne Mari Paz.

Elle parle tout bas, mais Sere a branché l'appel sur les haut-parleurs de l'ordinateur et poussé le volume à fond, de sorte que les jurons résonnent dans la fourgonnette.

— Qu'est-ce qui se passe ? demande Sere.

— Il se passe que je suis au bord de la crise d'angoisse.

— Est-ce que tu as essayé de compter très lentement de dix à zéro ?

— Bon Dieu, je vais exploser. Je vais exploser et la buter.

— Que quelqu'un lui chante quelque chose, murmure Aura. Ça la tranquillise.

— Pas moi, hein, dit Sere. Vraiment, ça vaut mieux pour vos oreilles.

— N'importe qui…

Aura n'a pas le temps de finir sa phrase, car Chavea a bondi du siège conducteur et s'est approché de l'ordinateur.

— Par où je parle ? demande-t-il à Sere en souriant.

Sere désigne le petit trou du micro sur l'ordinateur. Chavea se penche et se met à chanter : « Aujourd'hui notre frère s'en va, aujourd'hui un brave s'en ira. »

— La *Colombiana* ? Sérieux, t'avais vraiment rien d'autre, Chavea ? proteste Mari Paz.

PREMIER ÉTAGE

Mari Paz ne râle pas bien longtemps. Car Chavea est peut-être l'être humain le plus laid que la Terre ait jamais porté, mais il a la voix d'un ange qui aurait suivi beaucoup, beaucoup de cours de chant. Il est rejoint par Málaga, qui s'est aussi levé de son siège et se met à frapper de la main sur l'une des caisses en bois installées au fond du véhicule, d'un rythme (*pam*, *papam*, pause, *pam papapam*, pause) cadencé, comme celui de la Semaine Sainte de Málaga. Et la voix de Chavea, aussi triste soit la chanson,

Aujourd'hui il s'en va avec fierté,
mais avec l'âme brisée.
Camarade légionnaire,
que Dieu soit avec toi.

apaise Mari Paz, son cœur et ses tripes, comme un baume.

Sa respiration agitée se calme et elle continue d'avancer, ignorant les regards – réels et imaginaires –, vers le couloir au fond de la salle.

4

Un jeu

Pendant que Chavea chante, pendant que Málaga bat la mesure, pendant que Mari Paz se reprend et poursuit sa route, Aura a un problème.

Un sérieux problème.

Les gorilles l'ont conduite sur le côté de la scène, où Toulour attend. Chemise à fleurs, veste en soie, pantalon slim, chaîne en or au cou. Ces vêtements, destinés à quelqu'un de bien plus jeune que lui, le font paraître encore plus vieux et grotesque. Ses cheveux ondulés, coiffés en arrière, les rides autour de ses yeux, son sourire phosphorescent n'ont pas changé depuis la dernière fois qu'ils se sont vus.

— Aura, ma chère Aura. Tu es toujours aussi belle. Et même plus, si c'est possible, la complimente-t-il en s'avançant pour lui faire trois bises, comme c'est la coutume dans sa ville natale de Montpellier.

— Oh, Henri, tu me flattes, dit-elle en plissant le nez face aux effluves agressifs de son parfum.

Encens, bois, coriandre. Caron, Poivre Sacré, sept cents euros le flacon. Elle a su apprécier ce genre de choses.

Avant.

Toulour se tient près d'une table haute, où sont posées deux coupes de champagne et une assiette de fraises et de crème fraîche. Le vieil homme saisit une bouteille d'Armand de Brignac Brut Gold qui refroidit dans un seau à glace. Elle, pendant ce temps, ouvre son sac, fait mine de chercher quelque chose, et en profite qu'il lui tourne le dos pour mettre le micro sur silencieux et donner à Mari Paz toute la tranquillité qu'elle peut. Lorsqu'elle va se placer près de lui, elle lui tend l'oreille qui n'a pas d'oreillette, au cas où.

— Doré à l'or fin, pour faire honneur à ton prénom, déclare Toulour en tapotant la bouteille de son ongle deux ou trois fois.

— Tu as toujours eu le sens du détail, dit Aura en se retenant d'éclater de rire devant la pauvreté et le ridicule de l'analogie.

— Je refuse de croire que tu n'es venue que pour le jeu. (Il lui sert une coupe.) Tu n'as pas oublié ton vieil ami Toulour, n'est-ce pas ?

— Comment aurais-je pu t'oublier, Henri ?

— Je ne comprends toujours pas comment tu as pu résister si longtemps à mon charme.

— Facile, Henri, réplique Aura en buvant une gorgée de champagne. Ma mère m'a toujours dit de me méfier des chasseurs qui tirent leur coup n'importe où.

Toulour rit de bon cœur. Il a beau être un escroc et un obsédé, il a toujours eu un grand sens de l'humour.

— Ah, ma chérie ! Nos conversations m'ont tellement manqué. Quoi de neuf dans ta vie ?

Mort, pauvreté et désespoir.

— Comme d'habitude. Un projet par-ci, un projet par-là... Sans avoir jamais le temps de rien.

Toulour la considère avec attention.

— Tu ne peux pas savoir comme je suis heureux de l'apprendre. J'avais entendu des... rumeurs... malveillantes.

— Quel genre de rumeurs malveillantes ?

— Tu sais bien. Ce que disent les médias...

Aura pousse un soupir sarcastique.

— Les seuls médias qui font de l'audience aujourd'hui sont ceux qui te disent exactement ce que tu veux entendre. Ou ce que quelqu'un veut que tu entendes.

— À ce que je sache, ça ne t'a jamais dérangé, chérie.

— Il n'est jamais trop tard pour cesser d'être une ordure.

Toulour rit, cette fois avec une certaine surprise.

— Je dois admettre que cette nouvelle Aura est délicieusement rafraîchissante. C'est magnifique !

— Comme ton champagne, Henri. Tu as toujours aussi bon goût, reconnaît-elle en buvant une gorgée.

Plus qu'en matière de vêtements et de parfums.

— Tu n'as pas répondu à ma question. Qu'est-ce qui t'amène dans mon humble demeure ?

Te plumer.

— J'imagine que je me sentais en veine, dit-elle en brandissant la carte magnétique portant le logo du casino.

Il est interdit de miser de l'argent liquide ici, au cas où un policier étourdi déciderait d'ignorer les recommandations de ses supérieurs à propos de cet endroit. La seule façon de jouer est donc d'acheter des jetons ou d'enregistrer sa participation sur une carte de ce genre. Celle du Super-Combo est dorée, au lieu du noir habituel, en l'honneur de la mise élevée. Toulour répond d'un hochement de tête appréciateur.

— Je vois que les rumeurs étaient en effet infondées et malveillantes. Ou peut-être simplement… mal placées. N'est-ce pas ?

Les petits yeux porcins de Toulour sont devenus deux puits sans fond de convoitise.

Aura comprend aussitôt que le vieil homme est comme tous les autres. Il n'a pas douté un instant de sa culpabilité. Comment aurait-il pu en être autrement ? Quelqu'un comme lui, calculateur et ambitieux, qui profite des faiblesses des autres, qui exploite les vices secrets des puissants. Quelqu'un comme Toulour ne pense qu'à tirer le profit maximum en toutes circonstances. Dans l'esprit du propriétaire du casino, il n'y a aucune raison qu'Aura n'ait pas commis cette fraude, car il l'aurait fait s'il avait été à sa place.

Maintenant, il se demande comment il va pouvoir exploiter cette information, estime Aura. *Et je devrais en profiter.*

Peut-être le mieux serait-il de le conforter dans son erreur.

— Les gens ont souvent tendance à déplacer les choses, glisse Aura avec un sourire qui se veut énigmatique.

Les yeux porcins s'étrécissent davantage, si tant est qu'ils le puissent.

— Je comprends, ma chérie. Mais parfois, ces choses-là deviennent embarrassantes. Et demandent certains… aménagements.

Aura ne peut s'empêcher de sourire.

— Je suis sûre que tu connais la personne idoine pour ça.

Ce vieux filou croit que j'ai l'argent, évidemment. Et il croit aussi que si je suis venue ici, si j'ai acheté un ticket pour le jeu le plus cher du casino, c'est juste pour attirer son attention et lui faire passer un message.

Il est malin, l'enfoiré.

Parce que si ç'avait été vrai, Toulour aurait été d'une aide très précieuse pour blanchir l'argent. Avec ses contacts – bien meilleurs que ceux d'Aura – dans toutes les sphères du pouvoir, le propriétaire du casino a accès à des outils et à des services dont Aura peut seulement rêver.

Toulour peut être un formidable allié. Et aussi un ennemi redoutable qu'il ne faut jamais contrarier.

Aura regarde sa montre, et constate que « jamais » arrivera dans environ un quart d'heure.

— Ah, ma chérie, on se reparle plus tard. Ton jeu va commencer.

Tu ne crois pas si bien dire.

PREMIER ÉTAGE
(QUELQUES MINUTES PLUS TÔT)

Les croupiers méfiants derrière elle, son angoisse retombée, la voix de Chavea dans les oreilles et la conversation d'Aura et Toulour hors de portée, Mari Paz parvient à atteindre l'autre bout de la salle.

L'élégante porte d'acier et wengé mène à un couloir où se trouvent les toilettes. Contrairement à celles du très légal casino de Torrelodones, les clients n'y vont pas pour sniffer une ligne, parce qu'ils le font à l'extérieur, devant tout le monde, ce qui fait que ces toilettes restent propres et praticables.

Mari Paz entre, utilise les installations, se lave les mains, se passe de l'eau sur le visage pour reprendre ses esprits, se regarde dans le miroir – son maquillage n'a pas très bien résisté –, se lamente sur sa fragilité et les vicissitudes de l'existence, retourne dans le couloir et avance vers le fond.

— La dernière porte, lui rappelle Sere.

— J'y suis.

Comme si elles n'en avaient pas parlé mille fois. Comme si ce n'était pas la seule sur laquelle il n'y a pas de pictogramme dames ou messieurs, mais un panneau indiquant « PERSONNEL AUTORISÉ UNIQUEMENT ».

Mari Paz frappe deux fois, avec impatience, tout en ôtant ses sandales.

— Qui est là ? demande une voix de l'autre côté.

— C'est Zlatan qui m'envoie, improvise-t-elle, dans un accès d'inspiration.

La porte s'ouvre de quelques centimètres.

Ça ira bien comme ça, pense Mari Paz en reculant pour prendre de l'élan.

INTÉRIEUR DE LA FOURGONNETTE

Dans les haut-parleurs de l'ordinateur portable, on entend des bruits soudains, des bruits sourds, des cris.

— Je dirais qu'ils sont au moins deux, estime Málaga, tendant l'oreille et tentant d'analyser les sons de la bagarre.

— Ça, c'était un coup de genou, pas de doute, affirme Chavea.

Un bruit de verre brisé.

— Et un verre cassé.

— Carton plein.

PREMIER ÉTAGE

— Vous allez arrêter votre petite retransmission, *carallo* ?

Mari Paz se baisse pour esquiver un coup de poing d'un des deux gorilles encore debout. Ils étaient trois, mais le premier gît au sol, inconscient, après que Mari Paz lui a explosé une bouteille en verre sur la tête.

Le deuxième la saisit par le bras droit, tentant de la retenir. Le numéro trois est celui qui a balancé le coup de poing, qui n'atteint pas Mari Paz, mais le mur derrière elle, avec le résultat attendu.

On entend un craquement.

Tandis que Numéro Trois se tord de douleur et contemple ses phalanges brisées, Mari Paz donne un coup de pied vers l'arrière, atteignant le mollet de Numéro Deux. Il s'avère que ce coup est moins efficace pieds nus qu'avec des rangers, et Numéro Deux vacille à peine. Il est fort, et Mari Paz est moins adroite du bras gauche. Or, elle ne peut pas attendre que Numéro Trois se ressaisisse. Alors, elle projette sa tête en arrière, de toutes ses forces, et frappe en plein dans le nez de sa cible, qui s'effondre.

Lorsque Mari Paz s'approche de Numéro Trois, sa main le fait tant souffrir qu'il lui est presque reconnaissant du direct qui le met KO.

— Bon, ça, c'est fait, dit la légionnaire, hors d'haleine.

INTÉRIEUR DE LA FOURGONNETTE

— Ils étaient combien ? demande Chavea, qui avait fait un pari par gestes avec le Maquereau.

— Chut, messieurs. Un peu de sérieux, intervient Sere. Bon alors, chouchou. Dis-nous ce que tu vois.

— Un canapé. Un frigo. Une table.

— C'est la salle de repos des employés. Aura avait raison. Il n'y a pas d'ordinateur ?

— Non, pas ici. Attends, il y a une porte au fond.

— Essaie de l'ouvrir.

— Ça ne s'ouvre pas.

— Ben… je sais pas, essaie un de tes coups de karaté, Mari.

— Je ne sais pas faire de karaté. Et ne m'appelle pas Mari.

— Désolée, chouchou.

— Pas ça non plus.

— Alors dis-moi comment je dois t'appeler.

— Ne m'appelle pas.

On entend un cri étouffé et un juron qui ressemble un peu à « bondieuputaindesamère », mais prononcé à toute vitesse.

— Qu'est-ce qui s'est passé ?

PREMIER ÉTAGE

— Merde, les godasses, c'est pas fait pour les chiens, dit Mari Paz en se massant le talon.

La serrure ne pose pas de problème, mais défoncer une porte pieds nus n'est jamais simple. Elle a laissé les sandales dehors, pour ne pas les abîmer.

Et parce qu'elles sont plus gênantes qu'autre chose.

Le fait est que la porte est ouverte, même si Mari Paz sortira – encore une fois – à moitié estropiée de ses aventures avec Aura.

Si je m'en sors.

Pour l'instant, elle entre.

— Qu'est-ce que tu vois ? interroge Sere.

C'est une petite pièce aveugle, qui renferme trois armoires à racks ventilées de 42 unités. Elles sont remplies de serveurs en réseau, de câbles croisés RJ45 et de connexions directes SFP+ de 10 Gb.

— Il y a plein de lumières colorées, ici, décrit Mari Paz.

— Tu vois des racks, des tours CPU ? Tu vois quoi ?

— Ce sont comme trois boîtes, très grandes, avec une porte transparente.

— Définis grandes.

— Plus grandes que moi, et moins grandes que Xaquina.
— C'est qui, Xaquina ?
— La vache préférée de mémé Celeiro.

INTÉRIEUR DE LA FOURGONNETTE

Sere comprend que la tâche va exiger une certaine dose de patience et d'imagination, alors elle se retrousse les manches, physiquement et mentalement.

— Ce que tu as devant toi, ce sont trois armoires à racks. Tu peux les ouvrir ou elles sont fermées à clé ?

On entend un bruit de lutte, puis de verre brisé.

— J'en ai ouvert une.

— Très bien. Maintenant tu vas devoir trouver un port USB.

Sere serre les dents et ferme les yeux, se préparant à une réaction quelconque, mais il semble que cette fois, la légionnaire a compris du premier coup.

— C'est l'espèce de petit trou rectangulaire, c'est ça ? Ça, je m'en souviens.

— Oui, parce que je te l'ai expliqué onze fois.

— Ça fait pas tant que ça. Là, y en a un.

— OK, maintenant retire le bouchon du rouge à lèvres et insère-le.

Sere entend Mari Paz batailler avec la clé USB camouflée en rouge à lèvres.

— Ça rentre pas.

— OK, chouchou. Retourne-la. Et je te préviens tout de suite, ça ne rentrera pas non plus.

— Non, ça ne rentre pas non plus. Pourquoi tu m'as dit de...

— Retourne-la encore.

— Maintenant, ça rentre ! Qu'est-ce que c'est que cette diablerie ?

— C'est un don que j'ai. Attends une seconde, je regarde si je peux accéder au système...

EN ROUTE VERS LE REZ-DE-CHAUSSÉE

— J'y suis, dit la voix de Sere. Tu es libre comme le vent.

Mon cul, pense Mari Paz. *On n'a même pas commencé.*

Elle se dirige en boitant vers le frigo de la salle de repos, à la recherche d'un peu de glace. Il n'y en a pas, en revanche, elle trouve une canette de bière bien froide.

Dix secondes de soulagement sur le talon, puis tout droit dans le gosier. Elle rote bruyamment, froisse la canette, la balance sur l'un des gorilles de Toulour, et retourne dans le couloir.

— En Chine, en Inde et en Arabie saoudite, ce que tu viens de faire est considéré comme un compliment, dit Sere, que l'on entend pianoter à toute vitesse sur le clavier.

— C'était pas l'idée. Tu en as encore pour longtemps ?

— Si tu es marteau, frappe droit et ferme. Quand tu seras enclume…

Mari Paz est dans le couloir des toilettes. Deux hommes entrent dans les toilettes des messieurs. Ils sont occupés à discuter – de *river*, *boat*, et je ne sais quoi – et ne font pas attention à elle.

— Quoi ?

— Quoi quoi ?

— Quand tu seras enclume, quoi ?

— Prends patience. Ce n'est pas évident ?

Mari Paz se baisse, prend ses sandales, et redescend, pieds nus, jusqu'au rez-de-chaussée. Sa principale motivation pour supporter la douleur ?

Se dire qu'à chaque pas, elle est un peu plus près de pouvoir étrangler Sere de ses mains.

5

Un tirage au sort

Aura se retourne, suivant la direction du doigt de Toulour. Sur la scène, deux animateurs, homme et femme, le corps recouvert de paillettes dorées pour tout vêtement, chauffent la salle tandis que L'Or du Rhin commence.

On n'a plus le temps, pense Aura, en entendant Sere et Mari Paz parler de connexions et de vaches. Elle n'a pas pu leur prêter beaucoup d'attention, parce que Toulour n'arrête pas de jacasser, tout comme les présentateurs, et l'ambiance dans la salle est de plus en plus survoltée. Les jeux de table se sont interrompus, car personne ne veut manquer le tirage au sort, pour lequel presque toutes les personnes présentes ont acheté un ticket. Certains même en ont acheté plus d'un.

— Tu as quel numéro, chérie ?

— Pour être honnête (et elle l'est), aucune idée. J'ai demandé à ton trésorier de choisir un numéro au hasard.

— Cet homme est un trésor, déclare Toulour, riant à sa mauvaise blague. Cette année, je l'ai déjà augmenté trois fois.

— Contente de savoir que les affaires vont bien.

— Tu sais quel genre de personnes viennent ici, dit-il, désignant la foule autour de lui.

Les poivrots, les camés, les bonnes femmes qui braillent d'une voix de perruche, les types qui portent déjà leur cravate sur la tête.

L'euphorie que manifestent les habitués de ce sanctuaire du vice et de l'excès est directement proportionnelle au carcan de leur quotidien. Dans leurs cabinets d'avocats, leurs conseils d'administration, leurs ministères. Ces braguettes fermées, ces culottes gainantes, ces voix posées. Cette Espagne qui se lève tôt pour remplir son portefeuille. Si plein qu'il explose la nuit, aspergeant Toulour d'un peu plus que des paillettes et des gouttes de sueur.

Et quand les affaires sont bonnes... En français, on appelle ça...

— Jeter l'argent par les fenêtres.

Le champagne a tiédi dans le verre d'Aura. Elle a les mains moites, et pas seulement parce qu'elle est nerveuse à cause du tirage au sort qui vient de commencer. Ni à cause de l'absence d'information, et donc de contrôle, même s'il y a aussi de ça. Ce qui l'accable le plus, c'est de ne pas savoir ce qui est arrivé à Mari Paz.

Il y a à peine une semaine, je ne la connaissais même pas.

Et maintenant, elle est morte d'inquiétude pour elle.

Elle doit résister à la tentation de planter Toulour pour aller voir ce qu'il en est. La foule qui s'est massée devant la scène forme un mur infranchissable. Et le propriétaire du casino se douterait forcément de quelque chose si elle disparaissait au point culminant de la soirée.

Quoi qu'il lui en coûte, elle va devoir faire confiance à ses camarades. Ce n'est pas un élément – la confiance – dont elle a débordé ces dernières années. Ponzano la lui a arrachée d'un seul geste.

Pourtant, elle n'a pas le choix.

Sur la scène, les écrans se sont allumés. Le Duo-Pailleté rappelle pour la troisième fois en quoi consiste le Super-Combo.

— … est entièrement automatisé, et même M. Toulour…

Ils pointent du doigt le propriétaire du casino. Des applaudissements éclatent, enthousiastes et impatients. Quelques acclamations fusent. Toulour lève son verre vers la foule en souriant.

— … ne connaît pas le résultat du tirage de ce soir. Alors… c'est parti !

Nouvelle salve d'applaudissements, plus énergiques cette fois.

Sur l'écran géant au centre de la scène, les numéros des tickets commencent à s'afficher. Tous les numéros. Une boule dorée se déplace parmi eux. Les deux écrans situés de part et d'autre du premier indiquent divers critères selon lesquels les numéros seront éliminés. Des mots tels que « multiples de trois », « chiffres pairs », ou « nombres premiers » paraissent, réduisant le nombre d'options sur l'écran central. À mesure que les chiffres s'effacent, la foule se fait plus silencieuse, jusqu'à ce qu'un silence sépulcral s'installe.

— Nous voici arrivés à la première phase de L'Or du Rhin, annonce Tout-Nu en battant des mains. Il ne reste que cent numéros en jeu.

— Vous connaissez les règles, rappelle Toute-Nue. Si les détenteurs des cent numéros restants décident de s'arrêter là, chacun d'eux remportera trente mille euros. Mais si un seul d'entre eux refuse…

— On continue ! crie quelqu'un dans le public.

— Quelqu'un veut continuer !

Toute-Nue met la main en visière pour voir à travers les projecteurs et désigne une personne qui lève le bras.

— Venez ici, monsieur, nous allons vérifier votre numéro.

L'homme, un chauve à la barbe parfaitement taillée, se fraye un chemin dans la foule. Il monte sur scène avec l'aide de Tout-Nu – constellant son smoking de paillettes au passage – et montre sa carte dorée.

— Passez votre ticket, monsieur ! lance Toute-Nue en l'entraînant vers le lecteur de cartes magnétiques.

D'un geste gracieux, l'homme glisse sa carte dans le lecteur et l'écran s'éclaire aussitôt en vert.

— On continue L'Or du Rhin ! confirme Toute-Nue.

La foule applaudit et hurle de joie, et les numéros réapparaissent.

Vous feriez mieux de vous magner, pense Aura.

EN ROUTE VERS LE REZ-DE-CHAUSSÉE

Il n'y a plus personne aux tables de poker quand Mari Paz traverse le premier étage. Même les joueurs les plus acharnés se sont accordé une pause pour rejoindre la foule hurlante du rez-de-chaussée.

Mari Paz sent son corps se détendre dès lors qu'elle n'a plus à jouer un rôle, au moins pour quelques instants. Les croupiers ont empilé tous les jetons et sont descendus, eux aussi, assister au spectacle. Alors elle marche lentement, ses sandales à la main. Elle a même l'impression que son talon la fait moins souffrir à chaque pas.

L'escalier est également désert. Tandis qu'elle descend, Mari Paz constate avec agacement que Zlatan a repris sa place devant la chaîne.

— On a un problème, murmure-t-elle.

— Ça, tu peux le dire. « Je n'aurai pas le teeemps », chantonne Sere sans cesser de pianoter sur son clavier.

— Quoi ? Je croyais que tu étais super douée pour tout ça, non ?

— Je suis aussi super douée en Lego, et j'ai mis une semaine à finir l'Étoile de la Mort.

— Et maintenant, on fait quoi ? On passe au plan B ?

— Vois avec Aura, chouchou.

Mari Paz, à quelques mètres du large dos de Zlatan qui lui bloque le passage, lève les yeux au ciel.

Voyons comment je vais me sortir de ce merdier.

INTÉRIEUR DE LA FOURGONNETTE

Pendant ce temps, Sere bataille avec le logiciel de Toulour, qui se révèle plutôt coton.

Pour Sere, un programme informatique, ce n'est pas la même chose que pour monsieur Tout-le-Monde. Là où les autres voient des lignes de codes, des formules et des chiffres compliqués, Sere voit des figures et des formes complètes, des boutons à presser et des problèmes à résoudre.

Or celui qui a créé le code source du casino de Toulour savait ce qu'il faisait. Une fois que le programme de L'Or du Rhin est lancé, il est impossible de l'arrêter. Son code est autonome, le résultat est effectivement aléatoire. Là-dessus, au moins, Toulour ne triche pas.

Sere a essayé tous les trucs qu'elle connaît, ou plutôt tous ceux qu'elle peut appliquer dans le court laps de temps dont elle dispose. Elle a cherché des portes dérobées, elle a tenté de dupliquer les opérations et même d'accéder aux écrans pour modifier le signal qu'ils émettent.

Échec, échec, échec.

Le programme continue de tourner, et il n'y a rien qu'elle puisse imaginer pour l'arrêter.

Faire en sorte que le numéro d'Aura remporte L'Or du Rhin ne va pas marcher.

Mais Aura avait anticipé cette possibilité.

C'est pourquoi il y a un plan B. Qui est bien plus délicat et beaucoup plus risqué.

La partie facile ? Que Mari Paz parvienne à rejoindre Aura avant la fin du tirage au sort.

EN ROUTE VERS LE REZ-DE-CHAUSSÉE

Pour l'intéressée, la partie facile n'a pas l'air si simple. L'escalier étant perpendiculaire à la scène, Zlatan se trouve pratiquement au milieu de la foule. Ses chances de l'écarter sans que personne ne la voie sont nulles.

— « Je n'aurai pas le teeemps », fredonne à nouveau Sere, ce qui la rend encore plus nerveuse qu'elle ne l'est déjà.

— Je veux que tu la boucles pendant un mois.

— Et moi que tu te magnes les fesses.

Elle a deux options. Soit risquer le tout pour le tout, soit tenter de l'amadouer en espérant qu'il s'approchera sans faire d'histoires. Elle n'a pas vraiment le choix, puisque la première option est exclue. Alors elle descend l'escalier et tente d'attirer l'attention de Zlatan.

D'abord elle l'interpelle d'un discret sifflement. Puis elle prononce son nom. Il ne se retourne pas.

Trop de bruit autour de lui.

— Ça marche pas, bon sang.

À bout, elle lui lance une sandale.

Zlatan se retourne, décontenancé, avant de voir des jambes disparaître dans l'escalier. Il commence l'ascension, intrigué. À mi-chemin, il se souvient du protocole à suivre quand il quitte son poste, et porte la main à son oreille pour prévenir ses collègues. Exactement ce que Mari Paz ne veut pas. Heureusement, il y a un espace dans la partie supérieure de l'escalier, par lequel Zlatan reçoit (*crac*) un coup de chaise sur la tête qui le met hors d'état de nuire.

INTÉRIEUR DE LA FOURGONNETTE

Très calme, Sere regarde l'écran d'un air ennuyé. Le logiciel l'a de nouveau fichue dehors. Au moins a-t-elle pu accéder à son code source. C'est, en théorie, ce qu'il y a de plus précieux et de plus utile pour quelqu'un qui tente de pirater un système...

À condition d'avoir tout son temps. Or, je n'en ai aucun. Et la personne qui a créé ce truc a fait un travail de cochon.

Lorsqu'elle programme quelque chose, elle applique le principe de la montre suisse : un minimum d'énergie doit produire une efficacité et une précision maximales. Mais le type qui a conçu le logiciel de Toulour est un bricoleur. Sa syntaxe est réitérative, avec des rustines partout. C'est comme une chaussure de pointure quarante-sept – rafistolée – pour un pied de taille trente-huit.

Il existe forcément un moyen.

Et soudain, une idée lui vient.

Elle peut utiliser l'amateurisme du type contre lui.

Dans un système avec autant de rustines et de retouches, une couture de plus ne se verra pas.

— « Papa pique et maman coud » ... dit-elle en se mettant à tisser du code.

Ses doigts tapent sur le clavier comme un pivert sur son arbre.

— Demande la carte à Aura, chouchou.

— Quoi ? Pourquoi ?

— Je te le dirai quand tu l'auras.

6

Une volontaire

— Combien de fois tu as fait ça, Henri ?

— L'Or du Rhin ?

Non, la souplesse arrière.

— J'ai perdu le compte, reconnaît le vieil homme après un instant de réflexion. Pas plus de dix, c'est sûr. Ça doit rester un *événement*.

— Dis-moi… c'est déjà arrivé que le tirage n'aille pas jusqu'au bout ? Que des joueurs décident de partager le prix ?

Toulour sourit, narquois.

— À ton avis ?

— J'ai ma petite idée, dit Aura en posant la coupe sur la table.

— Si on leur donne le choix entre partager le butin et se garder le *plat de résistance*, n'importe lequel de ces braves gens… Quelle question !

— L'égoïsme l'emporte.

Toulour secoue la tête.

— Non, chérie. Tu te trompes. Il ne s'agit jamais de cupidité, jamais. C'est une motivation inhérente à l'être humain. Mais pour des gens comme eux…

Il marque une pause, regarde Aura, se regarde lui-même, intérieurement, et rectifie :

— Pour des gens comme nous… Le plus important, ce n'est pas de remporter le gros lot. Le plus important, c'est que l'autre ne gagne pas.

Aura n'a pas le temps de réfléchir à ce que cela signifie pour elle, car elle voit Mari Paz se frayer un chemin dans la foule et venir dans sa direction.

— Excuse-moi une seconde, Henri… Je dois saluer une amie.

Henri fait un vague geste d'assentiment, absorbé par le déroulement du tirage au sort.

— Qu'est-ce qui se passe ?

Mari Paz arrive en sueur, traînant la patte, les cheveux en bataille. À ce stade de la soirée, et avec toute l'agitation qui règne, elle ne se distingue pas tellement du reste des invités.

— J'ai besoin de la carte, blondie.

Aura plonge la main dans son sac et la lui tend discrètement.

— Pourquoi il te la faut ?

— On est passés au plan B.

— Dans le plan B, la carte n'était pas nécessaire.

— Maintenant, si, souligne Sere, intervenant dans la conversation. Je vais la reprogrammer. Pour ça, j'ai besoin que Mari Paz monte sur scène.

Les yeux de Mari Paz s'agrandissent comme des ballons de foot.

Elle qui a tellement peur d'être observée, qui a failli faire une crise d'angoisse quand elle a dû traverser seule le premier étage. Elle, sur la scène, entourée de centaines de personnes, les yeux fixés sur elle.

— Jamais de la vie, compris ? Y a pas moyen.

— Tu peux le faire, cheffe ? demande Sere.

Aura réfléchit quelques instants à ce que cela implique. D'un côté, ce serait bien plus facile pour elle, et Mari Paz n'aurait pas à subir ça. D'un autre côté, ça pourrait éveiller les soupçons de Toulour, surtout s'il faut suivre le plan B jusqu'au bout.

— MP s'en charge, dit-elle en lui prenant la main pour la serrer longuement, avec un sourire d'encouragement – *tu peux le faire*. Pas vrai, MP ?

— Il n'y a qu'une syllabe de différence, répond-elle avec un soupir résigné.

Car elle a vu dans le regard d'Aura qu'elle n'avait pas le choix.

Entre-temps, le tirage au sort a continué. Il ne reste que cinq numéros. Tout-Nu sautille et applaudit, provoquant secousses et pluie de paillettes à chaque bond.

— Nous appelons les cinq personnes qui ont ces numéros. L'heure de vérité est venue ! Décideront-ils de se contenter de six cent mille euros chacun… ou préféreront-ils risquer le tout pour le tout et tenteeeeer… lance-t-il, étirant le mot pendant quelques secondes et tendant son micro au public, qui rugit la fin de la phrase :

— L'OR DU RHIN !

Seuls trois des heureux élus sont montés sur la scène pour confirmer leur participation.

— Et les autres ? demande Aura, sans quitter Mari Paz des yeux.

La légionnaire a maintenant le visage vert et décomposé qu'elle aurait sans doute en se retrouvant dans une tranchée sans munitions sous le feu ennemi, et qu'Aura aurait lors d'un contrôle fiscal.

— Si tu n'es pas là, la règle dit que le jeu continue, explique Toulour. Même si c'est vraiment dommage quand ça arrive. Ça enlève beaucoup d'éclat à l'événement.

— Rien ne vaut le spectacle de la cupidité sauvage.

— Une fois, tous les joueurs ont failli abandonner au dernier tour. Deux étaient dans une mauvaise passe et les trois autres ont eu pitié. Devine ce qui s'est passé.

Aura regarde la marée humaine, bruyante et impatiente, et se fait une vague idée.

Toulour sourit avec mélancolie. Ou peut-être avec nostalgie, difficile à dire à cause du botox.

— Ça a bien failli tourner au carnage. Ils leur ont lancé des verres, des chaussures. Ils ont crié des choses que je n'avais jamais entendues auparavant.

Toulour pousse un soupir, comme s'il s'apprêtait à prononcer une vérité essentielle, venue du plus profond de son cœur, avant d'ajouter :

— Ma chérie, l'homme est un loup pour l'homme.

— Comme tu dis toujours, hein ?

Aura fait signe à Mari Paz, qui n'a pas l'air très enthousiaste.

— Allez, mesdames et messieurs, harangue Toute-Nue.

Elle tient son micro à la main. Sa voix rappelle de plus en plus celle d'un bonimenteur de foire annonçant qu'ils jouent pour gagner une peluche géante.

— Venez participer à la grande finale !

Soudain, Mari Paz lève la main, comme une poupée à ressort. Aura n'est pas certaine que la volonté y soit pour quelque chose : ça ressemble plutôt à un geste réflexe.

ENTRÉE EN SCÈNE

Mari Paz fait un pas en direction de la scène. Puis un autre. Et puis elle s'arrête. Ses pieds sont devenus du béton armé et elle ne peut plus les bouger.

— Allez, madame, n'ayez pas peur ! crie Toute-Nue en l'encourageant de la main.

O que ten cu ten medo, pense-t-elle.

Mari Paz, à bout de nerfs, remarque que Toute-Nue ne porte pas de vêtements seulement quand elle est tout près d'elle. Alors, elle réalise. Ce qu'elle avait pris pour une robe très moulante se révèle être de la peinture dorée. Pourtant, ça se voit, tout comme il est clair que la jeune femme a froid.

Mimadriña, *elle les a qui pointent comme des clochers*, pense Mari Paz.

Les nerfs en pelote, elle oublie aussi de s'exciter et observe la situation de l'extérieur, comme si elle entendait dans sa tête la musique d'introduction de *L'Homme et la Terre*, avec Félix Rodríguez de la Fuente qui commente en voix off : « Ces animaux, au plumage doré, piaillent et sautillent d'excitation à l'arrivée d'un étranger... »

— Passez votre carte ici, lui indique Tout-Nu, désignant le lecteur.

— Ne la passe pas ! s'écrie Sere.

— Va te faire foutre, lance Mari Paz à haute voix.

— Pardon ? s'étonne Tout-Nu, qui croit avoir mal entendu.

SUR LA SCÈNE

— Il faut que tu gagnes du temps, intime Sere.

— Désolée, je n'ai pas bien entendu, fait répéter Mari Paz.

— Je vous dis de passer votre carte ici, insiste Tout-Nu.

— J'ai besoin de dix secondes de plus, précise Sere, se remettant à pianoter frénétiquement.

— Et comment je fais ?

— Donnez-moi la carte, si vous voulez. Je vais le faire, propose Tout-Nu, en même temps que Sere indique :

— Joue les idiotes.

— Bien sûr, oui, dit Mari Paz, sans bien savoir à qui elle répond, à moins que ce ne soit aux deux. Attendez, je cherche la carte.

— Vous l'avez dans la main, indique Tout-Nu.

Mari Paz contemple la carte comme si c'était la première fois qu'elle la voyait.

Toute-Nue en profite pour la lui prendre et lui souffler :

— Tu fous en l'air le show, ma belle. Y en a qui bossent, ici.

— Bon ben, c'est parti, prévient Mari Paz.

— Pas encore ! supplie Sere. Encore trois secondes !

Toute-Nue, pressée, ignore la demande désespérée de la personne qui tente de pirater le système informatique de son patron. Elle brandit la carte et, sans plus attendre, la glisse dans le lecteur.

L'écran devient rouge.

— Oooooh, on dirait que quelqu'un a un peu abusé du champagne ! lance-t-elle à l'intention du public.

Puis elle se tourne vers la légionnaire, lui rend la carte sans ménagement et lui dit :

— Descends de ma scène, connasse.

SORTIE DE SCÈNE

— Dis-moi que ça a marché, exige Mari Paz en descendant de la scène.

— Je ne sais pas. Sérieux, j'en sais rien, peste Sere, la voix nouée. J'ai appuyé sur envoyer, mais je ne sais pas si la commande s'est exécutée avant que tu passes la carte.

— Si j'ai fait tout ça pour rien, je te jure que...

Elle s'interrompt pour regarder Aura, qui lui fait un signe en désignant l'escalier, tout en feignant de se passionner pour ce que lui raconte Toulour.

Lorsqu'elle suit la direction de son regard, une mauvaise surprise l'attend.

En bas de l'escalier, deux des gorilles de Toulour discutent en gesticulant, l'air pas franchement réjouis.

Peut-être qu'ils ont déjà découvert Zlatan, que Mari Paz avait laissé sous une table, inconscient.

Ou que l'un des types de la salle de repos a repris connaissance.

Quoi qu'il en soit, il se passe quelque chose, et ce n'est pas une bonne nouvelle pour elles.

— On se tire, et vite !

REZ-DE-CHAUSSÉE

Cette dernière phrase, Aura l'a parfaitement entendue. Elle se tourne donc vers Toulour, qui débite à présent des théories éculées sur le matérialisme mécaniste (comme s'il les avait inventées lui-même), tout en suivant avec ravissement ce qui se passe sur la scène, où les candidats en viennent presque aux mains parce que (oh, surprise) l'un d'eux veut continuer et les deux autres non.

— Mon cher Henri, je crains que l'heure ne soit venue de me transformer en citrouille.

Toulour la regarde comme s'il ne voyait pas de quoi elle parlait, jusqu'à ce qu'elle finisse son verre et se lève.

— Mais… chérie ! Tu vas rater la fin de L'Or du Rhin !

— Mes filles sont seules à la maison, et quelqu'un doit s'assurer qu'elles n'y mettent pas le feu. Et puis, je crois bien que j'ai fait ce que j'avais à faire ici.

Elle adresse un clin d'œil à Toulour, qui semble croire un instant qu'elle flirte avec lui. Quand il cesse de penser avec sa bite, il se met à penser avec l'autre partie de son corps la plus importante pour lui, à savoir son portefeuille.

— Ah, bien sûr. Il faut qu'on parle des… aménagements.

— Ça ne te fait rien si on en discute chez toi demain, plus au calme ?

— Ma chérie, ma porte t'est ouverte jour et nuit, minaude-t-il. Mais ne viens quand même pas trop tôt.

7
Une pluie

— Ouf, lâche Aura en rejoignant Mari Paz à l'entrée du casino. J'ai bien cru que j'allais faire une indigestion de Mon Chéri.

— *Oh ! là, là ! madame.* Comment on dit en français « Magne-toi, blondie, ça va chauffer pour nos miches » ? dit Mari Paz en jetant un œil par-dessus l'épaule d'Aura.

— Aucune idée.

Elle se retourne pour voir ce que regarde la légionnaire.

Sur la scène, L'Or du Rhin est enfin terminé. L'une des candidates, qui a l'air d'une escort-girl rémunérée pour la soirée, lève les bras en signe de victoire. Les invités hurlent et applaudissent presque – presque –, comme s'ils avaient eux-mêmes remporté les trois millions d'euros.

Cependant, ce n'est pas cela qui inquiète la légionnaire, ce sont les trois hommes qui viennent de descendre l'escalier, l'air pressé. L'un d'eux a le front plutôt rouge, là où Mari Paz lui a balancé un coup de chaise.

— C'est un dur, ce Zlatan, dit-elle d'un ton de connaisseur.

— Il te reconnaîtrait ?

— Je pense que oui.

— S'ils ont découvert ceux de là-haut, on est foutues.

— Et si la maboule a loupé le coche avec la carte, on est doublement foutues, blondie.

— Non concluant ! crie Sere dans les écouteurs.

— Il faut y aller, ordonne Aura en se dirigeant vers la sortie de la villa.

Mari Paz dévisage sa camarade, qui a ce regard absorbé auquel elle commence à s'habituer.

— Maintenant tu vas me dire que si on annule la mission, c'est ma décision et tout ça, lance Aura d'une voix haletante, accélérant le pas.

Elles ont presque atteint l'entrée, où quelques fêtards attendent bruyamment que le voiturier leur ramène leur véhicule.

— Après la pluie, le beau temps, dit Mari Paz, pour la taquiner plus qu'autre chose.

— D'où ça sort ? s'étonne Aura, amusée. Une pensée positive, pleine d'espoir dans la tempête ?

Mari Paz regarde la rue en pente qui mène à sa Škoda, à la liberté, à un lit douillet et à un copieux dîner arrosé d'une bière fraîche.

Puis elle observe la villa qui fait office de banque, où les perspectives sont moins prometteuses.

Elle soupire.

Elle soupire et souffle.

Elle voulait simplement donner une réponse pas trop prévisible. En fait, ce qu'elle comptait débiter était bien plus proche de ce qu'avait anticipé Aura, mais ça lui casse bien les ovaires. Alors elle a dit le contraire, sans réfléchir. Le problème des réponses hormonales trop spontanées, c'est qu'ensuite, il faut sauver la face.

— Ben, vu qu'on est déjà fringuées et maquillées…

Aura sourit, devinant où elle veut en venir. Mais rien ne peut la dissuader de suivre son objectif.

— Une dernière et on y va ?

— Une dernière, et on rentre à la maison.

Elles se dirigent vers la banque. Le même homme monte la garde à l'entrée, mais il n'y a plus la queue et elles pénètrent directement dans le jardin japonais.

Lorsqu'elles arrivent à la porte blindée, Mari Paz appuie sur la sonnette et se tourne vers Aura.

— Il est encore temps de faire demi-t…

— C'est non, compris ?

Et ce n'est plus temps, car la porte s'ouvre déjà et elles entrent toutes les deux, prêtes à subir la même humiliation que tout à l'heure.

Les deux gorilles, cependant, se montrent cette fois bien plus aimables. Ils les plaquent contre le mur, mais sans gestes brusques et sans trop toucher leurs parties tripotables.

— *Hvala vam*, remercie Mari Paz.

Les gorilles font un geste ambigu et les laissent passer.

Sept mètres. Sept mètres et on saura si on repart d'ici avec l'argent ou avec une balle dans la tête.

Aura ne se fait guère d'illusions sur Toulour et sur sa relation avec elle. Il n'est pas du genre à appeler la police si les choses tournent mal. Et elle a entendu des rumeurs sur ce qui s'est passé la fois où quelqu'un a voulu l'arnaquer. Ici même, à deux pas du parc de Casa de Campo, où il est si facile d'abandonner un cadavre au milieu de la nuit.

Elle parcourt les sept mètres en neuf pas rapides, désireuse de mettre fin à l'incertitude au plus vite.

— Bonsoir, je viens chercher mon prix, dit-elle dans l'interphone du guichet.

Le visage du trésorier transpire la fatigue et l'ennui. Ou plutôt, c'est ce que lui souffle son intuition, car la tronche d'endive du sourd-muet ne laisse jamais sourdre (ha, ha ! rit intérieurement Aura) aucune émotion.

C'est comme regarder une statue de cire.

— Introduisez (pause) la carte dans l'ouverture prévue à cet effet, débite l'interphone quand le trésorier a fini de taper.

Aura lui tend la carte, le trésorier la prend et la glisse dans le lecteur placé à côté de l'ordinateur.

Il continue de fixer l'écran, plus impénétrable que jamais. Il repasse la carte dans le lecteur.

— Il y a un problème ? demande Aura.

— Attendez, répond la voix robotique.

Le trésorier sort une carte de sa poche, la glisse dans le lecteur, puis pianote à nouveau sur son clavier.

— Cent, deux cents ou cinq cents, dit-il.

— Désolée, je ne sais pas de quoi vous parlez.

Le trésorier la regarde à nouveau – Aura dirait plutôt que c'est la première fois –, cille d'un air réprobateur et se remet à taper.

— Les billets (pause). Quelles coupures (pause) voulez-vous ?

Oh, oh, oh !

— Cinq cents, s'il vous plaît, déclare-t-elle avec un calme feint. J'ai une tendinite.

Ça sera plus difficile à blanchir, c'est vrai. Mais ces trois millions d'euros pèseront seulement sept kilos. Répartis dans deux sacs, ça ne sera pas un problème.

Le problème vient d'ailleurs. Plus précisément, de l'autre bout du couloir.

Mari Paz, restée à la porte de la petite pièce qui fait office de caisse, fait semblant de consulter son portable. Ce qu'elle observe, en réalité, ce sont les deux gorilles de l'entrée.

Ils transpirent eux aussi la fatigue et l'ennui, nul besoin d'écouter son intuition pour le savoir. Le plus grand est une armoire à glace, couronné d'un dense buisson de cheveux blancs, avec des mains énormes, des bajoues et des yeux bleus qui brillent sous des sourcils broussailleux. L'autre est presque aussi grand, mais toute sa pilosité visible se concentre au-dessous de son nez, sous la forme d'une de ces longues barbes hirsutes très tendance.

Gros Sourcils bâille, sans cérémonie, et Barbe Drue l'imite en mettant pudiquement la main devant la bouche.

Des gorilles qui s'ennuient et qui bâillent, c'est bon signe. Des gorilles qui se raidissent soudain en entendant quelque chose dans leur oreillette, un peu moins.

Gros Sourcils fait signe à Barbe Drue en désignant Mari Paz. Et tous deux commencent à se diriger vers elle, plus inquisiteurs que menaçants. Mais ils s'avancent vers elle.

— On est repérées, constate Mari Paz en faisant toujours mine de regarder son portable.

Aura ne se retourne pas. Elle est tout près de la vitre de protection, qui reflète une partie du couloir et les deux gorilles, certes en rien représentatifs de l'ensemble de la population serbe, mais dont les tatouages, les armes et l'attitude laissent entrevoir qu'ils ne vont pas les inviter à boire une délicieuse *slivovitz* avec eux.

— Occupe-toi d'eux, MP.

— Ils ont un fusil.

— On n'a qu'à les ignorer, suggère audacieusement Sere. Notre indifférence va les achever.

— Ça me paraît difficile, rétorque Mari Paz en levant les mains.

Car Gros Sourcils est déjà presque à sa hauteur et il brandit son arme – concrètement, vers le visage de Mari Paz –, et il serait très grossier de ne pas lui rendre la politesse.

— Vous êtes qui ? *Ko si ti* ?

— Ce serait un très bon moment pour faire diversion, dit Mari Paz en souriant jusqu'aux oreilles. *Ja sam prijatelj*. Amie. Je suis une amie.

— Ne précipitons pas les choses, dit Sere.

— Les choses se sont précipitées toutes seules, réplique Mari Paz, essayant de détourner la tête du fusil, qui envahit son champ de vision.

— Balance, Sere, ordonne Aura.

INTÉRIEUR DE LA FOURGONNETTE

Sere se tourne vers Málaga, et crie :

— Balance la sauce !

Ce n'était pas nécessaire, car le sergent a entendu Aura et sort déjà son téléphone portable de sa poche.

— Voyons s'il répond, dit-il en portant l'appareil à son oreille.

Le portable émet l'appel, sonne, mais à l'autre bout du fil, personne ne semble avoir envie de décrocher.

— J'ai cru comprendre qu'il y avait urgence, signale Sere.

— C'est toujours comme ça, madame, explique Málaga par-dessus son épaule, puis au téléphone : Balance la sauce, Angelo.

Dans le combiné, on perçoit une tirade à peu près inaudible. Málaga écoute patiemment, et décrète :

— Écoute, Angelo. Il y a urgence. Si la dame te demande de balancer la sauce, tu balances la sau…

Il ne termine pas sa phrase, car ses pupilles s'emplissent d'une lumière jaune. L'obscurité disparaît, avalée par le feu.

Au feu succède le bruit d'une explosion, assourdissant. Un bref, très bref, instant de paix.

Puis un effroyable concert d'alarmes de voitures.

Málaga contemple avec ravissement la colonne de feu qui s'élève vers le ciel, puis se rappelle qu'il se doit de remettre les pendules à l'heure.

— On avait dit pas de *boum boum*, Angelo. Juste un *boum*.

Angelo et le Maquereau
(Un peu plus tôt)

Quand Málaga a informé Angelo et le Maquereau qu'ils allaient pouvoir passer à l'action, Angelo a sauté au plafond.

— J'avais bien besoin de me dégourdir les jambes.

Le Maquereau, un peu moins.

— Ce n'est pas le rôle d'un poète de pousser un fauteuil roulant en bas d'une pente, camarade.

— En haut, c'est pire, Maquereau, a répliqué Angelo pour lui remonter le moral.

Le Maquereau a poussé un soupir d'abnégation, tout en empêchant le fauteuil roulant de se faire la malle. Bien que privé de ses membres inférieurs, Angelo a les bras tellement musclés qu'il pèse aussi lourd que s'il était entier. Et le sac rempli d'outils « et d'autres petits trucs » qu'il a placé dans le compartiment de rangement, en dessous, n'arrange rien.

À mi-pente environ, ils ont fait un premier arrêt.

— Celle-là fera l'affaire, déclare Angelo en désignant une voiture de sport orange.

— Bugatti Chiron.

Le Maquereau, pas très au fait des modèles de voitures, prononce *Chirón*.

— Ça m'a l'air coûteux, apprécie le Maquereau.

— Je ne sais pas trop. Dans mon pays, on fabrique tellement de voitures.

Angelo a plongé la main dans le sac d'outils, enlevé le bouchon du réservoir et introduit dans le trou un petit engin qui émettait une lumière clignotante.

— Passe-moi la perceuse, tu veux bien, le Maquereau.

Celui-ci s'est exécuté, et Angelo a fait une série de trous dans la carrosserie, à intervalles réguliers, allant du réservoir jusqu'à la verticale de l'enjoliveur.

Une fois le détonateur prêt, il a sorti un récipient – qui, à en juger par l'odeur, avait contenu des lardons – et des espèces de boulettes de couleur bleu-vert. Une mixture de son cru, introuvable dans le commerce. Il a placé deux boulettes à l'entrée du réservoir et une autre sur la carrosserie, de manière à affaiblir le châssis et à faire sauter le réservoir dans le bon sens.

En quelques minutes, c'était terminé. À première vue, on ne remarquait pas grand-chose, si ce n'était que la voiture – avec tous ces trous – était moins aérodynamique et que quelqu'un avait fixé un câble sur le côté qui descendait jusqu'au sol.

Ils ont répété l'opération sur trois autres véhicules, par sécurité, au cas où l'un des propriétaires serait parti avant l'heure. Une Ferrari 812, une Rolls Royce Phantom et une Bentley Mulsanne, toutes garées à proximité les unes des autres, pour pouvoir garder un œil dessus.

— On ne voudrait pas qu'elles fassent *boum boum* avec quelqu'un pas loin. Ou pire, à l'intérieur, a précisé Angelo.

— Rappelle-toi ce qu'a exigé le sergent. Juste un *boum.* Pas de *boum boum*, l'a sermonné le Maquereau.

— Ces choses-là sont imprévisibles, a répondu l'interpellé en retirant des résidus d'explosif de sous ses ongles. Mais allons un peu plus par là-bas, il risque d'y avoir de la poussière.

Ils s'éloignaient déjà, quand le Maquereau s'est soudainement arrêté. Et Angelo avec, forcément.

— Attends, attends. Et s'il est finalement inutile de les faire sauter ? réalise le Maquereau. Imagine que quelqu'un reparte avec ça, avec le risque que cela impliquerait.

— Mon mélange se décompose au contact de l'air. En trois ou quatre jours...

— Une durée excessive, mon pyrotechnique ami.

Il a tellement insisté qu'Angelo a fini par céder. Il a arraché une page de son carnet, l'a fixée au pare-brise (préalablement troué à la perceuse) côté conducteur, à l'aide de quatre vis et s'est tourné vers son camarade.

— Satisfait ?

— Maintenant, oui.

Le contenu du message, lisible de l'intérieur seulement, avait encore donné lieu à une âpre discussion. Le texte du communiqué était le suivant :

MONSIEUR, NE DÉMARREZ PAS.
APPELEZ LE 091. DEMANDEZ LES DÉMINEURS.
DÉSOLÉ POUR LE DÉRANGEMENT. CDT. ANONYME.

Ils ont attendu à quelques mètres de la fourgonnette et des voitures trafiquées. Angelo, au milieu de la chaussée, la télécommande à la main et le sourire aux lèvres. Le Maquereau, planqué derrière un lampadaire et plus effrayé qu'un végan pendant une corrida.

Au bout d'un moment, le téléphone a sonné. Le Maquereau a fouillé dans toutes ses poches sans le trouver.

— Ça t'arrive tout le temps.

— Fiche-moi la paix, Angelo, tu sais que ça me rend encore plus nerveux.

Il a fini par le dénicher, a pris l'appel et mis le haut-parleur. Angelo a protesté en entendant l'ordre de Málaga :

— C'est censé couvrir leur fuite.

— Écoute, Angelo. Il y a urgence. Si la dame te demande de balancer la sauce, tu balances la sau…

Il ne l'a pas laissé finir et s'est contenté d'appuyer sur les boutons un et trois de la télécommande. Il s'est gardé les deux et quatre en réserve, au cas où.

Boum, boum.

8

Un couloir

Pendant cet intermède rétrospectif, Mari Paz est restée les mains en l'air. Pour elle, quarante-trois secondes se sont écoulées, mais ç'a été quarante-trois longues secondes. Très longues. Elle aurait vu sa vie défiler devant ses yeux si sa vision n'avait été obstruée par le canon d'un fusil.

Un SPAS-12. Sept ou huit cartouches. Grande ouverture de tir. Dans un couloir comme celui-là, même un borgne toucherait sa cible.

Gros Sourcils n'arrête pas de lui hurler dessus, et, les bras toujours tendus, elle fait barrage pour qu'ils n'atteignent pas la pièce où se trouve Aura, continuant de crier qu'elle est une amie, qu'ils ne doivent pas tirer.

À ce moment, au milieu des cris, le *boum boum* retentit.

Dans la villa, faite de murs en béton et de portes blindées, les deux explosions ne font pas tomber de nuage de plâtre des plafonds ni trembler les vitres, comme c'est le cas dans une bonne partie du quartier. Mais on les entend, et pas qu'un peu. Suffisamment pour que les deux gorilles – en soldats aguerris – réagissent comme la légionnaire s'y attendait. Instinctivement, ils courbent un peu l'échine.

Il ne lui en faut pas plus.

Sa main droite empoigne le canon du fusil et le dévie. Le geste provoque une réaction immédiate de Gros Sourcils, qui appuie sur la détente. L'arme est maintenant pointée vers le mur – deux cent quatorze plombs numéro huit – et fait un trou de soixante centimètres de diamètre dans le revêtement de placo.

La main gauche de Mari Paz se dirigeait vers le visage du gorille, mais le recul de l'arme a projeté ce dernier contre le mur opposé, et son visage n'est plus là où elle le croyait. Elle ne parvient qu'à toucher son épaule.

Un coup faiblard, inutile.

Barbe Drue, pendant ce temps, a saisi le pistolet qu'il porte à la ceinture.

C'est une bonne et une mauvaise nouvelle.

La mauvaise : sans avoir éliminé son premier adversaire, qui est toujours armé, et avec le deuxième qui l'est presque, ses chances de survie s'amenuisent de minute en minute.

La bonne : mettre un pistolet à glissière à la ceinture expose au risque qu'il se coince et qu'il se révèle compliqué à dégainer.

Mari Paz en profite pour balancer un autre coup à la figure de Gros Sourcils, qui continue de se débattre, essayant de récupérer son arme.

Cette fois, elle le frappe juste en dessous de la pommette.

On entend un craquement, du genre que produiraient deux dents en se cassant.

Le gorille relâche sa prise sur le fusil, permettant à Mari Paz de le lui arracher, avec un cri de victoire.

Son avantage est de très courte durée. Elle tient l'arme par le canon et n'a pas le temps de le saisir correctement. Ce qu'a réussi en revanche Barbe Drue, qui a sorti son pistolet et le braque sur elle.

Sans réfléchir, Mari Paz brandit l'arme comme une massue et l'abat sur le crâne chauve de Barbe Drue. Le coup n'atteint pas sa cible, et atterrit entre le côté de la tête et le bras, que l'homme a levé instinctivement. Ce qui lui évite une fracture du crâne, mais suffit à l'assommer.

Malheureusement, cela suffit aussi à fendre la culasse du fusil.

Aïe, aïe.

Le fusil ferait maintenant plus de mal que de bien à quiconque tenterait de l'utiliser, cependant Mari Paz n'est pas du genre à faire le travail à moitié, alors elle tire sur le mécanisme de chargement *(clac clac)* une, deux, trois fois, et ainsi de suite jusqu'à huit fois, laissant tomber les cartouches à ses pieds.

Puis elle le brandit à nouveau comme s'il s'agissait d'un bâton. Juste à temps, car Gros Sourcils – qui mesure près de deux mètres, pèse dans les cent vingt kilos et a des bras format gazoduc russe – s'est déjà remis du direct au visage. Suffisamment pour lever les poings, se mettre en position de combat, cracher ses dents cassées et regarder Mari Paz avec l'envie de lui rendre la pareille.

— Blondie, il est temps de mettre les voiles, non ?

À moins de quatre mètres de l'endroit où Mari Paz se castagne avec ces deux sympathiques citoyens de nationalité serbe, Aura livre une autre bataille.

Le trésorier a sorti d'énormes liasses de sous le guichet et utilise à présent une compteuse de billets pour s'assurer de remettre à Aura la somme qu'elle a *gagnée* jusqu'au dernier centime.

— Inutile de recompter, dit-elle dans le micro, tandis que les billets s'empilent dans la machine. Je vous fais confiance.

En raison de sa surdité, le trésorier n'a pas entendu les explosions ni la bagarre qui se déroule à quelques mètres de là. Il lui suffirait pourtant de se lever et de se déplacer de quelques centimètres sur sa droite pour avoir une vue d'ensemble du couloir.

Et ce n'est pas ce qu'on voudrait, n'est-ce pas ?

— Madame, tape le trésorier sur son clavier. C'est (pause) une maison honnête, ici.

Ravie de savoir qu'on est à cheval sur les règles dans ce tripot, pense Aura, qui doit faire de gros efforts pour ne pas se retourner et voir comment Mari Paz s'en sort.

Tant qu'il y a du bruit, il y a de l'espoir.

Lorsqu'elle a ordonné à Sere de faire diversion, elle a pris la précaution de couvrir le micro de sa main, pour que les mots n'apparaissent pas sur l'écran du trésorier. À présent, tout en faisant de son mieux pour ne pas se retourner, elle doit aussi se retenir de grimacer à chaque coup ou chaque cri. Et penser à couvrir et découvrir le micro quand elle parle.

Il n'entend pas. Il ne peut rien entendre, se répète-t-elle silencieusement.

Malgré tout, la dissonance cognitive entre ce qui se passe derrière elle et le sourire imperturbable qu'elle doit afficher pendant que le trésorier compte les six mille billets pèse lourdement sur ses nerfs à vif.

Allez. Allez, allez.

— Blondie, il est temps de mettre les voiles, non ? crie Mari Paz depuis le couloir.

Je ne demande pas mieux.

— Que dites-vous ? tape le trésorier, qui a dû capter une partie de la phrase de Mari Paz à travers le micro.

— Excusez-moi, je pensais tout haut.

Le trésorier lui lance l'un de ses regards vides – cette fois, Aura croit y lire une certaine indifférence – et reprend son décompte.

— Nous avons terminé, tape-t-il. Voulez-vous (pause) que je recompte ?

— Non, merci beaucoup. C'est parfait, affirme Aura, qui a mal au visage à force de sourire.

— Voulez-vous un sac ?

Aura observe les trente énormes liasses, puis sa minuscule pochette de soirée.

— Si ça ne vous ennuie pas.

— Ça fera cinq centimes.

Mais bien sûr.

Aura fouille dans son portefeuille, sans trouver une seule pièce de monnaie. Elle tombe sur un billet de cinq euros tout froissé avec un coin plié.

— Tenez, gardez la monnaie.

Le trésorier prend le billet qu'Aura lui glisse par l'ouverture, puis se lève.

Aura s'engage aussitôt dans la direction où s'est déplacé le trésorier, pour bloquer son champ de vision. Celui-ci la regarde, perplexe, et se penche sous le comptoir jusqu'à ce qu'il trouve un paquet de sacs plastique bleus. Il en sort un avec précaution, et l'introduit dans le passe-documents. Puis il y dépose, une par une, les épaisses liasses, qu'Aura s'empresse de saisir et de fourrer dans le sac.

— Merci, dit-elle quand la dernière liasse tombe dans le passe-documents avec un bruit métallique.

Avant de la mettre dans le sac, elle sort deux billets de cinq cents et les glisse dans l'ouverture.

— *Pourboire*, ajoute-t-elle avec un sourire.

Le trésorier hoche poliment la tête puis regarde par-dessus l'épaule d'Aura, en direction du couloir.

Ah, il est donc capable d'exprimer des émotions, pense Aura, en voyant les yeux du trésorier s'écarquiller, sa bouche s'ouvrir comme un store cassé, tandis qu'il recule brusquement.

9

Une foule

Aura n'attend pas de voir où mène la surprise du trésorier. Elle attrape le sac – bien plus lourd qu'elle ne s'y attendait – et se précipite dans le couloir.

Elle s'arrête net.

Sur le sol gisent cinq corps. Deux d'entre eux se tordent furieusement dans tous les sens. Mari Paz les a ligotés grossièrement, à l'aide de leur propre ceinture et de leurs lacets de chaussures, mais ils ont toujours l'envie d'en découdre. Les trois autres sont à divers stades d'inconscience, du gémissement dans leur sommeil au noir le plus total.

Au milieu du couloir, adossée au mur, la lèvre fendue, un œil tuméfié à moitié fermé et les jointures à vif, Mari Paz fume une cigarette comme si elle attendait le bus, qui semble avoir du retard.

— Surtout te presse pas, blondie, lance-t-elle en tirant une bouffée et en soufflant la fumée avec lassitude.

Aura désigne les corps, sans trop savoir quoi dire.

— Ils n'ont pas arrêté de rappliquer, explique Mari Paz avec un haussement d'épaules.

Le geste ne lui réussit pas, car elle se tient douloureusement le flanc. Sans doute une côte cassée.

— Et ils vont continuer, poursuit Aura en pointant la salle du trésorier du doigt.

— Alors on se taille.

Elle veut faire un pas, mais la douleur déforme son visage au moindre mouvement.

— Ils m'ont bien amochée, blondie.

Aura s'approche et lui offre de s'appuyer à son bras.

— Tu peux marcher ?

— Je peux boiter.

— Alors boitons vite.

Elles sortent dans le jardin désert. Au portail principal, le garde de tout à l'heure n'est plus là.

Dès qu'elles quittent l'enceinte de la villa, elles comprennent pourquoi. À l'extérieur, c'est le chaos.

Les explosions des voitures ont retenti bien plus fort dans le casino, plus proche du *boum boum*. Et les invités, à la fois intrigués et effrayés, sont sortis voir ce qui se passait.

Lorsqu'ils ont vu la fumée, le feu et les flammes, l'hystérie a éclaté, suivant diverses modalités.

Un groupe d'abrutis, ivres morts et défoncés jusqu'aux yeux, s'est mis à beugler qu'Al-Qaïda – ou l'ETA ! – était de retour, qu'il fallait s'armer et rendre la monnaie de leur pièce à ces fils de putes. Ils sont retournés à l'intérieur, ont cassé quelques meubles et sont ressortis armés de pieds de chaises et de bouteilles de champagne.

Un autre groupe, plus modéré, s'est contenté de courir en direction de leurs voitures pour vérifier qu'elles étaient intactes.

Quelques-uns, une minorité, ont continué de jouer comme si de rien n'était, attribuant l'agitation à un canular, à la stupidité des masses ou à un mélange des deux.

Et enfin, le propriétaire de la Bugatti Chiron, qui s'est avérée coûter quelques millions d'euros, s'est jeté par terre, au milieu de la rue, et s'est mis à pleurer et à taper des pieds comme un petit enfant à qui on aurait confisqué la manette de sa PlayStation.

Personne, absolument personne, n'a appelé la police. C'est peut-être une bande de connards alcooliques, toxicomanes, dépravés et accros au jeu, aucun d'eux n'est complètement stupide. Ils savent très bien qu'ils n'ont aucun intérêt à se faire prendre dans un casino clandestin où on vend de la cocaïne comme si c'étaient des Smarties.

Ce qu'ils font, c'est ce que fait tout rat qui se respecte quand le navire coule.

D'où le chaos.

C'est dans cette foule de gens qui braillent, qui réclament leurs clés aux voituriers ou qui se roulent par terre, que déboulent les deux voleuses fraîchement diplômées.

Aura, voyant ce qu'elles vont devoir traverser, se rappelle soudain une citation que Ponzano avait soulignée dans un livre d'histoire romaine qu'il lui avait offert. Suétone, ou peut-être Tite-Live.

— La foule est comme la mer. Calme ou agitée, selon le vent.

Mari Paz pousse un grognement sarcastique et repousse du pied un type qui leur hurle dessus au passage.

— Et ça veut dire quoi ?

— Que les gens sont pourris. C'est un Romain qui l'a dit, je ne sais plus lequel.

La légionnaire, qui est en mode traversée de la foule hurlante, s'avère très réceptive aux citations misanthropiques.

— Mémé Celeiro disait : « Trop de cuisiniers gâtent la sauce. » Peut-être bien qu'elle était romaine, elle aussi.

— Peut-être bien, concède Aura en souriant.

10

Un retour

— Vous pouvez y aller, dit Aura dans l'oreillette.

— Je peux dire au revoir ?

— S'il n'y a pas le choix...

— Équipe de soutien, retour à la base. Terminé, débite Sere avant de raccrocher.

Aura regarde Mari Paz, attendant – espérant – une réaction quelconque aux habituelles lubies de Sere, mais la légionnaire semble s'être mise en *stand by*. Elle fume, naturellement. Adossée à la voiture, qu'elles ont rejointe dans la douleur, et sans incident.

Bien qu'elles soient loin de la villa, le bruit leur parvient toujours, plus étouffé. Le hurlement d'une sirène, des pompiers ou de la police, se rapproche.

— Les gorilles de ton copain français doivent être occupés à contenir tout ce bordel, lâche soudain Mari Paz.

— Ceux que tu n'as pas démolis, tu veux dire.

— Il en restait quelques-uns. C'est un miracle qu'on ait pu s'échapper. Enfin, ce n'est pas ce qui m'inquiète le plus.

Aura sait ce qu'elle veut dire. Toulour la connaît. Il ne sait pas où elle vit actuellement, mais il n'aura aucun mal à le découvrir. Sere a pu accéder aux images des caméras de surveillance et a effacé toute trace de leur présence ici.

Même ainsi, si Toulour additionne deux et deux, et montre une photo d'elle à son trésorier ou aux gorilles du couloir, il saura aussitôt qui l'a déplumé.

— On va devoir s'installer à l'hôtel le temps que je trouve une solution.

Elle brandit le sac en plastique plein de billets.

— Un hôtel quatre étoiles, conclut-elle.

Mari Paz sourit, malgré sa lèvre fendue, malgré sa – probable – côte cassée. C'est un sourire fatigué et douloureux, et le plus beau et le plus sincère qu'Aura ait jamais vu.

— Je suis contente pour toi, dit la légionnaire. Et pour les petiotes.

Aura ne peut détacher les yeux de ce sourire. Même sans explication, elle en aurait compris le sens.

— Merci. Je n'aurais pas pu réussir sans toi.

Mari Paz penche un peu la tête, change de position, souffle la fumée et jette sa cigarette d'une pichenette.

Elle pense.

À l'endroit où elle était il y a quelques semaines, à ce qu'elle faisait de sa vie. À la façon dont elle passait le temps entre une maigre allocation et la suivante. Qu'il n'y avait jamais assez d'argent. Qu'il n'y aurait jamais assez d'alcool. Que rien ne suffirait jamais à la combler, car il y avait au fond d'elle un énorme vide, un puits de désespoir qui absorbait toute la lumière et toute la bière qu'elle pouvait écluser. Que sa rencontre avec Aura et les jumelles avait tout changé. Qu'elle avait trouvé une direction, un but – un but, alors qu'il n'était peut-être pas trop tard. À qui il faudrait réellement remercier.

— Non, pas vraiment, résume-t-elle.

Aura rit, et monte dans la vieille Škoda.

— Allez, on y va. On a encore beaucoup à faire ce soir avant de pouvoir souffler.

Mettre les filles dans un taxi et les emmener dans un hôtel isolé, de préférence en dehors de la ville. Réserver une chambre sous un faux nom. Et demain, commencer à blanchir et à transférer l'argent, pour pouvoir payer la caution à temps…

Pendant que Mari Paz démarre et met le cap vers l'appartement d'Aura, la liste des choses à faire s'allonge dans sa tête, chacune plus ardue que la précédente.

Procédons étape par étape. D'abord un problème, puis le suivant.

Elle s'enfonce un peu dans son siège et ferme les yeux. *On réfléchit moins bien quand on est fatigué*, se souvient-elle. *C'est le moment de se détendre un peu, on l'a bien mérité.*

Son repos dure exactement une minute et demie. C'est le temps que met Mari Paz à se remettre à râler.

— Mais quel *carallo*… lance la légionnaire en freinant brusquement. Dégage-toi de là !

Devant elles, une Range Rover noir stationne en travers de la chaussée, feux de détresse allumés.

— Qu'est-ce qui se passe ?

— J'en sais rien. Une tête de nœud qui s'est arrêtée au milieu de la route.

Mari Paz baisse la vitre pour l'engueuler, mais son cri reste bloqué dans sa gorge. Une silhouette surgit de l'obscurité et lui colle un insigne sous le nez.

— Police nationale. Descendez du véhicule.

Mari Paz ravale son cri, et déglutit de peur et de surprise. Elle déplace lentement sa main, cherchant le levier de vitesse pour se remettre en première. Mais son projet tourne aussi court que son cri lorsqu'un pistolet vient remplacer l'insigne.

— Coupez le moteur, ordonne la voix – une voix féminine. Vous pouvez descendre du véhicule ici, ou je peux venir vous chercher un peu plus tard à l'appartement de la rue Abtao, où vos filles sont actuellement endormies, madame Reyes.

Aura pensait qu'il était impossible d'être plus effrayée qu'elle ne l'était il y a une seconde, mais il s'avère que si.

— On descend, ordonne-t-elle à Mari Paz.

— Et n'oubliez pas le sac, ajoute la policière.

Ça ne peut pas être en train d'arriver, c'est impossible.

Le sac en question est déjà planqué sous le siège passager, où Aura l'a discrètement poussé du pied. Ce qui lui donne deux fois plus de boulot pour l'extraire. Elle le tire d'un coup sec.

Toutes deux quittent la voiture les mains en l'air, même si personne ne leur a rien demandé – quarante ans à regarder des films, ça vous marque, et on finit par savoir comment se tenir en société.

La femme s'est éloignée, marchant à reculons, l'arme toujours pointée sur elles et restant à une distance prudente de Mari Paz. Lorsque son dos touche la carrosserie de la Range Rover, elle fouille dans sa poche, sort la clé et appuie sur le bouton qui ouvre le coffre.

— Mettez le sac dans ma voiture, madame Reyes.

Aura peut maintenant la voir, éclairée par les phares de la Škoda. Elle est vêtue d'une gabardine noire, d'un pull et d'un pantalon foncés. Le visage sévère, et les cheveux attachés en un chignon si serré qu'on a mal rien qu'à la regarder. Elle tient le pistolet dans sa main gauche gantée. Aura se demande si elle est gauchère, et aussi si Mari Paz pourrait l'atteindre.

Aura marche dans sa direction, dans l'intention de se placer entre le pistolet et la légionnaire, mais la femme est trop maligne pour se laisser abuser par une ruse aussi grossière.

— Dans le coffre, par ici, indique-t-elle en tendant la main droite, le pistolet toujours pointé sur Mari Paz.

Aura obéit et arrive devant le coffre ouvert.

— Mettez le sac dedans, somme la femme sans se retourner. Et prenez l'objet qui se trouve devant vous.

Sous la menaçante lumière rouge qui éclaire l'énorme coffre, Aura aperçoit un éclat argenté sur le tapis gris. Lorsqu'elle soulève l'objet : des menottes.

C'est comme ça que cette histoire a commencé, se dit-elle. *Quelle tristesse qu'elle se termine de la même façon !*

— Maintenant, retournez avec votre copine et passez-lui les menottes, dit la femme en appuyant sur le bouton qui ferme le coffre et en rangeant la clé. Dans le dos.

Aura rejoint Mari Paz, qui affiche un air mortel.

— Tu as une idée ? lui murmure-t-elle.

— J'ai l'idée qu'on est dans la merde, répond l'autre.

— Silence ! La seule chose que je veux entendre, c'est le bruit des menottes.

Et c'est ce qu'on entend. Un double claquement, qui rappelle à Aura de très mauvais souvenirs.

— Faites trois pas sur votre gauche, madame Reyes. Madame Celeiro, tournez-vous et mettez-vous à genoux.

La policière s'approche de Mari Paz, vérifie que les menottes sont bien en place, puis recule à nouveau sans lui tourner le dos.

— Vous n'avez pas de menottes pour moi ? demande Aura, un poil vexée.

— Vous ne représentez aucun danger, madame Reyes, réplique la femme, qui semble se détendre un peu maintenant que Mari Paz est neutralisée.

Pauvre conne, pense Aura.

— Vous pouvez vous relever, madame Celeiro.

Mari Paz tente de se remettre debout. La douleur et l'épuisement la font chanceler.

Aura se précipite à son secours, la main tendue.

— Qui êtes-vous ?

— Chaque chose en son temps, madame Reyes. Pour l'instant, si vous voulez bien avancer dans cette direction... Nous y serons dans quelques instants.

11
Des balançoires

La femme les conduit – à la pointe de son pistolet et marchant six pas derrière elles – le long d'une allée pavée qu'Aura connaît sur le bout des doigts. Même sans la faible lumière des réverbères, elle pourrait trouver son chemin les yeux fermés. Parce qu'elle l'a parcouru, littéralement, des milliers de fois.

L'aire de jeux pour enfants de son quartier. Un espace clôturé, avec des balançoires modernes, et un sol en damier aux couleurs vives.

À cet endroit, elle a donné des biberons, assisté aux premiers pas de ses filles, distribué des goûters et soufflé sur des bobos. Dans ce lieu, elle a vu grandir les jumelles, les a vues rire, se faire des copines en quelques minutes, apprendre.

C'est là qu'elle a exposé à ses complices son plan pour braquer le casino. Un braquage impossible, qui s'était bien passé, contre toute attente.

Cet endroit, c'est chez elle. Un lieu cher à son cœur, plein de beaux souvenirs.

— Asseyez-vous sur le banc à droite, lui intime Romero.

Elle sort une lampe de poche, une de ces MagLite puissantes, l'allume et éclaire le banc, pour bien montrer où exactement.

Le faisceau de lumière – froid, clinique – révèle également le contenu peu ragoûtant de la corbeille près du banc. Des bouteilles de jus de fruits, des emballages de biscuits Prince, un paquet de Filipinos à moitié mangés et autres cochonneries avec lesquelles les mères dépassées empoisonnent leurs enfants. Aura le sait bien, car à l'époque où elle travaillait comme une mule, un paquet de barres Chiquilín Energy lui sauvait l'après-midi.

Si je pouvais revenir en arrière, pense-t-elle. Comme beaucoup de parents avant elle, et tous ceux à venir.

— Pour répondre à votre question, madame Reyes, appelez-moi commissaire Romero.

— Pas facile à porter, comme prénom, ironise Mari Paz.

La commissaire se mord la lèvre, s'efforçant de rester calme.

— Pourquoi ne sommes-nous pas dans une voiture de police ?

— C'est une excellente question, madame Reyes. Disons que nous avons un ami commun.

Elle se tait, le temps que le message fasse son chemin jusqu'à sa destinataire. À l'arrivée, c'est comme si une tonne de briques lui tombait dessus.

Aura ferme les yeux quand le poids de la révélation s'abat sur elle. Elle est plus énervée que bouleversée.

Comment est-ce que j'ai pu être aussi bête ? Comment j'ai pu croire que j'allais pouvoir m'en tirer aussi facilement ? Comment j'ai pu imaginer que je pouvais avoir la moindre chance face à quelqu'un comme lui ? Avec son influence et son absence totale de scrupules…

— Quelle idiote, dit-elle en secouant la tête.

— Blondie, explique, pour celles qui sont encore plus idiotes.

— Ponzano, crache Aura avec haine.

Une seconde tonne de briques s'abat, cette fois sur les épaules de Mari Paz.

— Ah, comprend-elle, attristée. Bien sûr.

Romero recule d'un pas et s'adosse à l'une des balançoires, une bascule sur ressort en forme de chenille. Elle baisse son arme, mais ne la range pas.

— Votre plan était brillant, je dois l'admettre, convient-elle d'un ton appréciateur. Parmi les meilleurs que j'ai vus, et j'en ai vu beaucoup. L'homme que vous venez de mentionner avait raison quand il disait que vous étiez la meilleure stratège qu'il ait jamais rencontrée.

Elle sort une bouteille d'eau de la poche de sa gabardine, l'ouvre d'une main – sans lâcher son pistolet – et boit une gorgée avant de poursuivre.

— Peut-être un peu tiré par les cheveux, en tout cas vu de l'extérieur. Trop hasardeux, si vous voulez mon avis. Cela dit, vous semblez avoir de la chance à revendre.

Elle boit une autre gorgée, se rince la bouche et recrache l'eau sur le sol, entre ses dents. Un jeu court et précis, qui atterrit sur le damier, formant une minuscule flaque qui reflète la lumière du réverbère le plus proche.

— Du moins jusqu'à maintenant, conclut-elle en remettant la bouteille dans sa poche.

— Combien Ponzano vous paie-t-il ? demande Aura, qui est passée du déni et de la colère au marchandage. Parce que dans le sac qui se trouve maintenant dans votre coffre, il y a trois millions d'euros.

Romero sourit avec affectation.

— Êtes-vous en train de me proposer ce que j'ai dans *mon* coffre alors que je suis armée ? S'il y a une autre qualité que je dois vous reconnaître, madame Reyes, c'est que vous avez un sacré cran.

— Ça veut dire non ? demande Mari Paz.

— Je ne suis pas bien sûre, note Aura.

La commissaire change de position et rabat les pans de sa gabardine sur ses genoux. La nuit est froide et l'humidité se fait sentir. Ce ne sont pas elles qui diront le contraire, dans leurs robes de soirée aussi fines que des mouchoirs en papier.

— Ce sac dont vous me parlez va retourner ce soir même dans la chambre forte de Toulour. D'une part, ça m'arrange qu'un type comme lui m'en doive une. Et surtout, nous éviterons qu'il envoie une bande de Serbes vous péter les jambes demain matin.

— Écoutez, c'est toujours un problème de moins, raille Aura, grinçante.

— À quelque chose malheur est bon, affirme Mari Paz.

Romero se mord à nouveau la lèvre, près de perdre son sang-froid.

— Ainsi, nous veillons à ce que vous respectiez votre engagement vis-à-vis de la justice, reprend Romero.

Aura et Mari Paz, voyant qu'elles poussent la commissaire à bout, ne comptent pas en rester là.

— Vous êtes très douée pour gérer l'agenda des gens, commissaire, dit Aura.

— Est-ce qu'on donne des médailles pour ça ?

— Vous vous croyez très drôles, hein ? grince Romero avec un sourire sans joie.

— Mon ancien mentor, votre patron actuel, dit Aura, faisant claquer sa langue, m'a conseillé un jour de rire tant qu'on est en vie, parce que ensuite, c'est plus difficile.

— Votre remarque tombe à point nommé, madame Reyes.

Romero se lève et marche quelques mètres vers la gauche. À l'autre bout de l'aire de jeux, loin de la lumière des réverbères, une silhouette que ni l'une ni l'autre n'avait remarquée jusque-là. Romero éclaire avec sa torche une main menottée à une balançoire. Elles entendent un claquement métallique suivi d'un tintement quand les menottes s'ouvrent.

— Debout !

La silhouette avance, titubant et gémissant, vers le banc où elles sont assises. Un cri de douleur se fait entendre lorsqu'elle tombe à genoux devant elles.

Aura le reconnaît enfin.

— Ginés !

— Le trou du cul, dit Mari Paz, aussi surprise qu'Aura.

Ginés n'est pas au mieux de sa forme. Il est en pyjama, a le visage couvert d'ecchymoses et crierait certainement bien plus fort si sa bouche n'était pas obstruée par l'un de ces bâillons-boules SM qu'on trouve dans tous les sex-shops pour quatorze euros.

Les yeux de Ginés expriment une pure panique. Il regarde Aura d'un air suppliant. Il commence à dire quelque chose, nous ne saurons jamais quoi.

Parce que Romero plonge la main droite dans sa gabardine, en sort une autre arme – un révolver, cette fois, chromé et plus petit que le pistolet neuf millimètres qu'elle tient de la gauche – et pose le canon contre le crâne de Ginés.

— Prenez-en de la graine, dit Romero.

Sans plus de cérémonie, elle appuie sur la détente.

La balle, de calibre 38, traverse la tête du directeur financier comme si elle était en carton. Un nuage de sang, d'os et de tissu cérébral jaillit dans tous les sens.

Aura et Mari Paz ne sont plus d'humeur à plaisanter.

Le visage éclaboussé de sang, elles se remémorent – chacune de leur côté – le moment où elles ont commis la pire erreur de leur vie. Dans la cellule 11B du palais de justice de la place de Castilla, à Madrid, rue Abtao, devant un interphone.

Tandis que la terreur s'installe dans leur âme, Romero s'avance vers elles. Elle fait le tour du banc, pousse Mari Paz en avant et lui met le révolver dans la main, tout en la visant de l'autre arme.

— Écarte un peu plus les doigts. Pas de bêtises, il est déchargé. Comme ça, très bien, dit-elle en reprenant l'arme.

Elle sort un sachet en plastique, comme ceux qu'on utilise pour congeler les aliments. Avec le plus grand soin, elle introduit le révolver dans le sachet et le referme.

— Félicitations, madame Celeiro, vous venez de tuer Patricio Ginés.

Mari Paz ne dit rien. Son visage est un masque de pierre.

— Enflure, lance Aura. Vous ne pouvez pas lui faire ça.

— Et pourtant si, madame Reyes. Laissez-moi vous résumer en deux mots ce que vous avez certainement déduit de vous-même.

Elle désigne le cadavre par terre.

— Dans quelques heures, quelqu'un découvrira le corps de Ginés, et c'est à moi qu'on confiera l'affaire. Il n'y aura pas de suspects, car il n'y a pas de caméras de surveillance à cet endroit et que la victime n'avait pas d'ennemis déclarés. Votre petite incursion de l'autre jour dans son bureau nous a fourni quelques images que je suis la seule à détenir et que je garde pour moi.

Elle lève la poche contenant le révolver et l'agite lentement sous leurs yeux.

— Soit dans deux jours vous allez en prison et vous offrez à M. Ponzano la une qu'il attend, soit ce révolver sera retrouvé dans les buissons et votre copine finira en prison.

Romero range le tout dans sa gabardine. Elle sort une clé qu'elle dépose doucement sur la bascule en forme de chenille.

— Quand je serai partie, comptez jusqu'à cent, puis prenez la clé que j'ai placée ici et libérez votre amie. Il est trop tard pour laisser deux petites filles seules à la maison, privées de leur mère.

Et, sans rien ajouter, elle s'en va, les laissant en proie au désespoir.

CINQUIÈME PARTIE

PONZANO

J'ai le droit de rire, allez, car j'ai tout dirigé
du commencement jusqu'à la fin.

Robert Louis Stevenson

Le secret de la victoire est d'avoir
de très bonnes cartes avant de mélanger.

Julio Llamazares

Peur

Mari Paz a dormi une demi-heure, en cinq minutes.

Cette fois-ci, pas sur le canapé d'Aura. Elle ne pouvait pas rester avec elle compte tenu de ce qui s'est passé la nuit dernière.

Après le départ de Romero, elles n'avaient pas échangé un mot.

Aura lui avait retiré les menottes. Mari Paz l'avait déposée chez elle, puis elle était partie. Elle avait acheté une bouteille de whisky bon marché dans une station-service, s'était garée derrière le bâtiment, puis, installée sur la banquette arrière (en se faisant de la place au milieu du bazar), avait commencé à se soûler.

Elle ne savait même pas comment annoncer aux légios que leur plan s'était soldé par un échec retentissant.

Mari Paz avait allumé sa cigarette calmement, et fumé, lentement, suivant son immuable rituel, avant de boire une première gorgée à la bouteille.

Après avoir écrasé son mégot, elle ingurgita une deuxième gorgée, ferma les yeux et s'étendit sur la banquette arrière… L'instant d'après, elle était de retour au Liban, recroquevillée en position fœtale dans la cabine du blindé, piégée dans un véhicule en flammes. González, à côté d'elle, mort. Valderrama, au volant, agonisant. Le sergent, sur le siège du passager, du sang coulant de sa bouche sur sa poitrine.

Et le bruit.

Le bruit infernal.

Les oreilles qui bourdonnent à cause de l'explosion, le claquement des mitrailleuses ennemies arrosant le blindé de plomb, la riposte des camarades du deuxième véhicule.

Par-dessus tout, le gargouillis de la gorge de Valderrama, déchiquetée par la mitraille. Le grésillement de la peau carbonisée de González. Le dernier râle du sergent avant de...

Elle avait rouvert les yeux. Les mains plaquées sur ses oreilles, elle avait attendu que le fracas s'en aille. Il a toujours fini par s'en aller, et il est toujours revenu.

Chaque nuit.

C'est peut-être pour cela qu'elle apprécie tant le silence. Chez elle, c'est même devenu une mauvaise habitude. Il monte dans sa poitrine, l'envahit et elle ne sait pas l'interrompre. Il élève un mur qu'aucun mot ne peut franchir. Parfois, lorsqu'elle veut le briser pour répliquer à un mensonge ou à une ânerie, elle n'y parvient pas. Le silence a tendance à se prolonger, à se dissimuler derrière des remarques acerbes et des pirouettes, derrière des boutades.

Elle avait bu à nouveau à la bouteille, s'étonnant d'être plus sobre et plus lucide à chaque gorgée.

Elle avait réfléchi.

Elle a dormi une demi-heure, en cinq minutes, avions-nous dit.

Elle ouvre les yeux (les yeux d'un mort) et voit tout en sépia, vibrant et tranchant, comme couvert d'épines qui se plantent un peu partout.

Un enterrement se déroule dans son cerveau. Des funérailles solitaires, où elle officie et se recueille devant un cadavre qui est le sien. Elle cherche de l'eau à tâtons sur la banquette, comme un sourcier. Dans sa bouche, sa langue pèse aussi lourd qu'un paquetage de campagne. Lorsqu'elle parvient enfin à la décoller de son palais – comme si elle arrachait du papier peint –, elle énonce une évidence :

— Ouf, quelle gueule de bois.

Tallón, son (défunt) sergent disait qu'il fallait manipuler la gueule de bois avec précaution pour éviter qu'elle ne vous explose au visage. La gueule de bois est un champ de mines. Elle exige d'évoluer avec lenteur et pessimisme.

Un mal de tête intolérable, comme celui dont souffre actuellement Mari Paz, est l'un des meilleurs alliés d'une légionnaire atteinte de stress post-traumatique. En partant, il laisse sur le paillasson une précieuse leçon d'humilité : elle est en vie, c'est tout ce qui compte. Elle n'a pas besoin d'un appartement, ni d'un lit douillet, ni d'une peau douce et chaude auprès de qui se réveiller, ni d'autres problèmes que des maux de tête.

Mari Paz aime les gueules de bois, parce qu'elles finissent par disparaître, et lorsqu'elles s'en vont, elles ravivent le corps et l'âme comme rien d'autre ne peut le faire.

C'est héroïque de ne pas céder à la souffrance, disait le sergent quand il la voyait se chercher une aspirine.

Ce qui nous amène à la question suivante, pense-t-elle en se dirigeant vers les WC de la station-service. Une question qui l'a tenue éveillée toute la nuit. Et à laquelle elle réfléchit, assise sur les toilettes, se tenant la tête dans les mains pour qu'elle n'éclate pas.

Qu'est-ce qu'on fait, bordel ?

Car son corps lui réclame de céder à la peur. De démarrer le moteur, de rouler pied au plancher vers le sud et de ne pas s'arrêter avant de voir Ceuta dans le rétroviseur. De laisser derrière elle tous les problèmes qui ne disparaissent pas tout seuls, ou au pire avec une aspirine.

Vivre à nouveau dans sa voiture.

Étouffer le fracas qui revient inéluctablement avec les remèdes habituels : solitude et bière tiède.

En sortant des toilettes, elle colle sa bouche au robinet, jusqu'à avoir bu assez d'eau pour remplir un seau. Elle se nettoie le visage, où il reste des traces du sang séché de Ginés.

Elle a pris une décision. La seule possible.

Elle retourne à sa Škoda, démarre et appuie à fond sur l'accélérateur.

Colère

Aura ouvre les yeux. Avec le choc de la mort de Ginés et l'épuisement, elle a dormi d'une traite presque six heures. Les jumelles sont toujours au pays d'Oz, et elle ne fera rien pour les ramener dans ce monde-ci.

Elle se sent bien. Fraîche et dispose.

Physiquement, du moins.

Mentalement, c'est autre chose.

Elle est revenue à la case départ, au même point qu'avant le début de cette histoire. Avec maintenant, accessoirement, un pistolet – en partie – métaphorique pointé sur sa tête.

C'est une formidable façon de faire des choix.

Quand la vie est une prison, rien n'est plus libérateur que la captivité.

Si seulement j'avais fait ce qu'on me demandait, au moins j'aurais pu profiter de ce temps avec les filles, pense-t-elle.

Si seulement j'avais admis que c'était un pari impossible, que l'ennemi était trop fort, trop intelligent. Au moins j'aurais eu ce temps-là.

Elle ne cesse de se répéter que si elle ne s'était pas lancée dans cette aventure ridicule, Ginés serait peut-être encore en vie. Et elle se gifle à cette pensée. Elle n'est pas responsable de l'acte barbare que la commissaire a commis hier soir, mais l'être humain est ce qu'il est.

Thémistocle avait raison de dire, après la deuxième guerre du Péloponnèse, qu'une chute nous préserve d'une chute plus grande encore.

L'une des premières choses qu'elle a apprises lorsqu'elle a commencé à gérer des fonds d'investissement – ce qui n'est rien d'autre qu'un casino avec d'autres types de jetons –, c'est qu'on ne sort pas d'une mauvaise passe en augmentant les enjeux. Ce qui est perdu est perdu, on ne le rattrapera jamais.

Et il n'y a personne actuellement qui touche le fond autant qu'Aura Reyes.

Pourtant, elle n'est pas triste.

Il y a toujours une minute dans la journée où on aimerait pouvoir fermer les yeux et, en les rouvrant, se retrouver à mille kilomètres de là. Ou même simplement dans la pièce à côté.

Aura, à cet instant, n'échangerait sa place avec personne.

Son premier café à la main, elle regarde à la fenêtre. Sur le trottoir, les gens vont et viennent, avec leurs préoccupations et leurs petits problèmes de gens normaux. Avec leur démarche de gens normaux, leur sourire de gens normaux et leurs défauts de gens normaux. Rares sont ceux qui ont reçu de la vie d'aussi mauvaises cartes qu'elle. Plus rares encore sont ceux qui pourront se vanter de s'être tant battus pour ceux qu'ils aiment.

Mais très peu de rêves deviennent réalité. Les autres somnolent. Si vous tentez d'échapper à votre ombre, vous vous étalerez la tête la première. Quand vous ne pouvez pas être une meilleure personne, il ne vous reste plus qu'à rester vous-même, en espérant que ça suffise.

Elle entend un cri venant de la chambre des filles et des pas précipités dans le couloir. Autrefois, l'ancienne Aura aurait soupiré de ne même pas avoir eu le temps de prendre son café tranquille. L'Aura suivante, celle des deux dernières années, aurait couru vers les jumelles, effrayée et inquiète.

Cette nouvelle Aura-ci, non.

Elle sourit.

Un sourire fort et stoïque.

Un sourire d'acier.

Elle ouvre la chambre de ses filles, qui se précipitent vers elle comme deux louveteaux affamés, avides de câlins. Aura les embrasse, décide qui prendra sa douche en premier, leur dit qu'il n'y aura pas école aujourd'hui.

— Pourquoi, maman ? demande Alex.

— Pour une raison essentielle.

— Qui est ?

— Que j'ai décidé que c'était comme ça.

Les fillettes se regardent et la regardent, comme les protagonistes du film *La Chose* à la recherche de la créature sous forme humaine. Lorsqu'elles ont décidé qu'aucun extraterrestre n'avait pris possession de leur mère, elles bondissent sur le lit et se lancent dans une danse de la joie à mi-chemin entre le néolithique et TikTok.

Aura retourne au salon savourer la fin de son café, qui est maintenant froid.

À cet instant, le téléphone sonne.

C'est Sere.

Elle est tentée de mettre l'appareil sur silencieux, de continuer à philosopher et de laisser la matinée se poursuivre sans drames.

Mais Sere mérite de connaître la vérité.

— Écoute, il y a quelque chose que tu dois savoir… commence-t-elle.

— Je le sais déjà, dit Sere.

— Mari Paz te l'a dit ?

Il y a un silence à l'autre bout du fil.

Puis Sere se met à parler, et Aura écoute.

Et plus Sere parle et plus elle écoute, plus la colère grandit en elle. Une colère froide et implacable.

Et toute sa gaieté, sa résignation et ses bonnes intentions s'envolent par la fenêtre.

Chaos

Sere n'a pas dormi de la nuit, pas même une demi-heure de cinq minutes. Sere est restée debout toute la nuit, devant le plan de travail, à lancer les dés.

Cette fois, le sigil qu'elle a dessiné est très simple. Elle s'est inspirée d'une question qui rebondit dans sa tête comme une balle de tennis pendant la finale de Roland Garros – les cris du public en moins. Elle a éliminé les voyelles et les espaces. Elle a disposé les quatorze consonnes, doublons compris (st c q j ds dr l vrt r) en trois groupes de quatre autour de l'axe, à un angle de quarante-cinq degrés, et placé les deux dernières au centre des trois groupes.

Elle ne l'a pas entouré d'un cercle, ni recouvert de sel, ni aspergé de quelques gouttes de vin au centre, comme le recommande le *Sefer Raziel HaMalakh*. Elle l'a laissé ouvert et clair, comme son incantation.

Reuben et Winslow mettent en garde contre les sigils sous forme de question. En les activant, vous pourriez déchirer le voile de l'Autre Côté, et qui sait qui vous répondrait ?

En termes de stupidité, cette approche de la magie du chaos équivaut à utiliser un ouija à minuit dans un cimetière le soir de la Toussaint.

Sere s'en fiche. Aujourd'hui, elle se fiche de tout.

« Il y a de l'outrecuidance à laisser entendre que nous sommes maîtres dans l'espace, quand nous ne faisons que suivre les courbes de moindre force », pense-t-elle en continuant de lancer les dés.

Ce n'est pas ce qu'elle fait aujourd'hui.

Elle s'est fixé une règle pour activer le sigil. La somme des dés doit être égale à trois, trois fois de suite.

C'est la seule façon de restaurer la confiance.

Les heures défilent.

Le soleil apparaît déjà au-dessus des toits quand les dés exaucent son souhait. Trois fois de suite, un un et un deux, un deux et un un, un un et un deux. Et sans tricher, pas comme la fois où elle a demandé à l'univers de coller des pustules sur la bite de son ex-mari. Ce coup-là, elle avait poussé un peu le dé au dernier lancer. Malgré tout, elle reste persuadée que ça a fonctionné.

Cette fois-ci, elle n'a pas triché. C'est un rituel on ne peut plus sérieux.

Quand les dés retombent, l'univers – ou quiconque s'est donné cette peine, répond finalement « oui » à la question : « Est-ce que je dois dire la vérité à Aura ? »

D'un geste épuisé, Sere prend son téléphone portable et compose le numéro.

— Écoute, il y a quelque chose que tu dois savoir... dit Aura en décrochant.

— Je le sais déjà, répond Sere.

— Mari Paz te l'a dit ?

Un silence à l'autre bout du fil, puis Sere se met à parler, et Aura écoute. Et écoute encore.

Avant de répondre, Aura prend le temps de la réflexion.

— Tu aurais pu m'en parler, dit-elle. Tu me devais au moins ça.

Sere sait qu'elle a raison. Peut-être, du moins, de son point de vue.

— Elle m'a menacée. Elle m'a mis un pistolet dans la bouche.

— Hier soir, elle l'a pointé sur le crâne de Ginés.

La voix d'Aura se durcit, avant de porter le coup de grâce :

— Puis elle a appuyé sur la détente.

Sere sent un énorme trou noir s'ouvrir sous ses pieds, une bouche pleine de dents prête à la dévorer. Elle s'agrippe au plan de travail pour ne pas y tomber.

— Ça… parvient-elle à murmurer quand elle reprend ses esprits.

— Ça, quoi ?

— Ç'aurait pu m'arriver à moi.

Et il se peut que Sere n'ait pas tout à fait tort. Peut-être, du moins, de son point de vue.

— Viens chez moi, dit Aura au bout d'un moment. Il faut qu'on parle.

1
Une conversation

L'interphone sonne de nouveau. Cette fois, personne n'a laissé la porte ouverte. Aura attend que la légionnaire sonne en haut.

Mari Paz entre, avec d'énormes poches violacées sous les yeux. Aura sourit en la voyant, et se précipite pour la serrer dans ses bras.

Elle ne dit rien.

Mari Paz non plus.

Elle porte sa tenue habituelle. Sa veste en sergé, de fausses Doc Martens – neuves, cadeau d'Aura –, un jean. Et un boitillement persistant, conséquence de l'aventure d'hier soir. Sa peau pâle est grisâtre, et l'une de ses paupières est toujours enflée et injectée de sang.

Elle entre dans le salon, où les jumelles se lèvent d'un bond en la voyant, se jettent sur elle et la bombardent de questions et de baisers.

— Ça suffit, les filles. J'ai pas trop l'habitude des bisous.

Alex lui montre un dessin de Mr Krabs qui s'enfuit avec un sac plein d'argent dans un hélicoptère piloté par Captain America. Cris lui montre une blessure qu'elle s'est faite à la main avec le bord d'un tiroir.

— Et ton œil, qu'est-ce qu'il a, MP ? demande Cris.

— Je suis tombée.

— Et ta lèvre ? Tu es tombée aussi ? Parce qu'on dirait plutôt que tu t'es pris un coup de poing.

— On s'y connaît dans ces trucs-là. On a vu *Rocky*.

Aura envoie les filles finir leur petit-déjeuner devant la télé et emmène Mari Paz à la cuisine.

— Je prendrais bien une douche, dit la légionnaire.

— Plus tard. D'abord il faut qu'on parle.

Dans la cuisine l'attendent quelques tranches de pain grillées et un café tellement fort qu'il aurait pu grimper sur la table par ses propres moyens.

Exactement ce dont j'avais besoin, pense Mari Paz.

Sere est là aussi, adossée au réfrigérateur, silencieuse.

— Tu lui as dit ? demande Mari Paz.

— Plus tard. Bois d'abord ton café.

Aussitôt dit, aussitôt fait.

— Et au passage, ajoute Aura, dis-moi pourquoi tu es revenue. Après ce qui s'est passé hier soir... j'ai cru que je ne te reverrais plus.

Mari Paz aussi aimerait bien savoir pourquoi. Alors que tout son corps la suppliait de démarrer et de rouler pied au plancher jusqu'à Ceuta ou Melilla, de passer la frontière et de disparaître à Casablanca ou à Chefchaouen. Elle aurait fini videuse de boîte de nuit, mais elle n'irait pas en prison.

Elle est montée dans la voiture, oui, a appuyé sur l'accélérateur, oui, mais s'est retrouvée rue Abtao, devant l'immeuble d'Aura.

Mari Paz n'explique pas à Aura que la peur est une valeur invariable, tandis que l'amour est un ensemble infini de solutions.

Qu'elle a commencé à s'en rendre compte, non pas quand Aura lui a sauvé les miches au palais de justice, ni quand elle a commencé à tomber amoureuse d'elle, mais dans ce salon même dont seul un mur les sépare. Sur ce canapé où elle a vu les jumelles craquer en réalisant – pour la première fois peut-être, et devant elle, rien que ça – que leur père était parti pour toujours. Qu'il ne serait pas là le jour de leur mariage, ni aucun autre jour.

Au moment où elle a serré ces fillettes dans ses bras sans gêne aucune, le mur qu'elle avait érigé pendant des années s'est effondré. C'est avec une surprise sincère qu'elle a senti qu'il s'écroulait. Avec une certaine déception envers elle-même, aussi. Toutes ces années à se protéger, à repousser tous ceux qui pouvaient la considérer un tant soit peu digne d'amour, toutes ces années à se noyer dans la peur le jour et dans l'alcool la nuit, pour ne pas être rattrapée par le fracas. Pour ne pas retourner dans le blindé et mourir aux côtés de Valderrama, González et le sergent.

Bon sang ! Tous ces efforts pour bâtir un mur, et le détruire en un clin d'œil. *Deux gamines qui pleurent la morve au nez et terminé.*

La peur est une valeur invariable.

L'amour est un ensemble infini de solutions.

— La bière est dégueulasse en Afrique, résume-t-elle.

Aura la regarde avec l'air de ne rien y comprendre, ce qui est normal, car Mari Paz ne se comprend pas elle-même. Ou peut-être que si, mais qu'importe. Parce que vous n'avez pas besoin de comprendre. Il faut juste essayer de faire de votre mieux et laisser la vie et un café fumant se charger du reste.

Mari Paz boit une dernière gorgée du sien, sans que sa gueule de bois n'ait cédé d'un millimètre ni baissé les armes.

Elle repose avec précaution sa tasse sur la soucoupe et regarde Aura dans les yeux avec méfiance.

— Alors ? Tu vas me dire ce qui se passe ? Parce qu'il se passe un truc ici, blondie.

— Je vais te le dire, mais d'abord, je veux que tu me promettes une chose. Que quand j'aurai terminé, tu prendras une douche, tu te passeras la tête sous l'eau et tu n'en ressortiras pas avant une demi-heure.

Mari Paz a toujours trouvé les paroles apaisantes plus suspectes que les agressions directes. Et les conseils bien intentionnés, n'en parlons pas. Elle répond donc par un signe de tête ambigu et diplomatique, sans trop se mouiller.

À raison.

Parce que Aura commence à lui raconter l'histoire de Sere et de Romero, et quand elle arrive à la partie la plus croustillante – celle du pistolet dans la bouche, etc. –, Mari Paz voit rouge, se lève brusquement et balance sa chaise. Avant même de s'en rendre compte, elle saisit Sere à la gorge d'une main et lève l'autre pour la frapper au visage.

— Connasse. Je vais te péter la gueule…

Sere ne réagit pas, ne bouge pas. Elle n'invente pas d'excuse et ne fait pas de commentaire farfelu. Bref, rien qui ressemble à Sere. Elle se contente de fermer les yeux, de serrer les lèvres et d'attendre le coup.

Ce qui est encore plus déroutant.

— Mari Paz, dit doucement Aura.

— Fais pas chier, blondie. Tu te rappelles ce qu'on s'est farci ? Et ce qu'ils m'ont mis dans le couloir ? Et tout ça, pour quoi ?

— Laisse-la, dit Aura sur ce ton bien à elle, de confiture de fraises, qu'elle réserve à des moments comme celui-ci.

— Et les légios là-dedans, tu en fais quoi ? Comment ça va se passer pour le fauteuil d'Angelo ? Et pour les dents de Chavea ?

— Elle m'a déjà trahie deux fois. Et je lui ai pardonné. Alors pourquoi pas toi ?

— Parce que…

Elle ne sait pas quoi ajouter.

— Regarde-la.

Sere est écarlate, à cause de la pression qu'imprime Mari Paz sur sa gorge. Elle semble sur le point de s'évanouir.

— Va crever, dit la légionnaire en la lâchant.

Puis elle se laisse tomber au sol et éclate en sanglots.

Si seulement nous n'étions pas jugés sur ce que nous faisons, mais sur ce que nous perdons, pense Aura en s'agenouillant pour la réconforter.

2
Un bistrot

Ce n'était pas une conversation à avoir chez Aura, avec les jumelles qui ont toujours une oreille qui traînent. Alors, dès que Mari Paz est sortie de la douche, elles ont poursuivi la discussion au coin de la rue, dans l'un de ces bistrots qui survivent on ne sait trop comment, figés à l'époque où les gens lisaient *Interviú* et s'empoignaient à propos du référendum sur le maintien de l'Espagne dans l'OTAN. L'un de ces endroits où on voit toujours le même pépé en train de remuer son anisette, perdu dans ses pensées, et où les murs sentent le calamar frit.

Elles ont commandé des cafés et sont restées quelques instants silencieuses, évitant de se regarder.

— Quelle salope, dit Mari Paz au bout d'un moment.

Inutile de préciser de qui elle parle.

— Ginés ne méritait pas de finir comme ça, abonde Sere en buvant une gorgée de café.

Les autres acquiescent, lentement.

— Non. C'était un sale type avec les dents qui rayent le plancher, et à cause de qui je vais me retrouver en prison. Mais de là à…

Son cerveau conserve la vision de la tête de Ginés se transformant en gelée rouge. Elle se passe la main sur le visage, dans l'espoir d'en effacer la vision. Des larmes commencent à rouler sur ses joues.

Mari Paz sait ce qu'elle voit. Sans doute parce qu'elle a en stock de nombreuses images comme celle-ci. Et elle sait combien il est difficile de les chasser de la mémoire.

— Ça passera, blondie. Ça passera, ment-elle en posant une main sur son épaule.

Aura prend une grande inspiration, se mouche dans une serviette en papier du bistrot, constate que c'est le genre d'essuie-main fait pour salir tout ce qu'il touche, et sort un Kleenex de son sac.

— Je vais bien, ment également Aura. Ça ira mieux très vite.

— En parlant de ça, blondie. Je voulais te dire autre chose. C'est pas comme si j'avais... Tu n'as pas à céder au chantage de cette bonne femme.

Aura sourit avec reconnaissance, à travers ses larmes, à la proposition de Mari Paz de se sacrifier.

— À quoi ça servirait ? Je n'ai aucun moyen de payer la caution. On réussirait juste à finir toi et moi en prison. Et qui s'occuperait des filles ?

Elles regardent toutes deux Sere, qui a retiré la petite cuillère de son café et l'a transformée en une mini-catapulte, avec laquelle elle lance des boulettes de papier sur des ennemis invisibles.

— Je suis super douée avec les enfants, affirme-t-elle catégoriquement.

L'un des projectiles atterrit dans la tasse de Mari Paz, mais la légionnaire n'y prête pas attention. Parce qu'elle vient de comprendre ce qu'Aura lui demande.

— Tu n'es pas en train de dire ce que je crois que tu dis.

— Ce serait un bon arrangement. Tu aurais un logement et de quoi manger. Et ces deux-là sont sages comme des images.

— C'est faux, lance Mari Paz.

— OK, c'est faux, mais mes filles t'adorent. Et je ne peux pas laisser les services sociaux me les prendre.

— Tu me connais à peine.

Aura regarde au loin. Du moins aussi loin que le bistrot le permet, à savoir vers les photos de plats décolorées punaisées au comptoir.

— Je ne te connais pas depuis longtemps, mais je te connais. De toute façon, ce n'est pas la question. La proposition ne vient pas de moi.

Elle laisse quelques instants à Mari Paz pour remplir les blancs.

— C'est elles qui te l'ont demandé ? s'enquiert-elle, incrédule.

— Ce sont des petites filles très intelligentes. Elles savent juger les gens.

Mari Paz fait la tête que ferait un bleu mort de trouille à qui on aurait dit de sortir de la tranchée et de courir vers l'ennemi à poil et enduit de beurre de cacahuète.

— Tu ne sais pas ce que tu me demandes, blondie.

— Non. Mais je sais à qui je le demande.

— Je ne suis pas quelqu'un de bien.

— Qu'est-ce qui te fait dire ça ?

La légionnaire se recule sur sa chaise, croise les bras et garde le silence.

Les autres se joignent à son mutisme interrompu seulement par la mélodie intermittente de la machine à sous. Elles sont seules dans le bistrot, tellement seules que le serveur est parti en prévenant qu'il sortait faire une course au supermarché.

— Que quelqu'un dise quelque chose, pitié, implore Sere, qui s'est déjà lassée de sa catapulte.

— Ne me regardez pas comme ça. Ces derniers temps, dès que j'ouvre la bouche, je mets les pieds dans le plat, dit Aura.

Mari Paz secoue la tête, comme si elle venait de proférer la pire énormité qui soit.

— J'ai envie de dire plein de choses, et je n'arrive pas à ordonner tout ça. C'est dans ma tête, j'y pense tout le temps, mais dès que je veux parler, tout s'embrouille. Alors que toi, blondie…

Aura contemple sa tasse de café, regrettant qu'elle soit vide. Regrettant l'absence du serveur. Regrettant que les croissants sur le comptoir soient là depuis un mois.

— Tu ne devrais pas écouter les voix dans ta tête, dit Sere. Généralement, ça n'amène rien de bon.

— Sauf problème de santé mentale…

— Non concluant, signale Sere.

— … les voix dans la tête reflètent presque toujours les idées des autres. En effet, il ne faut pas y prêter trop d'attention.

— Qu'est-ce que tu racontes, blondie ? Mes pensées, c'est mes pensées, et juste les miennes.

À ce moment-là, le serveur revient, portant des sacs de courses, et Aura lui commande trois autres cafés. Lorsqu'il les pose sur la table, Aura prend une gorgée du sien et déclare :

— Je vais te montrer comment je peux déclencher une réaction immédiate dans la tête de quelqu'un. Sere, si je te dis que je viens du futur…

Sere sourit et répond aussitôt :

— « Pour apporter Neutrex Futura Javel » ?

— « Quand c'est trop… »

— « C'est Tropico. »

À présent, elle désigne Mari Paz.

— « Et c'est tant mieux... »

— « Parce que j'ferais pas ça tous les jours », répond instantanément la légionnaire à contrecœur.

Elle désigne Sere :

— « Les lave-linge durent plus longtemps... »

— « Avec Calgon ! »

Mari Paz secoue la tête avec consternation.

— Tu te fous de moi.

Aura sourit, boit une nouvelle gorgée de café et se met à fredonner à voix basse. Avant même de s'en rendre compte, toutes trois massacrent en chœur une ritournelle où il est question d'une purée instantanée dans laquelle on fait un petit volcan pour mettre le jus dedans.

— C'est très facile de manipuler les gens, affirme-t-elle lorsqu'elles ont terminé.

— C'est Ponzano qui t'a appris ça ? demande la légionnaire.

Aura hausse les épaules.

— Lui, il fait ça comme il respire. C'est un méchant qui se voit comme un gentil.

— Un problème qui nous concerne au plus haut point.

— Et il a des moyens à sa disposition que tu n'imagines même pas. Comme sa commissaire ripou personnelle, précise Aura en réprimant un frisson.

— Quelle salope !

— Celle-là, si elle pouvait souffrir, je serais bien contente, intervient Sere. J'imagine que ça fait de moi une mauvaise personne.

— Ça fait de toi un être humain, rectifie Mari Paz. Les mauvaises personnes doivent en payer le prix. Et le prix doit être élevé.

Aura sursaute en entendant ces derniers mots.

— Bien sûr !

Elle se lève, fait quelques pas de long en large, porte les mains à sa tête et dégage un peu ses cheveux, comme s'ils l'empêchaient de réfléchir.

— Qu'est-ce qui te prend, chouchou ? demande Sere, perplexe.

Mari Paz observe le regard d'Aura, ces yeux verts fébriles et tristes, désormais deux petites roues en mouvement. Elle a déjà vu ces petites roues auparavant.

Elle saisit son paquet de tabac et se roule une cigarette pour calmer ses nerfs.

— Ça va barder.

3

Troisième plan infaillible

Elle n'entend rien, ne dit rien. Elle arpente le bistrot d'un pas rageur, comme si elle voulait creuser des sillons dans le sol. Car des bribes de la conversation qu'elles viennent d'avoir se sont alignées dans son cerveau. C'était un échange à bâtons rompus, sans queue ni tête.

Et pourtant c'est bien là, dans sa tête. Un plan. L'embryon d'un plan, en tout cas.

Tout en marchant, elle marmonne, pour elle-même :

— Et si… Il faudrait que… Et ensuite…

Pas une seule phrase complète. Ses points de suspension tapissent le sol du bistrot, rejoignant les serviettes et les noyaux d'olives qui traînent là depuis des décennies, fossilisés dans le linoléum. Des hypothèses qui s'échappent de sa bouche pour finir ailleurs. Le cerveau d'Aura Reyes n'est pas un ordinateur, ni une jungle remplie de singes. L'esprit d'Aura Reyes s'apparenterait plutôt à un rouleau compresseur. Lent, minutieux et implacable.

— Elle va bien ? demande le serveur en regardant Mari Paz.

— Très bien. C'est juste qu'elle réfléchit beaucoup. Bon, en attendant je sors fumer.

— Vous pouvez fumer ici, si vous voulez. Ça me dérange pas.

— Et la cendre ?

— Dans la tasse, madame. De toute façon, après ça va au lave-vaisselle.

Mari Paz, briquet à la main, le prend au mot, contente de retourner en 1999 pendant quelques minutes.

— Ton tabac sent super bon, dit Sere le nez sur la cigarette.

— Mais tu ne fumes pas.

— Il y a des tabacs que je trouve vraiment dégueu et d'autres que j'aime bien. C'est comme pour les extraterrestres. E.T., c'est pas pareil qu'Alien.

— Tout ça, c'est pipeau et compagnie.

— Qu'est-ce que tu racontes, chouchou ? Les extraterrestres sont ici depuis très longtemps. Tu veux une preuve ?

En temps normal, Mari Paz lui aurait déjà cloué le bec, mais, dans la mesure où Sere a encore les marques rouges de ses doigts autour du cou, elle décide de mordre à l'hameçon.

— OK, vas-y, étonne-moi.

— Le gouvernement, qu'est-ce qu'il dit sur les extraterrestres ?

— Qu'ils n'existent pas.

— Et depuis quand tu crois ce que raconte le gouvernement ?

La légionnaire fait claquer sa langue, amusée malgré elle. Elle n'est pas plus près de croire aux petits hommes verts qu'il y a une minute, mais elle doit reconnaître que l'argument ne manque pas de logique. À sa manière – un peu spéciale –, ça se tient.

Pendant quelques secondes, elle se demande si l'informaticienne ne serait pas bien plus lucide qu'il n'y paraît.

Puis Sere entreprend de faire tenir sa petite cuillère en équilibre sur son nez et Mari Paz pousse un soupir de soulagement. C'est toujours rassurant de voir sa vision du monde confirmée.

— J'ai eu une idée, annonce Aura en regagnant la table.

— On n'avait pas remarqué, plaisante Mari Paz.

— C'était une voix dans ta tête ? Qu'est-ce qu'on avait dit à propos des voix ? lui rappelle Sere.

Aura prend quelques instants pour rassembler ses idées.

— Après tout ce qu'on a traversé…

— La peur, la colère et le chaos, énumère Sere, qui a recommencé à se servir de la cuillère comme d'une catapulte et bombarde maintenant ouvertement la tasse de Mari Paz.

Les deux autres l'observent sans comprendre.

— Des trucs à moi, souligne-t-elle en fixant la cuillère, agitant la main pour se débarrasser du poids de leur regard. Continue, continue.

— Notre histoire est terminée.

— Ça, c'est sûr, blondie. Romero a été on ne peut plus claire.

— Non, tu ne comprends pas. Je ne parle pas du casino. Je parle de notre histoire. Vous avez lu *L'Île au trésor* ?

Sere lève les yeux, soudain intéressée.

— J'ai vu tous les films. Mon préféré, c'est celui des Muppets.

La légionnaire fait non de la tête.

Il y a encore du boulot, pense Aura en se retroussant mentalement les manches.

— À la fin de la quatrième partie, alors que Jim Hawkins se croit tiré d'affaire, il tombe entre les mains de l'ennemi. C'est exactement ce qui nous est arrivé. Et c'est une situation dont nous pouvons tirer parti, conclut-elle avec assurance.

Comme si ça expliquait tout.

Mari Paz regarde Aura en silence pendant quelques secondes.

— Tu as bu dans la tasse de la maboule ? demande-t-elle en désignant Sere. Parce que soit elle t'a refilé son truc, soit c'est les coups que je me suis pris sur la tête, blondie.

Aura inspire profondément et expire très lentement, réfléchissant à la manière de transmettre ce qu'elle ressent. Comment le schéma narratif de leur aventure ne peut se conclure ainsi, tout comme, enfant, elle n'avait pas compris pourquoi Robert Louis Stevenson avait fait en sorte que John Long Silver capture Jim juste au moment où le blondinet s'était montré le plus malin. Comment le fourbe et manipulateur Silver avait semé la graine de sa propre chute. Comment le dénouement peut sembler précipité, alors qu'il était en germe tout au long du roman.

— Oubliez *L'Île au trésor*. Laissez-moi vous exposer mon plan.

Aura parle pendant au moins une minute.

Deux au maximum.

Lorsqu'elle a terminé, elle attend une réaction. Qui tarde à venir.

Mari Paz examine le plan sous toutes ses coutures, puis douche l'enthousiasme d'Aura.

— Ça tient pas la route, blondie.

— Il manque encore quelques menus détails à peaufiner, reconnaît la planificatrice.

— Et des rimes, ajoute Sere.

— Des détails, tu parles ! Ton plan tient là-dessus, *carallo*, dit Mari Paz en agitant une serviette en papier devant elle.

Le message « Merci de votre visite » devient flou à cause des mouvements de la légionnaire.

— Avec ce plan…

— … on va droit dans la gueule du loup.

Aura l'interrompt d'un geste.

— Attends. Avant qu'on continue, je veux que Sere me dise si elle pense pouvoir le faire.

Cette fois, l'intéressée ne répond pas aussi spontanément que lors de leur première rencontre. Les séquelles d'avoir eu le canon d'un pistolet dans la bouche. Le pistolet de quelqu'un qui, maintenant elle le sait, était plus que disposé à l'utiliser.

— La partie piratage, oui. Je connais très bien le système. Après tout, c'est moi qui l'ai conçu. Enfin, si tu te charges du reste.

— J'en fais mon affaire, répond Aura. Et l'autre partie ?

— C'est vraiment nécessaire ? demande-t-elle en lissant sa jupe, sans oser lever les yeux.

— De tous les futurs possibles, il n'y en a qu'un où nous gagnons, déclare très sérieusement Aura en levant un doigt.

Sere sourit.

— Toi, tu sais parler aux femmes.

Mari Paz pousse un grognement, préoccupée. Et un peu jalouse, pourquoi se voiler la face.

— Les légios vont vouloir en être ?

— Ça m'étonnerait bien qu'ils refusent. Quand ils sauront ce qu'il y a à la clé.

— Leur partie ne va pas être simple.

— Pas moins que celle de Miss Zinzin, dit-elle en désignant Sere, qui a sorti son téléphone portable et semble plongée dans un document compliqué, bourré de lignes de code.

— Ce n'est pas ça qui t'inquiète.

— Non, ce n'est pas ça.

Mari Paz se roule une autre cigarette, pour s'occuper les mains en espérant que les mots lui viennent. Comme toujours, c'est peine perdue.

— Je ne le ferai pas, conclut-elle.

4
Un shampoing

Le refus de Mari Paz semble surprendre Sere, qui relève le nez de son téléphone et contemple la légionnaire, sans voix. Ce qui est plutôt rare.

Aura la comprend.

Elles en ont assez bavé. Elles se sont assez battues. Et qu'ont-elles obtenu ?

Rien.

Et maintenant, en prime, elle lui demande de mettre en péril la seule chance qui reste aux jumelles de mener une vie à peu près normale.

Si la moindre étape du plan tourne mal, c'est fini.

Et pour être honnête, beaucoup de choses pourraient mal tourner. Beaucoup, mais une en particulier. Et sur celle-là, elle n'a aucune prise.

— Un peu de bon sens, blondie. Tu sais à qui on a affaire. Tout à l'heure, tu voulais que je m'occupe des jumelles, et maintenant… ça ?

— Parce que je ne voyais pas d'issue.

Mari Paz plisse les yeux.

— Qu'est-ce que tu ne me dis pas ?

Il y a quelques heures, Aura envisageait de se rendre et d'accepter son sort. Ça ne la réjouissait pas, mais elle était en paix avec elle-même.

Elle s'était battue et elle avait perdu.

Puis Sere avait appelé. Elle avait appris que les dés étaient pipés depuis le début. Et c'était inacceptable.

Aura se demande à quel moment elle a décidé d'envoyer bouler la logique et la raison. Où est passé le principe de ne pas augmenter les enjeux pour ne pas tout perdre. Ce qu'il reste des sages paroles de Thémistocle sur le fait qu'une chute nous préserve d'une chute plus grande encore. Pourquoi une mère de famille avec deux petites filles à charge décide de nager à contre-courant, d'ignorer tout ce que lui dictent le bon sens, la pression sociale et les lois (celles du Code pénal, celle de Murphy, celle du moindre effort). N'importe qui d'autre dans sa situation se serait adressé aux tribunaux, aux médias, à n'importe quel rouage du système. Et, ayant échoué, se serait laissé mener docilement à l'abattoir. Ou aurait pris la clé des champs, s'il en avait eu la possibilité.

Pas ça.

Pas cette rébellion.

Cette détermination à franchir le Rubicon.

Une, deux, trois fois.

Aura sait d'où elle vient, mais elle ne sait pas si elle est prête à le leur dire.

C'est une sensation qui lui est venue ce matin, quand Sere lui a avoué la vérité.

Celle-là même qu'elle a éprouvée sous la douche, ses deux bouteilles de shampoing à la main. Celle qui lui est revenue dans la boutique de la rue de Serrano et qui l'a mise dans ce pétrin. Et qu'elle a ressentie à nouveau dans la cellule du palais de justice de la place de Castilla.

Cette sensation ne s'explique pas. Peut-être que si, et qu'il faudrait un million de mots. Ou simplement trois lettres.

Non.

Un *j'en ai jusque-là* qui a commencé…

Ah, et puis merde ! Qu'est-ce que j'ai encore à perdre ?

— Cette histoire commence par une bouteille de shampoing, dit-elle en s'éclaircissant la voix. Deux, en fait. Mercadona et Molton Brown…

Aura parle lentement, d'un ton de conteur, de début des vieux Disney, quand le livre s'ouvre pour nous raconter l'histoire : « Il était une fois… »

Elle explique qu'elle était sous la douche, et qu'il ne lui restait plus de son shampoing favori, un shampoing purifiant à la mandarine et à la capucine. Un arôme frais et vivifiant, avec des notes de santal et de chèvrefeuille. Cent euros le litre, hors frais de port.

— Cent euros ! À ce prix-là, clair que ça peut te faire de beaux cheveux, dit Mari Paz en faisant claquer sa langue.

— « Quand tu secoueras ta chevelure, tu auras l'impression de flotter sur un nuage de parfums exotiques. » D'après une influenceuse, lit Sere en passant la main dans ses boucles rousses. Dans mon cas, ça serait comme secouer un buisson.

— Ne sois pas bête. Tu as de beaux cheveux, protestent les deux autres en chœur.

Aura poursuit son récit. Elle était là, sous la douche. Avec cette bouteille de shampoing, relique de son ancienne vie, qu'elle avait pressée jusqu'à la dernière goutte. Elle avait même ajouté un peu d'eau pour ne pas gâcher les résidus au fond.

— C'est ce que faisait mémé Celeiro avec le liquide vaisselle. Elle disait : « Mets-y de l'eau, ça en fera plus. » À la fin il restait juste de la mou…

Elle s'interrompt en voyant le regard d'Aura.

— Pardon.

Elle était là, disions-nous, un flacon vide de shampoing Molton Brown dans une main, et une bouteille de shampoing Mercadona dans l'autre. Deliplus cheveux et corps, trois euros le litre. Avec précaution, elle a retourné la bouteille et rempli le flacon Molton Brown. Alors que le mince filet de shampoing s'écoulait, elle a eu une révélation transcendante.

Violente, même.

Du style qu'un individu sur un million expérimente une fois dans sa vie.

Elle s'est vue elle-même avec une netteté lumineuse, une lucidité absolue. L'Aura d'il y a deux ans, avant la mort de Jaume. Une femme qui achetait du shampoing Molton Brown à cent euros, du parfum Aventus de Creed à mille six cents et du concentré contour des yeux La Mer à vingt-sept mille. Prix au litre.

— Le petit flacon comme ça, intervient Sere en écartant le pouce de l'index de six centimètres, coûte quatre cents euros.

Mari Paz effleure ses fines pattes-d'oie, résultat de milliers d'heures sous le soleil de la Baltique, du Qurnat as Sawda', de l'Hindou Kouch. À plisser les yeux pour déterminer si cette silhouette à trois kilomètres est un rocher ou un type qui veut vous tuer. Dans les tempêtes de sable, les pluies torrentielles et le vent glacial de la nuit. Avec sa solde de mille euros par mois.

— Et ça fait quelque chose ?

— « Cette crème ultra-somptueuse à la texture soyeuse permet d'accélérer le renouvellement cellulaire d'une façon inédite. Les ridules, les poches et les cernes s'estompent », lit Sere, qui a cherché le produit sur le site web du fabricant.

— Attends, c'est vrai qu'elle a pas une seule ride, la salope.

— Cette foutue crème marche pas mal. Je peux continuer, s'il vous plaît ?

Aura a vu l'Ancienne Aura, disions-nous. Une femme avec de l'argent, beaucoup d'argent. Quelqu'un pour qui dépenser des sommes indécentes dans un shampoing ou un parfum était parfaitement normal. Pour qui cela allait tellement de soi que le contraire lui aurait paru injuste. Nous canalisons tous notre insatisfaction au travail en consommant à tout-va, pour ensuite mettre les bouchées doubles et nous sentir encore plus insatisfaits. Ainsi le veut le système.

Elle avait travaillé dur pour en arriver là. Elle respectait la loi, payait – plus ou moins – ses impôts. Elle avait le droit d'en profiter comme elle l'entendait.

Bien entendu.

Mais ensuite, Jaume était mort. On l'avait poignardée. Son patron l'avait accusée de malversations qu'elle n'avait pas commises. Sa mère était tombée malade et avait besoin de soins.

Tout était parti en fumée.

Alors elle a eu la révélation. Sa bouteille de shampoing à la main, elle s'est rendu compte que ce ridicule réceptacle de ses frustrations avait fait d'elle une personne horrible. Quelqu'un qui tenait sa bonne fortune pour acquise, comme un droit. Quelqu'un qui pouvait regarder en bas avec dédain et en haut avec admiration.

La dure vérité, c'est qu'il avait suffi que la vie lui balance quelques directs du gauche pour que tout disparaisse.

— Je me prenais pour un gros poisson. Un requin, dit Aura. Alors que mon patron gagnait en une journée ce que je gagnais en un an.

— À ce point ?

— Et sans même devoir mettre les pieds au bureau.

Il est bien plus douloureux de perdre ce que l'on a que de ne jamais l'avoir acquis, dit-on. Aura réserve son opinion sur la question. Mais la révélation – et l'arithmétique – était claire. Elle avait compris que, aussi haut qu'elle aille, elle serait toujours plus proche du sans-abri qui campait sous le pont de l'Hipódromo que de Sebastián Ponzano.

— C'est ce qu'on veut nous faire gober, dit Mari Paz, dans un rare accès de loquacité, se sentant visée. Que si les riches deviennent encore plus riches, on en profitera nous aussi. Que s'ils se gavent, tôt ou tard, ils vont finir par déborder, et leur richesse retombera sur nous, les petits qui les regardons d'en bas. Comme les piñatas de mon village.

Elle marque une pause, et son regard se perd. À cinq cents kilomètres et des poussières de là, à Vilariño.

— Tous les ans, mémé Celeiro m'emmenait au carnaval. Là-bas, j'ai appris quelque chose de très important.

Elle serre les poings si fort que ses jointures craquent.

— Les piñatas, il faut cogner dessus à coups de bâton.

Aura acquiesce, avec un sourire triste, avant de terminer son récit.

Cette vie est injuste, dit-elle. Et il y a certaines règles qui la rendent supportable. Alors qu'elle tenait le shampoing, une rage féroce s'est emparée d'elle. Dirigée contre elle-même, pour n'avoir pas perçu plus tôt sa propre fragilité. Pour avoir été aussi naïve.

Elle est sortie prendre l'air, espérant faire retomber sa colère, et alors elle s'est souvenue de quelque chose. Dans une parfumerie de la rue de Serrano, où elle faisait régulièrement des achats, elle avait accumulé des points sur une carte de fidélité. Pas grand-chose, mais suffisamment pour un flacon de Molton Brown. Un adieu amer à son ancien train de vie.

Après un long trajet en bus, elle est arrivée à la boutique…

5
Un flashback

Aura entre dans la parfumerie. Vêtue de ses plus beaux atours. On ne peut entrer dans une boutique de la rue de Serrano en jogging que si l'on s'appelle Kim Kardashian, et Aura a un fessier de taille normale.

Elle est détendue et sûre d'elle. Elle n'est peut-être pas venue depuis longtemps, mais c'est une bonne cliente. L'hôtesse d'accueil ne l'intimide pas, et son froncement de sourcils se transforme en sourire lorsqu'elle la reconnaît. Elle se faufile entre les présentoirs de parfums. Elle ne doit pas traîner si elle veut être rentrée à temps pour préparer le dîner des jumelles.

Elle prend le flacon de Molton Brown, sans s'arrêter.

Patiemment, elle rejoint la file d'attente à la caisse. Il n'y a que deux clientes devant elle, avec des paniers bien remplis. Dix minutes d'attente, qu'elle occupe en relisant un livre qu'elle a retrouvé chez ses parents. *Les Aventures de Huckleberry Finn*, l'un de ses romans préférés. Elle se souvient encore de sa mère insistant pour qu'elle lise *Les Quatre Filles du docteur March* au lieu de tous ces romans « pour garçons ».

— Personne suivante, dit la vendeuse.

Elle a l'air épuisée. C'est samedi, l'heure de la fermeture approche. Aura se demande si elle ne devrait pas revenir à un autre moment, mais elle a attendu et ne veut pas rentrer les mains vides.

— Juste ceci, dit-elle en posant le shampoing sur le comptoir.

La vendeuse, reconnaissante de ce petit achat, scanne l'étiquette.

— Vingt-neuf quatre-vingt-quinze, dit-elle en mettant le flacon dans un sac en papier.

— J'aimerais payer avec mes points de fidélité, s'il vous plaît.

La vendeuse prend un air excédé.

— Vous auriez dû me le dire avant.

Elle annule l'achat, avec quelques bips et cliquetis d'ongles sur le clavier.

— Votre carte, s'il vous plaît.

Aura obéit. La femme passe la carte dans le lecteur d'un geste rapide.

— Je suis désolée, vous n'avez pas suffisamment de points.

— Comment ça ? J'ai regardé sur votre application. J'ai plus de quarante euros en points.

— Les points expirent si vous ne faites pas au moins un achat tous les trois mois, madame, je suis désolée. Vous auriez dû venir plus tôt.

Aura respire un grand coup. Cette Aura n'est pas la nouvelle Aura, ne l'oublions pas. Cette Aura ne s'est pas retrouvée en cellule, elle n'a pas attaqué une entreprise informatique, ni accueilli chez elle une légionnaire sans abri, ni pardonné (deux fois) à une camarade qui l'a trahie (deux fois).

Cette Aura est une Aura brisée, et qui ne s'est pas encore reconstruite. Il y a encore beaucoup de l'Ancienne Aura en elle. Et l'Ancienne Aura était…

— Tu étais un peu Karen, non ? la coupe Sere.

L'intéressée tique devant ce terme péjoratif désignant les femmes blanches privilégiées d'âge moyen qui se croient au-dessus du lot.

— Oui. Un peu, oui.

... un peu conne. La première chose qui sort de sa bouche est donc :

— Puis-je parler à la responsable ?

La vendeuse lève les yeux au ciel et passe l'appel au micro.

La responsable arrive, barricadée derrière un sourire en acier trempé.

— Quel est le problème ?

Aura lui explique, tandis que la responsable bouge son sourire de haut en bas, acquiesçant à chaque phrase. Pour conclure par :

— Je comprends. Malheureusement, nous n'y pouvons rien.

Le « ien » de cet odieux « rien » se prolonge jusqu'à disparaître en un parfait fondu au noir. L'objectif est de clore la conversation et d'indiquer à la cliente pénible le chemin de la sortie.

Pas si vite, pense Aura.

— J'ai dépensé des milliers d'euros dans cette boutique. Simplement parce que je n'ai pas fait attention à mes points...

— Naturellement, mais ce sont les règles. Nous ne pouvons rien faire.

— Personne ne m'avait avertie que les points expiraient.

— C'est pourtant bien indiqué dans les conditions générales d'utilisation que vous avez signées, dit la responsable.

Elle sort de sous le comptoir un pavé de quatre-vingts pages, avec une reliure en spirale. Vers la moitié, en tout petits caractères, la responsable désigne une phrase d'un air triomphant.

— Vous ne pouvez pas faire une exception ? supplie Aura.

Erreur fatale.

— Nous ne pouvons rien faire, répète la responsable, dont le sourire s'est fait cruel.

La technique du disque rayé, détecte Aura. Elle-même l'a souvent utilisée. Il y a mille ans, quand son pouvoir de conviction était encore intact. Quand elle était capable de convaincre un millionnaire d'investir dans son fonds moyennant deux verres de vin et une demi-assiette de bellota grande réserve.

Elle capitule.

Elle tourne les talons et se dirige vers la sortie la queue entre les jambes. Et l'histoire se serait arrêtée là, et elle n'aurait jamais connu les aventures qu'elle a vécues si la responsable n'avait pas ajouté cette dernière phrase :

— Celle-là, on n'est pas près de la revoir… dit-elle à la vendeuse.

Un chuchotement mesuré au décibel près, pour que la destinataire l'entende.

— Son mari est mort, c'est lui qui payait tout…

— Je vais lui péter la gueule, lâche Mari Paz en donnant un coup sur la table, faisant voler les petites cuillères, qui retombent avec un bruit de vaisselle et de métal. Je te jure que je vais lui péter la gueule.

— Oui, c'est ce que j'ai ressenti. Dire non, s'élever contre l'injustice, etc.

— Et tu as fait quoi ? demande Sere.

— Je crois que j'ai plutôt bien réagi.

Aura respire profondément, serre fermement son sac et tend le bras. Elle continue d'avancer vers la sortie, son bras tendu balayant les présentoirs de parfum, qui tombent par terre. Avec un *crac* sonore, les flacons à cent euros se transforment en éclats de verre parfumés.

— Hé, arrêtez ! s'écrie la responsable.

— Oh mince, qu'est-ce que je suis maladroite, lâche Aura en se retournant.

Ce sont de bons parfums, mais de marques ordinaires. Elle peut faire bien plus de dégâts dans l'allée suivante, calcule-t-elle. En se dirigeant vers la verrière, elle sourit à la vue du logo La Prairie et des précieux flacons bleu vif.

— J'aurais bien besoin d'un correcteur comme celui-ci, proclame-t-elle en saisissant un fond de teint à deux cents euros. À la réflexion, je les prends tous.

Elle passe le bras sur le présentoir et rafle tous les flacons, qui s'écrasent au sol.

La responsable se plante devant elle, tentant de l'arrêter.

— Madame, vous ne pouvez pas faire ça. Arrêtez !

Aura recule, sans toucher la responsable. Elle déteste la violence et n'a aucune intention de poser ne serait-ce qu'un doigt sur elle. En revanche, cette crème rajeunissante sur l'étagère du haut lui fait de l'œil. Celle-ci est conditionnée dans un pot métallisé violet, ce qui signifie que son prix est à quatre chiffres.

— Oups, elle m'a échappé des mains, dit-elle en balançant un flacon au sol – en marbre plutôt vulgaire –, comme s'il s'agissait d'une grenade.

Puis un autre, et un autre, jusqu'à ce que le carrelage soit recouvert d'un magma valant le prix d'un 4 × 4.

— Appelle la police, ordonne la gérante. Elle va le sentir passer, cette déséquilibrée.

— Je ne suis pas déséquilibrée, murmure Aura. J'en ai ras le bol.

La responsable lisse les manches de sa veste noire et crache :

— Pauvre minable…

Aura sourit devant cette ultime humiliation et s'incline légèrement devant elle.

— Je suis désolée, je crois que j'ai un peu passé les bornes. Ne vous inquiétez pas, je vais ramasser.

Elle se dirige vers l'entrée et saisit la poubelle en métal qui se trouve juste à côté des portiques antivol. Elle la renverse, éparpillant un tas de gobelets Starbucks par terre. Elle retourne vers le présentoir à moitié dévasté et entreprend de remplir la poubelle avec tous les flacons qu'elle trouve.

— Qu'est-ce que vous faites ? Qu'est-ce que vous faites, espèce de malade !

— Je sors les poubelles, explique Aura.

Elle soulève la poubelle – non sans mal, car elle est maintenant beaucoup plus lourde –, la fait passer au-dessus de sa tête, va jusqu'à l'entrée et la fracasse contre la vitrine du magasin.

La poubelle traverse la vitrine – qui s'effondre – avant d'atterrir sur le sol et de déverser son contenu sur le trottoir. Une volée de dames en manteau de fourrure se jettent sur les produits comme des pigeons sur des miettes, et s'empressent de s'en remplir les poches…

6

Un résultat

— Comme une piñata, dit Mari Paz en riant.

— Ensuite, la police est arrivée, m'a arrêtée, m'a fait monter dans la voiture, puis t'a mise dedans. Et voilà où nous en sommes, conclut Aura.

— Je dirais aussi que tu as bien réagi, estime Sere, après avoir réfléchi à toute l'histoire.

— Ce n'est pas vrai. C'était une réaction immature et impulsive. Je regrette d'avoir fait ça, ment Aura.

— L'assurance remboursera ce que tu as cassé. Et ensuite, ils te le feront payer, blondie, dit Mari Paz en passant la main sur son menton encore endolori.

— Je sais. Mais cette conne ne méritait pas ça. Même si j'en ai marre que ce soit toujours les mêmes qui gagnent, il faut savoir à quel moment et contre qui se rebeller. Contre qui diriger sa colère.

La légionnaire acquiesce lentement à cette dernière déclaration. Elle réfléchit, elle aussi.

— Et tout ça… à cause d'un shampoing ? murmure-t-elle, incrédule.

— Tout ça… parce que trop c'est trop.

— D'accord, blondie. Dans quel merdier tu t'es foutue à cause d'un shampoing, *mimadriña*.

Aura veut répondre. Elle ne le fait pas, car quelque chose à la télévision du bistrot – le genre de télé allumée toute la journée sur la pire chaîne possible – attire son attention.

— Excusez-moi, vous pourriez monter le son une minute ?

Le serveur s'exécute immédiatement, ravi de pouvoir mettre le volume à fond, comme il aime.

Les trois femmes écoutent ce que dit la présentatrice.

Au bout d'un moment, Aura se tourne vers ses camarades.

— Vous avez entendu. Si on ne fait rien, c'est la banque qui gagne. Comme toujours.

Mari Paz ferme les yeux, allonge les jambes, se penche en arrière sur sa chaise. Sa capacité surhumaine à occuper plus d'espace que ne le voudraient les lois de la physique est surprenante.

Elle réfléchit, rumine l'information. Pendant quelques minutes, on n'entend que les petits bruits qu'elles font en buvant le troisième café que vient de leur apporter le serveur. Et la télévision, qui continue de vomir ses mensonges.

Au bout d'un moment, sans ouvrir les yeux, sans changer de position, elle dit :

— Je suis peut-être allée un peu vite en te disant non tout de suite.

Aura serre les lèvres, émue.

Effrayée, aussi.

Une part d'elle – une très grande part – s'était accrochée au refus de Mari Paz comme du velcro à une housse de coussin bon marché. Parce que ç'aurait été plus simple, moins risqué. Comme de tricher contre soi-même au solitaire.

Mais l'histoire ne peut pas se finir comme ça, évidemment, pense Aura. Un ultime assaut, bref et désespéré. Un pari à tout ou rien. Ou, comme elle l'avait dit à la légionnaire à la porte du casino de Toulour :

— Une dernière et on y va ? émet-elle d'un air complice.

— Dernière, dernière, et on rentre à la maison.

Ponzano

— C'est tout, merci, dit-il en congédiant sa secrétaire avec un sourire.

Il ne doit pas oublier de lui acheter un beau cadeau pour Noël. L'an dernier, c'était une superbe montre Cartier en or rose, à la dernière minute. Il n'avait même pas eu le temps d'y faire graver une petite inscription. Il s'était senti un peu coupable, *mais cette année, ça n'arrivera pas*, pense-t-il.

Il faut prendre soin des moyens de production.

Il allume la télévision de son bureau, zappant sur les chaînes dont les journalistes sont achetés par la concurrence, jusqu'à ce qu'il tombe sur celle qu'il s'est offerte. Elle est là, avec ses lunettes à monture d'écaille et ses cheveux mi-longs, aussi belle qu'à ses débuts, il y a vingt ans. Toujours dans une émission du matin.

Celle qu'elle présente aujourd'hui porte son prénom. Inutile de préciser son nom, il n'y en a pas deux comme elle dans toute l'Espagne.

Ponzano consulte sa montre. Il est bientôt 13 heures, l'horaire parfait pour que la nouvelle soit reprise dans le journal de 15 heures.

Le texte est devant lui. Il chausse ses lunettes pour le lire. Sa vue n'est plus ce qu'elle était. Après avoir avancé et reculé le papier, il trouve la bonne distance.

Il lit.

Sa voix, éraillée et stridente, est sans comparaison avec celle de la belle journaliste. Malgré tout, les deux voix résonnent simultanément. Celle de Ponzano une syllabe plus tôt, peut-être.

— … des sources proches de la banque affirment que l'entité dirigée par Laura Trueba présentera une offre publique d'acquisition de la Value Bank cet après-midi, avant la clôture des marchés. La banque de Sebastián Ponzano, l'héritier de…

Ponzano cesse de lire. Ce passage est l'inévitable hagiographie de son père. Le grand banquier de la Transition. L'homme qui a poussé Adolfo Suárez et qui a contribué à huiler les rouages de la démocratie.

Il connaît tous les mantras par cœur, parce qu'il était assis à côté de son père pendant que celui-ci dictait par téléphone ce qu'*El País*, *ABC* et *Diario 16* répéteraient le lendemain. Et le surlendemain, et le jour suivant, jusqu'à ce que ce soit gravé dans le marbre.

Bande de demeurés et de gogos, pense Ponzano. *Papa a toujours misé sur tous les chevaux. Il se contentait d'attendre près de la ligne d'arrivée, pour voir qui la franchirait le premier, puis il félicitait le vainqueur.*

Il se lève, se dirige vers la Nespresso et se prépare un décaféiné. Avec quelques gouttes de lait et deux biscuits María. Il n'a jamais eu des goûts très raffinés en matière de nourriture.

Pendant que la machine commence à vibrer, Ponzano regarde de nouveau sa montre. Il s'étonne qu'elle n'ait pas encore appelé. Maintenant que l'information est publique, elle a tout à fait le droit de le faire sans que les autorités puissent dire quoi que ce soit.

Le café n'a pas fini de couler dans sa tasse que le téléphone sonne.

— J'avais raison de ne pas te faire confiance, Sebastián, crache Laura Trueba en guise de bonjour.

— Je n'ai rien à voir là-dedans, se défend-il, feignant la légitime indignation.

En bruit de fond, à l'autre bout du fil, il entend la télévision continuer de gloser sur les vertus de son père et de la banque.

— Tu mens, Sebastián, rugit-elle. Ta main est tellement enfoncée dans cette marionnette qu'elle pourrait te couper les ongles avec ses dents.

Ponzano sourit, ravi. Laura Trueba n'a pas l'habitude de s'exprimer de manière aussi imagée, ce qui signifie qu'il l'a prise au dépourvu. Faire perdre son sang-froid à l'impitoyable banquière est un exploit dont très peu de gens au monde peuvent se vanter.

— Je te jure que la fuite ne vient pas de mon bureau, dit-il en froissant le papier contenant le texte que la journaliste vient de lire.

Il en fait une boule, qu'il lance dans la corbeille. Il rate son coup.

— Ça doit venir de tes collaborateurs.

C'est en effet un miracle qu'aucune rumeur n'ait circulé jusqu'à présent. Du moins en dehors des pages saumon, que plus personne ne lit.

Tant que ça ne passe pas à la télé, ça n'existe pas, disait son père. Et il avait raison.

— Je ne te crois pas, Sebastián. Mais ça n'a plus d'importance, n'est-ce pas ?

— Probablement, dit Ponzano en buvant une gorgée de café.

Trop chaud.

Trueba garde le silence, et Ponzano n'insiste pas.

Il sait très bien que la partie est tellement engagée qu'il n'y a plus d'arguments qui vaillent. Le reste est une question de désirs et de souhaits.

Les siens et ceux de Laura Trueba s'accordent à la perfection.

Elle est plus jeune que lui, mais ils se ressemblent à bien des égards. Tous deux ont grandi à l'ombre de géants durs et distants. Tous deux ont appris à compter avant de savoir lire. Tous deux ont manqué d'amour dans leur enfance, remplacé par l'argent et l'exigence.

Ils savent que réaliser cette fusion revient à pisser sur la tombe de leurs pères respectifs.

Et personne ne peut pisser sur une tombe sans s'en mettre un peu sur les pieds.

— Je t'ai demandé une chose, dit-elle au bout d'un moment.

— La photo. Dans deux jours, tu l'auras.

— Et comme ce ne sera bon pour ton portefeuille qu'à ce moment-là, l'OPA sera déjà lancée, n'est-ce pas ?

Ponzano sourit avec satisfaction. Les actions de la banque valent aujourd'hui quarante-trois euros. La nouvelle annoncée au JT du matin va les faire monter un peu. Mais si Laura Trueba décide de la confirmer par voie de communiqué de presse – qu'il a déjà préparé –, et de lancer l'offre publique d'acquisition, le titre devrait s'envoler demain dès l'ouverture.

Sauf si Laura Trueba lance son OPA à trente-quatre euros l'action, comme convenu. Cela rendra les investisseurs très, très nerveux. Ponzano ira sur le marché, achètera toutes les actions qu'il pourra et attendra tranquillement la publication des résultats annuels de la banque.

Trueba annoncera publiquement sa surprise, dira que leurs calculs étaient mauvais et relèvera son offre à quarante-cinq euros par action.

Les deux banques fusionneront.

Les petits investisseurs qui auront vendu à perte auront perdu beaucoup d'argent.

Et Ponzano sera encore plus riche.

— Le timing tombe bien pour moi, en effet. Et pour toi aussi. Nous avons toujours envisagé le risque qu'il y ait une fuite.

Laura Trueba se tait à nouveau, se débattant entre sa cupidité et la profonde aversion que lui inspire Ponzano.

— J'aurai ce que j'ai demandé ? finit-elle par demander.

Le banquier pense à Aura Reyes, qui doit être en train de panser ses plaies après sa tentative malheureuse.

Romero lui a rendu visite ce matin. Elle ne lui a pas rapporté tous les détails, et a lâché des demi-vérités, des insinuations et des sous-entendus.

Elle ne lui fait pas confiance, évidemment. Et à raison, car Ponzano enregistre toutes leurs conversations. On ne sait jamais quand on peut avoir besoin de faire chanter le maître chanteur.

L'important, c'est que Romero est l'efficacité incarnée. Elle est très, très chère. Mais elle respecte toujours ses engagements.

— Tu auras ce que tu veux, Laura. Je te le promets.

— Tu as intérêt, Sebastián. Parce que si tu essaies de me baiser sur ce coup-là…

Elle laisse sa phrase en suspens, inutile d'en dire plus. Ponzano peut sentir le froid glacial de la menace à travers le téléphone.

On ne peut pas baiser Laura Trueba.

Beaucoup de cadavres attestent de ce qui se passe quand quelqu'un commet cette erreur. Des cadavres métaphoriques, bien sûr.

Pour l'essentiel.

— Trente-quatre, dit-elle avant de raccrocher.

Ponzano pose le téléphone sur la table et ouvre l'ordinateur portable. Trente-quatre euros le titre, c'est le montant de l'offre publique d'acquisition qu'elle va faire. Exactement comme ils en étaient convenus.

Il configure son compte pour préparer ses propres ordres d'achat. Il raflera autant d'actions qu'il le peut dès l'ouverture du marché. Ce sera une boucherie… pour tous ceux qui ne savent pas ce qu'il sait.

Ponzano se fumerait un cigare pour fêter ça, s'il les appréciait. Comme ce n'est pas le cas, il trempe le biscuit María dans son café, et en boit une longue gorgée. Il est tiède.

Juste comme il faut, pense-t-il avec satisfaction.

Romero

Elle sonne à la porte de l'appartement de Sere et attend patiemment.

En toute franchise, son appel ne l'a absolument pas surprise.

Elle a déjà trahi ses amies une fois.

Il n'est pas étonnant qu'elle le fasse une deuxième et une troisième fois.

— Vous m'aviez dit de vous appeler s'il se passait quoi que ce soit. C'est fait. Mais cette fois, je veux quelque chose en retour, lui avait-elle dit au téléphone.

Et c'est très bien. C'est bon signe, c'est normal.

La plupart des gens ont toute une série de convictions profondes, mais s'agissant de les appliquer à leur propre vie, ils trouvent cela des plus inopportun.

Rares sont ceux qui jugent la morale opportune. Ou même simplement utile. Celui qui continue de croire en quelque chose même quand cela représente une contrainte est un original, voire un danger public.

C'est le mauvais côté des gens bien. Ils finissent toujours par vous coûter très cher.

À l'inverse, quelqu'un qui ne coûte que de l'argent est transparent. Manipulable.

Très accessible.

— Vous avez apporté ce que je vous ai demandé ? demande Sere en ouvrant la porte.

Romero plonge sa main dans la poche de sa gabardine et lui montre une épaisse enveloppe, avant de la ranger aussitôt.

Sere la fait entrer. Cette fois, des *sobaos* l'attendent dans le salon, ainsi que des boissons fraîches.

La commissaire ignore la collation et s'assied au même endroit que la dernière fois.

— Avant de continuer, je veux parler de ce qui s'est passé hier soir.

Romero cligne des yeux, décontenancée. Pendant un instant, elle ne sait même pas de quoi parle Sere.

Non pas qu'elle ait oublié.

Le chemin qui a fait de Romero ce qu'elle est aujourd'hui a été progressif, comme quand on coupe un saucisson, tranche par tranche. Un jour vous êtes une honnête inspectrice de police, essayant de vous faire une réputation, et quelqu'un vous propose un petit marché. Relâcher un suspect, en échange d'une information qui vous permettra d'arrêter un plus gros poisson. Vous mettez dans la balance ce qui est le mieux pour vous, pour votre carrière et pour la justice. Dans cet ordre. Sans surprise, vous acceptez le marché.

Une semaine plus tard, une enveloppe apparaît dans votre boîte aux lettres, sans adresse ni cachet de la poste. À l'intérieur, quelques billets de cent euros. Rien d'exceptionnel. Vous n'avez aucune preuve de l'identité de l'expéditeur, et aucun doute non plus.

Les règles ?

Informer son supérieur, rédiger un rapport et remettre l'argent.

La réalité ?

Une nouvelle télé.

Vous continuez de monter en grade. Vous luttez contre le crime organisé, des délinquants avec les meilleures armes, les meilleurs contacts et la technologie la plus avancée. Richissimes.

Et vous ?

Vous devez sacrifier votre vie personnelle, bosser jour et nuit, risquer votre peau à chaque instant pour des clopinettes. Et traverser des rivières de merde, avec le sourire et sans un faux pli.

Évidemment.

Elle n'avait pas trop tapé dans la caisse. Pas plus que la normale. Les règles étaient claires. Ne te fais pas prendre, n'attire pas l'attention. N'en fais pas une habitude. Tout ce qui est en deçà de cette ligne, c'est ton putain de problème. C'est entre toi et ta conscience. Personne ne lèvera un sourcil.

Tout ce qu'elle voulait, c'était bien faire son travail.

Petit à petit, vous découvrez que c'est impossible. Vous outrepassez les limites, coupant de fines tranches du saucisson.

Ce n'est pas pour ça que je suis entrée dans la police, vous dites-vous chaque fois, sans que ça y change grand-chose.

Alors que vous franchissez toutes les lignes rouges possibles, que vous mutez et changez de peau, que vous évoluez vers votre forme finale, vous développez des stratégies. La meilleure est celle des tiroirs. Vous rangez vos pires abominations, vos plus terribles transgressions dans un tiroir, à portée de main. Vous savez qu'à l'intérieur, elles sont hors d'atteinte.

Tout ce que vous demandez, c'est que personne n'y touche.

— La mort de Ginés, précise Sere lorsqu'elle constate que l'autre met du temps à répondre.

— Nous mettons le maximum de moyens sur cette affaire, souligne Romero avec circonspection.

— Je ne voudrais pas qu'il arrive la même chose à l'une de mes amies, insiste Sere.

Ah, je vois. Sursaut de conscience.

Elle a déjà vécu ça. Quand un informateur veut préserver ce qui lui reste de dignité en essayant d'arracher la promesse qu'il n'arrivera rien à ceux qu'il a trahis. « Je vous dirai tout seulement si vous m'assurez que… » Avec le même résultat que toutes les autres promesses, tracées dans le vide et achetées au poids.

— Ma seule priorité est la sécurité, répond-elle avec gravité.

Sere hoche lentement la tête, comme si c'était déjà quelque chose, mais pas encore assez.

— Tout de même…

Elle tripote nerveusement ses dés. Ses foutus dés. Ils s'entrechoquent sur la table basse et heurtent les canettes de soda. Irritants, insupportables.

— Parle, exige Romero, troquant le sérieux contre de l'agressivité.

— Juste un dernier lancer…

— Tu veux qu'on recommence comme la dernière fois ? lui rappelle Romero, mettant la main dans la poche de sa gabardine.

Elle s'assure que Sere a bien vu qu'il ne s'agit pas de la poche où elle a rangé l'argent.

— Non, non. Merci beaucoup, c'est très gentil, mais une fois ça suffit.

— Alors, qu'est-ce que tu voulais me dire de si important ?

— Demain matin… il va se passer quelque chose.

— Quoi, précisément ?

— Un transfert.

— Comment ça, un transfert ? Un transfert de quoi ? s'exclame Romero en se redressant.

— Attendez, je vous explique. Le malware SATAn transforme le câble d'un disque dur en transmetteur radio et permet de copier son contenu sans ouvrir le PC, ce qui…

La commissaire roule des yeux furieux.

— Viens-en au fait, bon sang ! Je n'ai pas toute la journée !

Romero écoute, aussi patiemment que possible. Certains détails techniques lui échappent, mais elle saisit l'idée générale.

Aura Reyes veut mourir les armes à la main.

Un ultime assaut, bref et désespéré.

De son point de vue, c'est d'une stupidité inouïe. Mais plus rien ne l'étonne depuis qu'elle a accepté cette mission.

Reyes est une femme désespérée et donquichottesque, qui refuse d'entendre raison. De plus, elle se croit plus intelligente qu'elle ne l'est en réalité. Il est vrai qu'elle a une chance insolente, or, Romero est habile pour mettre fin aux périodes de veine.

Celeiro fait partie de ces rares personnes intègres, celles qui finissent par coûter très cher. Son indéfectible loyauté envers Reyes est absurde, mais elle s'est révélée facile à manipuler hier soir. Il est vrai qu'elle est dangereuse au corps à corps, quand Romero est douée pour garder ses distances.

Et enfin, la cinglée. Habile avec les ordinateurs, nulle pour tout le reste. C'était un bon calcul d'en faire le maillon faible de la bande. Il est vrai qu'elle est l'une des rares personnes à avoir réussi à lui faire perdre son sang-froid. Heureusement, Romero a le pouvoir de remettre les gens à leur place.

Personne n'aurait cru que ces trois bras cassés auraient pu aller aussi loin. Romero la dernière. Elle s'est fourvoyée à plusieurs reprises, et malgré tout, elle a remporté la partie.

Le concert est fini. Ce sont les rappels.

Qu'elles soient assez stupides pour ne pas savoir quand s'arrêter, cela arrange bien les affaires de Romero. Ponzano paiera très cher pour cette information.

À elle de faire de même.

Elle sort l'enveloppe de sa gabardine et la laisse tomber sur le plateau de *sobaos*.

— S'il y a du nouveau, appelle-moi immédiatement. Compris ?

Sere regarde ses trente pièces d'argent et acquiesce d'un air coupable.

Romero descend l'escalier aussi vite que sa patte folle le lui permet, pressée de quitter les lieux. Elle a encore beaucoup à faire avant de pouvoir sonner la fin de la fête, demain.

Dans la rue, elle passe devant une fourgonnette blanche, une vieille Mercedes Vito.

Elle ne prête pas attention au chauffeur.

Si elle l'avait fait, elle aurait constaté qu'il s'agissait de l'homme le plus laid que la Terre ait jamais porté. Chauve, malingre, d'âge indéterminé. Avec les yeux bridés et moins de dents qu'un serpent en plastique.

Elle remarque l'air de flamenco qui sort des haut-parleurs de la fourgonnette. Des *bulerías*, avec la voix incomparable de José Mercé. Inhabituellement gaie, elle trotte au rythme de la musique jusqu'à la voiture.

7

La veille au soir

La journée a été longue, avec tous les préparatifs pour le lendemain.

Et elle n'est pas terminée.

Les filles ont été intenables. Bien qu'elles ne sachent rien – ou qu'elles fassent mine de ne rien savoir – de ce qui se trame, les jumelles sont comme deux petits chiens. Elles flairent la nervosité et l'inquiétude, même si vous essayez de les cacher, et les multiplient par trois.

Quand elles s'endorment enfin, maman essaie de faire pareil. Le réveil est programmé pour 05 heures du matin. Après une éternité à se retourner dans son lit, elle se lève ; peut-être qu'avec un verre de lait chaud...

Elle trouve Mari Paz dans la cuisine, penchée sur la table.

— Toi non plus, tu n'arrives pas à dormir ?

Mari Paz sursaute et manque de se cogner la tête au plafond.

— Je vais te mettre une clochette, blondie.

— C'est ce que me disait ma grand-mère. Qu'est-ce que tu fais ?

— J'avais faim, je me suis préparé un en-cas.

L'en-cas consiste en un pot de crème glacée qu'Aura soupçonne Mari Paz d'avoir fauché au supermarché. Cinq litres, chocolat et pépites. Des pépites de quoi, le fabricant ne le précise pas, mais Mari Paz est bien décidée à le découvrir, puisque la cuillère est plantée au milieu du pot, qui est déjà à moitié vide.

— Mari Paz, ce n'est pas un en-cas. Il y en a pour un régiment.

La légionnaire prend sa tâche très au sérieux. Elle racle les bords du pot avec la cuillère, traçant de fins sillons sur le carton.

— Je sais.

Aura regarde son visage, lui aussi strié de sillons. Elle a pleuré, et les larmes ont laissé des traces.

Mieux vaut ça que de la bière, surtout avec ce qu'elle va devoir faire dans quelques heures.

— Pourquoi tu es triste ?

Mari Paz attaque le pot, songeuse. L'une de ses joues se gonfle tandis qu'elle passe la langue sur ses molaires inférieures.

La question que vient de poser Aura est de celles qu'il ne faut jamais poser, car pas même Dieu n'y répondra.

Alors Mari Paz, n'en parlons pas.

Elle cherche en elle et se rend compte que, bien qu'elle ait pleuré, elle n'est pas triste. Au contraire. Malgré ce qui l'attend quand viendra l'aube, même si elle sait que le plan va inévitablement échouer, elle n'a pas peur des conséquences.

Elle ne se souvient pas exactement quel âge elle avait – plus de vingt ans, moins de trente – quand elle s'est engagée dans la BOEL. L'unité d'opérations spéciales la plus dure au monde.

« Une femme », avait dit le sergent en voyant sa candidature.

Elle n'avait pas répondu.

Les épreuves qu'elle a endurées lui reviennent en mémoire.

Les milliers de réveils à 4 heures du matin pour aller courir douze kilomètres avant le petit-déjeuner.

Les milliers de nuits à coucher à la belle étoile, sans nourriture, sans vêtements, ni boussole pour s'orienter, à traverser des forêts et des gorges, des marais et des rivières en plein hiver.

Les milliers de recrues qui ont commencé la formation, et dont il n'est resté que sept à la fin.

Les milliers de coups de latte dans les côtes du sergent instructeur pour t'endurcir.

Les milliers de morceaux en lesquels ils l'ont brisée, avant de la reconstituer.

Elle y repense, oui, ainsi qu'aux milliers de fois où elle a été tout près de renoncer. Aux milliers d'occasions où elle a murmuré : « Je ne peux pas. » Aux milliers de situations où elle a abandonné, seule dans le noir. De quoi remplir mille vies.

Des milliers de tentations de déserter et de trahir se sont présentées. Toutes surmontées avant même de céder à la première.

Une nuit, fatiguée des raclées et des réveils avant l'aube, de la faim et du froid, elle avait appelé mémé Celeiro.

Sa grand-mère avait mis du temps à répondre. Il était 03 heures du matin, et elle était du genre à dormir comme une bûche et à ronfler comme une vieille chaudière.

— J'en peux plus, *avoa*, avait-elle dit d'une petite voix quand mémé avait décroché.

Elle n'avait même pas pleuré. Elle n'en avait plus la force.

Sa grand-mère s'était tue quelques instants. Elle était moins bavarde au milieu de la nuit.

— Bien sûr que tu peux.

— C'est trop dur, mémé.

Elle avait toussoté, et sur ce ton – qu'elle avait toujours employé pour l'envoyer se laver les dents, faire ses devoirs, se coucher –, elle avait dit :

— Quand on sait pourquoi on fait les choses, on peut tout supporter.

Il manquait quelques consonnes, car son élocution était plus limitée sans son dentier, qui se trouvait alors probablement dans un verre d'eau sur sa table de nuit. Mais Mari Paz avait très bien compris.

Ce qui importe, c'est que nos actions aient du sens. Et c'est ce qu'Aura lui avait rendu.

Il faut choisir le malheur avec soin. C'est le seul bonheur dans la vie : choisir la meilleure version du malheur.

Difficile d'expliquer à Aura pourquoi elle a pleuré tout à l'heure. Parce que, pour la première fois depuis des années, face au danger imminent, elle est heureuse.

— Tout va bien, résume-t-elle.

Aura plisse le front.

— C'est ça qui t'inquiète ? demande-t-elle en désignant l'énorme sac à dos aux couleurs vives posé par terre.

Elle espère sincèrement que non. Parce qu'il lui a coûté les yeux de la tête.

Faisant encore grimper les enjeux.

Mari Paz sourit et lèche la cuillère jusqu'à ce qu'elle soit parfaitement propre avant de répondre :

— Tu rigoles, hein ?

— Moi, ça me ferait peur.

La cuillère plonge à nouveau dans la glace, réduisant l'opération de nettoyage à néant. Ou en faisant simplement un acte de plaisir gratuit.

— Écoute, blondie. J'ai sauté dans des conditions de visibilité nulle et par grand froid sur des terrains accidentés avec ouverture à basse altitude, avec vingt-quatre kilos de matériel sur le dos.

Elle passe sa langue sur le coin gauche de sa bouche, où s'est logée l'une de ces pépites à la composition indéfinie.

— Pour moi, c'est comme aller chercher le pain, conclut-elle lorsqu'elle a réussi à déloger la pépite.

— J'ai très peur.

Mari Paz sort son paquet de tabac, ferme la porte et se penche à la fenêtre de la cuisine, dans l'intention de fumer sa clope dans un jour ou deux, le temps de la rouler. Aura ne lui dit rien. Peu lui importe maintenant que les murs de cette maison sentent le tabac.

— Tu sais ce qui m'étonne, blondie ? Quelqu'un qui a autant la frousse ne devrait pas inventer tous ces plans bizarres et y entraîner ses amies.

Nous y voilà, pense Aura. *Le mot interdit.*

Celui qui commence par un *A*, qu'elle s'était juré de ne plus jamais prononcer. Après que toutes celles qu'elle avait considérées comme telles lui avaient tourné le dos.

— Faire des plans est une chose, les exécuter en est une autre, déclare Aura en prenant une cuillère dans le tiroir des couverts et en la plantant dans le pot de glace.

Si elle doit affronter ce mot et ce qu'il implique, autant le faire avec de la crème glacée.

— Hé, *neniña*. Doucement, y en a presque plus, dit Mari Paz en retournant creuser sa tranchée.

— Parce que tu t'es enfilé la moitié du pot, espèce de morfale.

Mari Paz s'apprête à protester, oubliant qu'elle a la bouche pleine de glace. Un filet de chocolat coule sur son menton. Aura éclate de rire et bientôt toutes deux ne peuvent plus s'arrêter.

Quoi qu'il arrive demain, s'étonne-t-elle, reconnaissante, *personne ne nous enlèvera ça.*

8

Une place

— C'est bientôt l'heure, dit Aura en s'emmitouflant dans son manteau. On a juste le temps.

La matinée est froide, et plus encore sur la place de Colón, qui n'offre guère de lieu où s'abriter.

Aura, Sere et Mari Paz sont assises sur un banc face au Centro Cultural de la Villa. Le jour n'est pas encore levé et la circulation entre Goya, Génova et la Castellana est un enfer d'embouteillages, de coups de klaxons et d'insultes.

— Ce qu'on a, dit Mari Paz, c'est un problème.

C'est la première fois qu'elle ouvre la bouche depuis un long moment, alors que les autres discutaient des derniers détails.

— Qu'est-ce qui se passe ?

— Trop de vent, dit-elle en désignant la cime des platanes.

— On le sent à peine, note Aura.

Une petite brise souffle en permanence. Suffisamment pour les décoiffer, mais pas au point de les gêner.

— Au sol, oui, blondie. Au niveau des toits, c'est une autre histoire. Ça doit souffler bien plus fort.

Le vent fait pencher les arbres vers le nord. La pire direction possible. Et en effet, les branches les plus hautes s'agitent avec force.

— De l'hôtel, ça ne va pas être possible, poursuit Mari Paz. On doit trouver un autre endroit.

Aura suit son regard.

— Là-haut ? C'est de la folie furieuse.

Mari Paz a le regard fixé sur le sommet des tours Colomb.

Anciennement, deux célèbres tours de bureaux, au coin de la rue de Génova, elles n'en forment aujourd'hui plus qu'une seule, après une rénovation controversée qui les a réunies, même si leur nom est resté au pluriel.

Les travaux durent depuis des années. Des années au cours desquelles leur façade a été retirée, faisant disparaître l'affreux vitrage marronnasse et la structure verte en forme de prise électrique surplombant l'ensemble.

À présent, elles s'élèvent comme deux squelettes de béton dépourvus d'ornements. Seuls des échafaudages et un filet bleu turquoise posés sur la façade recouvrent leur nudité grisâtre. Ça, et un panneau publicitaire pour un parfum coûteux.

Dans un éclair de lucidité ironique, Aura reconnaît la marque d'un des flacons qu'elle a jetés par terre pendant son coup de sang à la parfumerie de Serrano, non loin d'ici, là où tout a commencé.

Cette brève joie intérieure ne masque pas le fait que ce que propose Mari Paz est de la folie pure.

— Il y a vingt-trois étages.

— C'est le seul endroit possible.

— Et là-bas ? suggère Aura en désignant le toit du Musée archéologique.

— Trop bas. Il me faut plus de hauteur, assure Mari Paz en montrant à nouveau les tours.

— Cent mètres et quelques ?

— Je m'en fiche, blondie.

— Si tu tombes...

— Que tu tombes du huitième ou du vingt-troisième étage, ça revient au même.

C'est d'une logique imparable, pense Aura. *Malgré tout…*

— Je ne peux pas te laisser faire ça, proteste-t-elle en secouant la tête. S'il t'arrivait quelque chose, je ne me le pardonnerais pas.

— On n'a pas le choix. Laisse-moi faire, d'accord ?

Aura repense à ce qu'elle a appris ces dernières semaines sur la confiance et la perte de contrôle. À tout ce qu'elle a dû concéder pour rester dans la course.

C'est une voie à double sens, naturellement.

Aura découvre, avec amertume, ce que tant d'autres leaders ont découvert avant elle : que certains chemins sont plus faciles à emprunter que d'autres.

— Sois prudente.

Mari Paz acquiesce et charge l'énorme sac sur son dos.

— Allons-y, Miss Zinzin.

— On t'appelle dans une minute, dit Sere en donnant une tape dans le dos d'Aura. Assure-toi que la ligne soit libre.

— Qui veux-tu que j'appelle à cette heure-ci ?

— Imagine que tu reçois un appel d'un commercial de Movistar. Moi, quand ils m'appellent, j'essaie de les retenir le plus longtemps que je peux au téléphone et je leur raconte ma vie jusqu'à ce qu'ils raccrochent. Ne fais pas ça, OK ?

Puis elle court après la légionnaire, qui l'attend déjà au feu rouge.

9
Des épingles à cheveux

Le chantier est clôturé sur toute sa longueur, et l'unique accès est une porte gardée par un vigile. Il tourne en rond, la clope au bec, attendant que ça se passe.

Ce qui se passe, c'est Sere, qui le salue avec exubérance et un sourire de vendeur de voitures d'occasion.

— Bonjour. Je vais au dix-neuvième.

— Bonjour. Je peux voir votre badge ?

— Je ne l'ai pas encore. C'est mon premier jour.

— Alors je ne peux pas vous laisser entrer.

— Alors je vais me faire virer.

— Je suis désolé. Sans badge, vous ne pouvez pas entrer.

— Je suis l'ingénieure civile. On vient vérifier la résistance structurelle des piliers. Ç'aurait dû être fait hier, mais le gars de chez Dragados est tombé malade.

— Elle aussi ?

— C'est mon assistante.

— On dirait pas. Qu'est-ce que vous trimballez dans cet énorme sac ?

— Mon matériel d'assistance, dit l'assistante.

— Eh ben, vous l'assisterez demain, parce que aujourd'hui, vous n'entrez pas.

— Écoutez, il doit bien y avoir un moyen de régler ça, insiste Sere.

— Oui, avec le badge.

— Peut-être que ceci fera l'affaire, attendez.

Sere plonge la main dans son sac à bandoulière et en sort un billet de cent euros.

L'homme le regarde, décontenancé.

Pendant les secondes qui suivent, Sere visualise dans sa tête une conversation entre l'homme et deux petites créatures apparues chacune sur une épaulette de son uniforme. Deux répliques miniatures du vigile à l'échelle 1/12e. L'une avec une tunique, une auréole, une harpe dorée et des ailes assorties. L'autre avec des cornes, une queue et la prochaine échéance de son crédit immobilier à la main.

Au bout d'un moment, le gagnant ne fait aucun doute.

— C'est bien votre badge. Et le sien ?

— Je l'ai là aussi, regardez, proposa Sere en sortant un second billet de cent euros.

Le vigile fait disparaître les deux billets dans une poche de son uniforme.

— On dirait que tout est en ordre. Vous en avez pour longtemps ?

— Moins d'une heure, promis.

— J'espère bien, fit l'homme en s'écartant pour les laisser passer.

— Comptez sur nous, confirma Sere en pénétrant dans le chantier d'un pas décidé.

L'endroit est rempli de palettes de matériel, et il y a du bruit et de la poussière partout. Les ouvriers sont encore peu nombreux. Ceux qui sont là s'activent déjà au marteau-piqueur. Le martèlement du métal sur le béton est assourdissant.

Dans l'entrée, un énorme conteneur rempli de casques de différentes couleurs. Mari Paz en prend deux orange – les premiers qui lui tombent sous la main – et en tend un à Sere.

— Je peux en avoir un bleu ?

— Si tu te prends des gravats sur la tête, ça te protégera aussi bien.

— Oui, mais l'orange ne va pas avec mes cheveux.

Mari Paz échange le casque contre un bleu en marmonnant quelque chose sur la rareté des chutes de gravats.

— À propos… « résistance structurelle des piliers » ? dit-elle quand elles sont suffisamment loin du vigile.

— C'est la première chose qui m'est venue.

— Rends-moi service et ne raconte rien de tout ça à Aura, OK ? Si elle apprend que tu t'es débarrassée du vigile aussi facilement, elle va péter les plombs.

— Ne t'inquiète pas, je ne raconte jamais rien à personne, la rassure Sere.

La légionnaire serre les poings, essayant de se contenir. *Après tout, un accident de chantier est vite arrivé*, pense-t-elle. *Avec un peu de chance…*

Au fond du chantier, elles trouvent un ascenseur – une simple cage, d'un jaune criard, recouvert de panneaux avertissant de tous les risques de morts ou d'accidents susceptibles de se produire dans un lieu comme celui-ci.

Elles entrent et referment la porte derrière elles. Mari Paz appuie sur l'énorme bouton vert avec une flèche pointant vers le haut.

Rien.

— Bordel de merde, peste-t-elle après l'avoir examiné attentivement. Il faut une clé !

— Ne t'énerve pas.

— Ça ne marche pas ! Comment tu veux que je ne m'énerve pas ? Il faut qu'on trouve quelqu'un qui…

Sere pose un doigt sur ses lèvres, doucement. Sa peau est froide est délicate, comme de la porcelaine. Mari Paz se calme immédiatement.

— Fais-moi confiance, dit l'ingénieure.

Puis elle s'agenouille et sort de son sac une pochette à fermeture éclair. Elle l'ouvre d'un geste, et en extrait toutes sortes d'outils de précision. Des pinces, des tournevis, un fer à souder rechargeable, du fil d'étain, des épingles à cheveux Hello Kitty.

Mari Paz pousse un grognement appréciateur.

Sere dévisse le boîtier du bouton, raccordé par un épais câble, et désosse l'appareil. Le circuit principal est protégé par un second boîtier, en acier, celui-là, contrairement au plastique grisâtre qui recouvre l'extérieur. Solide, bien assemblé, pour qu'aucun abruti n'ait l'idée de l'embarquer ou de le forcer sans avoir la clé.

Sere allume le fer à souder, met un peu d'étain par-ci, un peu par-là, puis prend les épingles à cheveux Hello Kitty et les soude par-ci par-là.

— Petit à petit...

Elle recule un peu, tire sur un câble minuscule pour le faire passer entre les deux moitiés des épingles à cheveux et utilise le capuchon d'un stylo pour que les extrémités des épingles se rejoignent.

— ... l'oiseau fait son nid.

Avec un claquement métallique, l'oiseau prend son envol.

— Où est-ce que tu as appris à faire ça ? Sur TikTok ?

Sere se relève et lisse sa robe à fleurs. Le vent agite leurs cheveux, tandis que l'énorme structure d'acier s'élève étage après étage.

— Tu es au courant que je suis ingénieure, non ?

— Ah mince, pardon.

Un silence gênant s'installe.

— J'ai appris ça sur YouTube, reconnaît finalement l'ingénieure.

10

Une attente

— Il est 8 heures passées, dit Chavea, les nerfs en pelote. Et pas seulement à cause de l'heure. Quelque chose chez cette femme donne la chair de poule.

— Elle va sortir, tente de le rassurer Málaga.

— Mais il est tard, mon sergent.

Málaga tripote sa moustache en jurant un peu intérieurement et un peu extérieurement.

— Silence dans les rangs, légios.

Le jour n'est pas encore levé rue Loriga, dans la banlieue résidentielle de Cruz del Rayo. Un quartier pavillonnaire, qui n'a rien à voir avec le quartier de Cuatro Vientos où vivent nos quatre légionnaires. Des petites rues arborées, un prix au mètre carré prohibitif, un havre de paix et de verdure à une station de métro de l'avenue de América.

— Je suis vanné, mon sergent.

— Et moi donc, gamin. Et moi donc.

Málaga et Chavea n'ont pas franchement profité du cadre pendant la courte nuit qu'ils ont passée dans la fourgonnette. Le Vito est inconfortable, quel que soit l'endroit où il stationne. Même si les légionnaires se sont relayés pour dormir ou vider leur vessie, comme quand ils étaient en mission, ils n'ont plus vingt ans.

D'ailleurs, Málaga a de nouveau envie de pisser.

— Gamin, la bouteille.

— D'eau, mon sergent ?

— Non, l'autre.

Chavea lui tend une bouteille qui naguère a contenu de l'Aquarius. Ils l'ont choisie en raison de son large goulot, plus adapté à ce genre d'usage. Málaga la place entre ses jambes, baisse sa braguette et parvient laborieusement à uriner trois gouttes.

— Foutue prostate, murmure-t-il avec lassitude en remontant sa braguette. Ça sent le sapin, gamin.

— Vous mangez trop gras, aussi, mon sergent. La friture, c'est fatal.

Málaga tend le bras et donne une petite tape derrière la tête de Chavea. Une petite tape maternelle. Indolore, mais qui fait passer le message. Le claquement de la paume contre le crâne chauve résonne en Dolby Atmos dans l'habitacle de la fourgonnette.

— De quoi je me mêle ? Elle te plaît pas, ma cuisine ? C'est quoi cette insubordination, légio ? Ce monde part en couille.

— Je suis désolé, mon sergent, dit Chavea en se faisant tout petit.

Málaga se cale autant qu'il peut dans son siège et monte un peu le volume de la radio. Maintenant que l'ordre et la hiérarchie sont rétablis, il doit bien admettre que le gamin a raison. À l'approche de la soixantaine, il faut commencer à se surveiller. Peut-être serait-il préférable de servir les *croquetas* sur des feuilles de salade, comme dans les bons restaurants.

Un mouvement soudain le détourne de ses bonnes résolutions.

La lumière à la fenêtre de l'étage vient de s'éteindre.

Ils ont épié le domicile de la commissaire toute la nuit. Une maison mitoyenne de style mudéjar, à la façade de couleur crème. Romero était rentrée en fin d'après-midi et n'était pas ressortie. À 07 heures du matin, ils avaient entendu un réveil. Ou une alarme de téléphone, allez savoir, avec tous ces gadgets modernes qui ne profitent à personne et fatiguent tout le monde. Puis une lumière s'était allumée et l'était restée jusque-là.

— Ce coup-ci, elle va sortir, lâche Chavea.

— On dirait bien.

— Et les autres, mon sergent ?

— Chaque chose en son temps.

Suivre Romero depuis chez Sere avait été un jeu d'enfant. Se garer devant chez elle aussi. C'était un quartier tranquille, avec beaucoup de places libres. Surveiller la maison était plus pénible, mais ne posait aucune difficulté particulière.

Le plus dur, c'était de se calmer les nerfs.

Ils savaient qu'ils avaient affaire à une tueuse sans scrupules. Au-delà du lieu commun, c'était la réalité. Elle avait tué un homme de sang-froid, juste pour arriver à ses fins.

Et ils étaient là, sans armes, postés devant chez elle. Espérant qu'elle parte à temps, essentiel pour la suite du plan. L'autre option, à savoir pénétrer dans sa maison, n'enchantait personne.

— Il y a du mouvement, mon sergent.

— Baisse-toi, faut pas qu'elle nous voie.

Málaga et Chavea s'enfoncent autant que possible dans leur siège, essayant de ne pas dépasser des vitres. L'une d'elles est ouverte malgré le froid, parce que le sergent a fumé toute la nuit – un demi-paquet, pour tromper l'ennui – et que l'alternative était l'asphyxie.

Romero apparaît, dans son éternelle gabardine noire, à laquelle elle a ajouté un foulard pour se protéger du froid. Elle ferme le portail à double tour et descend la rue en direction de sa voiture. Lorsqu'elle passe devant la fourgonnette, les deux légionnaires se tassent un peu plus.

— Elle ne nous a pas vus, murmure Chavea.

— Super. Maintenant on va…

Il ne termine pas sa phrase, car son univers devient un brouillard de lumière et de douleur. Avant de savoir ce qui l'a frappé (un poing, à la tempe droite), il entend, à travers son tournis, une voix sèche de femme :

— Bonjour, messieurs. Nouveaux dans le quartier ?

11
Des doutes

La vue est à couper le souffle.

Du haut des tours Colomb, on domine tout Madrid, avec ses toits rouges s'étirant au lever du soleil.

Sere n'aurait jamais imaginé qu'on puisse voir en même temps la sierra de Guadarrama et le building de la télé. Il suffit de tourner un peu la tête pour apercevoir la tour de Valencia et la masse verte du Retiro, avec son étang au milieu.

— Je suis la reine du monde ! crie-t-elle à pleins poumons.

— Tu vas devenir la reine du bitume si tu ne fais pas attention.

Mari Paz l'attrape par ses vêtements, car Sere s'est trop avancée sur l'échafaudage, les bras en croix, ivre d'altitude et gavée de *Titanic.* Inconsciente qu'entre elle et la rue, située un terrain de football plus bas, il n'y a plus de barrières.

Pendant quelques secondes, le corps de Sere est suspendu dans le vide, retenu seulement par la main ferme de Mari Paz et le tissu de son blouson. Toute personne sensée serait épouvantée à cet instant, sachant que le moindre faux mouvement – ou une simple fermeture éclair cassée – entraînerait une longue chute et une mort certaine.

Et puis il y a Sere.

— C'est incroyable, chouchou ! s'écrie-t-elle, exaltée. Tu devrais essayer !

Mari Paz roule des yeux et l'éloigne du bord d'un coup sec. Sere tombe en arrière, les fesses sur le béton froid du toit.

— Tu sais pourquoi on est là, non ?

Sere se relève en se frottant le derrière.

— Pas la peine d'être aussi brutale.

— Pas la peine d'être aussi cinglée.

— Combien de fois je vais devoir te dire que...

— Non concluant, ouais, ouais. Si tu pouvais être encore un poil moins concluante ou je sais pas quoi, ça m'arrangerait.

Sere ne prend pas la peine de rectifier. Au lieu de cela, elle s'éloigne, tout en se frottant le bas du dos, en direction de l'ascenseur.

Elles se trouvent sur le toit de la tour ouest, autrefois recouvert d'affreuses plaques de méthacrylate vertes, et qui est aujourd'hui à ciel ouvert. Le vent souffle beaucoup plus fort à cette hauteur, comme l'avait anticipé la légionnaire.

Mari Paz a ouvert son sac à dos et étale avec soin son contenu sur le toit. Sere, pendant ce temps, sort son ordinateur portable et une sorte de bloc de plastique blanc, qui ressemble à un couvercle de pot de glace, en beaucoup plus épais. Elle le place au bord du toit et le fixe au sommet de l'échafaudage à l'aide de sangles. Il est un peu de travers et instable, mais ça a l'air de tenir. Le bloc est équipé d'un câble réseau, qu'elle branche à son ordinateur.

L'antenne wifi directionnelle longue portée – cent euros dans n'importe quel magasin d'informatique – est prête, pointée vers le bâtiment de l'autre côté de la place.

Une rapide vérification sur son ordinateur lui confirme que tout fonctionne. Le signal est fort et stable. Le réseau de la banque apparaît à l'écran, mais impossible d'y entrer sans mot de passe.

Il ne reste qu'à attendre que les autres lui donnent l'accès.

— Ça va marcher d'ici ? demande Mari Paz.

— Voyons, compte tenu de la distance, de la puissance du signal et de l'angle…

Sere continue ainsi pendant quelques minutes, tandis que Mari Paz s'affaire de son côté.

— Je sais que tu parles, mais j'y comprends rien.

— Avec ça, résume Sere en désignant l'antenne, ça pourrait marcher de beaucoup plus loin.

— On dirait pas, constate la légionnaire en regardant le bidule avec méfiance.

— Les doutes sont des pierres sur le chemin de l'amour, disait Confucius.

— Ton chemin de l'amour n'a pas besoin de pierres.

— Qu'est-ce que tu veux dire par là ?

Mari Paz ignore la question, car elle est concentrée sur la tâche de ne pas se tuer.

— Viens, donne-moi un coup de main, Miss Zinzin.

Elle tend à Sere l'extrémité du tissu rouge flamboyant, et lui indique de reculer, afin de déplier entièrement le parapente sans abîmer la toile ou emmêler les suspentes. À ce stade, la moindre bourde peut être fatale. Elles n'ont pas le droit à l'erreur.

— Tu es bien sûre de ton coup, chouchou ?

Mari Paz se souvient très bien des mots avec lesquels elle a décrit la simplicité de l'opération à Aura, quelques heures plus tôt. Maintenant qu'elle est en haut, le saut ne lui semble plus aussi facile qu'aller chercher le pain. Ce qu'elle voit, c'est qu'elle a un équipement merdique à moins de cinq mille euros. Ce qu'elle redoute, c'est qu'elle va s'écraser au sol comme une pierre, et qu'il va falloir racler ce qui reste de son corps sur le trottoir.

O que ten cu ten medo, pense-t-elle.

Soudain, le demi-pot de crème glacée qu'elle s'est enfilé la veille se rappelle à son bon souvenir.

Ça va devoir attendre.

Le vent redouble de violence, emplissant déjà la toile du parapente. Elle a du mal à entendre ce que lui crie Sere.

— Qu'est-ce que tu dis ?

— Je demande si tu es sûre de ton coup !

— Les doutes sont des pierres blablabla.

Elle fait signe à Sere de lâcher l'extrémité de la toile pour que le parapente se gonfle. Puis elle avance vers le bord du toit.

— Hé, c'est pas par là !

Mari Paz n'a pas le temps de lui expliquer qu'avec ce vent, elle doit sauter en direction du Musée de cire pour s'éloigner le plus possible de la tour, en priant pour que la toile ne se prenne pas dans l'échafaudage.

Elle n'en a pas le temps, car ses pieds sont déjà dans le vide.

Avec tout ça, tu vas voir que je vais finir par y passer.

12

Un appel

Aura ne quitte pas son téléphone des yeux.

L'attente la rend vulnérable, perdue dans les limbes entre l'inertie et l'action. Et puisque ce qu'elle attend n'arrive pas, elle se met à parler toute seul. Un *allez, allez, allez* intermittent et vain. À chaque exhortation, la menace grandit.

Le temps sera bientôt écoulé, et aucune des pièces n'est à sa place de son côté de l'échiquier.

Aura se rend compte qu'à ce stade, elle devrait trembler de peur, friser l'apoplexie. Comme Jim Hawkins lorsque, dans l'obscurité la plus totale et sans savoir ce qu'il fait, il s'échappe à bord du coracle de Ben Gunn. Avec un minuscule espoir d'un côté de la balance et toutes les chances d'échouer de l'autre.

Or ce n'est pas le cas.

Elle se sent comme dans l'ascenseur, après avoir détourné l'attention des vigiles avec la bouteille de Fanta, ou dans le casino de Toulour, quand elle a acheté son ticket pour L'Or du Rhin. Ce vertige au ras du sol, cette liberté absolue, ce vent dans les ailes.

Elle se demande si elle ne serait pas en train de devenir accro à ces sensations-là.

Et alors ? est la réponse.

N'ayant rien de mieux à faire, elle s'occupe en lisant la presse sur son téléphone. La fusion des deux banques et l'offre étonnamment basse de Laura Trueba font la une des quotidiens, avec des gros titres alarmistes sur l'effondrement annoncé des actions de la Value Bank. Tous ces actionnaires qui vont vendre aujourd'hui, sans se douter qu'il s'agit d'un piège astucieux.

Allez, allez, allez.

Son téléphone sonne. Aura décroche immédiatement.

— Elle est en chemin, dit Sere.

— Je vois ça, répond Aura en levant les yeux.

Tout en haut de la tour ouest, une silhouette apparaît, bercée par le vent.

Aura résiste à la tentation de rester pour assister à cet exploit.

Le temps presse.

Elle range son portable et entre dans la banque, avec l'assurance que lui donne son déguisement.

Les cheveux teints dans une nuance foncée, elle porte d'épaisses lunettes d'écaille et une tenue plus décontractée que de coutume. À mi-distance, elle est méconnaissable.

Elle se présente au contrôle de sécurité à l'entrée et glisse son ancien badge d'employée dans le lecteur. L'écran LED passe au vert et le tourniquet se débloque avec un claquement.

Aura n'en croit pas sa chance.

Elle franchit le tourniquet et traverse le hall en direction du bureau de Ponzano, puis constate que sa chance a été de courte durée.

Une vingtaine de pas.

C'est le temps qu'il aura fallu avant que deux agents de sécurité en uniforme lui tombent dessus. Accompagnés, quelle surprise, par Cul-de-bouteille.

Cette fois, la cheffe de la sécurité de Ponzano ne porte pas son habituelle combinaison noire, mais un tailleur-pantalon. Elle arbore en revanche ses lunettes à verres épais et l'expression d'ennui la plus intense qu'Aura ait jamais vue.

— C'est tellement prévisible, madame Reyes. Vous n'auriez vraiment pas pu trouver mieux ?

13
Une fourgonnette

Chavea n'a pas eu le choix.

La femme pointait son pistolet sur la tête du sergent, alors il n'a pas pu faire autrement que de lui ouvrir la portière latérale de la Mercedes. Ensuite, la femme a braqué l'arme sur sa tête, et la situation n'a fait qu'empirer.

À présent, elle est à l'intérieur de la fourgonnette, avec le sergent menotté à l'arrière, tout comme lui.

La commissaire est de l'autre côté, assise sur les caisses en bois où Sere avait posé ses ordinateurs la veille au soir. Elle a fermé la portière, pour avoir un peu d'intimité. Elle a pris l'une des sangles qu'utilise Chavea quand il a des boulots de manutention ou des livraisons payés à l'heure. C'est une sangle de bonne qualité, avec un cliquet en métal. Et maintenant, elle s'en sert pour le frapper, dans le but de le faire parler.

La situation a incontestablement empiré.

Romero trace un cercle dans l'air avec son instrument de torture. En tournant, la sangle émet un sifflement. Constant, à rendre fou.

Quand le sifflement s'arrête, c'est pire. La sangle produit un claquement, puis un bruit sourd lorsqu'elle rencontre au passage la peau de Chavea.

Ça fait un moment qu'elle s'acharne sur sa jambe, frappant toujours au même endroit, pour amplifier la douleur et l'appréhension.

Chavea tient bon. De grosses larmes coulent de ses yeux en continu, comme d'un robinet mal fermé. Il a les yeux rouges et serre les dents. Mais il ne craque pas.

L'autre type, celui à la moustache, le dénommé Málaga, tient bon aussi. Il souffre en silence, ça se voit. À chaque coup, il la foudroie du regard. Ça lui fait plus mal à lui qu'à l'autre, comme on dit.

Bien entendu, cela n'affecte en rien Romero. Tout ce qu'elle éprouve, c'est de l'ennui. Un ennui profond et lassant.

Romero serait tombée dans le piège des légios, si elle n'avait pas entendu la *bulería*. Car Romero, ne l'oublions pas, est andalouse, et fière de sa terre natale et de sa culture. Parmi les *palos* du flamenco, elle est capable d'identifier sans peine trente styles différents, et une dizaine de plus en y mettant du sien.

Même si la veille, toute à sa victoire, elle n'avait pas prêté attention à la fourgonnette ni à son chauffeur, la *bulería* lui était restée dans la tête, et elle se l'était repassée tout le trajet jusque chez elle, fredonnant doucement, de sa voix rauque et précise. Quand elle est seule, Romero chante, et elle chante bien. Naturellement, elle ne le montrera jamais en public.

En sortant de chez elle, quelques minutes plus tôt, en direction de sa voiture, elle a entendu une autre *bulería*. Pas la même, bien sûr. Elle était très douce, à peine audible. Par la vitre baissée de la Mercedes s'échappait une petite musique.

Con roca de pedernal
Yo me he hecho un candelero
Pa' yo poderme alumbrar.

Porque yo más luz no quiero,
yo vivo en la oscuridad[1].

Romero l'a entendue en passant, et son cerveau lui a aussitôt fait savoir qu'il s'agissait d'une *bulería*, OK. Deux fois, passe encore. Deux fois à quelques heures d'intervalle, dont une à la porte de sa maison, dont personne n'a l'adresse, c'est une sacrée coïncidence.

Bref, nous voilà, sangle à la main, en train de rouer de coups le type le plus laid que la commissaire ait jamais vu, sous le regard assassin de celui qui est manifestement le chef.

— Il n'est pas nécessaire d'en arriver là, dit Romero.

Elle parle d'une voix douce, presque maternelle. Du style : « Regarde ce que tu me fais faire. »

Un autre coup, dans les noix cette fois.

Un cri bref et sec jaillit de la gorge de Chavea, le souffle coupé par la douleur et la surprise.

Elle regarde Málaga, sa véritable cible. Elle s'attend à ce qu'il flanche, tôt ou tard.

Le problème, c'est que *tard* n'arrange pas ses affaires. Romero a besoin d'une réponse dans les minutes qui viennent. Parce que tout cela ne lui dit rien qui vaille. Ces abrutis, sous leurs airs de clodos, semblent savoir ce qu'ils font.

— Vous êtes des légionnaires, observe-t-elle en se penchant légèrement vers Chavea, découvrant l'un des tatouages sous son pull.

— Chevaliers légionnaires pour vous servir, madame, dit Chavea entre deux gémissements.

La sangle s'abat sur ses côtes avec un sifflement qui coupe net cette soudaine velléité de rébellion.

---

1. « Con roca de pedernal », *bulería* de Camarón de la Isla.
Avec une pierre de silex / je me suis fait un chandelier / pour pouvoir m'éclairer. / Car je ne veux plus de lumière, / je vis dans l'obscurité.

— Vous êtes des copains de Celeiro, c'est évident. Qu'est-ce qu'elle vous a demandé de faire ?

Coup de sangle.

— Elle veut que vous récupériez le pistolet avec ses empreintes ?

Coup de sangle.

— C'est ça, hein ?

Chavea pousse un nouveau hurlement de douleur. Pendant ce temps, Málaga semble sur le point d'exploser. Son visage évoque à Romero les bulles qui se forment au fond de la casserole juste avant que l'eau se mette à bouillir.

Mais il ne dit rien. Or il faut absolument qu'il parle. Qu'il dise quelque chose, n'importe quoi.

Alors même qu'elle tient la sangle et le pistolet, alors même que les deux autres sont menottés, Romero a la désagréable sensation que la menace plane sur elle.

— Tu m'as l'air d'être le plus futé des deux, dit-elle à Málaga de sa voix la plus douce. Tu ne préférerais pas lui épargner des souffrances inutiles ?

Coup de sangle.

— Il suffirait que tu me dises ton nom.

Coup de sangle.

— Dis-moi ce que vous faites là.

Coup de sangle.

— Ne lui dites rien, mon sergent.

La commissaire vise soigneusement – l'endroit l'exige – et le coup suivant atterrit sous le nez de Chavea. L'un des centres nerveux du corps, l'un des points les plus douloureux sous la torture.

Il s'effondre, hurlant de plus belle. Son bras droit, menotté à une barre métallique latérale, reste levé.

— Boucle-la, lui ordonne Romero.

Elle regarde Málaga et brandit la sangle.

Málaga regarde le corps étendu de l'homme qu'il aime comme un fils particulièrement idiot, dont il s'occupe depuis qu'il l'a sorti de la rue, des années auparavant, et il se rend compte que, si Romero continue à le frapper, elle finira par le tuer.

Il entrouvre les lèvres, décidé à parler. N'importe quoi pour…

— Non ! fait une voix brisée sur le sol.

En dépit de tout bon sens, cet imbécile de Chavea se relève.

— Je pourrais faire ça toute la journée, dit-il en crachant du sang.

— Ça m'en a tout l'air, lâche nerveusement Romero.

On ferait peut-être mieux de continuer la conversation dans un endroit plus tranquille, pense la commissaire. Or cela suppose de manquer le rendez-vous qu'elle a ce matin au dernier étage du bâtiment de la banque.

Ponzano et sa clique seront parfaitement capables de s'occuper de Reyes et de Celeiro. Et le fait que ces deux crétins soient garés devant chez elle l'inquiète au plus haut point.

Il y a quelque chose qu'elle ne parvient pas à saisir. Une pièce du puzzle lui échappe.

Elle va avoir besoin de temps pour la trouver et aussi s'assurer que les hurlements n'ameutent pas tout le quartier.

Elle passe quelques minutes à mettre en place, par étapes prudentes, la logistique du transfert.

Premièrement, s'éloigner autant que possible des prisonniers et leur lancer la clé des menottes, sans baisser son arme.

Deuxièmement, leur ordonner de se détacher de la barre, à tour de rôle, puis de se menotter dans le dos.

Troisièmement, vérifier que les menottes sont bien serrées. Ce point est particulièrement délicat, mais Chavea est trop amoché pour se défendre. Quant au sergent – à la silhouette de tonneau –, il n'entre pas dans la catégorie des adversaires excessivement agiles.

Quatrièmement, s'assurer qu'il n'y a personne aux alentours.

Cinquièmement, faire entrer ces deux abrutis chez elle.

— Allons-y, dit-elle en pointant son arme sur Chavea. Descendez du véhicule.

14
Un toit

Dès lors que la toile du parapente est la seule chose qui la raccroche à la vie, les sens de Mari Paz s'aiguisent. Ses jambes se détendent, ses mains posées sur les freins, qu'elle utilise pour contrôler sa descente, deviennent le centre de son attention.

Le vent souffle fort, là-haut. Bien plus que prévu. Pas assez pour l'entraîner et emmêler les suspentes, mais presque. L'air circule au-dessus de la voile, produisant un grincement inquiétant.

Mari Paz doit décrire un virage très serré pour atteindre son point d'atterrissage. Dès qu'elle a perdu quelques mètres, elle amorce une courbe pour contourner la masse de la tour.

Elle ne saura jamais – heureusement – que sa voile a bien failli se prendre dans l'échafaudage. La toile passe à quelques centimètres de la structure d'acier, hérissée de vis et de rivets capables de la déchirer au moindre frôlement.

Le bâtiment de la banque est maintenant en vue, de l'autre côté de la circulation. Avec ce fort vent du sud et une cible aussi petite, son vol est très hasardeux.

En une manœuvre contre-intuitive, elle se laisse porter sur quelques mètres, la Castellana devant elle.

Y a plus qu'à descendre comme un bourrin.

Elle décrit un *S* pour perdre de l'altitude, diminuant l'angle d'attaque. Puis un autre. L'approche est toujours trop serrée. Trop brutale. Le vent fouette son corps, coupe ses lèvres, l'empêche de respirer normalement.

Mari Paz se rend compte que soit elle atteint parfaitement son but, soit elle se loupe et atterrit au milieu de la circulation, sous un bus.

Si nous pouvions nous approcher d'elle, en pleine descente, nous verrions que son visage reflète une concentration absolue. Mari Paz n'est peut-être pas très douée pour les mots ni dotée d'une intelligence exceptionnelle, mais pour ce qui est de tomber de très haut, elle n'a pas son pareil.

Son visage reflète une concentration absolue, disions-nous. Et aussi de la fierté. Et l'ombre, ténue, d'un sourire.

Les fenêtres défilent à grande vitesse lorsqu'elle passe devant l'hôtel Fénix. Elle n'a qu'une seconde pour prendre l'ultime décision. Elle décide d'augmenter l'angle d'attaque pour accélérer la descente, et se laisse tomber vers son objectif.

Or, le toit est petit, et ne lui laisse aucune marge de manœuvre.

L'espace d'un instant, elle se dit qu'elle ne va pas y arriver. Qu'elle va manquer sa cible et se retrouver au milieu de la rue Goya.

Dix mètres.

Cinq mètres.

Elle est presque au bord du toit de la banque quand elle tire brusquement sur les deux freins, transformant sa descente en une chute à la verticale.

Elle parvient de justesse à atterrir sur le toit, amortissant le choc des deux jambes et se laissant tomber pour rouler au sol. Cependant, son corps ne s'immobilise pas. Sa vitesse est trop importante, et en roulant, elle heurte le parapet qui entoure le toit. Seul le fait que la sellette – et non sa tête ou sa nuque – vient cogner la brique l'empêche de se tuer.

Cheguei, avoa, crie-t-elle intérieurement. *J'ai réussi, mémé !*

Ce qu'elle donnerait pour que sa grand-mère soit là pour la voir en ce moment ! Même si elle sait aussi qu'en grimpant tout là-haut aujourd'hui, elle s'est un peu rapprochée d'elle. Pas autant que lors de manœuvres au-dessus de la Pologne, où elle a sauté de l'avion à dix mille mètres. Ce jour-là, durant ce saut, la terre minuscule à ses pieds, elle l'avait sentie à ses côtés, pour la dernière fois peut-être.

Cette fois j'ai sauté depuis beaucoup plus bas. Mais avec un équipement minable, avoa. *Et la cible était toute petite*, avoa.

L'équipement minable s'est emmêlé autour d'elle, et il lui faut un certain temps pour s'en libérer, défaire les boucles des cuissards et des bretelles, puis se relever enfin.

Son premier réflexe, lorsqu'elle y parvient, est de se plier en deux et de vomir. Ses rangers toutes neuves sont foutues – elle reconnaît les pépites de la crème glacée, intactes –, tant pis.

Ouf, bon sang !

Elle se redresse et vomit à nouveau.

Elle n'a presque plus rien dans l'estomac, hormis une trouille bleue et pas mal de bile, mais c'est plus fort qu'elle.

Lorsque son corps s'est un peu calmé, Mari Paz réalise la folie de ce qu'elle vient d'accomplir. Ça n'avait rien à voir avec aller chercher le pain. Ça ressemblait plutôt à insérer une balle dans un révolver, à faire tourner le barillet, à pointer l'arme sur sa tête et à appuyer sur la détente.

Maintenant vient le plus dur.

Elle regarde autour d'elle. Le toit-terrasse, qui accueille les événements organisés par la banque aux beaux jours, est négligé et déprimant. Les chaises sont empilées sous des housses, les tables prennent la poussière.

Elle ne prête pas attention à tout cela. Son regard se concentre sur les accès au toit.

« Tu vas trouver deux portes, lui avait dit Aura. La porte argentée avec une barre en métal, c'est la sortie de secours. Ignore-la. »

Un peu plus à gauche se trouve une deuxième porte. Celle-là est marron foncé. Elle est en bois d'ipé, avec un placage spécial pour l'extérieur, et dotée d'une simple poignée, sans serrure.

Cette porte mène directement au bureau de Ponzano.

« Tu trouveras un escalier, pas très long. Au bout de cet escalier, une autre porte, avec une serrure, cette fois. Mais je ne pense pas que ce sera un problème pour toi. »

Mari Paz se dirige vers la porte marron. Elle boite un peu après son atterrissage en catastrophe – en plus de ce que ses jambes ont enduré ces derniers jours. Elle pose la main sur la poignée.

C'est plié, pense-t-elle.

Elle ne croit pas si bien dire.

Car en ouvrant la porte, elle tombe nez à nez avec deux pistolets automatiques braqués sur elle.

La légionnaire ne réagit pas. Elle ne tente pas de désarmer ses ennemis ni de fermer la porte et de foncer dans l'escalier.

Il n'y a pas d'issue, et elle le sait.

Elle se contente de lever les mains, de s'agenouiller comme le lui ordonnent les agents de sécurité de Ponzano et de se rendre, un sourire triste aux lèvres.

Sa dernière pensée, avant qu'ils ne lui plaquent le visage au sol, est pour ses camarades légionnaires et leur difficile mission.

Maintenant tout est entre vos mains, légios.

15

Une chaise

À quelque cinquante mètres de là, une scène bien différente est en train de se dérouler.

Il y a de la violence, mais d'une autre nature.

Angelo et le Maquereau descendent la rue en se disputant. Heureusement, après des années de disputes, ce dernier a réussi à obtenir que le volume vocal le plus bas – à savoir le sien – domine, sous peine de refuser de se disputer. Comme la troisième chose qu'Angelo aime le plus au monde – la première étant les explosions, la deuxième n'ayant pas lieu d'être mentionnée ici – est de se disputer avec le Maquereau, il s'est placé au diapason des exigences de la partie adverse.

— Comment tu peux dire ça ? Il faut mettre la tomate en premier, ça tombe sous le sens, bordel, Maquereau.

— L'huile d'olive d'abord, insiste l'autre. Toute matière oléagineuse présente, par sa nature même, une résistance à la perméabilité qui…

Le sujet du jour, l'un de leurs grands classiques, est « le petit-déjeuner ». De circonstance, puisqu'ils apportent le ravitaillement. Ils se sont rendus au bar-tabac le plus proche avec pour consigne d'approvisionner les troupes. Deux sacs bien remplis de sandwichs, des cafés et un paquet de cigarettes pour Málaga, au cas où il en manquerait.

Ils se sont lancés dans un débat sur le petit-déjeuner parfait. Du pain grillé et un expresso pour commencer, puis un grand bol de café au lait : là-dessus, ils sont arrivés à un consensus minimal au fil des années. Quand vient la question du pain grillé, l'un d'eux finit par mettre le *pantumaca* sur le tapis, et évidemment, c'est là que ça se corse. Angelo soutient que le truc du pain avec la tomate d'abord et tout le reste dessus est une invention de son soi-disant pays d'origine, et que c'est l'ordre correct. Le Maquereau pense que l'huile doit précéder la tomate sur le pain. C'est ce qu'il affirme quand il s'interrompt au milieu de sa phrase.

Ils ont tourné dans la rue Loriga, et ce qu'ils ont vu leur a coupé l'envie de bavarder.

Une femme. Un pistolet. Deux légionnaires menottés descendant de la fourgonnette.

Le Maquereau tire le fauteuil d'Angelo et, planqués au coin de la rue, ils se regardent.

— Boulet de canon, dit Angelo en laissant tomber les sacs du petit-déjeuner sur le sol.

— Angelo, tu as perdu la tête ? Elle est armée !

— On n'a pas le choix, Maquereau. Boulet de canon.

Le Maquereau pousse un profond soupir intérieur. La situation est critique et les options, peu nombreuses. Le Maquereau se laisse guider par la rage alimentée par la faim, le manque de sommeil et le fait d'avoir fini en deux heures, à la lampe de poche, le recueil de poèmes qu'il avait emporté, censé lui tenir toute la nuit. Peu de choses le fichent plus en rogne.

Ils tournent à nouveau au coin de la rue, et le Maquereau accélère, poussant le fauteuil de toute la force de ses vieilles jambes.

Ce qui aide, c'est :

a) la colère ;

b) le fait que la rue soit en pente ;

c) que Romero soit trop absorbée par l'opération de transfert pour remarquer ce qui se trame dans son dos, jusqu'à ce que le Maquereau ne soit plus qu'à quelques mètres d'elle ;

d) que le Maquereau serre le frein du fauteuil roulant au moment opportun.

Angelo est projeté en avant comme un boulet de canon, d'où le nom de la manœuvre. Jusqu'à ce jour, ils ne l'avaient réalisée que sur le plan théorique – une idée d'Angelo lui-même. Sur le plan pratique, ils s'étaient contentés de quelques répétitions dans le couloir de l'appartement, avec toujours un ou deux matelas au point d'atterrissage.

Cette fois, c'est pour de vrai.

Et au bout du saut, il n'y a pas un ou deux matelas, mais une commissaire qui se retourne, l'arme au poing.

Alors qu'il s'envole, Angelo ne voit pas sa vie défiler devant ses yeux, car le vol est bref et il a beaucoup vécu. En revanche, il a le temps de s'en mordre les doigts avec un « Ouille ! » sonore qui, comme cri de guerre, est sans doute perfectible.

Il a également le temps de distinguer une drôle d'expression dans les yeux de Romero. Un regard qui dit, *mais pourquoi c'est toujours à moi que ça arrive*, incompréhensible pour Angelo, mais satisfaisant.

Angelo vient heurter de plein fouet la poitrine de la commissaire. La force de l'impact suffit à les faire tomber tous les deux. Bien sûr, c'est elle qui encaisse le plus dur, mais c'est une coriace. Même si Angelo la projette en arrière, qu'il tombe sur elle, et que la chute lui coupe le souffle, Romero n'abandonne pas. Elle le repousse et tous deux roulent au sol en un fatras de quatre bras et deux jambes.

Angelo, qui a des bras de culturiste, parvient à porter quelques coups de poing avant que Romero ne braque le pistolet sur son front.

Elle appuie sur la détente.

Le tir aurait tué Angelo si Málaga n'avait pas balancé un coup de pied dans le poignet de Romero juste à temps. La balle arrache des éclats de plâtre et de brique au mur du pavillon.

Chavea, sans hésiter, se jette sur Romero, essayant de faire barrage de son corps et de protéger Angelo. Vu l'état dans lequel il se trouve après le passage à tabac, son mouvement ressemble beaucoup à celui d'un chameau qui s'agenouille pour faire descendre un octogénaire de son dos. Un mouvement saccadé, avec force flexions des genoux et blatèrements. Malgré tout, il parvient à lui écraser le visage sous son ventre, l'obligeant à se démancher le cou pour continuer de respirer. Entre ça et le pied du Maquereau posé sur le bras qui tient l'arme, la situation commence à s'éclaircir.

Seulement.

Un voisin apparaît à la fenêtre de la maison mitoyenne de celle de Romero. Un retraité en pyjama, au sommeil léger et au nez frétillant.

— Tout va bien ?

De cette hauteur, il ne voit pas les légionnaires qui immobilisent la femme, mais il suffirait qu'il se penche un peu plus. Et c'est le genre de quartier où la police est là en quelques secondes. Un risque qu'ils ne peuvent se permettre s'ils veulent trouver le pistolet avec les empreintes de Mari Paz.

Málaga fait un signe au Maquereau, tandis qu'Angelo plaque plus fermement la main sur la bouche de Romero, qui se tortille sous le poids des légionnaires.

— Oui, merci beaucoup, dit celui-ci de son plus beau ton de citoyen modèle. Nous avons simplement crevé un pneu.

Le vieil homme le scrute d'un air soupçonneux. Son allure d'homme intègre et sa voix de prof (bien qu'il n'ait connu que l'école de la vie) finissent par accomplir le miracle.

— Vous avez besoin d'aide ? J'ai été mécanicien dans ma jeunesse.

— Rien qu'une dépanneuse ne puisse résoudre. Merci de votre sollicitude, monsieur.

Quand la fenêtre se referme, les légios poussent un soupir de soulagement. Le Maquereau arrache le pistolet des mains de Romero et Angelo fouille dans ses poches. Il se prend un coup au passage, mais revient victorieux avec les clés des menottes.

Le Maquereau s'en saisit, libère d'abord Chavea, puis Málaga.

Le sergent regarde sa montre, inquiet.

Ils ont pris beaucoup, beaucoup de retard.

Peut-être est-il déjà trop tard.

— Vous et moi, on va continuer la discussion à l'intérieur, comme vous le vouliez, dit-il en regardant Romero, qui continue de se débattre, les yeux pleins de rage et de peur. Ça va être un peu différent, ce coup-ci.

16

Un bureau

— Nous l'avons surprise en train de tenter de franchir le contrôle de sécurité avec un faux badge, comme on nous en avait avertis, dit la cheffe de la sécurité de Ponzano.

Le banquier ramasse le morceau de plastique rectangulaire, recouvert d'une étiquette plutôt grossière.

— Un vulgaire autocollant sur la carte, lui indique Cul-de-bouteille. Même si nous n'avions pas su qu'elle viendrait, ça n'aurait pas fait illusion bien longtemps.

Elle secoue la tête avec lassitude.

— Trop facile, proteste-t-elle. Je ne pense pas que cette femme soit à la hauteur de vos attentes, monsieur le président.

— Ne vous y trompez pas, dit Ponzano en agitant un doigt en l'air. Ne la sous-estimez surtout pas.

Ils sont dans le bureau de Ponzano, dont le décor, dans la lumière orangée du matin, apparaît encore plus défraîchi et décadent. Les grands tétras empaillés se montrent pour ce qu'ils sont : des cadavres dans une position peu naturelle. Les tableaux aux murs révèlent leurs craquelures. Les lampes sont des cimetières d'insectes.

La moquette, en revanche, est impeccable.

Et dessus, pieds nus et vêtue d'une combinaison noire – qui gratte autant que la dernière fois – se trouve Aura Reyes, le visage fermé.

Ponzano fait les cent pas autour d'elle, tout en analysant la situation, les mains derrière le dos.

— Que Mme Reyes ait essayé de pénétrer dans la banque par l'entrée principale en utilisant son ancien badge était un plan passablement stupide. Elle n'avait aucune raison de penser que sa carte fonctionnerait encore.

Il montre le badge à Aura, lui tapote le bout du nez avec, ce qui provoque une vague de colère et d'humiliation chez son ancienne employée.

— De fait, déclare-t-il avec emphase, le badge n'a été activé qu'aujourd'hui, afin de nous assurer qu'en cas d'échec, Mme Reyes ne rebrousserait pas chemin pour prendre la poudre d'escampette. Nous voulions qu'elle soit ici, avec nous, pour avoir une petite discussion entre amis.

Ponzano se dirige vers l'échiquier et bouge quelques pièces. Un espace apparaît entre les pions blancs.

— Une petite ouverture dans les rangs pour piéger le courageux fou qui veut faire échec et mat. Il va droit au but, sans craindre la mort.

Il déplace le fou adverse sur la deuxième case, sur la diagonale du roi.

— Un coup suicidaire, qui ne trompe personne, souligne Ponzano, dont le regard va et vient entre l'échiquier et le visage consterné d'Aura.

— Ça suffit, Sebastián, le coupe-t-elle.

Ponzano l'ignore. Il savoure son triomphe, comme un chien affamé qui a déniché un os de jambon pata negra.

— La meilleure stratégie, poursuit-il, est de faire semblant de tomber dans le panneau. Car cette attaque-suicide n'aurait jamais permis de remporter la partie. Ce n'était qu'une diversion, avant l'attaque proprement dite.

Avec un geste théâtral, il lance un ordre en direction de la porte qui mène au toit-terrasse.

Celle-ci s'ouvre, et les deux agents de sécurité qui attendaient Mari Paz font leur entrée. La légionnaire s'avance entre eux, menottée, portant la même combinaison qu'Aura.

— Madame Reyes n'était qu'une diversion. Voici le véritable coup d'attaque.

Les agents conduisent la prisonnière jusqu'à Aura, qui, honteuse de ce fiasco, évite le regard de sa camarade.

Mari Paz, pour sa part, n'hésite pas à braquer ses yeux partout et à déverser sa bile par la même occasion.

— Je t'avais dit que le plan ne tenait pas la route.

Aura ne répond pas.

— Je te parle, blondie, insiste Mari Paz en lui donnant un coup d'épaule.

Aura baisse la tête, navrée.

— Je suis désolée, marmonne-t-elle dans un filet de voix.

— Tu es désolée ? réplique Mari Paz. Et moi donc, blondie.

— Mesdames, mesdames, intervient Ponzano, sans pouvoir retenir un sourire. Il faut savoir se montrer digne dans la défaite.

— Aussi digne que toi dans la victoire, Sebastián, rétorque Aura.

Ponzano prend un air faussement contrit.

— Allez, un peu d'indulgence pour un vieil homme. À mon âge, les plaisirs sont rares. Ne me refuse pas celui-là.

Mari Paz crache sur la moquette, à ses pieds. Elle ne va pas plus loin, car elle a la bouche sèche après avoir vomi et avalé tout ce vent pendant le vol.

Le sourire de Ponzano s'élargit.

— Refaites ça une seule fois, l'invertie, et je dis à mes hommes de vous réduire en bouillie.

À présent, c'est au tour de Mari Paz de sourire.

— L'invertie ? Je vois que vous êtes aussi vieux que vous en avez l'air.

Ponzano encaisse l'insulte sans broncher.

— Traitez-moi de vieux si ça vous chante. Cela me console de savoir que quand je mourrai, vous serez encore sous les verrous pour de nombreuses années. Nous veillerons à ce qu'il en soit ainsi.

La légionnaire tire sur les menottes et fait un pas en avant, mais la main d'Aura l'arrête.

— N'aggrave pas les choses, lui conseille-t-elle. S'il te plaît.

Mari Paz inspire profondément et son corps se détend un peu.

— Qui sait, peut-être pourriez-vous partager la même cellule, puisque vous êtes si bonnes amies. Un petit réconfort dans l'adversité. Et n'oublions pas le plus important.

Il tend la main vers Aura.

— Les preuves, demande-t-il.

Aura détourne les yeux.

— Je ne sais pas de quoi tu parles.

— Ne fais pas l'idiote, Aura. Ça ne te va pas. Tu te souviens des soirées que nous avons passées à jouer ? dit-il en désignant l'échiquier. J'ai toujours su prévoir chacun de tes coups.

Il décrit un ample geste du poignet.

— Tout ce cirque à propos d'Aura Reyes et de sa verve légendaire. Capable de vendre des frigos à des pingouins. « Si elle vous adresse la parole, vous êtes cuit », c'est ce qu'on disait derrière ton dos. Tout cela… ça n'a jamais pris avec moi, Aura.

Il s'approche d'elle et effleure son menton du doigt. Sa gentillesse feinte n'en est que plus sinistre.

— Je t'ai tout appris. C'est pour cela que je sais quand tu mens.

Aura ne détourne pas la tête au contact glacial de Ponzano. Son doigt est aussi froid qu'un linceul en hiver.

— Je n'ai aucune preuve contre toi, Sebastián. Tu t'en es bien assuré. Si j'en avais… nous pourrions peut-être trouver un accord.

Ponzano recule d'un pas, inquiet.

— Et avec quoi, au juste, comptes-tu négocier ?

Aura va ouvrir la bouche, et ne dit rien, car à cet instant, le téléphone portable de Ponzano indique l'arrivée d'un message.

Pas le bon. L'autre.

Celui des combines douteuses.

Celui dont une seule personne a le numéro.

Le banquier attendait un signe de vie de la part de la commissaire Romero et se précipite donc pour lire son contenu.

Lorsqu'il relève les yeux de l'appareil, son air inquiet a disparu.

Son visage est de nouveau triomphant.

— Aura, Aura. Comment as-tu pu commettre une erreur aussi puérile ?

17

Un congélateur
(un instant plus tôt)

On ne peut pas dire qu'ils la traitent *mal*, à proprement parler.

Après une rapide inspection de la maison, Málaga juge que les toilettes du sous-sol sont l'endroit le plus adapté pour détenir Romero. Un tuyau de cuivre y court du sol au plafond et semble assez solide. Si elle s'acharne, elle finira bien par le casser, mais ça lui prendra un certain temps.

Ils la menottent donc ici – un bracelet au poignet droit, l'autre au tuyau –, et la confient à Chavea, qui n'est pas très bavard, pendant qu'ils remontent chercher l'arme.

Romero le fixe d'un air de défi.

Elle ne dit rien.

Elle attend les inévitables représailles pour la raclée qu'elle vient de lui infliger. Le juste retour des choses.

Elles ne viennent pas.

Chavea se contente de la surveiller, en se massant les côtes – plutôt douloureuses – d'une main et en posant un mouchoir sur ses lèvres – tuméfiées – de l'autre.

Ni l'un ni l'autre ne parlent : elle, rongée par la colère et l'humiliation, lui, qui a très mal à l'endroit où la commissaire l'a frappé.

— On l'a, Chavea, dit Málaga en entrant dans les toilettes.

Il tient à la main une boîte de poisson pané Pescanova, encore couverte de givre. En la sortant du congélateur, le Maquereau a remarqué qu'elle était très lourde. Comme si elle contenait un pistolet.

— Vous devriez avoir honte, dit-il en montrant la boîte, sans qu'on sache bien s'il fait référence à l'arme ou au poisson.

Les yeux de Romero brillent comme des charbons ardents en voyant ce que son adversaire tient dans la main. Elle tire sur les menottes, se démène et jure en vain.

— Doucement, n'allez pas vous blesser.

Málaga s'agenouille devant la commissaire et lui montre le téléphone qu'il a pris dans sa gabardine. Romero comprend et détourne la tête, mais c'est trop tard : le téléphone a reconnu son visage et s'est déverrouillé.

Málaga se relève, laborieusement. Sans avoir été tabassé, l'âge et la petite nuit se font sentir.

Celui qui, en revanche, s'est pris une dérouillée revient avec un plateau. Dessus sont posés une bouteille d'eau trouvée dans le frigo et des biscuits au chocolat dégotés au fond d'un placard.

— Au cas où vous mettriez longtemps à casser ce tuyau, madame, déclare-t-il en posant le plateau devant une commissaire incrédule.

Romero reçoit le geste, simple et généreux, de l'homme qu'elle vient de torturer, comme une gifle. Toute sa colère se transforme en acide dans son estomac et en plomb dans son âme. Elle aurait mille fois préféré qu'il lui rende la monnaie de sa pièce.

— Vous ne vous en tirerez pas comme ça, crache-t-elle. Je vous poursuivrai jusqu'au bout du monde, bande de salopards.

— Peut-être, madame, convient le sergent en haussant les épaules. Mais pas aujourd'hui.

Il tend le portable au Maquereau, qui attend devant la porte.

— Fais-le, toi. Tu te débrouilles mieux en orthographe.

Le caporal sourit avec affectation et sort un papier de sa poche.

— J'espère qu'il ne sera pas trop tard, mon sergent.

Málaga se mordille la moustache, anxieux.

— Moi aussi, Maquereau. Moi aussi.

18

Des intérêts

Ponzano relit attentivement le message de Romero, sans pouvoir dissimuler son sourire.

> Je suis avec l'informatrice. Les preuves sont dans une clé USB cousue dans la doublure du sac à main de Reyes. J'arrive.

— Apportez-moi le sac à main de Mme Reyes, dit-il en se tournant vers sa cheffe de la sécurité.

La femme se dandine, mal à l'aise.

— Ce n'est pas une bonne idée.

Ponzano, peu habitué à ce qu'on le contredise, se fige devant le refus d'obtempérer.

— Je ne suis pas sûr d'avoir bien entendu.

— C'est contraire au protocole, monsieur le président.

Pour qui cette femme se prend-elle ? N'est-ce pas lui, Ponzano, qui a déplacé toutes les pièces de l'échiquier, toujours avec trois coups d'avance, sans laisser aucune chance à l'adversaire ?

Cette… vieille poule mouillée. Comment ose-t-elle ?

— Je sais très bien ce que je fais.

— Nous n'avons pas encore examiné en détail le contenu…

— Eh bien, qu'importe. Apportez-le sans rien dedans.

— Mais je…

Sa voix s'éteint dans sa gorge lorsque ses yeux croisent ceux de Ponzano.

Le regard du banquier ne tolère aucune contradiction, et la cheffe de la sécurité a vu trop souvent les conséquences de la fureur du président-directeur général.

Elle quitte la salle, la tête baissée, et revient une minute plus tard avec le sac vide.

— Je dois vous prévenir que l'examen préliminaire a révélé la présence d'…

Ponzano lui arrache le sac des mains.

— Une clé USB dans la doublure. Je sais, je sais. Trois coups d'avance sur tout le monde, se vante-t-il, las que personne ne soit jamais à sa hauteur.

Il pose le sac sur son bureau et sort des ciseaux d'un tiroir. Une vieille paire de ciseaux en acier inoxydable, bien aiguisés. Ils appartenaient à son père.

Si tu pouvais me voir, papa.

D'une main ferme, il se met à découper le cabas d'Aura, déchirant la doublure et perçant le cuir du dernier sac Prada qui lui reste.

— Non, balbutie Aura, qui souffre comme si c'était sa peau qu'il découpait. Je t'en prie, Sebastián. Ne fais pas ça.

Ponzano rit d'un air malicieux. Il ne s'agit plus seulement de son triomphe absolu. Le fait est qu'il ne se rappelle pas s'être autant amusé de toute sa vie.

— Oh… qu'avons-nous là ?

Il extrait la minuscule clé USB et la tient sous la lumière. Il baisse un peu ses lunettes pour l'examiner.

— Sebastián, s'il te plaît, écoute-moi. Parlons-en… dit Aura.

Son ancien patron l'ignore. Il prend la clé USB et l'introduit dans le port latéral de son ordinateur portable, sous le regard médusé de sa cheffe de la sécurité.

— Monsieur le président…

— Taisez-vous. Tous.

Ponzano ouvre le lecteur et observe son contenu. Il éclate d'un rire sonore et tourne son ordinateur pour que tous les autres rient avec lui.

— Sérieusement ? C'est tout ?

Une seule image s'affiche à l'écran. Sebastián Ponzano sortant de la banque, sa mallette dans une main et quelques livres dans l'autre. Juste derrière lui, on voit Aura Reyes. L'Ancienne Aura, celle d'il y a des années. L'Aura candide et heureuse, qui suit le chemin tracé par son mentor, sans savoir que dans un futur proche l'attendent la mort de son mari et la trahison de l'homme qu'elle admire et qu'elle aime comme un père.

La photo est de mauvaise qualité : elle provient de la banque d'images d'une agence de presse. C'est la seule photo qui existe où on les voit ensemble. Et dont le président-directeur général de la banque a veillé à ce qu'elle n'illustre aucun article sur la fraude du fonds géré par Aura.

L'image est un peu embarrassante. Pas plus que ça.

— Je n'en reviens pas, constate Ponzano. Une photo qui représente, tout au plus, un mauvais après-midi au service communication. Et c'est *ça* que tu voulais utiliser contre moi ?

Il ferme brusquement le capot de l'ordinateur portable.

Sans se rendre compte que le voyant de la clé USB continue de clignoter.

— Qu'avais-tu l'intention d'en faire, Aura ?

Ponzano s'approche d'elle en secouant la tête, déçu.

Aura regarde l'horloge murale.

C'est la seule touche de modernité dans la décoration du bureau. Une horloge numérique, avec des chiffres rouges.

Trois écrans indiquent l'heure de New York (02 h 57 du matin), de Londres (07 h 57) et de Madrid (08 h 57).

Ce qui signifie qu'elle a encore trois minutes à tenir. Trois minutes entières, à soutenir le regard du meilleur joueur d'échecs qu'elle connaisse.

Trois minutes durant lesquelles elle espère que Sere s'acquittera de sa tâche sans faillir.

— Combien de temps il te faudra une fois qu'il aura branché la clé USB ? lui avait-elle demandé la veille.

Sere avait lancé ses dés avant de répondre.

— Ça dépend de l'ordinateur. Tu sais quel est le modèle et le système d'exploitation ?

— Comment veux-tu que je sache ? Je crois qu'il avait un HP. Je n'en suis pas sûre.

Sere avait jeté encore deux ou trois fois les dés.

— Environ cinq minutes.

— Il faut que ce soit fait avant 09 heures, avait averti Aura, inquiète.

— Alors il faudra vous grouiller de faire votre part du boulot, les chouchous.

Aura et Mari Paz ont fait leur part du boulot. Mari Paz, sans le savoir.

Maintenant, tout dépend de Sere.

La seule chose qu'elle puisse tenter est de gagner le plus de temps possible.

Et la seule idée qui lui vienne, paradoxalement, est de renverser la vapeur. Elle ne peut lui laisser l'occasion de penser à retirer la clé de l'ordinateur.

Alors, quand Ponzano s'approche d'elle en secouant la tête d'un air déçu, Aura ferme les yeux et tente son dernier va-tout.

Elle sourit.

C'est un drôle de sourire. Où il n'y a pas trace de bonheur ni de joie.

C'est un sourire énigmatique. Pas non plus la Joconde, n'exagérons rien. Mais il offre, indubitablement, matière à réflexion. À interrogation.

Et, si elle ne se trompe pas au sujet de son ancien mentor, ce sera la meilleure façon de gagner du temps.

Les années de discipline de fer et d'inflexibilité au plus haut niveau des affaires ont appris à Ponzano – qui l'a transmis à Aura – à ne rien laisser paraître, ni dans son visage ni dans les questions qu'il pose, or cette fois, il peine à dissimuler sa surprise et son incrédulité face à ce sourire.

Je ne lui demanderai rien.

Le meilleur moyen de faire parler quelqu'un consiste à se taire. Au bout d'un moment, l'adversaire finira par lâcher une information, pour combler le silence.

Voyant qu'Aura reste silencieuse, il sent un doute lui tirailler l'estomac, et s'empresse de l'écarter. Non, il a envisagé toutes les possibilités.

À quoi elle joue, bon Dieu ? Tout cela est une terrible perte de temps.

Alors, Aura parle enfin.

— Tu avais raison depuis le début, Sebastián, convint-elle en désignant l'échiquier.

Tout est bon pour détourner son attention de l'ordinateur posé sur le bureau.

Il est 8 h 58. Et 43 secondes.

— Il y avait un fou, et c'était moi, dit-elle en parlant le plus lentement possible. Je n'aurais jamais cru pouvoir entrer dans la banque avec mon ancien badge. J'aurais préféré que ça ne fonctionne pas et m'enfuir en courant, vraiment. J'étais terrifiée à l'idée de me retrouver ici avec toi.

D'un geste impatient, Ponzano lui indique de continuer.

— Mon entrée était seulement censée détourner l'attention des vigiles, en espérant que Mari Paz pourrait passer par le toit. Ce qu'elle a fait au péril de sa vie, et je l'en remercie.

8 h 59. Et 11 secondes.

— Tu parles, blondie, ricane la légionnaire.

— Taisez-vous, ordonne Ponzano.

Il l'interrompt si vite, il est si concentré sur le sourire énigmatique d'Aura qu'il ne se rend pas compte que le ton de Mari Paz a changé. Que la légionnaire a fait ses propres calculs. En ajoutant à l'équation ce qu'Aura lui avait tu.

— Naturellement, Mari Paz était la tour. Une attaque par le flanc, un moyen direct et dévastateur de percer l'arrière-garde. Si ç'avait marché, je m'en serais tirée, dit-elle en baissant la tête.

— Tu n'as jamais eu la moindre chance, lâche Ponzano.

— Et tu crois que je ne l'avais pas prévu, Sebastián ?

Ponzano la regarde. Puis pose les yeux sur l'échiquier.

— Je peux ? demande Aura.

— Vite, ordonne le banquier.

Aura s'avance, et prend le pion qui bloque la diagonale du roi. Elle l'enlève doucement et met un pion rouge à sa place.

— Ton erreur, Sebastián, a été de ne pas savoir pour qui jouait ton pion. Ça ne m'étonne pas. Parce qu'elle ne le savait pas elle-même.

Ponzano fixe l'échiquier.

Le roi est coincé entre le fou, la tour et ce pion qui a changé de couleur.

Échec et mat.

Il se tourne vers Aura, décontenancé.

Alors le déclic se produit. Il effleure la poche de sa veste. Là où il a rangé son portable après avoir reçu le message de la commissaire Romero, qui lui avait raconté tout le plan, parce que Sere avait de nouveau – prétendument – trahi ses amies.

C'est en tout cas ce qu'Aura voulait qu'ils pensent.

Le pion qui ne sait pas pour quelle équipe il joue.

Ponzano comprend tout – ou suffisamment, du moins –, et se précipite vers son ordinateur avec une agilité surprenante pour un homme de son âge.

Il atteint la clé USB et l'éjecte à 09 heures pile.

Et trois secondes.

— Qu'est-ce que tu as fait ? dit-il en tendant la clé vers Aura.

Aura ne réagit pas.

Elle-même n'en est pas tout à fait sûre.

À ce moment, le téléphone de Ponzano sonne.

Pas le bon. L'autre.

Celui dont une seule personne a le numéro.

Le président décroche et porte le combiné à son oreille.

— Écoutez, Romero, je ne sais pas si elles vous ont piégée aussi ou…

Il s'interrompt soudainement.

— Non, répond-il.

La voix, à l'autre bout du fil, répète l'ordre.

Ponzano, confondu, met le portable sur haut-parleur.

— … est-ce qu'on m'entend maintenant ?

— Parfaitement bien, Sere, confirme Aura, qui a pris le contrôle de la situation.

— J'appelais pour confirmer que tous les ordres d'achat de monsieur le président ont été passés à temps, dit Sere.

— Quels ordres d'achat ? rugit Ponzano.

Aura sourit ouvertement. Il n'y a plus rien d'énigmatique dans son expression. Seulement l'intense soulagement d'avoir gagné la course sur le fil du rasoir.

— Hier, tu as mis les actionnaires sur les dents, Sebastián. Tu leur as fait croire que l'offre publique d'acquisition de Laura Trueba était dans leur intérêt. Ce qui a conduit beaucoup d'investisseurs inquiets à mettre leurs actions en vente hier soir, comme tu l'avais prévu.

Ponzano frémit en commençant à comprendre ce qui s'est passé.

— Non…

— J'ai pensé que tu avais donné tes ordres d'achat pour obtenir le plus d'actions possible à bas prix. Ce qui se passe, c'est que nous avons légèrement modifié tes ordres d'achat.

Ponzano ouvre le navigateur internet sur son ordinateur et se rend sur son compte d'investissement.

Aura le laisse prendre son temps.

Lorsque Ponzano se connecte, il s'étouffe de colère.

— Trueba offrait trente-quatre euros par action, alors que tu savais qu'elles en valaient neuf de plus, au bas mot. Nous connaissions ton attachement à l'entreprise fondée par ton père et nous avons offert le triple.

Le président déplace la souris, cherchant l'onglet où se trouve le carnet d'ordres. Une liste comprenant des dizaines de milliers d'ordres d'achat apparaît sous ses yeux.

Il se met à cliquer, essayant de les annuler. Mais il est trop tard. Les transactions sont traitées en externe et une fois qu'elles sont clôturées, on ne peut plus revenir en arrière.

Et, avec la technologie d'aujourd'hui, les opérations sont exécutées en quelques millisecondes.

— Il s'avère que tu as un compte-titres avec un crédit illimité, Sebastián, poursuit Aura, ne faisant que lui dire ce qu'il a déjà constaté. Ce qui te permet de t'endetter auprès de ta propre banque autant que tu le souhaites. À combien se monte la dette, Sere ?

— Et pour vingt-cinq pesetas, la bonne réponse est... énonce Sere dans sa plus belle imitation de Mayra Gómez Kemp, trois milliards d'euros.

Le gémissement de Ponzano est presque inaudible. Il enfle pour exploser en un cri de colère. Il a peut-être un crédit illimité, mais l'argent ne lui appartient pas, il appartient à la société.

Ces actions ne valent pas ce qu'il les a payées.

Et, après ce qui s'est passé, Trueba se désengagera de l'opération de fusion en moins de temps qu'il n'en faut pour dire « actif toxique ».

Ou pire encore, elle lui soufflera la banque pour une bouchée de pain.

Le cri de colère de Ponzano devient physique lorsque le vieil homme arrache les câbles de l'ordinateur et se met à le fracasser contre le bureau, encore et encore, jusqu'à ce qu'il n'en reste plus que des débris de plastique et de métal.

— Toi, dit-il en laissant tomber les morceaux et en s'approchant d'Aura, le doigt levé. Tu vas leur révéler ce que tu as fait.

— Comment, Sebastián ? Le logiciel que tu as fait développer par Sere était inviolable, et les ordres provenaient de ton ordinateur, rappelle Aura en montrant les débris sur le sol. Ce n'est pas ce que tu as déclaré sous serment lors de l'audience préliminaire de mon procès ?

Ponzano reste le doigt en l'air et la bouche ouverte, quand son corps absorbe soudainement la dose de justice immanente qu'Aura vient de lui administrer.

— Immonde salope. Tu me le paieras.

— Sebastián, s'il te plaît. Un peu d'élégance dans la défaite.

— Vous me le paierez toutes les trois.

Ponzano s'éloigne d'elle et se dirige vers son bureau en titubant. Au passage, il frôle de l'épaule le portrait de son père, qui reste légèrement penché.

— Pour l'instant, c'est toi qui vas devoir rembourser à la banque l'argent qu'elle t'a prêté. J'espère bien que tu paieras… avec des intérêts.

ÉPILOGUE

ET QUE TOUT BRÛLE

L'origine est le but.

Karl Kraus

Celui qui trouve un ami trouve un trésor.

Bud Spencer

Un adieu

Cul-de-bouteille les a raccompagnées jusqu'à la sortie.

Ils ne pouvaient les accuser de rien. Tout au plus d'être entrées par effraction et d'avoir sali leur toit.

Ponzano aurait pu leur faire du mal, mais il sait que ça n'annulera pas les ordres d'achat, et il ne trouve pas de plaisir dans les activités qui ne lui rapportent rien. Il est, avant tout, un joueur d'échecs. Aura sait qu'il n'en restera pas là. Qu'il les fera payer. Mais pas aujourd'hui.

Alors ils les laissent partir, avec leurs vêtements en boule à la main.

— Vous pouvez garder la combinaison, dit la cheffe de la sécurité.

— Ça gratte un peu aux fesses, proteste Mari Paz.

— À qui le dites-vous. Ah, madame Reyes, une dernière chose, ajoute-t-elle en franchissant le portique de sécurité.

Aura se tourne vers elle avec curiosité. La femme a troqué son expression d'ennui contre une autre, très différente.

— Ça fait près de quarante ans que je fais ce métier. J'ai débuté avec le fondateur, qu'il repose en paix. Laissez-moi vous dire une chose...

Elle rajuste ses lunettes d'un mouvement gracieux.

— En quarante ans, c'est bien la première fois que c'est moi qui l'ai dans le cul, dit-elle avec le plus grand sérieux.

— Je ne m'attends pas à ce que vous me remerciiez, répond Aura, tout aussi sérieusement.

Un échec

— Comment ça s'est passé, le casse ?

C'est la première chose que demande Alex quand elles rentrent à la maison.

— Tu ne vas pas aller en prison ?

— Quel casse ? De quoi tu parles ? s'étonne sa mère, avec la conviction d'une comédienne de l'Actors Studio.

— Celui que tu avais prévu pour aujourd'hui, précise Cris. Celui qui devait régler « le foirage du casino ».

— Ne dis pas de gros mots, la reprend sa sœur.

— C'est pas des gros mots si je répète ce que maman a dit.

— C'est MP qui en a parlé.

— Ça compte pas non plus, insiste Cris, refusant d'en démordre.

Inutile pour Aura de commencer par nier l'évidence, puis de se mettre en colère. Les filles ont écouté tout ce dont elles ont discuté ces derniers jours. Ce qu'elles n'ont pas entendu, elles l'ont lu dans les messages qu'elles se sont envoyés toutes les trois.

— À quel moment je leur ai donné le code de mon portable ? se lamente Aura.

— Elles sont plus fortes que la CIA, ces deux-là, s'amuse Mari Paz. Je pense qu'elles ont mérité une explication.

— Je ne sais pas si je suis prête à la leur donner. Pas celle-là, en tout cas.

Mari Paz et elle échangent un regard. Puis elle observe ses filles.

Le moment est venu de leur dire la vérité. Et ce ne sera pas facile.

— Je crois qu'on ferait mieux de vous laisser, suggère la légionnaire en prenant Sere par le bras.

— Non, décide Aura. Restez, s'il vous plaît. Toutes les deux.

— Tu es sûre ?

— Si je dois m'absenter longtemps, tu vas avoir besoin de toute l'aide possible, explique Aura en désignant Sere.

— Je suis super douée avec les enfants, insiste celle-ci.

Et c'est la vérité.

Dès le premier instant, les filles ont adopté Sere avec un amour débordant. Et du point de vue de Mari Paz – qui a la jalousie facile – totalement injustifié. Sere invente des jeux, triche au vieux Scrabble usé qui trônait déjà dans le salon avant qu'Aura sache marcher. Et elle connaît pratiquement par cœur – dialogues compris – tous les épisodes de *Bob l'éponge*, raison suffisante pour qu'Alex lui dresse un autel.

— D'accord, concède Mari Paz. Manquerait plus que je finisse par la balancer par la fenêtre.

Aura les prend par l'épaule et les emmène vers le canapé, où les filles attendent avec fébrilité.

— Alex. Cris. On a quelque chose à vous dire…

Les jumelles écoutent très sérieusement. Elles ont beaucoup grandi. Elles ne pleurent pas, ne protestent pas. Elles essaient de rester fortes. Pour maman, pour tout ce qui va suivre.

Je ne pouvais pas espérer mieux, pense Aura.

Un trésor

Une fois les jumelles calmées, elles descendent au bistrot du coin prendre un dernier verre ensemble. L'endroit est aussi désert que d'habitude, et les murs sentent toujours le calamar frit. En arrivant, elles commettent l'erreur de laisser Sere commander.

— Qu'est-ce que c'est que ça ? demande Mari Paz, qui s'attendait à une bière.

Elle brandit un grand verre qui contient une boisson jaune pâle où flottent trois vieux glaçons.

— Malibu ananas, déclare fièrement Sere, dans la même attitude que Vélasquez dévoilant pour la première fois *Les Ménines*. Le roi des cocktails.

— La reine du *carallo*. Je veux une Milnueve.

— Ils n'ont que de la Cruzcampo ici, la prévient Aura.

— Et tu pouvais pas nous emmener dans un bar où ils ont de la vraie bière ?

— Pourquoi tu ne bois pas ça ? remarque Aura, sur le ton de : « Comment tu peux savoir que tu n'aimes pas avant d'avoir goûté ? » qu'elle emploie souvent avec les jumelles – surtout avec Cris, qui est la plus difficile.

Mari Paz boit docilement une petite gorgée. Elle hausse les sourcils. Puis elle prend une autre gorgée, à faire trembler le verre.

— Pas mal, reconnaît-elle.

— Malibu ananas, insiste Sere en levant son verre. À quoi on trinque ?

— Au fait que, pour une fois, ce ne sont pas toujours les mêmes qui ont gagné.

— Ou qu'on a fait match nul, au moins.

La raison de la petite fête de ce soir plane toujours comme une ombre sur leur tête.

— Peut-être que si tu t'étais chargée tout de suite de Ponzano… suggère Sere en baissant la voix.

— Les circonstances ne s'y prêtaient pas, répond Aura, qui y a déjà réfléchi. Si Ponzano n'avait pas engagé Romero pour nous suivre, on aurait eu l'argent de Toulour et ça n'aurait pas été nécessaire.

— C'était réglé, intervient Mari Paz. J'aurais pas eu à risquer ma peau sur ce parapente. À propos… Tu aurais pu me dire que le plan, c'était que je me fasse choper.

— Ta réaction aurait été moins spontanée.

— Je me sens un peu manipulée.

Aura le sait, mais elle n'a pas envie de s'excuser. On ne discute pas avec les pions en plein milieu de la partie. Et une fois la partie terminée, à quoi ça sert ?

— C'était le seul moyen. Il fallait vraiment que tu rates ton coup, pour appuyer sur le point faible de Ponzano. Je suis désolée.

En fin de compte, elle lui doit bien ça.

Mari Paz détourne le regard, à la fois triste et agacée. Elle garde l'impression qu'il lui manque quelque chose, mais elle ne proteste pas. Pour diverses raisons – des décennies à obéir aux ordres, sa faible estime d'elle-même, ses sentiments pour Aura –, dont aucune n'est valable.

Aura esquive les reproches avec son blabla à la *Arabesque*.

— Il voulait gagner à tout prix et c'est ce qui l'a perdu, poursuit Aura. À chaque coup, il s'est retrouvé un peu plus menacé. Mais sa plus grosse erreur a été d'obliger Sere à nous trahir.

— D'ailleurs, on a un petit compte à régler, Miss Zinzin, dit Mari Paz, contrariée de voir Aura défendre Sere.

Cette dernière baisse les yeux d'un air contrit.

— « L'expiation est une montagne lente à gravir », a proclamé un sage.

— Confucius ?

— Non, mon oncle Jacinto. Il avait le même style de barbe.

— Quoi qu'il en soit, commence Aura, élevant la voix, avec le ton qu'elle adopte quand elle reprend la parole après avoir été interrompue, quand Ponzano...

— *Carallo*, y a pas moyen de lui faire perdre le fil.

— C'est comme si tu la mettais sur pause et qu'elle se rallumait toute seule.

— Quoi qu'il en soit, insiste Aura encore plus fort, quand Ponzano nous a mis Romero dans les pattes, il nous a offert un cheval de Troie Ikea. Tout ce qu'on avait à faire, c'était de l'assembler et de le lui rendre.

— Tes métaphores sont un peu lourdingues, blondie.

— Comme celles de mon oncle Jacinto. Dieu ait son âme.

— Sans Romero, nous n'aurions pas pu l'approcher. Et l'OPA de Trueba a créé les conditions idéales. Au moins, on s'en est débarrassé, même si à titre personnel, ça ne change pas grand-chose.

Aura espérait que le piratage de Sere lui permettrait d'accéder aux dossiers secrets de Ponzano et de trouver un document quelconque qui l'innocenterait. Mais ça n'avait rien donné.

Son ordinateur portable professionnel était un lieu irréprochable. Sa boîte mail, un modèle de rigueur et de droiture. Pas même une mauvaise blague ni quoi que ce soit de douteux.

Et maintenant que Ginés est mort, plus personne ne sait où trouver les preuves du détournement de fonds pour lequel Aura risque la prison.

— Tu peux encore prouver ton innocence, suggère prudemment Sere.

— Je ne me fais pas trop d'illusions, répond Aura d'un air sombre. Nous avons peut-être porté un coup fatal aux finances de Ponzano. Je doute qu'il s'en relève. Mais il a beaucoup d'amis bien placés.

— Il y a une question plus importante, s'interroge Mari Paz. Selon toi, c'est quoi le meilleur verdict pour tout le monde ?

Aura se mord la lèvre, songeuse. La légionnaire a raison. Certaines affaires sont bien plus qu'une litanie de faits démontrés. Elles vont au-delà de la culpabilité ou de l'innocence.

Qu'une banque ait employé des manœuvres frauduleuses pour escroquer des milliers de clients, c'est très grave. C'est mauvais, très mauvais. Une nouvelle fissure dans une digue déjà bien fragilisée, une digue qui contient l'inondation à grand-peine.

Une seule suspecte, cupide et malhonnête, c'est bien commode.

— Maintenant que j'y pense, je ferais peut-être mieux de ne pas me présenter à la prison demain. J'embarque les jumelles dès ce soir et je prends le maquis, comme on dit.

— Tu ferais mieux de prendre le large, blondie. On n'était pas des pirates ?

— Moi dès que ça bouge, j'ai le mal de mer, indique Sere. Un jour, j'ai vomi tous mes petits-suisses du goûter dans un manège de chaises volantes à la fête foraine. J'ai tracé un cercle rose presque parfait.

— Quelle horreur ! Tu avais quel âge ?

— Trente-six.

Aura est en train de fouiller dans le bol de bonbons que leur a déposé le serveur, à la recherche d'un ourson gélifié qui aurait survécu à la razzia de Mari Paz. L'anecdote lui coupe l'appétit. Elle retire la main et essuie les traces de sucre sur son jean.

— C'était une image. Si je m'en vais, je devrais tout quitter.

— Je viens avec toi, dit Mari Paz, la prenant au mot.

— Alors moi aussi, déclare Sere en aspirant bruyamment le fond de son Malibu ananas à la paille. Quand Romero sortira de l'hôpital, elle viendra me chercher. Et ce ne sera pas très marrant. Mais de quoi on va vivre ?

— Il faudrait trouver une occupation digne pour ces trois humbles pirates, décrète Mari Paz.

— Gentilshommes de fortune, dirait John Long Silver. Ou dames, en l'occurrence.

— Dans quelle série ils disaient toujours ça au début ?

— Ce n'était pas gentilshommes de fortune. C'était soldats de fortune.

— « Quand la loi ne peut plus rien pour vous, il vous reste un recours, un seul : l'Agence tous risques. »

Un souvenir de sa tendre enfance l'envahit. Samedi après-midi, avec des *sobaos* et du jus de fruits. Et un générique inoubliable à la télévision.

Aura penche la tête, comme si elle venait d'entendre quelque chose et qu'elle essayait de trouver d'où ça vient.

Tout ce qui va se produire – les morts, l'avalanche de gros titres dans les journaux, le changement qui va secouer le pays – commence de la façon la plus prosaïque qui soit, avions-nous dit.

Ça n'a rien d'étrange. Les meilleures histoires débutent modestement.

Des *sobaos* et du jus de fruits. Une bouteille de shampoing. Un son que vous n'aviez jamais entendu auparavant.

Aura sourit quand elle l'identifie. Aura vient d'apprendre quelque chose sur la vie, quelque chose d'essentiel.

Lorsque quelqu'un trouve sa place, il entend un léger déclic, semblable à celui d'un coffre-fort qui s'ouvre. Pas dans sa tête : dans son cœur. Vous pouvez toujours faire la sourde oreille, mais à quoi bon ?

— Je sais ce qu'on va faire. Exactement la même chose que ces dernières semaines. Mais pour la bonne cause.

— Meilleure que se remplir les poches ?

— Ce sera un effet collatéral. Dis-moi, Sere, tu t'y connais en faux papiers ?

— Bah, tu vas rire. Une fois, j'avais besoin d'aller...

Mari Paz pose la main sur le bras de Sere pour la faire taire. L'anecdote meurt sur la bouche de Sere et s'en va au paradis des histoires.

— Merde alors ! T'es sérieuse, blondie ?

— Très sérieuse.

— Tu enlèverais les filles de l'école, tu quitterais l'appart et tu prendrais vraiment le maquis...

Aura acquiesce silencieusement.

— Tu aurais la police aux fesses.

— Pas avant deux ou trois jours. Ça me laisserait le temps de disparaître.

— Ils finiraient par te choper.

— Ça durera ce que ça durera. J'aurai peut-être de la chance. Et chaque jour de gagné est un jour que je ne passe pas sans elles, dit-elle en pointant le doigt vers le haut.

— Tu ne pourras pas vivre une vie tranquille, insiste la légionnaire.

— Les filles sont fortes. Et puis elles se sont déjà choisi de nouveaux prénoms, tu te souviens ? Ça leur fera du bien de prendre un nouveau départ, après ce qui est arrivé à leur père.

Mari Paz retire sa main, doucement, et Aura répète à Sere sa question sur ses connaissances en matière de faux papiers.

— J'ai des notions.

— Tu crois que ce serait dur de nous avoir une nouvelle carte d'identité chacune, un numéro de sécurité sociale... la totale ?

L'ingénieure réfléchit quelques instants. Elle sort ses dés rouges, les lance sur la table. Visiblement peu satisfaite du résultat, elle relance les dés. Cette fois, elle hoche la tête.

— Assez, oui.

— Pas impossible.

Sere se tapote la lèvre inférieure.

— Le plus facile, ce sera de se procurer le matériel. Une imprimante Zebra, de l'encre OVI, de la colle bicomposant thermofusible, un laser Tivart pour les hologrammes de sécurité... Le plus difficile, c'est la suite.

— À savoir ?

— Faire une photo d'identité potable. Sur les photomatons, j'ai l'air d'un narcotrafiquant.

Mari Paz se gratte le menton, sceptique.

— C'est bien beau, mais avec quoi tu comptes acheter tout ça ?

— Du calme, j'ai pensé à tout, assure Aura en notant quelque chose dans son petit carnet rose.

— Elle a pensé à tout, répète la légionnaire.

— Mon oncle Jacinto réfléchissait beaucoup, lui aussi. Il passait des heures assis à réfléchir. On lui disait toujours que ce n'était pas bon pour la santé. Il expliquait qu'il compensait en faisant beaucoup de sport.

— Qu'est-ce que t'as avec ton oncle Jacinto aujourd'hui ? s'agace Mari Paz. Je suis sûre qu'il n'existe même pas.

Sere hausse les épaules d'un air mystérieux.

— J'ai une très grande famille, chouchou.

— Ailleurs que dans ta tête ?

Aura lève les yeux au ciel.

— Vous êtes timbrées.

Sere et Mari Paz la regardent, se regardent, puis lui renvoient son propre mantra :

— « On n'est pas timbrées. On en a ras le bol. »

Aura relève l'allusion avec un sourire.

— OK, mais… vous êtes avec moi ?

Elle les observe, dans l'expectative.

— Pour résumer, blondie, ce que tu proposes, c'est qu'on disparaisse avec toi, qu'on change d'identité et qu'on cogne sur des piñatas toutes les trois.

— Des piñatas particulièrement odieuses, précise Aura.

— Comme Ponzano, c'est ça ?

— Il y en a de bien pires, dit-elle, perdue dans ses pensées.

Quelques noms lui viennent à l'esprit. Des individus à qui – elle s'en souvient à présent avec honte et dégoût – l'Ancienne Aura léchait les bottes en échange d'un peu d'attention.

Maintenant, à mon tour de leur accorder mon attention.

— Et qu'est-ce qu'on y gagne ?

C'est une question importante. Elle exige une réponse claire et précise. Un engagement ferme.

— Il y a beaucoup de gens qu'on pourrait aider.

La légionnaire fait la moue.

— Après déduction d'une petite part pour nous, négocie-t-elle. Et pour les légios. Les bons comptes font les bons amis.

— Tu as parfaitement saisi.

Pour toute réponse, Mari Paz fait signe au serveur de leur apporter une nouvelle tournée. Trois autres Malibu ananas se matérialisent sur la table comme par magie.

— Mon appart est tout petit et le parquet est super moche, déclare Sere.

— Qu'est-ce que tu veux dire par là ?

— Que j'en suis aussi, affirme-t-elle en écartant les mains comme si ça se passait d'explication.

Aura ressent un étrange vertige, une sensation d'euphorie et de liberté qu'elle n'a jamais connue auparavant.

Tous ces efforts pour composer avec le jeu que j'avais en main, alors que tout ce que j'avais à faire c'était de rebattre les cartes.

— Il faut qu'on se trouve un nom, déclare soudain Sere.

— Pour quoi faire ? demande la légionnaire en secouant la tête. On en a déjà trois.

— Tous les groupes cool ont un nom, chouchou.

— On n'est plus en quatrième.

— Un nom, ça donne du pouvoir, de la classe. Les Avengers. L'Atlético de Madrid. Los Sabandeños.

Mari Paz pousse un soupir de lassitude. Qui n'est que partiellement feint. Elle pose un doigt sous le nez de Sere et martèle :

— Pas. De. Nom.

— L'important, c'est d'y croire, dit Aura.

Elle lève son verre avec un sourire triste. C'est le Malibu ananas qui lui a inspiré ce fantasme.

Elle le sait.

Elle le sait, et ses amies – désormais elle peut les appeler ainsi – le savent aussi.

Elles savent que quand elle remontera chez elle, elle se contentera de dire au revoir aux jumelles, dont elle ne fera pas des fugitives pour satisfaire ses propres désirs égoïstes.

Elle sait qu'il n'y a pas d'*Hispaniola* ancré dans la baie, attendant de les mener vers l'horizon infini.

Mais quel beau rêve, même s'il n'a pas duré longtemps.

Elle sait aussi autre chose.

Ce n'est pas encore terminé.

Elle lève son verre, et ses deux amies trinquent avec elle.

— Et que tout brûle.

Note de l'auteur

La dernière des cinq illustrations qu'a réalisées le grand Fran Ferriz pour ce livre est inspirée de la couverture de l'édition de *L'Île au trésor* qu'Aura Reyes et moi avons lue en classe de cinquième. Cette édition de chez Plaza Joven me provoque toujours un frisson chaque fois que je l'ouvre. Elle me rappelle combien le pouvoir de la fiction est immense. Et qu'elle est aussi le dernier bastion où ce ne sont pas toujours les mêmes qui gagnent. Où l'on peut encore croire en la victoire de quelques belles âmes, inférieures en nombre, mais non moins intelligentes et obstinées.

Derrière la *Colombiana legionaria*, l'hymne que Chavea chante à Mari Paz quand elle perd courage dans le casino de Toulour, il y a une histoire fascinante. La *colombiana*, style flamenco appartenant au groupe des « *cantes de ida y vuelta* » (chants d'aller-retour), est une création de Pepe Marchena datant de la fin des années 1920. Le premier enregistrement d'une *colombiana* que j'ai pu retrouver est un morceau de La Niña de los Peines dédié au drapeau espagnol (qui, en 1932, était tricolore). Il existe de nombreuses versions, avec des paroles différentes, de la *Colombiana legionaria*, aussi émouvantes les unes que les autres, si jamais vous souhaitez les chercher sur YouTube.

Ce livre appartient au même univers – appelons-le « Univers Reine rouge », faute de mieux – où se déroulent également *El Paciente**, *Cicatriz**, *Reine rouge*, *Louve noire* et *Roi blanc*. Dans ce dernier, vous trouverez plus de détails sur la mort de Jaume, le mari d'Aura Reyes, et sur la façon dont une personne très spéciale a sauvé la vie d'Aura, ce qui a déclenché les événements dont vous venez de lire le récit. Dans *Louve noire*, vous en apprendrez plus sur le passé de la commissaire Romero.

Tous mes livres peuvent être lus indépendamment les uns des autres et il n'est pas indispensable de lire *Roi blanc* si ce n'est pas encore fait (même si c'est un livre très amusant que je vous recommande vivement). Néanmoins, tous ensemble, ils racontent une histoire bien plus vaste. Le premier cycle se compose des cinq livres mentionnés plus haut, dont l'intrigue forme un W. Je vous laisse découvrir par vous-même pourquoi.

Cette histoire marque le début d'un nouveau cycle. J'avais rédigé ici un très long paragraphe, avec des indices sur ce qui va se passer. Après avoir hésité je l'ai finalement effacé.

Qu'il suffise de dire que la suite de ce livre est riche en émotions, et que j'ai hâte que vous le lisiez.

Enfin, pour autant que je sache, il n'y a pas d'épisode de *L'Agence tous risques* où Hannibal, Futé, Looping et Barracuda fabriquent une bombe à base d'acide chlorhydrique et de papier d'alu, même si ç'aurait pu arriver. Ces bombes sont plus bruyantes que dangereuses, il n'y a donc aucun risque qu'un enfant qui lirait ce livre devienne un anarchiste. Malgré tout, tenez vos enfants à l'écart des acides monoprotiques, ça pourrait mal tourner.

---

* Non traduits en français.

Remerciements

Je voudrais adresser mes remerciements :

À Antonia Kerrigan et à toute son équipe : Hilde Gersen, Claudia Calva, Sofia Di Capita et les autres, vous êtes les meilleurs.

À Tom Colchie et à son épouse Elaine, qui ont été fidèles au poste depuis dix-huit ans. Merci de tout cœur.

À Sydney Borja, de Scenic Rights, pour sa sagesse, pour son travail acharné, pour le tremplin.

À Aurelio Cabra, qui est là chaque jour et me ressemble comme deux gouttes d'eau.

À Carmen Romero, pour ses dîners somptueux. À Juan Díaz, pour les hauts plafonds. À toute l'équipe de représentants de Penguin Random House qui ont sué sang et eau sur la route pour promouvoir mes livres. Rita López, Jimena Díez et Irene Pérez.

Au studio de création graphique de Penguin Random House, et en particulier Anna Puig et Carme Alcoverro, qui ont encore réalisé la couverture parfaite après près de six mois de travail.

À Elena Recasens, maquettiste de cet ouvrage, dont la mise en page particulière lui a donné du fil à retordre. Merci du fond du cœur.

À María Rodríguez, Adriana Izquierdo, Chiti Rodríguez Donday et toute la formidable équipe de Prime Video, qui nous a mis aux commandes d'un magnifique bolide. Ou devrais-je dire d'une Audi A8 ?

À Amaya Muruzabal, qui a piloté le bolide susmentionné.

À Juanjo Ginés, poète qui vit à la Cueva de los Locos et se détend dans le Jardín del Turco, qui est toujours là, après toutes ces années.

À Manuel Soutiño, qui relit manuscrit après manuscrit depuis le début.

À Alberto Chicote et Inmaculada Núñez, parce que je vous aime beaucoup, et pour les meilleures boulettes de viande jamais cuisinées de toute l'histoire de l'humanité, servies chez Omeraki.

À Dani Rovira, Mónica Carrillo, Alex O'Dogherty, Agustín Jiménez, Berta Collado, Ángel Martín, María Gómez, Manel Loureiro, Clara Lago, Raquel Martos, Roberto Leal, Carme Chaparro, Luis Piedrahita, Miguel Lago, Goyo Jiménez et Berto Romero. Vous êtes les amis les plus talentueux, les plus adorables, les plus fidèles qui soient. Votre amitié m'honore.

À Arturo González-Campos, mon ami, mon associé. L'idée que la bêtise est universelle vient de lui et de son merveilleux livre *Enhorabuena por tu fracaso*.

À Rodrigo Cortés, qui m'a invité à nager à la plage de Salamanque. Comme toujours, il s'est arraché les cheveux à corriger ce livre. Si vous voulez lui rendre la pareille, regardez *Love Gets a Room* ou lisez son magnifique roman *Los Años extraordinarios*, où vous trouverez peut-être une phrase que Mari Paz a empruntée à un célèbre astronaute.

À W. Glenn Duncan, je t'en dois une.

À Javier Cansado, qui nous enterrera tous.

À Gorka Rojo, qui s'est assuré une fois de plus que je ne fasse pas de bourde.

À Manuel Soutiño et Eva Ramos. Je vous aime à la folie, vous le savez.

À Victor Reyes, qui m'a aidé avec le thème de *La soif du mal* et qui m'a expliqué ce qui s'y passe. J'espère qu'un jour tu en composeras un aussi bon pour la série.

À Sére Skuld, pour l'inspiration. Je suis un fidèle auditeur de son formidable podcast *Misterios y Cubatas* depuis des années. Ne passez pas à côté.

À mes enfants, Marco et Javi (les deux Galiciens), qui m'ont aidé à peaufiner l'étrange méli-mélo linguistique de Mari Paz. Sa façon de parler ne prétend refléter qu'une personnalité fictive nourrie de mes propres influences – les Tallón, Conde, Loureiro, Cunqueiro et tant d'autres que j'admire –, et en aucun cas la langue de Rosalía ni de la Galice tout entière.

À Bárbara Montes. Mon épouse, mon amante, mon amie. Je continue à apprendre de toi chaque jour, et chaque jour je m'émerveille que tu choisisses de rester à mes côtés. Je compte bien profiter de ta folie aussi longtemps que possible. Je t'aime.

Et à vous, lecteurs, pour avoir fait de mes romans un succès dans quarante pays, merci de tout cœur. C'est un plaisir et un honneur de partager mes histoires avec vous.

À toutes et à tous, merci encore.

Juan Gómez-Jurado

Composition et mise en pages
Nord Compo à Villeneuve-d'Ascq

#lisez! engagé
www.lisez.com
Pour plus d'information :
Imprimé sur du papier issu de forêts gérées durablement.

CET OUVRAGE
A ÉTÉ ACHEVÉ D'IMPRIMER
SUR ROTO-PAGE
PAR L'IMPRIMERIE FLOCH
À MAYENNE EN JUILLET 2025

N° d'impression : 107263
R15715/01
Imprimé en France